Sonja Bethke-Jehle

Umwege mit Viola

Roman

BETHKE-JEHLE

Umwege mit Viola

Roman

Bibliografische Information der Deutschen Nationalbibliothek:
Die Deutsche Nationalbibliothek verzeichnet diese Publikation in der Deutschen Nationalbibliografie; detaillierte bibliografische Daten sind im Internet über http://dnb.dnb.de abrufbar.
© 2025 Sonja Bethke-Jehle
Illustration: Michaela Feitsch
Lektorat / Korrektorat: Juno Dean
Verlag: BoD · Books on Demand GmbH, In de Tarpen 42, 22848 Norderstedt, bod@bod.de
Druck: Libri Plureos GmbH, Friedensallee 273, 22763 Hamburg
ISBN: 978-3-7693-1722-0

In Erinnerung an Hilde.
Du warst stolz auf mich. Ich habe Dich bewundert.
Ich vermisse Dich.

Sonja Bethke-Jehle wurde 1984 im Odenwald geboren und studierte in Mannheim Wirtschaftsinformatik. Heute lebt sie an der Bergstraße. Das Lesen und Schreiben ist seit der Kindheit ihre große Leidenschaft. Dabei rückt sie vor allem Menschen in den Vordergrund, die Grenzen überwinden, gegen Ungerechtigkeit kämpfen oder Herausforderungen bestehen müssen und dabei über sich selbst hinauswachsen.

Seit 2015 ist sie überzeugte Selbstpublisherin und hat seitdem 9 Romane veröffentlicht.

Wenn sie nicht gerade schreibt, arbeitet sie ehrenamtlich in einer Bücherei, hilft bei der Ausleihe oder jagt während ihrer Joggingrunden nach neuen „Plot-Bunnys".

Weitere Informationen findet Ihr auf: www.sonja-bethke-jehle.de

Vorwort

Nachdem ich *Umwege mit Joris* und *Umwege mit Alex* beendet hatte, war mir klar, dass die nächste Figur, die ich in den Mittelpunkt stellen wollte, eine Frau sein musste. Und auch das Thema war mir klar, um der Trilogie ein sauberes Ende zu geben.

So erweckte ich Viola zum Leben

Es begann mit Joris, der dringend wegwollte, unklar, wie es weitergehen sollte, und ging mit Alex weiter, der kurz aus seinem Leben aussteigen musste, um danach zurückzukehren. Viola sollte jemand sein, die losgezogen war, mit dem klaren Ziel, wieder heimzukehren. Es erschien mir wie das logische Ende einer Trilogie, die von Umwegen handelte.

Warum Viola die Rückkehr so fürchtet, findet ihr gemeinsam mit den Nebenfiguren unterwegs heraus. Dabei wünsche ich Euch viel Spaß.

Auch die anderen Figuren beschäftigt die Heimkehr sehr. Ich rückte dieses Mal besonders Hannah und Fiefie in den Mittelpunkt. Joris, Alex und Fabio, die die Vorgängerbände dominierten, sollten zu Beginn nicht die Handlung maßgeblich beeinflussen. Am Ende hoffe ich, dass ich für alle ein vernünftiges Ende gefunden habe, denn die Trilogie ist nun abgeschlossen.

Allerdings habe ich eine Alex-Dilogie geschrieben, die sich gerade im Lektorat befindet. Diese Dilogie findet parallel zu diesem Buch statt, und es wird Überschneidungen geben.

Was die Route betrifft, wandelte ich endgültig auf unbekannten Pfaden. Viele Orte aus *Umwege mit Joris* und *Umwege mit Alex* sind mir gut bekannt. Ich war zweimal in Schweden, einmal in Norwegen und bin durch Dänemark gefahren. Finnland habe ich nie besucht, also behalf ich mich mit virtuellen Spaziergängen per Google Maps, wo ich auf den Spuren von Viola wandelte

Ich hoffe, Euch gefällt der abschließende Teil der Trilogie genauso wie es mir Spaß gemacht hat, ihn zu schreiben.

Viel Spaß wünsche ich Euch, *Sonja*

7

Bildbeschreibung des Covers

Im Vordergrund des Covers seht Ihr eine Frau von hinten, die eine karierte Bluse in Gelb- und Brauntönen trägt. Sie hat einen beigen Rucksack mit braunen Lederriemen auf dem Rücken und einen beigefarbenen Hut mit einer schwarzen Krempe auf dem Kopf. Ihr Blick scheint in die Ferne zu gehen, über eine ruhige, von Felsen umrahmte Wasserlandschaft. Die Felsen schimmern golden im Licht der tiefstehenden Sonne, was eine warme und zugleich melancholische Atmosphäre erzeugt.

Der Himmel ist weit und leicht bewölkt, in sanften Blau- und Weißtönen, was die Weite der Landschaft unterstreicht. Die Vegetation am Ufer wirkt frostig und rau, was auf eine kühle Jahreszeit schließen lässt. Der Schriftzug „Umwege mit Viola" ist in großen, handgeschriebenen Buchstaben oben auf dem Bild platziert, wobei „Viola" eine weichere, verspieltere Schriftart hat. Am unteren Rand des Covers steht der Name der Autorin, Sonja Bethke-Jehle, in einer eleganten Handschrift.

Die Stimmung des Covers vermittelt Sehnsucht, Abenteuerlust und gleichzeitig eine ruhige, reflektierende Energie, die auf eine persönliche Reise hinweist.

Umwege mit Viola

Womöglich sollten sie akzeptieren, dass ihre gemeinsame Reise nun ein Ende hatte. Sie waren in Dänemark auf dem Weg in den Norden gestrandet und hockten auf der Autobahnraststätte neben ihrem kaputten Wohnmobil auf dem Bordstein, und keine von ihnen wagte es, diese Möglichkeit zuerst zu thematisieren. Viola wusste, dass Isa das selbe dachte wie sie. Aussprechen wollte es allerdings niemand.

Fast neun Monate waren sie durch Europa gereist und hatten eine unglaubliche Zeit miteinander verbracht. Durch Osteuropa Richtung Süden bis nach Griechenland waren sie gefahren, dann an der Adria entlang bis Italien und Frankreich und anschließend auf der Atlantikseite wieder Richtung Deutschland. Ihr Plan war, die letzten drei Monate in Skandinavien zu verbringen. Vielleicht war es okay, dass ausgerechnet jetzt das Wohnmobil kaputt gegangen war, vielleicht war es einfach Zeit heimzugehen. Erwachsen zu werden. Ein neues Leben zu beginnen. In Violas Fall würde es sogar ein kompletter Neustart werden. Obwohl sie sich darauf freute, machte ihr der Schritt Angst. Mehr Angst, als sie erwartet hatte.

»Was denkst du?«, fragte Isa. Ihr Kopf war nach vorne geneigt, beide Hände in den Haaren versenkt. Als sie den Kopf hob, standen ihr die hellbraunen kurzen Haare wirr vom Kopf ab. Ihre grauen Augen sahen verzweifelt aus.

Viola seufzte. Sie legte die Hand auf die Schulter ihrer Freundin. Sie verstand Isa so gut, aber sie wusste genauso wenig, wie sie mit dem abrupten Abbruch ihrer Reise umgehen sollte. Doch was blieb ihnen anderes übrig? Die Reparatur des Wohnmobils überstieg die eisernen Reserven, die sie hatten. Ihre Eltern um Kohle zu bitten, kam auf gar keinen Fall infrage. Dafür hatten sie sich schon zu viel Geld geliehen, damit sie sich das Wohnmobil überhaupt hatten leisten können. Die Abmachung war klar: Sie mussten mit dem Geld, das sie von ihren Eltern erhalten und während ihres Studiums in ihren Nebenjobs angespart hatten, zurechtkommen. Um ihr finanzielles Polster aufzustocken, hatten sie sich hier und da für einige Wochen mit Nebenjobs Geld dazu verdient. Sie hatten genug, um weitere drei Monate zu reisen, aber unter keinen Umständen war eine teure Reparatur oder das Übernachten in Ferienwohnungen drin.

Sie könnten in Dänemark bleiben und jobben, in dem Fall würde die Zeit knapp werden, und sie konnten sich die Weiterfahrt nach Schweden nicht mehr leisten. Spätestens im Spätherbst mussten sie zu Hause sein. Das hatte Isa ihrer Mutter versprochen, die dann ihren 60. Geburtstag feiern wollte.

Viola musste lächeln, als sie daran dachte, wie sehr sich alle darauf freuten, wenn sie endlich zu Hause waren. Ihre Eltern freuten sich, und ihr älterer Bruder vermisste sie. Isas Familie ging es ähnlich. Die Entscheidung, früher als geplant heimzufahren, sollte ihnen eigentlich nicht so schwerfallen.

Eigentlich ...

»Warum lachst du?«, fragte Isa.

Der Gedanke, plötzlich nicht mehr im Wohnmobil neben Isa zu schlafen, war beunruhigend. Sie hatten sich mittlerweile so daran gewöhnt, Tag und Nacht aufeinander zu hängen. Viola sah Isa an und hob die Schultern. Nein, sie wollte nicht schon jetzt zurückkehren. Aber was blieb ihnen für eine Wahl?

»Lass uns den Schrotthaufen verkaufen und mit dem Zug Richtung Heimat fahren. Wir können zum Abschied ein paar Nächte in Dänemark verbringen«, sagte Isa, und ihre Stirn runzelte sich, als sie zu dem Wohnmobil sah.

Viola schüttelte den Kopf. Sie wollte nicht. Die Abmachung war gewesen, sich ein Jahr Zeit zu lassen. Sie war nicht bereit. Doch es nützte nichts. Es gab keine Option. Und sie war froh, dass Isa es ausgesprochen hatte. Sie stand auf.

»Ich frag den Typen da vorne in der Werkstatt, ob er jemanden kennt, der die Karre kaufen will«, meinte sie und streckte die Hand aus, um ihre Freundin hochzuziehen. Isa ließ sich aufhelfen. Viola legte ihr den Arm über die Schultern, mehr um sich selbst zu trösten, als Trost für Isa zu spenden. Sie hörte, dass Isa etwas murmelte. Viola hatte nicht genug Kraft, zu fragen, was sie ihr sagen wollte. Zu sehr war sie damit beschäftigt, sich an die Idee zu gewöhnen, dass sie tatsächlich in wenigen Tagen zu Hause sein würde.

Und dort würde das Gaffen losgehen. Und die Fragen. Und das hartnäckige Nachbohren. Und das Drängen ihrer Eltern, sich zu bewerben. Viola schloss erschöpft die Augen.

»Ihr seht ja nicht gerade happy aus.« Viola blieb vor der großen, schlanken Frau stehen, die sie und Isa neugierig musterte.

»Was ist los?«, fragte die Fremde und gestikulierte fragend mit ihrem Lolli, der genauso blau wie ihre Haare war. Sie sah Viola und Isa neugierig an.

Viola hatte wenig Lust, mit Unbeteiligten zu sprechen, aber die Frau sah nett aus, und dem Kleidungsstil nach zu urteilen war sie wie sie unterwegs auf der Straße. Sie hatten während ihrer Reise viele Menschen getroffen. Aussteiger, Punks, Hippies, kaputte Existenzen, Lebenskünstler und Sonderlinge, die sich nicht in die Gesellschaft eingliedern konnten. Oder wollten. Egal, wie unterschiedlich die Menschen waren, viele von ihnen hatten eine Gemeinsamkeit, und zwar den Drang, ihre Andersartigkeit durch irgendetwas nach außen zu tragen. Diese Frau verwendete dafür die Farbe ihrer Haare. Im Gegensatz zu Viola, die sich stets nach Gewöhnlichkeit gesehnt hatte. Unsichtbar bleiben wollte, in der Masse untergehen. Sie bewunderte Menschen, die alles dafür taten, um aufzufallen.

»Unsere Kiste hat den Geist aufgegeben, und wir können uns die Reparatur nicht leisten«, erläuterte Viola den Schlamassel, in dem Isa und sie steckten.

»Willst du sie kaufen?«, warf Isa ein.

Die Frau drehte ihren Kopf und starrte zu dem Wohnmobil, auf das Isa zeigte.

Viola hoffte, dass die Frau verneinte. Der Gedanke, das Wohnmobil so schnell loszuwerden, weckte in ihr das Verlangen, innerlich loszubrüllen. Das war ihr Zuhause für die letzten Monate gewesen. Ein Zuhause, in dem sie sich endlich wohlgefühlt hatte.

Als die Frau den Kopf schüttelte, atmete Viola erleichtert aus.

»Wir haben schon ein Wohnmobil und einen Camper«, meinte die Frau. »Also mehr Platz als nötig. Kein Bedarf.«

»Okay«, sagte Viola und zog an Isas Arm.

Doch Isa blieb hartnäckig vor der Frau stehen. »Wieso mehr Platz als nötig? Wie viele seid ihr denn?«

»Zu sechst«, antwortete die Frau. »Ich bin Charlie.«

»Charlie?«, fragte Viola und trat einen Schritt zurück, um sich die Frau näher anzusehen.

Charlie nickte und steckte sich den Lolli in den Mund. »Ja. Charlie. Warum?«

»Nur so.« Viola schüttelte den Kopf über ihre eigene Dummheit. Charlie war sicherlich die Abkürzung von Charlotte und nicht ausschließlich ein Männername.

»Ich bin Isa, das ist Viola«, stellte Isa sie vor und hob die Hand, um zu winken.

»Wohin wolltet ihr fahren?«, fragte Charlie.

Viola zögerte. »Zurück nach Hause«, sagte sie.

Isa hob die Schultern und ergänzte: »Leider.«

»Weil euer Wohnmobil nicht mehr läuft?«, fragte Charlie.

Isa nickte. »Genau.«

Zwei weitere Personen kamen auf sie zu. Eine kleinere Frau mit bunt gefärbten Haaren, einem Nasenpiercing und von der Sonne gebräunter Haut und ein riesiger Typ mit einer abgrundtief schrecklichen Frisur, sehr dunkler Haut und lauter Ringen, überall im Gesicht verteilt. »Die Zwei suchen eine Mitfahrgelegenheit«, sagte Charlie zu dem Riesen und der Frau.

»Nein, das ist ein Missverständnis. Wir fahren jetzt heim«, korrigierte Viola und runzelte die Stirn. Sie sah zu Isa und erschrak bei ihrem Anblick. Ihre Freundin lächelte das absonderliche Trio an, und ihre Augen strahlten dabei so hell, dass sie nicht grau, sondern fast silbern wirkten. Viola schüttelte den Kopf. Sie konnten doch unmöglich ihr altes Wohnmobil einfach hier stehen lassen und bei Fremden mitfahren. Das musste Viola klarstellen. »Wenn ihr unser Wohnmobil nicht kaufen wollt, dann kommen wir nicht ins Geschäft«, betonte Viola.

»Das sind Steffi und Fiefie«, sagte Charlie träge. »Wir suchen zufälligerweise noch zwei Leute.«

»Wir sind eine nette Gruppe«, warf die Frau mit den bunten Haaren ein. Vermutlich war sie Steffi, und der andere Kerl hieß somit Fiefie, was auch immer das für ein Name war. »Wenn ihr in den Norden …«

»Seid ihr ein Paar?«, fragte Fiefie und unterbrach damit seine Freundin. Er war ungewöhnlich hager und starrte sie misstrauisch an, als er Steffi zur Seite schob und einen Schritt nach vorne trat.

Viola runzelte die Stirn. Das wurden sie ständig gefragt. Sie kapierte nicht, warum sie ständig in der LGBT-Community verortet wurden. War es, weil sie zu zweit unterwegs waren? Es störte sie, wenn sie ehrlich war. Mehr, als sie es wahrhaben wollte. Außerdem fand sie, dass die Frage sehr persönlich war.

»Was ist mit euch? Seid ihr ein … Throuple?«, fragte sie spitz.

Der Typ runzelte die Stirn. Dann sah er zunächst zu Charlie, anschließend zu Steffi und lachte laut. Er wurde schnell wieder ernst. »Ich nehme euch nicht mit, wenn ihr fest zusammen seid oder bald was miteinander anfangt.«

Viola musterte ihn argwöhnisch. Homophobie war unter Trampern in der Regel nicht besonders weit verbreitet. Sie wollte zwar unbedingt vermeiden, dass man sie für lesbisch hielt, aber gleichzeitig wollte sie nichts mit Menschen zu tun haben, die mit der LGBT-Bewegung ein Problem hatten.

»Ach komm, so schlimm wäre das nicht«, beschwerte sich Steffi. »Schau sie dir an, sie sind doch süß zusammen.«

»Wir hatten genug Theater in den letzten zwei Jahren, was diese Liebeleien angeht. Ich habe keine Lust auf Beziehungsstress«, betonte Fiefie und sah sowohl Charlie als auch Steffi mit hochgezogenen Augenbrauen an.

Verstanden die komischen Sonderlinge nicht, dass sie überhaupt nicht mitfahren wollten?

Viola wollte gerade den Mund öffnen, als Isa nach vorne trat. »Wenn ihr zwei Plätze frei habt und in den Norden wollt, sind wir an Bord.«

Viola verschränkte die Arme vor die Brust. Doch Isa wirkte so fröhlich, als sie sich vorbeugte und sich Fiefie und Steffi vorstellte, dass Viola auf einmal lächeln musste. Es war noch nicht vorbei. Isa und sie würden ihre Reise fortsetzen können. Sie hoffte nur, dass die Leute, denen sie sich anschließen wollten, nett waren. Der erste Eindruck war nicht sehr erfreulich gewesen, sondern eher ziemlich merkwürdig.

*

»Was hast du dir dabei gedacht?«, raunte Viola ihrer Freundin zu.

Der Typ, der sich ihr Wohnmobil angesehen hatte, erklärte sich bereit, ihnen das Fahrzeug abzukaufen. Während Viola die Tränen in die Augen traten, als der Händler ihnen ein Angebot unterbreitete, wirkte Isa, als sei sie sehr glücklich, es loszuwerden. Viola war weder damit einverstanden, sich überstürzt der fremden Gruppe anzuschließen, noch das Wohnmobil, in dem sie die letzten 9 Monate gelebt hatten, so lieblos an den Erstbesten zu verkaufen.

»Das ist unsere Chance, um weiterzureisen«, flüsterte Isa ihr zu. »Ich habe ein gutes Gefühl. Vertrau mir.«

Viola presste ihre Lippen aufeinander. Sie war überfordert bei diesen vielen Entscheidungen.

Der Händler missinterpretierte ihr Zögern und betonte hastig, dass er noch etwas drauflegen würde. Alles in allem genug Geld, um sich die nächsten drei Monate locker über Wasser halten zu können.

Viola vergaß ihre Zweifel unmittelbar. Das änderte alles. Es bedeutete, dass sie ihre Fahrt tatsächlich fortführen konnten. Allerdings würden sie in einem Camper nordwärts fahren, und das bedeutete erhebliche Komforteinbußen. Außerdem waren sie nicht mehr zu zweit, sondern würden sich einer völlig neuen Gruppe anschließen.

War Viola dafür bereit?

»Und?« Isa sah sie an.

Viola hob die Schultern. Das Angebot war verlockend, auch die Aussicht darauf, weiterzureisen, doch sie traute den anderen Leuten nicht. Sie hatten während ihrer Reise viele Menschen kennengelernt, Menschen, die weitaus seltsamer und kurioser waren als die hier, allerdings hatte sie nie jemandem soweit vertrauen müssen, dass sie mit ihnen mitgefahren war. Es waren immer nur Isa und sie gewesen. Und der Schrotthaufen.

Das aufzugeben tat weh. Doch was war die Alternative? Heimfahren? Viel früher, als sie geplant hatten? Bevor sie intensiver zweifeln konnte, nickte sie, und Isa fiel ihr vor Freude um den Hals.

*

Fiefie und Steffi sowie ein weiterer Mann namens Pete und eine Frau, die sich als Hannah vorstellte, fuhren schon mal mit dem Wohnmobil voraus. Charlie wartete auf Isa und Viola. Bei ihr war ein Mann, dessen Name Viola bereits wieder vergessen hatte. Sie hatte heute so viele neue Leute kennengelernt und war nervös, weil sie sich dieser fremden Gruppe anschließen wollten. In Charlies Camper waren zwei Plätze frei. Er war älter als das Wohnmobil, das Isa und Viola besessen hatten, stank nach Minze und Tabak, und die Sitze waren durchgesessen. Wenigstens war der Freund von Charlie – oder war er ihr fester Partner? – sehr sympathisch.

Er trug kinnlange, braune Haare und einen ungewöhnlich langen Bart, den er vorne mit einem Bändchen zu einem geflochtenen Zopf gebunden hatte. Er erklärte sich bereit, den ersten Teil der Strecke zu fahren.

Als Viola zugab, dass sie seinen Namen vergessen hatte, grinste er und stellte sich ihr erneut vor: Joris.

Auf dem Weg durch Dänemark erfuhren Viola und Isa, dass die Gruppe keinen genauen Plan hatte, wohin sie fahren wollten und dass sie sich nur lose mit den dem Rest verabredeten und ansonsten zu viert sein würden: Charlie, Joris, Isa und Viola. Das beruhigte Viola. Sie war lieber in einer kleineren Gruppe unterwegs. Charlie und Joris schienen sympathisch zu sein, bei der zweiten Gruppe konnte sie das nicht richtig einschätzen.

Joris' Mutter wohnte in Norwegen, er würde sich in Schweden mit ihr treffen. Das war also ein konkreter Anlaufpunkt in Skandinavien. Danach wollte die Gruppe nach Finnland weiter, auch wenn ihnen die Fähre zwischen Stockholm und Turku eigentlich zu teuer war. Insgesamt kamen Viola die beiden ziemlich unkoordiniert vor. Obwohl Viola aus dem Gespräch heraushörte, dass Charlie schon seit vielen Jahren mit dem Camper herumreiste und Joris das dritte Jahr dabei war, wirkten sie wie Anfänger, die nicht viel Ahnung hatten, welche Route sie am besten nehmen sollten.

»Wart ihr immer zu zweit?«, fragte Isa schließlich, und Viola war dankbar, dass ihrer Freundin offenbar ähnliche Gedanken durch den Kopf gegangen waren.

»Nee, eigentlich fährt Pete bei uns mit. Um mehr Platz für euch zu machen, hat sich Pete bereit erklärt, im Wohnmobil mitzufahren«, erklärte Charlie und strich sich die Haare glatt.

»Es ist für Pete kein großes Opfer, weil er mit Steffi zusammen ist«, warf Joris lachend ein.

Viola runzelte die Stirn. Sie fühlte sich überfordert mit den ganzen Namen und konnte nicht zuordnen, wer hier mit wem zusammen war.

»Seid ihr zwei ein Paar?«, fragte Isa.

Charlie und Joris sahen sich an, und etwas an ihrer Reaktion sagte Viola, dass die zwei etwas verband, doch beide sagten nach einem kurzen Moment einstimmig, dass sie kein Paar waren.

»Außerdem wäre Fabio dabei gewesen, doch er musste leider absagen. Will dieses Jahr nicht mitkommen«, erzählte Charlie und streichelte Joris' Schulter, dessen Miene sich verdüsterte.

Wieder beschlich Viola eine Ahnung, dass sie mehr als Freunde waren.

*

Bevor sie mit Charlie und Joris mitgefahren waren, wurde ihnen gesagt, dass die in der Regel in den Zelten schliefen, damit der Camper nicht jedes Mal ausgeräumt werden musste. Kisten mit Vorräten standen im Abstellraum, und die Rucksäcke, Zelte und weitere persönliche Gegenstände waren achtlos dazu geworfen worden. Es gab eine Toilette und ein Klappbett für maximal drei Personen. Sollte es mal stark regnen oder zu kalt werden, schliefen Charlie, Joris und eventuelle Mitreisende im Hinterraum, eine weitere Person passte auf die Sitzbank. Viola konnte nachvollziehen, warum sie lieber in einem Zelt schliefen. Der Camper war im Vergleich zu ihrer eigenen Schrottkiste wirklich Schrott und keinesfalls bequem. Zwar hatten Isa und sie ebenfalls Zelte – für den Notfall –, doch die hatten sie in den letzten neun Monaten nur äußerst selten benutzt und ansonsten im Wohnmobil in dem Doppelbett auf gemütlichen Matratzen und mit echter Bettwäsche geschlafen.

Es war bereits später Nachmittag, als sie Dänemark verließen und über die Öresundbrücke nach Schweden einreisten. In der Nähe von Malmö gab es einen geschotterten Platz, wo die Gruppe schon häufiger übernachtet hatte. Mit der zweiten Gruppe würden sie sich wohl in wenigen Tagen treffen, wie Viola erfuhr, als Joris ihr dabei half, das Zelt aufzubauen. Hannah wollte in Dänemark etwas für ihren Bruder erledigen, wie Joris erläuterte.

»Er hat da einen Bekannten, der seine Post sammelt«, fügte Joris hinzu.

Erst im Verlauf des weiteren Gesprächs konnte Viola einordnen, dass Hannahs Bruder der Fabio war, von dem Charlie und Joris ständig redeten, und dass er vor einiger Zeit in einer dänischen Kinderwunschklinik Samen gespendet hatte, und nun ein dänischer Bekannter Briefe von den Kindern sammelte, die Fabio jedes Jahr abholte. Weil er dieses Jahr nicht dabei war, hatte sich seine Schwester dazu bereit erklärt, den Umweg auf sich zu nehmen. Wenn Joris von Fabio redete, hatte er einen leidenschaftlichen, wilden Glanz in den Augen, als wäre er wegen etwas beleidigt, das Fabio getan hatte.

Viola war erschöpft von der langen Fahrt im Camper und der emotionalen Entscheidung am Vormittag, den Schrotthaufen hinter sich zu lassen und sich den neuen Leuten anzuschließen. Joris und Charlie banden sie einerseits eifrig in die Gruppe ein, was Viola schätzte. Andererseits wurden sie nicht in die Diskussion eingebunden, wo sie Pause machten oder welcher Route sie folgten. Es war Viola sehr recht, dass sie zunächst mit Charlie und Joris alleine waren, obwohl Steffi und Fiefie sie geradezu überredet hatten, mitzukommen. Wenn Joris von früheren Mitreisenden redete, war es für Viola ein nicht durchschaubares Netz aus Kontakten mit Personen, die sie nicht einordnen konnte. Sie wusste, dass es einen Alex gab, der zu Hause geblieben war, weil er mittlerweile erblindet war. Was auch immer ihm passiert war – Viola traute sich nicht zu fragen. Dann gab es noch Fabio, der ebenfalls aus gesundheitlichen Gründen daheim geblieben war, weil er psychische Probleme hatte und einen erfolgreichen Drogenentzug nicht gefährden wollte.

Als Joris ihr das alles erzählte, fühlte Viola sich nicht mehr als Sonderling. Sie hatte ebenfalls viel durchgemacht und war es gewohnt, die Außenseiterin in der Schule zu sein. Sie war gemobbt worden und hatte Ausgrenzung erlebt, weil sie anders war. Später als Studentin war es besser geworden. Sie hatte Freunde gefunden, die sie so akzeptierten, wie sie war. Doch noch nie hatte sie den Eindruck gehabt, dass sie gewöhnlich wie andere Menschen sein könnte.

Diese Erfahrung machte sie jetzt.

Es machte ihr Angst. Sie hatte Respekt vor den anderen und spürte Argwohn und Misstrauen – gleichzeitig hasste sie sich dafür, weil sie sich für einen offen denkenden Menschen hielt und eigentlich wissen sollte, dass Vorurteile oft falsch gefällte Urteile waren, die Menschen nur ausgrenzten und diskriminierten.

Joris berichtete ihr, dass sie ihre Lebensmittel aus Containern der Supermärkte klauten und vor zwei Jahren in einen Schweinestall eingebrochen waren und er seitdem humpelte, weil ein Traktor über seinen Fuß gefahren war, als er flüchten wollte. Dann erzählte er ihr, dass Fiefie, Pete und Fabio, die zwar nicht da waren, aber ständig anwesend zu sein schienen, verhaftet worden waren, nachdem sie von Rechtsradikalen in einem Waschsalon verkloppt worden waren.

»Aber ansonsten verbringen wir hier in Skandinavien in der Regel eine sehr ruhige Zeit«, beendete Joris seinen Vortrag und schob mit einem Achselzucken den letzten Hering in die Erde. Er hatte das Zelt fast alleine aufgestellt und schien Routine darin zu haben. Kein Wunder, wenn er jeden Sommer für mehrere Wochen in Skandinavien herumreiste.

»Du siehst erschöpft aus«, sagte Joris und setzte sich neben Viola ins Gras.

Viola rieb sich über den Nacken und starrte zu Isa, die mit Charlie wesentlich mehr Spaß zu haben schien als Joris und sie. Die beiden waren noch nicht fertig damit, das Zelt aufzubauen, Viola war jedoch davon überzeugt, dass nicht Charlies fehlendes Talent der Grund dafür war, sondern eher die Tatsache, dass Charlie und Isa miteinander herumalberten.

Viola war eifersüchtig.

Monatelang waren Isa und sie ständig auf sich gestellt gewesen. Sie nun mit jemandem zu sehen, auf eine ganz besondere Art verbunden, tat ihr weh. Viola wusste, dass das Blödsinn war. Doch sie war zu müde, um ihre unterbewussten Ängste zu analysieren, die sie das empfinden ließen.

Sie versuchte sich abzulenken und musterte Joris. Er hatte hellbraune, halblange Haare und helle Augen. Er war muskulös und nicht ganz dünn, allerdings weit davon entfernt, dick zu sein. An seinen Handgelenken hatte er einige Bänder, einige aus Kunstleder, andere wirkten wie die geflochtenen Freundschaftsbänder, die man in den 90er Jahren getragen hatte. Das spektakulärste an ihm war sein Bart, der lang und buschig war.

Und sein Fußzeh, wie Viola plötzlich auffiel, als sie auf die nackten Füße starrte. »Das war der Traktor?«, fragte sie und deutete auf das deformierte Etwas, das anstelle von Joris' großem Fußzeh zu sehen war.

»Ja, der Landwirt, der mich angefahren hat, hat seinen Hof mittlerweile komplett umgebaut, nachdem er seinem Vater nahegelegt hat, sich zur Ruhe zu setzen. Er hat nur noch wenige Tiere und versorgt sie sehr liebevoll. Nichts mehr im Vergleich zu der Tierquälerei, die wir vor zwei Jahren dort vorgefunden haben.« Joris lächelte. »Ich habe weiterhin Kontakt mit ihm.«

Viola blinzelte. »Du hast Kontakt mit dem Landwirt, der dir das angeran hat?«, fragte sie verwirrt.

»Ja.« Joris hob die Schultern. »Hat sich so ergeben.«

Viola sah erneut zu Isa, die mit Charlie ausgelassen um das halb aufgebaute Zelt tobte.

»Was ist los?«, fragte Joris und zwirbelte ein Kleeblatt zwischen seinen Fingern.

Viola hob die Schultern. Es wäre echt schön, wenn sie den Menschen, die sie gemobbt hatten, einfach so verzeihen und entspannt von sich behaupten könnte, sie hätte all den Groll hinter sich gelassen. Das wäre allerdings eine Lüge. Das Schlimmste daran, heimzufahren, war, sich der Vergangenheit zu stellen und den Menschen zu zeigen, wer sie nun geworden war. Sie wollte sich nicht mehr verstecken, sie hatte keinen Grund dazu. Deswegen war in ihr während der Reise das Vorhaben gereift, nicht mehr in die Stadt zu gehen, in der sie studiert hatte, sondern zu dem Ort zurückzukehren, wo sie mit ihren Eltern und dem älteren Bruder gewohnt hatte. Sie wollte nach Hause. Zu ihrer Familie. Selbst wenn das bedeutete, sich aus der Komfortzone zu quälen.

»Nichts.« Viola schüttelte den Kopf. »Aber hört sich gesund an, so wie du das machst«, sagte sie lächelnd.

»Ich habe dir viel von uns berichtet, erzähl mir mal von euren Reisen«, bat Joris. Er setzte sich ins Gras und stützte sich auf seine Arme, sodass ein kleines Bäuchlein in die Höhe ragte. Joris sah entspannt aus, wie er seine Beine ausstreckte und seinen deformierten Fuß lässig ins Gras legte. Er stützte sich auf seine Ellenbogen und betrachtete sie neugierig.

Viola schilderte ihm von der Angst ihrer Eltern, sie mit Isa alleine diese Reise antreten zu lassen, und sie erwähnte ihr eigenes Zögern und wie frei sie sich gefühlt hatte, sobald sie wenige Tage unterwegs gewesen war. Sie waren überall von freundlichen Menschen empfangen worden und hatten so viele Menschen in allen Ländern angetroffen. Sie schwärmte von den unterschiedlichen Kulturen, von den unterschätzten, aber wunderbaren Städten in Osteuropa und dem entspannten Umgang der Griechen mit all ihren alltäglichen Problemen. Sie erwähnte das leckere Essen in Italien, das aus mehr als Pizza und Pasta bestand, und das tief gespaltene Frankreich, das sie kennengelernt hatte. Schließlich berichtete sie ihm von der Reise durch Belgien und den Niederlanden und dass sie dort das erste Mal gekifft hatte.

»Willst du einen Joint? Charlie hat Gras dabei«, sagte Joris.

Viola starrte ihn an und fühlte sich plötzlich wie ein Grundschulkind, das mit einem Typen aus der Oberstufe redete und versuchte, ihn zu beeindrucken. Sie schüttelte grinsend den Kopf. »Nicht heute«, sagte sie.

»Finde es echt cool, dass ihr ein Jahr durch Europa gereist seid«, meinte Joris und nickte. »Ich meine, wir haben uns auf Skandinavien eingeschossen, aber ich finde, wenn man wirklich verstehen will, was die Europäer bewegt, sollte man auch überall hinreisen.«

»Warum tut ihr es nicht?«

Joris dachte kurz nach, dann hob er die Schultern. »Es ist nicht leicht, sich einfach ein Jahr freizunehmen. Ich habe bereits eine grandiose Work-Life-Balance, die sich viele Menschen wünschen, da wäre es irgendwie vermessen, mehr zu wollen.«

»Arbeiten wir, um zu leben oder leben wir, um zu arbeiten?«, fragte Viola. Sie sah Joris an und dessen Blick fixierte ihren. Er nickte langsam und berührte ihre Schulter mit der Hand. Auf einmal hatte sie das Empfinden, in die Augen von jemandem zu schauen, den sie ewig kannte. Irritiert unterbrach sie den Augenkontakt und sah wieder zu Isa und Charlie und lachte. »Ob sie es heute noch schaffen?«

Joris lachte ebenfalls. »Ich helfe den zwei Mädels mal, damit wir essen können, bevor es dunkel wird.«

Viola nickte. Die Erschöpfung ließ sie träge werden, und sie freute sich darauf, in ihr Zelt zu kriechen und einen Moment lang alleine zu sein, bevor sie endlich die Augen schließen und schlafen konnte.

*

Am nächsten Vormittag ging es Viola etwas besser. Das Gespräch mit Joris am Abend zuvor war hilfreich gewesen. Sie mochte seine ruhige, entspannte Art und fand es interessant, wie gegensätzlich Charlie war. Sie war eine lebhafte Person, die gerne lachte und deren Lachen sich über das ganze Gesicht erstreckte. Schnell stellte sie fest, wie unkompliziert und offen Charlie war und wie angenehm es war, sich mit ihr zu unterhalten. Sie machte es einem leicht, ins Gespräch zu kommen.

Nach dem Frühstück blieb sie bei Viola sitzen und bot ihr einen Apfelsaft an, den Viola gerne annahm. »Habt ihr euch eingelebt?«, fragte Charlie.

»Es ist komisch, nachdem wir neun Monate zu zweit und auf uns alleine gestellt waren.« Viola grinste.

Charlie lachte und berührte ihren Arm. »Du meinst, ihr müsst erst wieder lernen, Kompromisse einzugehen.«

Viola nickte. So ähnlich.

Charlie gluckste erneut, bevor sie den Kopf schüttelte. »Ihr seid euch sehr nah. Wir haben zunächst vermutet, ihr seid ein Paar.«

Viola schüttelte den Kopf. »Ich habe nie auf Frauen gestanden. Und Isa nie auf mich.«

»Ach komm.« Charlie hob den Finger in die Höhe und machte damit eine strenge verneinende Geste. »Du bist doch süß.«

Viola schob ihre Hände zwischen die Oberschenkel. Es war ungewohnt, das zu hören. Sie war es so gewohnt, sich in ihrem Körper unwohl zu fühlen, dass sie es heute noch komisch fand, wenn jemand sie als süß oder gar sexy bezeichnete. Oder als hübsch. Manchmal musste sie sich im Spiegel ansehen und davon überzeugen, dass sie tatsächlich so gut aussah, wie andere Menschen behaupteten. Um im Gespräch zu bleiben, fragte sie: »Fiefie schien nicht begeistert von dem Gedanken, dass wir ein Paar sein könnten. Warum? Ihr wirkt nicht wie die Leute, die was gegen lesbische Paare haben.«

»Fiefie ist niemand, den das stören würde. Echt nicht.« Charlie runzelte die Stirn. Schließlich seufzte sie. »Ich glaube, ihn nervt es, dass viele der Ehemaligen sich ineinander verliebt haben, eine Familie gegründet haben und nicht mehr mitgefahren sind. Vor zwei Jahren haben Hannah und er ein Pärchen mitgenommen, das nur zusammengehangen hat. Sie waren so aufeinander fixiert, dass wir nicht an sie ran kamen. Letztes Jahr sind auf einmal Pete und Steffi zusammengekommen, weshalb wir die Besetzung der Fahrzeuge neu ordnen mussten. Und dazu kam noch dieses Drama zwischen Joris, Fabio und mir.« Charlie lehnte sich nach hinten und lachte.

Viola sah sie an. Sie hob die Augenbrauen. Das klang ja interessant. »Erzähl schon«, forderte sie Charlie schmunzelnd auf.

Charlie berichtete ihr, dass Fabio und sie so eine Art Freundschaft mit besonderen Vorzügen geführt hatten, bis Joris mitgekommen war. Da hatte Fabio sich zurückgezogen, und Charlie hatte was Lockeres mit Joris angefangen, bis sie bemerkt hatte, dass Fabio sich wegen Joris von ihr distanziert hatte. Also hatte sie mit Joris Schluss gemacht. Einige Zeit später hatte sich das als die richtige Entscheidung herausgestellt, denn Fabio und Joris waren ein Paar geworden, ein Jahr zusammengeblieben, aber irgendwann war Fabio sich bewusst geworden, dass er seine psychischen Probleme nicht mehr mit Drogen betäuben konnte.

»Ich weiß nicht, was tatsächlich zwischen den beiden vorgefallen ist, doch Fabio hat eine Therapie begonnen und einen Entzug, und aus irgendwelchen Gründen hatte er danach nicht mehr das Gefühl, für Joris der sein zu können, den Joris kennengelernt und über ein Jahr lang geliebt hat«, beendete Charlie die Geschichte.

Viola fiel es schwer zu atmen. Es war so traurig. »Fabio ist weiterhin der gleiche Mensch.«

»Ja schon, er wurde ruhiger und war nicht mehr so lustig, weil er nicht mehr kiffte.« Charlie seufzte. Sie kratzte sich am Kopf, dort wo sie den Sidecut hatte. Sie war frisch rasiert, am Abend zuvor waren da kurze Stoppeln zu sehen gewesen.

Viola richtete ihren Blick auf ihre Hände und atmete tief ein. Obwohl es rein gar nichts mit ihr zu tun hatte, berührte sie das Schicksal von Fabio. »Aber er sollte noch derselbe Mensch sein. Ich kann mir sogar vorstellen, dass er mehr er selbst ist als zu der Zeit, als er Drogen genommen hat.«

»Das sagt Joris auch, Fabio glaubt jedoch selbst nicht dran. Er denkt, er sei jetzt ein Langweiler.« Charlie streckte ihre Füße aus. »Und ich kann ihn ein bisschen verstehen. Er ist anders. Ich liebe ihn weiterhin, doch verändert hat er sich schon sehr.«

Viola presste ihre Lippen aufeinander.

»Die Medikamente, die er aufgrund seiner manischen Episoden bekommt, machen ihn müde und teilnahmslos. Das heißt, er ist im Prinzip genauso wenig er selbst, wie er es durch das Gras war.«

Viola schüttelte den Kopf. »Er nimmt die Medikamente, damit es ihm besser geht. Ist das verwerflich?«, fragte sie mit gerunzelter Stirn.

Eine kalte Hand berührte ihren Rücken. Viola zuckte zusammen. Körperkontakt war ihr suspekt, gerade wenn man sich nicht so gut kannte. Sie war schon als Kind nicht gerne berührt worden. Die Verwunderung darüber, warum Charlies Hand so kalt war, obwohl es heiß war, lenkte sie allerdings ab. Als sie sich aufrichtete, wurde ihr bewusst, dass Charlie die ganze Zeit ihre kühle Apfelsaftschorle in der Hand gehalten haben musste.

»Natürlich ist das nicht verwerflich«, sagte Charlie leise. »Es ist Fabios Befürchtung. Und ich kann diese Ängste bis zu einem gewissen Grad nachvollziehen.« Sie zog die Hand weg und ergriff wieder die Flasche, welche sie auf den Tisch vor sich abgestellt hatte. Sie trank die Apfelschorle ohne abzusetzen leer.

Viola betrachtete sie, dann wanderte ihr Blick zu Isa, die sich im Camper notdürftig gewaschen hatte und auf sie zukam. Viola sah zu Joris, der mit einer Zigarette im Mund vor seinem Zelt saß und in einem Buch las. Jetzt ergab es Sinn, warum sich seine Augen immer verengten, wenn er über Fabio redete. Schade, dass Fabio nicht klar zu sein schien, wie sehr Joris ihn vermisste, egal, ob er sich wegen der Medikamente verändert hatte. So einen Partner wünschte man sich, aber Fabios Selbstwertgefühl war wohl so gering, dass er nicht erkennen konnte, dass er das hatte, was sich andere aus tiefstem Herzen wünschten.

So traurig …

»Na, ihr zwei«, grüßte Isa. Sie schlug in Charlies ausgestreckte Hand ein und deutete eine umarmende Geste an, danach lief sie um den Tisch herum und legte den Arm um Violas Schultern und lächelte sie an. »Schön hier, oder? Geht es dir gut?«

»Ja.« Viola nickte. Langsam kam sie besser klar. Auch wenn sie den Leuten am Anfang nicht vertraut hatte, war sie froh, mitgekommen zu sein, um den letzten Teil der Reise noch erleben zu können. Zusammen mit Isa. Außerdem war es spannend, hinter die Gruppendynamik der Camper zu blicken und mehr von ihnen zu erfahren. Isa streckte die Beine aus, auf die gleiche Art, wie es Charlie tat, und legte den Kopf hinten an die Lehne. Sie schloss die Augen und schien die Hitze der Sonne mit einem Lächeln zu genießen. Sie sah zufrieden aus und erleichtert darüber, dass sie nicht heimfuhren. Viola wusste, wie sehr es Isa ängstigte, wieder ins Dorf ihrer Eltern zu kommen. Aber auch wenn sie es aufgeschoben hatten, eines Tages würden sie sich ihren Ängsten stellen müssen. Gemeinsam. Viola streckte den Arm aus und berührte Isas Handgelenk. Isa war die Einzige, bei der sie keine Angst hatte, sich berühren zu lassen. Sie wusste, dass Isa sich wohl genug fühlte, sich von ihr anfassen zu lassen, obwohl sie Körperkontakt ebenso wenig mochte wie Viola, den sie allerdings aus anderen Gründen als Viola nicht zulassen konnte.

Sie hatten einander, und Isa war der Beweis, dass man Menschen weiterhin lieben konnte, selbst wenn sie tiefgreifende Veränderungen durchgemacht hatten. Viola hoffte, dass Fabio das eines Tages erkennen konnte.

*

Sie blieben einige Tage in Malmö. Viola begann, die Zeit mit Isa, Charlie und Joris zu genießen. Dann fielen die anderen mit einem riesigen Bohei ein. Jetzt, wo sie da waren, musste Viola sich wieder neu einfinden. Nach all den Wochen, die sie mit Isa alleine verbracht hatte, fiel es ihr schwer, so eng mit so vielen Menschen zu leben. Sie hatte zwar kurz mit Fiefie und Steffi gesprochen, wer sie wirklich waren, war ihr bisher verschlossen geblieben.

Steffi war seit dem vorherigen Jahr dabei, und Pete und sie waren das perfekte Paar. Pete war ähnlich wie Joris recht ruhig, und mit Steffi vereinte ihn die Liebe zu den Tieren und der Natur, sowie ihrer fieberhaften Überzeugung, dass die vegane Ernährung die einzige Antwort gegen den Klimawandel war. Sie lehnten Konsum im Allgemeinen ab und waren von Minimalismus als Lebensmodell überzeugt. Sie wirkten etwas extrem in ihrer Meinung, gingen das jedoch auch entspannt an, was die Diskussionen mit ihnen leichter machte. Sie waren Aktivisten, verdienten damit sogar ihren Lebensunterhalt. Während Steffi für die vegane Gesellschaft Deutschlands arbeitete, betrieb Pete einen erfolgreichen Podcast, in dem er nicht nur die vegane Ernährung, sondern ebenso politische und gesellschaftskritische Themen aufgriff. Hier ging er das Ganze mit einer großen Portion Humor an, was seine Follower im Laufe der Jahre so weit erhöht hatte, dass er davon leben konnte. Joris und Pete begrüßten sich wie lange verschollene Brüder und umarmten sich so fest, dass es für Außenstehende fast wie ein Kampf wirkte. Danach verschwanden sie mit zwei Campingstühlen und ein paar Flaschen gekühltem Bier in einer Ecke. Keiner ging zu ihnen, um sie zu stören. Es war, als wäre es für die Restlichen schon ein gewohntes Bild, dass sich Joris und Pete zurückzogen und ihre Zweisamkeit bei einem Bier genossen.

Hannah war so eine Art Chefin und kümmerte sich um die Organisation und darum, dass die Aufgaben verteilt und anfallende Arbeiten zügig erledigt wurden. Sie verriet Viola während eines Gesprächs, dass sie diese mütterliche Art an sich nicht mochte und gerne aus dem ungeliebten Muster ausbrechen wollte, ihr das aber bisher nicht gelungen war. Sie hatte eine komplizierte Beziehung zu ihrem Bruder und sich in einer Co-Abhängigkeit befunden, als sie mit Fabio zusammengelebt und gereist war. Nun, wo er weg war, war es schlimmer geworden. Sie hatte ständig das Bedürfnis, sich darum zu kümmern, dass es jedem gut ging.

»Ich habe mich um Fabio gekümmert, seit ich denken kann, da unsere Eltern Totalausfälle waren«, erzählte sie mit einem nachdenklichen Unterton. Sie hielt mit dem Kartoffelschälen inne und starrte auf das Gemüse in ihrer Hand. Viola saß neben ihr im Schatten des Wohnmobils und schälte ebenfalls Kartoffeln. »Ich kenne das nicht anders. Ich weiß nicht, wie es ist, mich nicht um irgendwelche Chaoten zu kümmern«, fügte sie hinzu und hob die Schultern, als ob ihr nicht klar war, wie es so weit hatte kommen können.

Hannah war von allen die Ruhigste, und sie schien die Älteste zu sein, aber Viola erfuhr, dass Fiefie und Pete ein bisschen älter waren als Hannah. Nichts schien Hannah aus der Ruhe zu bringen, sie blieb selbst dann entspannt, als Charlie eines Abends einfach nicht wieder kam. Sie teilte die Leute in zwei Gruppen auf und gab Anweisungen, wer wo suchen sollte. Als Charlie endlich gefunden wurde, brachen in Hannah alle Gefühle auf einmal hervor, und sie schubste Charlie und schrie sie an und verschwand schließlich im Wohnmobil. Nach einer Stunde kam sie mit verheulten Augen raus und entschuldigte sich bei Charlie für den emotionalen Ausbruch. Charlie zögerte zunächst einen Moment, bat schließlich ebenfalls um Verzeihung dafür, dass sie der Gruppe so viel Sorgen bereitet hatte. Es stellte sich heraus, dass Charlie an einem See gewesen, dort eingeschlafen und deswegen so spät zurückgekommen war. Hannah hatte sich große Sorgen gemacht, weil es bereits dunkel geworden war.

Und da gab es noch Fiefie, der Typ, den Viola am Anfang kennengelernt hatte und den sie bis jetzt seltsam fand. Einerseits war er freundlich und zuvorkommend und hatte immer einen Witz auf den Lippen, andererseits zog er sich manchmal zurück und schien mit sich beschäftigt zu sein. Hin und wieder hatte Viola den Eindruck, er würde mit ihr flirten. Wenn Viola ihn ansprach, reagierte er jedoch fast distanziert. Sie fragte sich, ob das was mit ihr zu tun hatte, ob er vielleicht was ahnte und deswegen so misstrauisch war. Viola war die Sache nicht geheuer, und sie war erleichtert, als Charlie und Joris weiterziehen wollten, um in Jönköping das nächste Lager aufzuschlagen. Da wollte Joris seine Mutter treffen. Hannah, Fiefie, Steffi und Pete wollten noch eine Weile in Malmö bleiben, da sie erst vor wenigen Tagen angekommen waren.

»Wir holen euch schon noch ein«, meinte Pete grinsend und nahm Joris erneut so fest in den Arm, dass die beiden Männer wankten. Hannah und Steffi winkten ihnen nach, als sie losfuhren, nur Fiefie saß auf dem Dach des Wohnmobils und beobachtete sie, ohne eine Miene zu verziehen. Viola fröstelte, als sie das sah.

*

In Jönköping schlugen sie ihr Lager nicht weit entfernt vom offiziellen Campingstrand direkt am Meer auf. Es behagte weder Charlie noch Joris, sich unter die anderen Menschen zu mischen. Das gefiel Viola, denn wenn um sie herum zu viele Menschen waren, fühlte sie sich auch unwohl. Nur Isa sah etwas sehnsüchtig auf die Duschräume, während sie in ihrem Camper nicht einmal eine eingebaute Dusche hatten. »Wir haben doch einen See«, sagte Joris tröstend zu Isa. »Und wenn du keine Lust auf Baden hast, haben wir genug Seife, Wasser und Plastikschüsseln.«

»Äh, ja«, erwiderte Isa wenig begeistert und widmete sich wieder dem Aufbau ihres Zeltes. Sie hatten auf ihrer Reise schon einige Tage ohne ausreichende Hygiene verbracht, weil die Dusche in ihrem Wohnmobil öfter nicht funktioniert hatte, und Isa war jedes Mal nervös geworden. Es war aufwändig, ständig den riesigen Tank zu säubern, aber Isa hatte darauf bestanden, jeden Tag zu duschen.

Viola legte die Hand an die Stirn, um ihre Augen vor der blendenden Sonne zu schützen, und sah in den wolkenlosen, blauen Himmel. Eine Hitzewelle hatte das Land erfasst und Viola überrascht. An solchen Tagen war es wirklich wichtig, am Abend eine Dusche zu bekommen, mit der man sich vom Schweiß befreien konnte. Viola hatte sich immer in einer dicken Jacke gesehen, wenn sie über Skandinavien nachgedacht hatte. Jetzt lief ihr der Schweiß über den Rücken. Es war viel zu heiß.

Sie konzentrierte sich auf ihr Zelt und schob die Stäbe so in die Lasche, wie Joris es ihr gezeigt hat. Während der Arbeit verflogen ihre Gedanken, und sie erinnerte sich an die bisherigen Erlebnisse auf der Reise. Die Auswirkungen der Klimakrise waren ihnen nicht verborgen geblieben. Obwohl Europa eher komfortabel lag, waren sie überall gegenwärtig. In Südeuropa waren sie Zeuge von Dürren geworden, weswegen die Landwirte verzweifelt versuchten, ihre Ernten zu retten. Das Wasser wurde knapper und kostbarer, und häufiger mussten Landwirte auf die Ernte verzichten, weil das Bewässern teurer wäre als die Ernte einbringen würde. Sie waren durch von Waldbränden betroffenen Regionen gefahren. Riesige Gebiete waren einfach abgebrannt und nun nur noch Asche und Staub, dabei könnten die Bäume so wichtige Helfer gegen die Klimakrise sein. Ihre Reise durch die Niederlande hatte ihnen vor Augen geführt, dass es in Europa ebenfalls Gebiete mit zu viel Wasser gab. Die Angst vor Überschwemmungen war dort fortwährend zu spüren. Wie lange konnten sie die Deiche und Dämme höher bauen, und wann würden die Menschen beginnen, ihre Heimat aufzugeben?

Der Sommer war viel zu heiß, und Viola musste zugeben, dass sie froh war, während der Sommermonate schon auf dem Weg in den Norden gewesen zu sein. Die Hitze war erträglich, solange man im Wohnmobil reiste und sich jederzeit ein schattiges Plätzchen suchen konnte. Wenn es Isa und ihr zu heiß gewesen war, hatten sie faul vor ihrem Wohnmobil auf ihren Campingmöbeln gelegen und gelesen. Wie erging es den Menschen, die während der Hitzewelle arbeiten mussten? Und wie erging es älteren Menschen, deren Körper solche Strapazen nicht mehr so gut wegstecken konnten?

»Kommst du mit zum Baden?«

Viola zuckte zusammen, als Isa sie ansprach. Sie griff nach vorne und nahm Viola den Hering aus der Hand. Es sah schon sehr geübt aus, wie sie ihn geschickt in die Erde rammte. »Ja, ich pack zuerst mein Zeug aus«, sagte Viola. Sie drehte sich um und musste grinsen, weil Charlie und Joris schon den See eroberten und sichtlich Spaß daran hatten, ihre aufgeheizten Körper abzukühlen. Als sich Charlie aufrichtete, sah Viola, dass diese nackt war. Und dann bemerkte sie, dass auch Joris nackt war. Sein flacher Po war genauso gebräunt wie seine Oberschenkel. Sie runzelte die Stirn. »Die sind ja nackt«, murmelte sie. »Ziehst du einen Bikini an?«, fragte sie etwas beunruhigt in Isas Richtung. Isa drehte sich um und sah zu den anderen zwei. Sie wandte sich wieder zu Viola um und legte ihr eine Hand auf die Schulter. »Klar mach ich das.« Sie deutete ein Augenrollen in die Richtung der beiden an.

Viola nickte. Sie war erleichtert, weil sie auf gar keinen Fall nackt ins Wasser gehen würde, und mit Isas Unterstützung nicht die Einzige war, die einen verklemmten Eindruck machte. Sie warf ihren Rucksack durch die Öffnung ins Zelt. »Ich mache mich fertig«, kündigte sie an. Isa war bereits auf dem Weg zu ihrem eigenen Zelt und hob den Daumen in die Höhe.

*

Die nächsten Tage am See bestanden hauptsächlich darin, dass Joris entweder mit seiner Mutter und ihrem Lebensgefährten unterwegs war oder seine Mutter bei ihnen zu Besuch war. Sie machte einen jugendlichen Eindruck und stellte sich Viola und Isa sofort mit Ronja vor. Dabei nahm sie beide in den Arm, als ob sie sich schon lange kennen würden.

Die Treffen mit seiner Mutter taten Joris gut. Er wirkte gelöster, entspannter und zufriedener. Aber als Ronja ihn auf Fabio ansprach, runzelte er die Stirn und ging spazieren. Offenbar schien es ihm so wehzutun, über die Trennung von Fabio zu sprechen, dass er es nicht ertrug. Dass er seine Mutter einfach sitzen ließ und davon ausging, dass Viola, Isa und Charlie sich nun um sie kümmern würden, schien niemand außer Viola seltsam zu finden. Stattdessen erläuterte Charlie Ronja, dass Joris und Fabio Schwierigkeiten hatten und vorerst getrennte Wege gingen. Das schien Ronja zu betrüben, und als Joris zurückkam, ging sie schnurstracks auf ihn zu und umarmte ihn.

Wenn Ronja nicht da war, verbrachten sie ihre Zeit entweder damit, zu arbeiten oder sich auszuruhen. Besonders oft waren sie im Wasser, was die andauernde Hitze erträglicher machte. Viola erfuhr, dass Charlie Kinderbuchautorin war und gerade an einem Buch arbeitete, wofür sie sich eifrig Notizen in ihrem Notizbuch machte. Häufig schrieb sie wie besessen mit einem Bleistift auf die vollgekritzelten Seiten, die Zeichnungen und Buchstaben in einem nicht durchschaubaren System enthielten, oft genug saß sie aber lediglich mit dem Notizbuch im Schoß und den Bleistift gegen die Zähne schlagend in ihrem Campingstuhl und starrte zum Wasser. Sie wollte unbedingt ein Hörbuch ihrer bisherigen Veröffentlichung herausbringen, doch ihr Verlag meinte, dass das zu riskant war und nicht viele Käufer finden würde. Als Viola sie darauf ansprach, warum es ihr so wichtig war, erläuterte Charlie, dass der junge Mann, der im letzten Jahr mit in Skandinavien gewesen und zwischenzeitlich erblindet war, ihr Buch nur als Hörbuch konsumieren konnte. »Das ist eine tolle Geste von dir«, meinte Viola.

»Leider teuer und kompliziert umzusetzen«, erwiderte Charlie nachdenklich.

Das verdeutlichte Viola erneut, wie eng die Freunde waren und dass Isa und sie lediglich zufällige Mitfahrende waren. Selbst dieser Alex, der nur einmal mit ihnen unterwegs gewesen war, schien eine unglaubliche Präsenz zu haben. Bei dem Gedanken stieg in Viola eine merkwürdige Einsamkeit auf, obwohl ihr all die Monate Isas Anwesenheit genügt hatte und sie die Nähe zu anderen Menschen nie gesucht hatte. Sie hatte die Zweisamkeit mit Isa genossen, genauso wie sie gerne alleine gewesen war und dies ebenfalls als wertvoll angesehen hatte. Nun lag sie ab und zu im Zelt und sehnte sich nach ihrer Mutter. Oder sie saß am See und vermisste es, mit jemandem außer Isa zu sprechen. Eventuell war es an der Zeit heimzufahren? Vielleicht war sie endlich bereit dazu …

Sie thematisierte das bei Isa, während sie beide im Vätternsee schwammen.

Wie sich herausstellte, war Isa noch nicht bereit, nach Hause zu gehen und ziemlich verwundert darüber, dass Viola ihre Meinung geändert hatte. »Ich habe meine Meinung nicht geändert«, korrigierte Viola sie und machte Strampelbewegungen im trüben Wasser. Sie konnte ihre Beine nicht sehen. Wann immer sie mit dem Fuß gegen den Sand stieß, zuckte sie zusammen und versuchte, nicht darüber nachzudenken, was dort unten alles herumkrabbelte. »Ich habe lediglich darüber nachgedacht, dass es für mich immer mehr in Ordnung wäre, den Heimweg anzutreten.«

Isa dachte kurz nach. »Klar. Wenn das Jahr rum ist, okay. Aber ich will darüber jetzt nicht nachdenken.«

Viola schwamm ein paar Züge und sah sich um, um sicherzugehen, dass Isa ihr auch folgte. »Vermisst du deine Eltern gar nicht? Hast du nicht das Bedürfnis, langsam mal mit dem echten Leben zu beginnen?«

Stirnrunzelnd kam Isa ihr nach. »Ich habe eher das Gefühl, mein echtes Leben wird bald enden. Was kommt denn danach? Job, Heirat, Kinder?« Sie sah vollkommen ernst aus, bevor sie lächelte.

Viola, die wusste, dass das nicht Isas konkrete Pläne waren, lachte und bespritzte ihre Freundin mit Wasser. Die schrie auf und wehrte sich, indem sie ebenfalls Wasser mit der flachen Hand verteilte.

Erst nachdem Viola sich in Sicherheit gebracht hatte, wurde sie wieder ernst. Sie musterte Isa. »Ich sehe das anders. Mein Leben beginnt gerade. Ich finde das so aufregend. Endlich lernen die Menschen mein wahres Ich kennen.«

Isa nickte. »Das verstehe ich.«

Viola schlug grinsend auf die Wasseroberfläche. Quiekend schützte Isa sich vor der angedeuteten Fontäne, die Viola dadurch erzeugt hatte.

Lachend und sich gegenseitig nass spritzend traten sie den Weg zum Ufer an, wo bereits Joris und Charlie mit dem Abendessen auf sie warteten.

*

Nachdem Ronja zusammen mit ihrem Partner die Rückreise nach Norwegen angetreten hatte, wurde Joris' Gang schlurfender, und seine Schultern begannen zu hängen. Charlie plante eine rasche Abfahrt, um sich mit dem Rest in Linköping zu treffen und gemeinsam weiter nach Stockholm zu fahren. Joris akzeptierte ihre Entscheidung, ohne Einwände zu erheben, also willigte Viola ebenfalls ein. Sie hatte sowieso nicht das Gefühl, dass ihr Protest viel wert wäre, besonders weil Isa begeistert war, etwas Neues zu sehen.

So war es immer gewesen. Isa war die treibende Kraft und hatte regelmäßig auf eine rasche Weiterfahrt gedrängt, während Viola es jedes Mal schwerfiel, sich zu verabschieden. Mit dem Vätternsee erging es ihr genauso. Erschwerend kam hinzu, dass sie die Befürchtung hatte, dass Fiefie über sie

Bescheid wusste. Oder welchen Grund könnte es geben, sie misstrauisch zu beäugen. Vielleicht mochte er sie einfach nicht? Sie hatte nicht die geringste Ahnung, was mit ihm los war. Aber sie wusste, dass sie nicht sonderlich scharf drauf war, sich so rasch wieder mit ihm, Hannah, Pete und Steffi zu treffen.

Am Morgen vor der Abreise baute Joris lustlos sein Zelt ab und stopfte den Stoff ungeduldig in die dazugehörige Tasche. Viola beobachtete das einige Zeit und ließ schließlich ihr eigenes Zelt stehen. Sie erinnerte sich noch an ihren ersten Abend in Schweden und dass Joris auf sie zugekommen war, um ihr zu helfen und ein längeres Gespräch zu führen. Sie schlenderte zu ihm und blickte ihn einen Moment lang an. Er reagierte schneller, als sie gedacht hatte, und drehte sich, um sie anzusehen. »Brauchst du Hilfe?«, fragte er.

Viola schüttelte den Kopf. Sie wurde immer besser darin, das Zelt auf- und abzubauen. Der Aufbau war anspruchsvoller, doch der Abbau gelang ihr mittlerweile mit links. »Du machst den Eindruck, als würdest du Hilfe benötigen«, sagte sie.

Joris starrte auf das Zelt, kurz darauf lachte er. Ihm musste klar sein, dass sie ihm keine Hilfe für den Abbau anbot, sondern seine psychische Verfassung ansprach, denn er sagte: »Solange ich mich darauf gefreut habe, meine Mutter zu sehen, kam mir die Trennung von ihm nicht so real vor, wie sie es jetzt tut.«

»Du fühlst dich alleine?«, fragte Viola.

Joris kratzte sich am Kopf. Er warf die Stäbe auf den Boden und setzte sich. »Nein, das nicht. Ich habe hier meine Freunde. Charlie auf eine ganz besondere Art. Und der Rest von ihnen ebenfalls.« Er grinste schief und klopfte neben sich aufs Gras.

Viola setzte sich ebenfalls und lehnte sich nach hinten. Sie kniff die Augen zusammen, um nicht geblendet zu werden.

»Und ihr passt super zu uns«, fügte Joris hinzu.

»Echt?«, fragte Viola überrascht.

»Klar. Isa und Charlie kommen super miteinander klar, ist dir das nicht aufgefallen?«

Viola nickte. Sie sah zu ihrer Freundin, die mit Charlie zusammen den Campingkocher säuberte. Beide lachten dabei schallend und schienen jede Menge Spaß zu haben. Anders als bei ihrer Ankunft in Schweden, empfand

Viola dieses Mal keine Eifersucht bei dem Anblick. »Und du passt ebenfalls zu uns«, betonte Joris.

Viola schloss kurz die Augen und lächelte. Es tat ihr gut, das zu hören, und es verstärkte in ihr den Eindruck, die Zeit mit Charlie, Isa und Joris zu genießen und die anderen nicht sofort wieder treffen zu wollen. »Ich habe immer noch nicht verstanden, warum Fabio und du euch getrennt habt. Charlie hat mir gesagt, dass ihr fast zwei Jahre zusammen wart.«

Joris atmete tief ein. Er hob die Schultern. »Es ist kompliziert.«

»Du musst es mir nicht erzählen«, sagte Viola, erschrocken über ihre eigenen Worte. Sie mochte es ebenfalls nicht, wenn man ihr zu private Fragen stellte, und kam besser mit Menschen klar, die etwas auf Distanz blieben. Sie hätte Joris nicht so überfallen sollen.

»Nein, es ist nur schwer, es in Worte zu fassen. Ich bin selbst gerade dabei, zu begreifen, was eigentlich passiert ist«, murmelte Joris. Er kratzte sich erneut am Kopf, dann senkte er den Oberkörper und stützte sich mit den Handflächen im Gras ab. Charlie und Isa schrubbten weiter am Campingkocher herum, und Isa schien Charlie mit einer witzigen Story zu unterhalten. Charlie brach in lautes Gelächter aus, als Isa eine Geste machte. »Wenn ich dir sage, es wurde schwierig, als Fabio vor einem Jahr die Drogen links liegen ließ, hört sich das merkwürdig an, oder?« Joris sah sie an, als würde er gleich weiterreden, tat es aber nicht.

»Ein bisschen.« Viola nickte. »Die Drogen können nicht gesund gewesen sein. Du solltest stolz auf ihn sein.«

»Bin ich natürlich«, erwiderte Joris rasch. »Doch es hat alles geändert. Er entschied sich nach Jahren des Weigerns dazu, Psychopharmaka zu nehmen, um sein Gleichgewicht ohne die Drogen zu finden.«

»Und das hat seine Persönlichkeit verändert?«, fragte Viola leise. Sie erinnerte sich an Max, ihren Exfreund, und an Farid, der am Ende dieselben Fehler gemacht hatte, wie Max sie getan hatte. Der Gedanke an ihre ehemaligen Partner tat ihr weh.

»Ja, ich müsste lügen, wenn es anders wäre. Er war plötzlich ruhiger, viel mehr in sich gekehrt. Abends war er oft müde, und auf Sex hatte er kaum noch Lust. Generell war er ziemlich antriebslos«, gestand Joris.

»Lag das an dem Entzug von den Drogen oder an den Medikamenten?«, erkundigte Viola sich und war dankbar, dass sie ihre Vergangenheit aus dem Kopf drängen und sich stattdessen auf Joris konzentrieren konnte.

»An beidem. Die Kombination war es, schätze ich«, meinte Joris.

»Und dann?«, fragte Viola und wünschte sich, sie könnte das Beißen im Herzen ignorieren. »Konntest du mit den Veränderungen nicht leben?«

»Doch.« Joris musterte sie traurig. »Er jedoch nicht.«

Viola blinzelte. »Er? Haben sich seine Gefühle für dich verändert?«

Joris schüttelte den Kopf. Als er antwortete, klang seine Stimme belegt. »Nein, er ist überzeugt, er könne mir seine Veränderung nicht zumuten.«

Viola sah wieder zu Charlie und Isa, die nun ernster wirkten. Sie klappten die Stühle zusammen und räumten sie in den Camper. Aufbruchsstimmung.

Viola sah Joris an. »Aber das solltest du entscheiden. Du solltest einschätzen, was du mitgehen kannst und was nicht.«

»Ja.« Joris nickte. »Sollte ich. Doch er weigert sich, das anzuerkennen.«

»Hast du ihm gesagt, dass du ihn, so wie er jetzt ist, liebst?«, fragte Viola.

Joris nickte. »Natürlich. Er ist allerdings ein Sturkopf.«

Seufzend betrachtete Viola Charlie und Isa. Danach sah sie Joris erneut an. »Gib ihm ein bisschen Zeit, er muss sich auch an die Veränderungen gewöhnen. Vielleicht fällt es ihm schwerer als dir. Du kennst ihn erst seit zwei Jahren, er lebt mit der unbehandelten Krankheit vermutlich schon viel länger.«

Joris hob die Schultern und lächelte gequält. »Ich hoffe, du hast recht.«

Viola wünschte sich, sie könnte ihm helfen. Als sie aufstand, wirkte Joris nach wie vor traurig.

*

Fiefie und die anderen hatten sich bereits einen Platz in der Nähe von Linköping gesucht – wieder direkt am Ufer eines Sees. Das war eine Routine, die die Reisenden in ganz Europa verband. Egal, ob in Bulgarien oder in Belgien, wenn es die Chance gab, an einem See zu übernachten, wurde das als Schlafplatz immer bevorzugt. Das hatte praktische Gründe, weil es die Körperhygiene vereinfachte, ohne zu viel Wasser zu verbrauchen; es erleichterte aber ebenso das Kochen und das Waschen von Geschirr.

Schon während des Aufbaus ihres Zeltes spürte Viola, dass es innerhalb der zweiten Gruppe Ärger gegeben haben musste. Hannah war noch distanzierter als sonst und saß tatenlos im Schatten des alten Wohnmobils. Ihre Arme waren vor der Brust verschränkt, ihre Körperhaltung war gekrümmt. Das Gesicht war verkniffen, und sie stand nicht einmal auf, als Viola, Isa, Charlie und Joris ankamen. Erst als Charlie zu ihr ging, entspannte sich ihre Miene ein wenig, und sie ließ sich von Charlie hochziehen und umarmen. Die beiden Frauen redeten kurz, zum Schluss schüttelte Hannah den Kopf und nahm ihre vorherige Körperhaltung ein.

Von Fiefie war nichts zu sehen, er kam auch nicht zum Camp zurück, als sie mit dem Zeltaufbau fertig waren. Steffi und Pete schien der Ärger innerhalb ihrer Gruppe nicht viel auszumachen. Sie luden die Neuankömmlinge zu einer selbstgemachten Limonade ein. Steffi winkte Hannah ebenfalls herbei, doch die wollte sich nicht dazugesellen, angeblich weil es ihr in der Sonne zu heiß war. Viola vermutete, dass das nur eine Ausrede war und Hannah sich nicht an den Gesprächen beteiligen wollte. Als Charlie ihr eine Zigarette anbot, schüttelte sie den Kopf. Auch Viola nahm keine an. Sie konnte Probleme bekommen, wenn sie zu viel rauchte, und sie hatte in den letzten Tagen bereits einige Kippen mit Joris geraucht.

Also setzten sie sich zu sechst an den Tisch, und Joris und Charlie erzählten Pete und Steffi von der Fahrt.

Von Fiefie fehlte weiterhin jegliche Spur. Isa trank stumm ihre Limonade auf dem Stuhl, auf dem normalerweise Fiefie gesessen hätte, während Viola mit Hilfe des Kalenders ihres Smartphones versuchte nachzuvollziehen, wann sie ihre Medikamente einnehmen musste. Sie tastete an ihrem Hüftknochen nach dem Pflaster. Das hatte auf der Reise regelmäßig zu Problemen geführt. Manchmal war die Zeit schnell vergangen, hin und wieder zog es sich, weil ein Tag dem nächsten so glich. Verärgert schüttelte Viola den Kopf und biss sich auf die Lippe. Sie konnte sich noch gut erinnern, als sie sich anfangs auf jede Dosis gefreut hatte und die Tage gezählt hatte. Es war ihr jedes Mal wie eine Ewigkeit vorgekommen. Inzwischen war es zu ihrem Alltag geworden, und während ihrer Reise waren andere Eindrücke, die neuen Bekanntschaften wichtiger geworden. Auch wenn sie sich ermahnen musste, sorgfältiger zu werden, wusste sie doch, wie heilend es war, dass sich ihr Fokus verschoben hatte und ihr Alternativen so viel Freude bereiteten.

Als Pete und Steffi sich um das Abendessen kümmerten, verkündete Charlie, dass sie sich auf die Suche nach Fiefie machen würde, und Joris zog seinen Stuhl zu Hannah und setzte sich neben sie, während er sein Bier trank. Zuerst schwiegen sich die zwei an, später begannen sie zu reden, und Hannahs Körperhaltung entspannte sich zunehmend. Schließlich deckten sie den Tisch. Charlie tauchte irgendwann zusammen mit Fiefie auf und erzählte, dass sie ihn auf dem Weg entlang des Sees aufgesammelt hatte. Selbst Hannah willigte ein, sich mit ihnen an den Tisch zu setzen.

Das erste Mal hatte Viola das Gefühl dazuzugehören. Vielleicht lag es daran, dass sie sich langsam an den Rest der Gruppe gewöhnt hatte.

Auch wenn die Stimmung merklich besser wurde und das Essen von Pete und Steffi super schmeckte, sprachen Fiefie und Hannah weiterhin nicht viel. Beide verschwanden in ihre Zelte, sobald sie gegessen hatten. Der Rest von ihnen spielte ein Würfelspiel mit einem zunächst kompliziert wirkenden Regelwerk, bei dem Joris und Charlie meist gewannen. Obwohl Pete die Regeln kannte, war er nahezu genauso schlecht wie Viola, die sich schwertat, alle Regeln zu beachten. Isa jedoch wurde von Runde zu Runde besser.

»Tja, Pech in der Liebe, Glück im Spiel«, sagte Joris und schnalzte mit der Zunge. »Irgendeinen Vorteil muss es ja haben, dass ich frisch getrennt bin.«

»Ach komm.« Pete schüttelte den Kopf. »Du weißt, dass das mit euch nicht Geschichte ist. Er braucht lediglich ein wenig Freiraum.«

Joris antwortete nicht, sondern würfelte erneut und triumphierte, als er einen perfekten Wurf erkannte. Viola hatte sich nie viel aus Gesellschaftsspielen gemacht, nicht mal als Kind, und Würfelspiele hatte sie damals schon als langweilig erachtet. Sie hatte Isas Faszination für Spiele nie wirklich verstanden und nur ihr zuliebe manchmal mit gepokert oder sich beim Skat mit anderen Campern beteiligt. Jetzt aber musste sie zugeben, dass das Würfelspiel eine gewisse Faszination auf sie ausübte. Sie wollte so gerne auch mal gewinnen und versuchte die Taktik, die Charlie verwendete, doch obwohl sie besser wurde, erreichte sie trotzdem nicht die Punktzahl, die der Rest erreichte.

*

In Linköping blieben sie einige Tage, und Viola hatte den Eindruck, sich kontinuierlich besser mit den anderen zu verstehen und dass es auch Isa so ging. Vielleicht lag es daran, dass Fiefie sich weiterhin von der Gruppe absonderte. Wann immer er da war, hatte Viola das Gefühl, dass er ihr gegenüber misstrauisch war. Wenn er nicht dabei war, fiel es ihr leichter, sich zu entspannen. Selbst Hannahs Laune wurde besser. Sie blieb zwar zurückhaltender als die anderen, aber Viola kannte sie mittlerweile gut genug, um einschätzen zu können, dass das einfach Hannahs Art war. Sie bezog das weder auf sich noch auf den Streit, den Hannah offenbar mit Fiefie gehabt hatte. Zwei Tage nach ihrer Ankunft fragte Hannah sie, ob sie mit ihr zusammen Beeren sammeln gehen wollte, und Viola willigte sofort ein, weil sie froh war, was von der Umgebung sehen zu können. Die Gruppe versuchte, sich so viel wie möglich selbst zu versorgen, und rettete Lebensmittel aus den Containern der umliegenden Supermärkte. Die Gruppe hatte dabei eine klar strukturierte Aufgabenverteilung. Pete, Joris und Steffi containerten, während Hannah Beeren, Nüsse und essbare Früchte sammelte und Fiefie ab und zu angelte, den Fisch ausnahm und vorbereitete. Nur Charlie schien keine Aufgabe zu haben und sagte scherzend, ihre Aufgabe wäre es, zu essen, als Viola sie einmal fragte, warum sie nicht auch Lebensmittel beisteuern musste. Die Gruppe ernährte sich vorwiegend vegan, außer sie konnten Fleisch aus den Containern ergattern. Das war eher selten. Fleisch und Milchprodukte waren heikle Lebensmittel, die schnell schlecht wurden, wenn sie ungekühlt im Abfall lagen. Gerade jetzt im Sommer war es kaum möglich. Umso größerer Beliebtheit erfreute sich somit Fiefies Fisch, außer bei Steffi und Pete, die sich streng vegan ernährten. Doch weil Fiefie aus welchen Gründen auch immer eingeschnappt war und nicht mehr angeln ging, gab es aktuell keine tierischen Produkte. Obwohl es Viola zu Beginn suspekt erschienen war, fand sie nun Gefallen an der Essensbesorgung und bewunderte die Konsequenz, die die Gruppe diesbezüglich an den Tag legte. »Gekauft wird erst was, wenn wir aus den Abfällen und dem, was die Natur uns schenkt, nicht mehr satt werden«, sagte Steffi, und Joris ergänzte mit einem Stirnrunzeln, dass das so gut wie nie der Fall gewesen war, weil die Container der Supermärkte regelmäßig gut gefüllt waren. Auf dem Weg zu den Brombeersträuchern berichtete Hannah, dass sie ab und zu eine Ausnahme machten und im vorherigen Jahr sogar essen gegangen waren.

»Es ist nicht so, dass wir nie Geld für Lebensmittel ausgeben«, betonte sie. »Wir haben ebenfalls manchmal Gelüste, und meine Lieblingsschokolade findet sich nie in den Containern.« Sie zwinkerte Viola zu.

Während sie die reifen Brombeeren pflückten und in kleinen Dosen sammelten, erzählte Hannah ihr von der letzten großen Tour, als sie Alex zuliebe weit nach oben in den Norden gereist waren, um Nordlichter zu sehen. »Das war für mich eines der absoluten Highlights«, fügte Hannah hinzu. »Schade, dass mein Bruder nicht mehr dabei war.«

»Ach, war er bereits voriges Jahr nicht mehr dabei?«, fragte Viola erstaunt.

Hannah schüttelte den Kopf und erzählte ihr, wie Fabio vollkommen überraschend beschlossen hatte, heimzufliegen, um eine Therapie zu beginnen. »Seitdem ist er nicht mehr er selbst.«

»Oder er ist jetzt er selbst«, gab Viola zu bedenken. Warum glaubten ständig alle, dass Menschen sich verrieten, wenn sie sich Hilfe suchten? Bei einigen mochte das ja stimmen, es gab jedoch ebenso Menschen, bei denen war das Gegenteil der Fall. Viele entdeckten erst spät ihren wahren Kern und lebten sich danach aus. Es war schwer genug, solche Veränderung gegen das Misstrauen und die Einwände der Gesellschaft zu leisten, weitaus schwerer war es, wenn die Freunde, der ehemalige Partner und die Schwester der Überzeugung waren, man wäre nicht mehr man selbst.

»Ja. Vielleicht«, sagte Hannah nachdenklich. »Es ist halt ungewohnt.«

»Ist er aktuell glücklicher?«, fragte Viola.

Hannah hob die Schultern. »Er behauptet, dass es so ist. Doch er lacht weniger, ist viel ruhiger, nicht mehr so aufgedreht.«

»Joris hat mir offenbart, er sei drogenabhängig gewesen und hatte eine unbehandelte psychische Erkrankung. Wer sagt dir, dass seine vorherige Aufgedrehtheit wirklich ein Zeichen echten Glücks war?«, hakte Viola nach.

Hannah hob erneut die Schultern.

Viola drängte sie nicht weiter. Sie fand es komisch, dass sie scheinbar die Einzige war, die Fabios Wunsch, sich in Behandlung zu begeben, akzeptieren konnte und darauf vertraute, dass er entscheiden konnte, ob es ihm damit besser ging. Und das, obwohl sie ihn nicht mal kannte.

»Ich bin ja ebenfalls eher eine ruhige Person«, meinte Hannah. »Somit kann es sein, dass es Fabio jetzt gut geht. Er wirkt jedoch aktuell wie ein Fremder, und ich finde es traurig, dass er ständig so müde ist und teilnahmslos bleibt. Dass er sich von Joris getrennt hat und diese Reise nicht angetreten hat, empfinde ich als Zeichen dafür, dass es ihm nicht so besonders geht, wie er behauptet.«

Viola dachte einen Moment lang nach. Das erinnerte sie an ihre eigene Behandlung. »Eventuell sind seine Medikamente nicht richtig dosiert oder der Wirkstoff muss sich zunächst einpendeln. Manche Nebenwirkungen lassen mit der Zeit nach.«

Hannah rupfte an einem Ast des Strauches. Sie knurrte etwas, das Viola nicht verstand, und zupfte dann sanfter die Früchte ab. »Vielleicht hast du recht. Ich weiß es nicht. Ich fühle mich für ihn verantwortlich.«

Viola stach eine besonders große, saftig wirkende Beere ins Auge. Sie pflückte sie, doch statt sie in die Dose gleiten zu lassen, schob sie sie sich in den Mund. Sie schmeckte genauso, wie sie aussah, voller bitterer Süße und fruchtiger Frische.

»Ich wünschte, ich könnte Fabio einfach glauben und mich um mich kümmern«, fügte Hannah hinzu.

»Er hat sicherlich gute Ärzte um sich rum, und Joris sagte mir, dass Fabio bei eurem älteren Bruder lebt. Also kannst du dich doch eigentlich entspannen«, erwiderte Viola.

»Hast du Geschwister?«, fragte Hannah.

»Ich habe einen älteren Bruder«, antwortete Viola. Sie grinste. »Er hat sich während unserer Kindheit ebenfalls Sorgen um mich gemacht, doch die letzten Jahre war er überzeugt davon, dass ich mein Leben meistern kann.«

»Wenn ich eine jüngere Schwester hätte, wäre es bei mir womöglich viel ausgeprägter gewesen«, überlegte Hannah.

Viola runzelte die Stirn. »Denkst du echt, dass das Geschlecht ausschlaggebend bei sowas ist?« Sie hörte sich grober an, als sie es beabsichtigte.

Hannah sah sie erstaunt an. Offenbar war sie irritiert von dem Wechsel in Violas Tonlage.

»Ich habe meinen Bruder schon seit Monaten nicht gesehen«, fügte Viola freundlicher hinzu und ging in die Hocke, um dort die reifen Früchte besser zu erwischen. »Ich freue mich darauf, wieder nach Hause zu kommen.«

»Das kann ich nachvollziehen.« Hannah nickte.

Sie sammelten stumm weiter Brombeeren, bis sie alle Dosen voll hatten und Hannah entschied, dass ihr das vorerst langte. Sie musste das Obst haltbar machen. Auf dem Heimweg dachte Viola darüber nach, dass Hannah und Fiefie nach wie vor nicht miteinander redeten, doch sie wagte nicht, zu fragen, was zwischen den Freunden vorgefallen war. Sie hatte nicht den Eindruck, dass Hannah auf dieses Thema angesprochen werden wollte, obwohl sie sich nun etwas besser kannten. Auf dem Weg am See entlang kamen sie an Apfelbäumen vorbei, und Hannah ließ es sich nicht nehmen, ihre Taschen mit dem zu Boden gefallenen Obst zu befüllen.

»Ihr versteht euch gut, oder? Also Isa, du, Charlie und Joris?«, fragte Hannah, als sie Viola ein Zeichen gab, dass sie sich umdrehen sollte. Viola hörte den Reißverschluss ihres Rucksacks und spürte eine Gewichtsveränderung, als Hannah die Äpfel in den Rucksack plumpsen ließ.

»Ja«, antwortete sie. »Isa und Charlie kommen super miteinander klar, und Joris und ich waren übrig, und wir haben uns näher kennengelernt«, fügte Viola lächelnd hinzu. Sie mochte Joris, weil er viel ruhiger war als Isa und sie es als angenehm empfand, mal mit jemandem Zeit zu verbringen, der nicht ständig Beschäftigung suchte. Doch sie hatte Charlie ebenfalls gerne und war froh, dass sie mit den Zweien im Camper fuhren, statt mit den anderen im Wohnmobil. Fiefie konnte sie gar nicht einschätzen, aber auch Pete und Steffi waren oft für sich. Von der Gruppe im Wohnmobil kannte Viola eigentlich nur Hannah eingehender, doch sie schien ebenfalls eine komplizierte Person zu sein.

»Freut mich. Wir mögen euch gleichermaßen. Ich glaube, ihr passt perfekt zu unserer Gruppe«, erwiderte Hannah und sah zufrieden aus.

Endlich wagte Viola es und sagte: »Ich hoffe, der Streit zwischen Fiefie und dir ist bald beigelegt.« Sie meinte es so. Ihr tat es leid, dass Fiefie ständig unterwegs war und Hannah so geknickt aussah. Die Sorgen um ihren Bruder schien sie schon genug zu beschäftigen. Da brauchte sie nicht auch noch Fiefie, um den sie sich sorgte.

»Streit war das nicht.« Hannah schüttelte den Kopf.

»Nicht?« Viola spürte, dass ihre Wangen heiß wurden. Hatte sie sich so getäuscht?

»Nein. Fiefie besitzt eine verletzliche Seele und leidet unter Verlustängsten. Ich hingegen beschreite zur Zeit neue Pfade. Das verunsichert ihn. Und ich habe damit zu kämpfen, es auszuhalten, dass ich ihm die Komfortzone entziehe, obwohl ich das Bedürfnis habe, jedem unserer Gruppe Sicherheit zu geben. Wir brauchen nur ein bisschen Zeit, um unsere Gedanken zu sortieren. Mach dir nicht so viele Sorgen um uns.« Hannah tätschelte ihre Schulter.

Viola runzelte die Stirn. Das ergab wenig Sinn.

Hannah hielt ihr die Hand hin und half ihr die Böschung hinauf, wo sie auf einer Anhöhe, nicht weit entfernt von den öffentlichen Toiletten und dem Strand, ihr Lager aufgestellt hatten. »Bist du okay?«, fragte Hannah.

Ihr Bedürfnis danach, dass es allen gut ging, musste wirklich stark sein. Sie runzelte die Stirn, während sie Viola ins Gesicht sah.

Viola lächelte sie beruhigend an. »Ja«, sagte sie. »Alles in Ordnung.« Sie legte den Rucksack mit den Früchten vor der Tür des Wohnmobils ab.

»Okay. Danke für deine Hilfe«, sagte Hannah und stieg die Stufen hoch. Sie ging in die Hocke und schnappte sich den Rucksack.

Viola nickte ihr zu, dann drehte sie sich um, um zu ihrem Zelt zu gehen. Das Gespräch mit Hannah hatte ihr einiges zum Nachdenken gegeben. Einerseits interessierte sie sich für diesen Fabio und dessen Persönlichkeitsveränderung, andererseits fand sie den Streit zwischen Fiefie und Hannah äußerst seltsam, besonders, weil Hannah seit Tagen nicht mit Fiefie redete, es aber auch nicht Streit nannte.

*

Joris räusperte sich. Sie saßen nach dem Abendessen noch zusammen und naschten von den Brombeeren, die Hannah und Viola am Nachmittag gesammelt hatten. Sämtliche Blicke richteten sich auf Joris. Er kämmte mit den Fingern seinen Bart und saß weniger lässig auf seinem Stuhl, als es Viola von ihm kannte. Sein Räuspern hatte sie als nicht so eindringlich eingeschätzt, doch Steffi, Pete und Charlie saßen auf einmal ganz aufrecht in ihren Stühlen und sahen abwechselnd zwischen Joris und Hannah hin und her. Nur Fiefie, Hannah und Isa wirkten genauso überrascht wie Viola von der dramatischen Stille, die sich nach dem Räuspern über sie legte. Offenbar hatten Steffi, Pete,

Charlie und Joris zuvor über etwas gesprochen und Joris als denjenigen auserkoren, der den restlichen Reisenden das Ergebnis mitteilte. Auch offensichtlich war, dass Joris sich mit dieser Ehre alles andere als wohl fühlte. Er befestigte einen dünnen Gummi um seine Barthaare und beugte sich vor. »Hannah, wir müssen langsam mal weiter.«

Hannah hob die Schulter. »Ja? Und?«

Joris räusperte sich erneut. »Also, was machen wir jetzt? Fahren wir mit der Fähre nach Finnland? Welche Fähre nehmen wir? Und können wir uns die leisten?«

Fiefie lachte auf, aber es klang nicht besonders vergnügt.

Hannah sah ihn böse an, woraufhin er sich die Hand vor den Mund legte und den Kopf schüttelte. »Was soll das?«, schimpfte Hannah, danach wandte sie sich an Joris. »Warum sagst du es mir nicht?«

Joris blinzelte.

»Wir müssen uns deswegen beratschlagen«, kam Charlie ihm zur Hilfe.

»Dann lasst uns beratschlagen«, sagte Hannah und nahm sich zwei Brombeeren aus der großen Schüssel. Sie steckte sich eine in den Mund. »Fangt an, ich höre zu.« Endlich begriff Viola. Die gesamte Gruppe verließ sich auf Hannah. Ohne Hannahs Anweisungen würden sie womöglich wochenlang an Ort und Stelle bleiben. Die unsichere Art von Joris, der sonst nie unsicher war, die verdatterten Blicke vom Rest und das trockene Auflachen von Fiefie passten wie ein letztes Puzzleteil in das Bild, an dem sie nun bereits seit Tagen herumrätselte. Sie alle orientierten sich an Hannahs Führung, und die wollte das nicht mehr. Hannah hatte schon häufiger gesagt, die anderen sollten sich mal Gedanken machen und ihr sagen, wo es lang ging. Bisher hatte es niemand ernst genommen – Viola ebenfalls nicht.

»Es gibt eine Fähre zwischen Stockholm und Langnäs. Die fährt über Nacht«, sagte Viola.

Charlie nickte enthusiastisch. »Wir schlafen in Kabinen, während das Schiff uns zum gegenüberliegenden Ufer bringt. Das haben wir in all den Jahren noch nie ausprobiert.«

»Wir haben nicht genug Geld«, zischte Pete. Er begann die Füße von Steffi, die in seinem Schoß lagen, zu massieren. »Oder wollt ihr vorher eine Bank ausrauben?«

»Nein, das tun wir nicht«, sagte Hannah rasch und sah Pete mit einer ernsten Miene an.

»Ich würde niemals in eine Bank gehen, um …«

Hannah unterbrach Pete mit einer wilden Handbewegung. »Wer weiß das schon? Ich erinnere mich an einen Schweinestall und an die Verletzungen von Joris und meinem Bruder, weil du sie einfach mitgenommen hast, ohne dass sie sich mit solchen Einbrüchen auskannten.«

»Wir sind freiwillig mitgegangen«, sagte Joris.

»Das waren politische Gründe. Es gibt aber kaum politische Gründe, die mich veranlassen würden, in eine Bank einzubrechen«, sagte Pete.

»Naja«, sagte Steffi und zog ihre nackten Füße von Petes Schoß, um sich aufrecht zu setzen. »Kapitalismuskritik.«

»Hört auf mit dem Blödsinn«, bat Charlie leise. »Wir rauben keine Bank aus.«

»Na gut, fahren wir über Land auf der schwedischen Seite nach oben«, meinte Isa und hob die Schultern.

Viola betrachtete sie, und ihr tat ihre Freundin leid. Sie hatte sich auf Finnland gefreut, und es war klar, dass das Jahr vorbei sein würde, wenn sie den Umweg in Kauf nahmen, besonders weil ihre neuen Freunde immer nur wenige Kilometer am Tag fuhren und anschließend mehrere Nächte an einem Ort blieben. Mit ihnen zusammen hätten sie niemals ganz Europa erkunden können. Dafür gingen sie es viel zu gemütlich an.

Sie holte ihr Smartphone heraus, obwohl es die meisten als nervig empfanden, wenn jemand auf sein Handy schaute, solange sie zusammensaßen. Eilig tippte sie Stichwörter in das Suchfeld und biss sich auf die Lippe. Sie spürte, dass jeder sie anblickte, und diese Art von Aufmerksamkeit gefiel ihr nicht.

»Es muss eine Alternative geben«, sagte Fiefie, der ihre Gedanken erraten hatte. Er stand auf und beugte sich von hinten über sie, um auf ihr Handy zu sehen. Daran, dass das ihre Privatsphäre stören könnte, dachte er scheinbar nicht. Für Menschen wie ihn war das Smartphone ein Hilfsmittel, um im Notfall zu telefonieren oder mit den Leuten zu Hause in Verbindung zu bleiben, aber auf keinen Fall ein Stück Privatleben mit privaten Bildern und persönlichen Chatverläufen.

»Ja, die Meerenge ist so dünn, ich kann mir nicht vorstellen, dass es da lediglich Fähren über Nacht gibt«, murmelte Viola. »Es muss zusätzliche Kurzstreckenverbindungen geben.«

Ein anregender Geruch stieg ihr in die Nase. Es roch interessant nach Minze und einer spannenden Mischung aus frischer Würze und etwas Blumigem.

»Geh mal da hin«, forderte Fiefie sie auf und deutete auf einen Link.

Sein Oberarm berührte dabei ihre Wange, und als sie den Link antippte, legte er seine Hand auf ihrer Schulter ab. So nah war ihr schon sehr lange kein Mann mehr gekommen. Nicht einmal freundschaftlich. Und eine Frau ebenfalls nicht. Sie war eine halbe Ewigkeit mit Isa alleine unterwegs gewesen, und die wusste von Violas Problemen mit Nähe, somit blieb sie auf Abstand.

Viola irritierte, dass sie es nicht als unangenehm empfand. War das, weil Fiefie so gut roch, oder hatte sie generell ein Problem überwunden, einfach so, ohne es zu bemerken, während sie mit Isa durch Europa gereist war?

»Das sieht nicht schlecht aus«, sagte Fiefie leise und beugte sich näher über sie, um besser auf dem kleinen Bildschirm lesen zu können. »Siehst du?« Er sah sie an. Viola nickte, nervös von dem Anblick seiner Augen, die ihren so nah waren.

»Es gibt eine kürzere Fähre zwischen Kapellskär und Mariehamn. Das ist nicht viel weiter als Stockholm, und die Preise sind bestimmt besser«, sagte Fiefie und richtete sich auf.

Viola hob ihren Kopf. Sie spürte, wie ihr das Blut in die Wangen schoss. Alle sahen Fiefie und sie an – gespannt und voller Erwartung.

»Also können wir das mit dem Bankraub erst mal beiseiteschieben«, sagte Isa vergnügt.

»Ja.« Viola traute sich erst, sich zurückzulehnen, als Fiefie zu seinem Platz gegangen war.

»Das ist super«, sagte Hannah und sah zu Fiefie, der seine verkniffene Miene wieder aufgesetzt hatte. Als er mit Viola aufs Handy gesehen hatte, hatte er entspannt und freundlich ausgesehen und aufgeregt geklungen. Jetzt war er erneut der alte maulige Typ. Hannah schien das ähnlich schade zu finden wie Viola. Sie seufzte leise.

»Keine Bank ausrauben«, bestätigte Pete grinsend.

»Ich wäre dir auch in eine Bank gefolgt«, meinte Joris kichernd. Er hob seinen Fuß und wackelte mit dem großen Fußzeh. Pete fand das sehr lustig, denn er lachte laut und befreit. Die anderen sahen etwas alarmiert aus. Offenbar war es nicht nur Hannah, die sich Sorgen machte, dass die beiden aufs Neue was anstellen könnten.

»Alles klar, dann …«, sagte Charlie, hielt inne und sah zu Hannah.

Hannah hob die Schultern.

»… fahren wir nach Kapellskär«, vollendete Charlie den Satz.

*

Es stellte sich schnell heraus, dass Kapellskär kein gewöhnlicher Ort war, sondern mehr oder weniger aus einem weitläufigen Hafen mit riesigen Gebäuden und prächtigen Schiffen bestand, die Menschen zwischen Schweden und Finnland hin und her kutschierten. Es gab kaum Wohnhäuser, stattdessen Lagerhallen, Werften und einen riesigen Parkplatz für wartende Autos.

Sie suchten sich zwischen Stockholm und Kapellskär ein kleines grünes Stück mitten im Wald, wo sie ungestört einige Tage verbringen konnten. Joris, Steffi, Isa und Viola wollten die Tage gerne in Stockholm verbringen, während Hannah, Fiefie, Pete und Charlie davon nichts wissen wollten. Sie versprachen zu warten.

Weil sie nicht wussten, wo sie in Stockholm parken konnten, fuhren sie mit dem Zug. In letzter Minute beschloss Fiefie, sich ihnen anzuschließen. In der Zwischenzeit erklärte sich der Rest dazu bereit, am Hafen von Kapellskär nachzufragen, wie sie am günstigsten nach Finnland kamen und wann die Fähre abfuhr.

Es war seltsam, mit den anderen im Zug zu sitzen, zumal Viola, seit sie denken konnte, die Blicke fremder Menschen versuchte auszublenden, während Fiefie, Steffi und Joris es scheinbar geradezu provozierten. Sie sahen nicht nur auffällig aus mit ihren Frisuren, Tätowierungen, Piercings und Klamotten, sie redeten und lachten laut, fläzten sich breitbeinig und mit ausladenden Gesten in ihren Sitzen.

Viola war froh, dass im vorderen Teil nicht genug Platz war und sie sich mit Isa auf einen Zweisitzer setzen konnte. »Ist dir das Verhalten der drei peinlich?«, fragte Isa.

»Peinlich nicht«, sagte Viola und hob die Schultern, als sie überlegte, wie sie ihrer besten Freundin erläutern sollte, was sie empfand. Es gelang ihr nicht, die Gedanken in Worte zu fassen. Schon im Kindergarten hatte ihr Leben daraus bestanden, sich möglichst gut an die gesellschaftlichen Normen anzupassen, um bloß nicht aufzufallen. Sie hatte es so versucht, dass sie ihr wahres Ich verleugnet hatte. Nachdem sie sich viele Jahre später bewusst gemacht hatte, das nicht mehr ertragen zu können, hatte sie Lebenszeit und ihr seelisches Gleichgewicht dafür geopfert und Schmerzen in Kauf genommen, um möglichst schnell wieder der Norm zu entsprechen. Ihr ganzes Leben hatte daraus bestanden, normal zu wirken und den Menschen zu beweisen, dass sie ein angepasstes Leben führen konnte und nicht auffällig war. Und Charlie, Joris und Fiefie? Sie taten nichts davon. Im Gegenteil. Sie legten es auch noch darauf an, zu kontrastieren, und dabei störte es sie auch nicht, dass sie negativ auffielen. Viola wünschte sich, sie hätte solch ein Selbstwertgefühl gehabt. Eventuell wäre einiges in ihrem Leben anders verlaufen. Auf der anderen Seite fühlte sie sich nicht akzeptiert, weil die anderen scheinbar gar nicht schätzen, wie leicht es für sie war, unsichtbar zu werden, um in der Gesellschaft mit dem Strom zu schwimmen. Ja, sie wusste, dass Fiefies Hautfarbe auffiel und dass er sie genauso wenig ändern konnte wie Viola ihren Körper. Ihn schien das aber nicht zu stören. Stattdessen blondierte er sich die Haare und durchlöcherte seine Haut. Gerade half er einer älteren Dame beim Einsteigen, und veranstaltete dabei ein riesiges Theater. Er verbeugte sich zusätzlich vor der Frau, die schnell das Weite suchte, ohne sich bei ihm zu bedanken.

Das war alles wirklich nett von ihm, aber warum musste er ihr mit seinem gebrochenen Schwedisch nachrufen, er hätte ihr gerne geholfen? Er sah doch, dass sie Angst vor ihm hatte und nichts mit ihm zu tun haben wollte.

»Warum macht er so eine Show?«, fragte Viola und zeigte auf Fiefie, der zwischen den Sitzreihen stand und der älteren Dame nachlächelte, die stolperte, als sie den Gang des Zuges davonlief und um die Ecke verschwand.

»Sie hat seine Hilfe nicht einmal honoriert, obwohl er ihr den Koffer in den Zug gehoben hat. Findest du das fair?«, fragte Isa.

Viola hob die Schultern.

»Er zieht sie auf, weil er ihr Verhalten unmöglich findet«, überlegte Isa. »Deswegen ist er übertrieben freundlich.«

Endlich setzte Fiefie sich wieder mit ausgestreckten Beinen und vornübergebeugtem Oberkörper. »Ich bin immer froh, wenn ich in der Masse untergehen kann«, murmelte Viola.

»Fiefie hat nicht das erlebt, was du erlebt hast«, erwiderte Isa. »Außerdem gehen Menschen mit ähnlichen Erfahrungen unterschiedlich um. Er denkt sich möglicherweise, ich falle den Leuten sowieso auf, warum sollte ich das nicht gleich provozieren? So ist das Auffallen wenigstens selbstbestimmt, verstehst du?« Isa hob ebenfalls die Schultern.

Viola verdrehte die Augen und sah aus dem Fenster in die schwedische, dicht mit Wald bewachsene Landschaft. Gerade als sie sich erneut Isa zuwenden wollte, sah sie zwei Rehe, die auf einer Lichtung standen und sie scheinbar direkt ansahen, als sie mit dem schnellen Zug an ihnen vorbeibrauste.

Viola entschied, dass sie nicht mit Isa diskutieren wollte. Sie freute sich auf den Ausflug und wollte ihn genießen und sich nicht weiter trübe Gedanken machen.

Am Bahnhof angekommen, stiegen sie aus und versuchten, sich zurechtzufinden. Sie machten sich auf den Weg in die Innenstadt und kamen schon bald an einem riesigen Park vorbei. Fiefie und Steffi waren so begeistert, dass sie beschlossen, dort den Nachmittag zu verbringen.

Wieder etwas, das Viola nicht verstand. Wer verließ die Wildnis, um sich eine Stadt anzusehen und hockte sich dort den ganzen Nachmittag in einen Park? Andererseits war sie erleichtert, weil es anstrengend gewesen wäre, zu fünft durch die Stadt zu laufen, weil wahrscheinlich jeder von ihnen seine eigene Meinung darüber hatte, in welche Richtung sie laufen mussten.

Joris, Isa und sie gingen in die Richtung, in der sie die Innenstadt vermuteten, und kamen schließlich zum Herzstück der riesigen Stadt, wo sich die Gebäude auf mehrere Inseln mit breiten Kanälen dazwischen verteilten. Das war der Grund, warum man Stockholm das Venedig des Nordens nannte, und Viola konnte den Vergleich gut nachvollziehen. Es war traumhaft.

Sie setzten sich auf die Steinstufen vor ein großes Gebäude und betrachteten die riesigen Fährschiffe, die kleinen Fischerkutter und die Industrieschiffe, die sich hier tummelten.

»Ich saß in Kiel auf einem ähnlichen Platz, als ich Fabio und Charlie kennenlernte«, erzählte Joris. »Sie sind mir gleich aufgefallen. Fabio spielte auf seiner Gitarre, und Charlie schrieb eifrig in ihr Notizbuch. Ich dachte, die beiden seien ein Paar.« Er lachte leise und zündete sich eine Zigarette an. Er streckte die Beine aus. »Als sie mich fragten, ob ich mitkomme, habe ich mir vor Angst fast in die Hosen gemacht, gleichzeitig habe ich das Adrenalin in meinen Ohren rauschen gehört. Ich wusste, wenn ich diese Chance nicht ergreife, verpasse ich was Großes.«

Seine Stimme klang wehmütig, doch sein Lächeln sah zufrieden aus. Viola wurde wieder mal bewusst, wie sehr er unter der Trennung litt, und sie musste an Farid denken, von dem sie sich aus ähnlichen Gründen getrennt hatte, wie Fabio sie als Begründung genannt hatte. Sie hatte Farid irgendwann später mal getroffen, und ihr war klar geworden, was für ein Fehler es gewesen war, so schnell aufzugeben. Sie wünschte sich, Fabio würde sich besinnen. Zum ersten Mal hatte sie das Gefühl, dass der ihr unbekannte Mann wirklich einen Fehler machte. Ja, sie konnte nachvollziehen, welche Gedanken ihm im Kopf herumgingen, aber sie wusste, dass sich solche Überzeugungen später als missverstandene Ängste herausstellen könnten.

»Habt ihr Lust darauf, shoppen zu gehen?«, fragte Isa.

»Shoppen?«, fragte Joris und sah aus, als hätte sie ihn gefragt, ob er mit ihr zusammen Heroin konsumieren wollte. Er schüttelte den Kopf. »Nein, geht ruhig, ich bleib einfach sitzen. Ihr könnt mich später abholen.«

Viola biss sich auf die Lippe. Sie wusste, was jetzt kommen würde. Doch Isa konnte ihren Gesichtsausdruck richtig interpretieren und lächelte. »Du musst nicht mitgehen, Viola«, sagte sie. »Ihr müsst mir nur versprechen, dass ihr euch nicht vom Fleck rührt.«

Erleichtert atmete Viola auf und erwiderte Isas Lächeln. »Wir bewegen uns keinen Zentimeter.«

Isa wirkte begeistert. Vielleicht genoss sie es auch, eine Weile alleine zu sein, und war gar nicht so traurig, dass Viola lieber bei Joris bleiben wollte.

Viola schmunzelte, als sie Isa hinterherblickte, dann wandte sie sich Joris zu, der entspannt an seiner Zigarette zog.

*

Mit Joris im Hafengebiet von Stockholm zu sitzen, stellte sich als eine gute Entscheidung heraus. Joris war jemand, der die Stille ertrug und sie nicht mit sinnlosen Worten füllen musste. Er fand es weder peinlich noch anstrengend, mit ihr zu schweigen und sich dabei das Treiben an der Wasserkante anzusehen. Manchmal kommentierten sie staunende Touristen, spielende Kinder und vorbeieilende Fußgänger und rätselten, wer zu wem gehörte und ob sie Urlaub machten oder in Stockholm lebten. Über lange Zeit schwiegen sie, und Viola genoss die warmen Sonnenstrahlen auf ihrer Haut und die Geräusche der Vögel, die sich bevorzugt an den Kanälen und Schären von Stockholm herumtrieben.

Nach einer Stunde kam Isa mit zwei großen Tüten an, und sie schlenderten weiter. Isa lud sie zu einem Eis ein, weil sie so geduldig auf sie gewartet hatten. Es war schon später Nachmittag, als sie am verabredeten Treffpunkt im Park ankamen, wo Fiefie und Steffi mit ausgestreckten Gliedern auf der Wiese lagen. Fiefie schlief, und Steffi kiffte. Als ob sie nicht gerade mitten in einem belebten Stadtpark wäre, der besonders bei Familien beliebt zu sein schien. Viola vermutete, dass Steffi wusste, dass Marihuana in Schweden illegal war.

Im Zug bekamen sie keine Sitzplätze mehr und mussten im Gang stehen, und als an der nächsten Station mehr Menschen hineindrängten, wurde Viola zwischen Isa und Fiefie eingeklemmt. Isas Tüten stachen ihr unangenehm in die Seite, und erneut fiel ihr auf, wie gut Fiefie roch. Er war so riesig, dass sie ihm nicht ins Gesicht sehen konnte, sondern mit der Nase gegen seine Brust stieß, wenn sie sich ihm zuwandte.

Sein Oberkörper war hager und fest, doch die Hand, die sie festhielt, als der Zug um die Kurve fuhr, war warm und weich. Viola hatte seit der Trennung von Farid keine Beziehung mehr geführt und hatte es auch nicht gewagt, zu flirten. Viel zu sehr war sie mit ihren eigenen Problemen beschäftigt gewesen. Auf einmal hatte sie das Gefühl, vielleicht bereit zu sein. Zwar war ihr Fiefie nach wie vor suspekt, weil er ihr gegenüber so misstrauisch wirkte und häufiger verschwand, doch die Art und Weise, wie er sie jetzt hielt, gefiel ihr. Es gab ihr Geborgenheit. Und so wagte sie es und drückte ihren Arm fester an seine Brust. Später konnte sie vorgeben, sie hätte es nur getan, weil es im Zug so eng war und ihr die Tüten von Isa in die Seite stachen.

Fast war sie enttäuscht, als der Zug hielt und sie ausstiegen. Fiefie zwinkerte ihr zu, dann lief er mit riesigen Schritten vor zu Joris und ließ sie bei Isa und Steffi stehen. Viola sah sich unauffällig zu den beiden Frauen um, aber die schienen nichts bemerkt zu haben. Die Wahrscheinlichkeit, dass irgendjemand diese seltsame Umarmung zwischen Fiefie und ihr aufgefallen war, war sowieso gering.

Sie folgten den Jungs und wanderten an dem großen Industriegebiet vorbei und zurück zum Camp, wo Hannah, Charlie und Pete mit dem Essen auf sie warteten.

*

Drei Tage später ging es mit dem Camper und dem Wohnmobil auf die Fähre, und sie fuhren knapp drei Stunden über das Meer nach Finnland. Obwohl sie sich für die kostengünstigste Fahrt entschieden hatten, riss der Preis der Überfahrt ein nicht zu unterschätzendes Loch in die Finanzen der Gruppe. Soweit Viola wusste, waren die anderen nicht gerade reich. Steffi und Pete verdienten mit dem Podcast und als YouTuber gerade genug, außerdem hielt Steffi Vorträge über vegane Ernährung. Joris war Informatiker und der Einzige mit einer festen Anstellung, allerdings arbeitete er lediglich die Hälfte des Jahres. Fiefie, Charlie und Hannah arbeiteten in den Sommermonaten als Erntehelfer, was dann für das ganze Jahr reichen musste.

Isa und Viola mussten ihr Reisegeld einteilen, weswegen sie der Gruppe nicht anbieten konnten, einen Großteil der Kosten zu übernehmen. Doch alle waren sich einig, so schnell wie möglich nach Finnland kommen zu wollen, und nun mussten sie damit leben, dass sie nicht mehr viel Reserven hatten. Und darauf hoffen, dass mit den Fahrzeugen nichts passierte.

Sie kamen kurz vor Mitternacht in Finnland an und mussten feststellen, dass Mariehamn kein idealer Ort war, um zu campen. Die Stadt war wesentlich kleiner als Stockholm, doch Finnlands Küste war noch zerklüfteter als die schwedische, und bis sie sich orientieren, zurechtfinden und die Ortschaft über Brücken und Umwege um große Seen verlassen konnten, verging eine weitere Stunde, sodass sie erst weit nach Mitternacht eine verlassene Wiese in der Nähe eines Örtchens namens Knutsboda fanden, auf der sie übermüdet ihre Zelte aufbauten. Weil ihnen der Aufbau der Zelte in der Dunkelheit nicht schnell genug gelang und es schnell kalt wurde, beschlossen Hannah und Fiefie, im Wohnmobil zu schlafen, während sich Steffi und Pete, sowie Charlie und Joris jeweils ein Zelt teilten. Viola war erleichtert, dass sie in Isas Zelt unterkommen konnte, und sie war dankbar, dass Joris ihnen beim Aufbau half. Sie aßen Knäckebrot und legten sich anschließend schlafen. Es war ungewohnt, mit Isa im Zelt zu schlafen. Sie hatten sich über mehrere Monate ihre alte Schrottmühle geteilt, doch in einem Zelt verzichtete man nicht nur auf Komfort, sondern auch auf Privatsphäre. Es hatte Viola nichts ausgemacht, mit Isa in einem Doppelbett zu schlafen, und jetzt im Zelt verfügten sie jede über einen Schlafsack, aber es war eng und unbequemer, als wenn man alleine im Zelt lag.

Sie war froh, dass sie müde genug war, um schnell einzuschlafen, den Hunger, den sie verspürte, und die unruhigen Bewegungen von Isa ignorierend.

Mitten in der Nacht raunte Isa ihr zu, dass sie das Wohnmobil vermissen würde. Viola konnte ihr aus tiefstem Herzen zustimmen und tätschelte die Hand ihrer Freundin. Sie dachte ebenfalls daran.

Am nächsten Tag fühlte sie sich gerädert und müde. Sie stand trotzdem früh auf und überließ Isa den Platz im Zelt. Sie wusste, dass Isa schlechter eingeschlafen war. Sie hatte an ihrem Atem und den Bewegungen erkannt, dass ihre Freundin wach war, wann immer sie ebenfalls aufgewacht war.

Joris, Pete und Steffi waren bereits wach und halfen ihr mit dem Zelt. Endlich sah Viola den Platz, den sie für die ersten Übernachtungen in Finnland auserkoren hatten, bei Tageslicht, und sie musste feststellen, dass Finnland Schweden sehr ähnelte und zumindest hier, am südlichsten Punkt relativ unspektakulär war.

Sie frühstückten, sobald die ganze Gruppe wach war. Aus irgendeinem Grund waren die meisten betrübt, was jedoch daran liegen konnte, dass sie schlecht geschlafen hatten. Viola mochte die Stimmung nicht, die sich über die Gruppe legte, und musste daher nicht lange überlegen, als Steffi fragte, ob jemand mitkommen wolle, um die nähere Umgebung auszukundschaften. Fiefie war wie so oft spurlos verschwunden, Charlie hatte sich nach dem Früh-stück erneut hingelegt, und Joris und Pete kümmerten sich um die Toilette im Wohnmobil, während Isa und Hannah untätig vor dem Camper im Schatten saßen und Kaffee tranken, in der Hoffnung, dass der die Müdigkeit schon noch vertrieb.

Steffi stapfte die Straße entlang zu den benachbarten Häusern, und sie musste feststellen, dass Knutsboda lediglich aus ein paar Häusern bestand und einigen landwirtschaftlich betriebenen Höfen. Es gab weder einen Supermarkt noch eine Tankstelle, dafür eine breite Straße mit einer Bushaltestelle, jedoch kaum Autos, und sie begegnete kaum Menschen.

»Ewig können wir nicht bleiben. Hier gibt es keine Container«, sagte Steffi.

»Außerdem ist der Platz nicht schön. Wir haben nicht mal eine Toilette oder so was in der Art«, fügte Viola hinzu und vermied es, Steffi zu sagen, dass sie sich unwohl fühlte. Den Bewohnern der Häuser würde ihre Anwesenheit auffallen, und vielleicht würden sie sich daran stören, dass sie ihr Lager auf-geschlagen hatten.

»Wir waren voriges Jahr in Finnland, weiter oben im Norden«, erwähnte Steffi. »Weil Alex die Nordlichter sehen wollte. Da sah es ganz anders aus, so wie man sich Finnland vorstellt, überall rote Häuser, die wie Bluttupfer auf der weißen unspektakulären Schneedecke wirkten.«

Alex – so viel wusste Viola inzwischen – war der junge Mann, der durch einen genetischen Defekt kurz davor gewesen war, zu erblinden, und sich nur aus dem Grund, die Nordlichter zu sehen, der Gruppe angeschlossen hatte. Von ihm redeten die Bewohner des Camps nicht so oft wie von Fabio, aber wann immer sein Name fiel, wurde jeder ernst und betrübt. Wenn sie von Fabio erzählten, waren es meist lustige oder peinliche Geschichten und Abenteuer, die sie wegen Fabios waghalsigen und chaotischen Ideen erlebt hatten. Doch Alex war wohl jemand, von dem es kaum etwas zu erzählen gab, außer dass er unbedingt die Nordlichter hatte sehen wollen.

Viola wollte mehr von ihm erfahren. Sie fragte Steffi: »Warum, glaubst du, ist Alex nicht wieder mitgekommen?«

Steffi seufzte. So wie sonst auch, wenn die Sprache auf ihn kam. Die Leute schienen sich Sorgen um den Mann zu machen. »Ihm geht es nicht besonders

Er hat sein Augenlicht jetzt fast komplett verloren. Ich denke, er hat ganz andere Sorgen, als mit uns herumzureisen.« Steffi kratzte sich am Kopf. »Du kannst dir nicht vorstellen, was er im letzten Jahr durchgemacht hat.«

Mit hochgezogenen Augenbrauen musterte Viola Steffi. »Ich habe wohl unterschätzt, was es für ihn bedeutet«, stieß sie aus.

Steffi nickte. »Bevor wir losgefahren sind, haben Fiefie und Hannah ihn besucht, und da war er ziemlich mies drauf. Ihm ging es richtig schlecht.«

Betrübt starrte Viola in den blauen Himmel und die grüne Weite darunter. Hinten am Horizont konnte sie einen See mit einer braunen Umrandung erkennen. Sie fragte sich, ob das ein Sandstrand war. »Das tut mir leid«, sagte sie.

»Mir auch.« Steffi sah zu Boden und schob ihre Hände in die Hosentasche. Einen kurzen Moment schwiegen sie. »Wollen wir zu dem See laufen?«

Steffi nickte. Sie lief voran, als hätte sie nur darauf gewartet, endlich vorankommen zu dürfen. Viola fragte sich, warum Steffi sich so unwohl zu fühlen schien, weil sie sich nach Alex erkundigt hatte. Sie wagte allerdings nicht, sie mehr zu befragen. Sie erreichten schon bald die Hauptstraße, die zwar laut Karte eine war, jedoch schmal und wenig befahren war. Sie liefen sogar eine Weile darauf, bis sie zu einem Feldweg kamen. Plötzlich blieb Steffi stehen. »Oder denkst du, dass das hier das Meer ist?«

Viola runzelte die Stirn und versuchte sich zu orientieren, doch sie meinte, dass die Meeresküste rechter Hand von ihnen sein müsste. Sie hob die Schultern.

»Alex fand die Vorstellung schrecklich, dass für uns das Leben und vor allem das Reisen weitergeht, während er sich dieser Herausforderung stellen muss. Es ist schwer zu entscheiden, ob es ihm besser geht, wenn wir uns bei ihm melden, oder wenn wir ihn in Ruhe lassen.«

Ratlos sah Viola sie an. Erneut dachte sie an ihre eigene Situation, erinnerte sich an ihre wochenlangen Krankenhausaufenthalte und die anschließende schmerzhafte Zeit zu Hause. Warum, verdammt, kam ihr ständig ihre persönliche Geschichte in den Sinn, wenn die Gruppenmitglieder von Fabio oder Alex redeten? Ihre Schicksale hatten keinerlei Ähnlichkeiten.

Doch dass Steffi dachte, es würde Alex besser gehen, wenn sich niemand mehr bei meldete, konnte sie nicht so stehen lassen. Einige ihrer Freunde hatten sich nicht mehr bei ihr gemeldet, die, die ihr geblieben waren, hatten überhaupt nicht reagiert, als Viola ihnen offenbart hatte, wie es ihr ging. Zu diesem Zeitpunkt hatte sie viele ihrer besten Freunde verloren. Ihr war wenigstens Isa geblieben.

»Ihn auszuschließen kann nicht die Lösung sein«, sagte Viola leise. Sie sah Steffi ernst an. War sie die Richtige, um Ratschläge zu geben? Projizierte sie nicht ihre eigene Situation auf die von Alex, obwohl sie keineswegs vergleichbar war? Und warum grübelte sie so viel herum? Als sie mit Isa auf Reisen gegangen war, hatte sie nie darüber nachgedacht, jetzt jedoch kam ihr immer wieder ihre eigene Vergangenheit in den Sinn. Plötzlich spürte sie eine Hand auf ihrer Schulter.

»Alles okay?«, fragte Steffi.

Viola nickte. Kurz darauf schüttelte sie den Kopf. »Nein, ich weiß nicht. Ich schleppe was mit mir herum, von dem ich hoffte, es längst verarbeitet zu haben. Nun merke ich, dass da scheinbar mehr in mir ist, über das ich hinwegkommen muss.«

Steffi sah sie einen Moment lang sehr ernst an. Sie drückte ihre Hand fester gegen Violas Schulter, und ihr Blick huschte über Violas Gesicht, als ob sie anhand ihrer Mimik herausfinden könnte, wie sie Viola helfen konnte. »Du möchtest nicht darüber reden, oder?«, fragte Steffi leise.

Viola schüttelte den Kopf. »Jetzt nicht. Ich … Ich habe seit fast einem Jahr mit niemandem mehr gesprochen außer mit Isa, und eigentlich bin ich davon ausgegangen, es einfach hinter mir lassen zu können.«

Steffi nickte. Dann drückte sie erneut ihre Schulter und ließ ihre Hand fallen, dabei streifte sie sanft den Oberarm von Viola. Wieder jemand, der sie auf eine bewusste Art und Weise berührte. Isa hatte ihren Wunsch nach Distanz immer respektiert. Alle anderen, ihre Exfreunde, ihre Eltern, ihr Bruder – sie waren weit weg, und Viola hatte sich ihnen entzogen, als sie entschieden hatte, sich ein Jahr Auszeit zu nehmen.

Als Steffi sich umdrehte und in die Hocke ging, um eine Blume zu bewundern, traten Viola die Tränen in die Augen. Auf einmal fühlte sie sich merkwürdig einsam und alleine gelassen, von allem abgeschnitten, was ihr früheres Leben ausgemacht hatte. Sie zahlte einen hohen Preis dafür, in der Fremde unerkannt zu bleiben. Einen viel zu hohen Preis. Sie hatte Sehnsucht danach, heimzufahren. Sie war zu lange unterwegs gewesen. Oder?

»Empfindest du manchmal Heimweh?«, fragte sie.

Steffi drehte sich in der Hocke herum. Sie hob die Schultern. »Nein, nicht wirklich. Ich habe Pete bei mir. Und außerdem war ich nie länger als elf, zwölf Wochen unterwegs. Isa und du … Das ist eine größere Hausnummer.«

Viola starrte in die Ferne. Sollte sie in das Dorf ihrer Eltern ziehen, dorthin, wo ihre Familie wohnte, wo ihre ehemaligen Freunde lebten? Oder besser nicht? Doch wohin sonst? Sie war nicht mehr länger Studentin, und da sie und Farid sich getrennt hatten, gab es keinen Grund mehr, in die Stadt zurückzukehren, in der sie studiert hatte. Niemand kannte sie da. Klar, sie würde dort unvoreingenommener aufgenommen werden, doch wollte sie wirklich ganz ohne feste Bindung neu anfangen?

»Ich glaube, ich habe nichts, wohin ich gehen könnte«, sagte Viola betrübt.

Steffi erhob sich. Auf ihrem Finger balancierte sie einen Marienkäfer. Sie trat auf Viola zu. »Wo hast du gelebt, bevor du mit Isa losgezogen bist?«, fragte sie.

»In der Stadt, in der ich studiert habe. Mein Exfreund lebt da, hat sich eine Wohnung gekauft, einen Job gefunden und ist eine neue Beziehung eingegangen. Er und Isa waren die einzigen Menschen, die mir da etwas bedeutet haben«, berichtete Viola.

»Hört sich nicht nach Heimat an«, sagte Steffi. Sie strich sich die bunt gefärbten Haare aus dem Gesicht, während sie die Hand mit dem Marienkäfer in die Höhe hielt, um ihn nicht versehentlich zu verletzen. Doch er flog nicht davon, sondern krabbelte neugierig auf ihrer Haut herum. Als wüsste er, dass er es bei ihr gut hatte, dachte Viola fasziniert und starrte das Tier aus der Nähe an.

»Außerdem gibt es den Ort, wo meine Eltern und mein Bruder wohnen und all meine ehemaligen Freunde und ein weiterer Exfreund, mit dem ich längere Zeit zusammen war. Ich habe dort meine Kindheit und Jugend verbracht«, erzählte Viola und sah Steffi kurz in die Augen, bevor sie ihren Blick wieder auf das Tierchen richtete, das neugierig bis zur Spitze von Steffis Zeigefinger krabbelte, weiterhin ohne sichtbare Bestrebungen davonzufliegen.

»Hört sich eher nach einer Zuflucht an«, sagte Steffi.

Viola zögerte.

»Aber du könntest dir jeden Ort der Welt aussuchen, um dir ein Zuhause zu erschaffen. Du könntest in die Hauptstadt kommen, wo Pete und ich leben. Da finden alle eine Heimat, besonders die, die kein echtes Zuhause haben«, fuhr Steffi fort.

Viola hob die Schultern. »Wohin geht Isa?«, fragte Steffi.

»In unseren Heimatort. Wo unsere Eltern leben«, sagte Viola leise. In dem Moment, in dem sie es aussprach, wusste sie, dass nichts ihre Pläne ändern würde. Sie musste zu ihren Eltern, sich den Ängsten stellen. Sie musste es zumindest versuchen.

Steffi grinste. Sie hatte es ebenfalls erkannt, vermutete Viola.

»Schau mal, der bringt dir Glück«, sagte Steffi und berührte Violas Handfläche mit dem Zeigefinger. Der Marienkäfer krabbelte zu Viola und hinterließ ein kribbelndes Gefühl auf der Haut. »Halt die Hand in die Höhe«, sagte Steffi und berührte Viola am Ellenbogen. Sie führte Violas Arm in eine ausgestreckte Position.

Sobald der Marienkäfer einen Lufthauch wahrnahm, streckte er seine Flügel aus und erhob sich. Er flog davon, ohne sich nochmal umzusehen. Vielleicht nach Hause.

Viola starrte ihm hinterher und musste lächeln.

*

Am Tag darauf stieg die Laune sprunghaft nach oben, als wären alle nun ausgeschlafen und froh darüber, in Finnland zu sein. Der Platz, den sie gefunden hatten, war zwar nicht besonders geeignet, tagelang zu verweilen, aber sie entschieden, eine weitere Nacht zu bleiben.

Am Vormittag spielten Isa und Viola Badminton. Eine Sportart, die sie auf ihrer Reise öfter mal gespielt hatten, weil es nach den anhaltenden Fahrten in dem engen Wohnmobil ihre Muskeln lockerte. Sie waren besser geworden. Am Anfang hatten sie nicht einmal einen guten Aufschlag hinbekommen, inzwischen führten sie eine Ewige Liste, auf der sie die Ergebnisse ihrer Matches notierten. Isa führte mit einem leichten Vorsprung, aber Viola hatte vor, bis zum Ende der Reise aufzuholen und die Führung zu übernehmen. Doch kaum gewann sie ein Match und verringerte damit Isas Vorsprung, legte Isa sich mächtig ins Zeug und sorgte dafür, dass Viola ihr die Spitze der Liste so schnell nicht streitig machen konnte.

Dass sie die Badmintonschläger mitgenommen hatten, lag daran, dass Violas älterer Bruder schon seit seiner frühen Kindheit im Verein spielte und er ihr an dem Tag, an dem sie sich von ihm verabschiedet hatte, die ausrangierten Schläger in die Hand gedrückt hatte. Viola hatte keine Ahnung, warum, aber er ging davon aus, dass es ihr Spaß machen könnte. Und er hatte recht behalten.

Viola grinste. Er war halt ihr Bruder. Er kannte sie vielleicht besser als jeder andere Mensch auf diesem Planeten. Ein Grund, zurück in ihren Heimatort zu gehen, schoss es ihr in den Kopf, als sie den nächsten Aufschlag machte und es sogar schaffte, Isa zu täuschen. Sie rannte vergebens in die rechte Ecke und gab sich lachend geschlagen.

Dieses Mal hatte Viola gewonnen. Doch bis zur Führung brauchte sie weitere drei Siege, und sie wusste, ab jetzt würde Isa noch aufmerksamer werden und alles dafür tun, Viola nicht aufholen zu lassen.

»Du hast gewonnen«, rief Isa und verbeugte sich. Von der Seite ertönten Applaus und Pfiffe. Steffi, Pete und Charlie saßen auf ihren Klappstühlen und jubelten. Viola grinste und fühlte sich für einen Moment richtig gut. Dann sah sie in Fiefies Gesicht, der mit seiner Angelausrüstung über der Schulter neben dem Wohnmobil stand und sie aus zusammengekniffenen Augen heraus ansah. Als er bemerkte, dass sie ihn ansah, drehte er sich um und ging in Richtung des Sees davon, den Steffi und Viola am Tag zuvor gesucht, aber nicht gefunden hatten. Zumindest interpretierte Viola das so, weil Fiefie wohl kaum seine Angelausrüstung spazieren trug.

Viola presste ihre Lippen zusammen und spürte, wie der Triumph darüber, gewonnen zu haben, vom Ärger über Fiefies komische Art davon gespült wurde. »Was hat der für ein Problem?«, fragte sie und drückte Isa die Schläger in die Hand.

»Keine Ahnung. So ist er halt«, sagte Isa.

»Ich denke, er steht auf dich«, rief Charlie und lehnte sich so weit nach vorne, dass ihr die blauen Haare ins Blickfeld fielen.

Viola schüttelte verärgert den Kopf. Sie hatte schon mitbekommen, dass Charlie es liebte, überall Menschen miteinander zu verkuppeln. Sie behauptete, sie wäre diejenige gewesen, die es Fabio und Joris ermöglicht hatte, zusammenzukommen, und sie glaubte, etwas damit zu tun zu haben, dass Steffi und Pete ein Paar waren. Das allerdings bestritten die beiden. Ganz im Gegensatz zu Fiefie, der von Pärchenbildung innerhalb der Gruppe ja gar nichts hielt. »Blödsinn«, rief Viola und nahm Isa die Schläger ab.

Sie blieb eine Zeit lang in ihrem Zelt sitzen und versuchte, den Ärger über Fiefies abschätzige Art und Charlies Verdacht abzuschütteln. Leider gelang es ihr nicht. Sie griff nach ihrem Rucksack und zog ein Bild hervor, das sie einerseits sehr liebte, weil ihre Eltern und ihr Bruder wunderbar darauf aussahen, andererseits hasste, weil ihr ihr eigenes Aussehen darauf Unwohlsein verursachte. Ständig, wenn sie es ansah. Doch ihre Mutter strahlte glücklich und hatte den Arm um die Schultern ihrer Kinder geschlungen, dahinter lächelte ihr Vater und sah mit einem stolzen Ausdruck im Gesicht zu seiner Familie hinab.

Viola stopfte das Bild in ihre Tasche. Nach einigen Minuten krabbelte sie aus dem Zelt heraus und ging bewusst nicht zu Steffi, Pete und Charlie, zu denen sich Isa nun gesellt hatte, sondern sah sich nach dem Rest um. Hannah war in den Wald gegangen, um Beeren zu sammeln, Fiefie wohl zum See, um zu angeln. Wo war Joris? Kurz darauf entdeckte sie ihn. Er lag auf dem Dach des Wohnmobils, so flach, dass man ihn von unten fast nicht sehen konnte. Viola war sich nicht sicher, ob sie störte, aber Joris war in dem Moment der Einzige, bei dem sie das Gefühl hatte, es aushalten zu können. Während sie das Wohnmobil hinaufkletterte, hörte sie das Gekicher von Charlie, Isa und Steffi. Nur Pete war nicht zu hören. Sie grübelte, ob die Vier weiterhin darüber rätselten, ob Fiefie auf sie stand. Sie war sich darüber im Klaren, dass es niemand von ihnen böse meinte, unwohl fühlte sie sich dennoch. Als sie oben angekommen war, drehte sie sich um und bemerkte, dass Pete bei den Mädels saß und zu ihr hochsah. Also redeten sie über sie.

Viola seufzte und berührte Joris‘ Bein, der mit einem spitzen Schrei zusammenzuckte. Er zog sich die Kopfhörer aus dem Ohr und richtete sich erschrocken auf. »Was ist los?«, fragte er nervös.

»Ich wollte dich nicht erschrecken.« Viola setzte sich neben ihn.

Joris sah sie erschrocken an, schließlich legte er sich grinsend wieder hin, die Augen auf den blauen Himmel über sie gerichtet.

»Stör ich?«, fragte Viola.

»Nein.« Joris schüttelte den Kopf so fest, dass sich die Haare seines langen Bartes von einer Seite seiner Brust zur anderen bewegten.

Viola legte sich neben ihn. Sie spürte die Wärme, die das Wohnmobil absonderte, und wie sie sich entspannte. Sie atmete tief durch und schloss die Augen. »Das ist schöner, als ich dachte«, sagte sie.

»Ich liebe es, hier oben zu sein. Ich höre gerade die Musik, die mein Vater mir zusammengestellt hat, bevor er gestorben ist«, sagte Joris. Er hielt ihr einen der Stöpsel hin.

»Störe ich echt nicht?«, fragte Viola.

»Nein. Er würde sich darüber freuen, wenn ich beim Hören Gesellschaft habe«, meinte Joris.

Zögerlich nahm Viola den Stöpsel und schob ihn in ihr Ohr. Die sanften, beruhigenden Gitarren von Queen mit der kräftigen und charismatischen Stimme von Freddy Mercury umhüllten sie. Sie schloss die Augen und spürte, wie ihr Atem ruhiger wurde und sich dem von Joris anpasste.

*

Am Nachmittag reagierte Fiefie erneut seltsam. Viola saß friedlich vor dem Eingang ihres Zeltes und schrieb ihrem Bruder eine Nachricht, inklusive ein paar Bilder der letzten Wochen, als Fiefie sie anblaffte, warum sie ihm nicht half. Stirnrunzelnd legte Viola das Handy weg und rappelte sich auf. Sie hatte zwar mitbekommen, dass Fiefie ganz in ihrer Nähe am Solarpanel hantierte, doch woher hätte sie wissen sollen, dass er Hilfe benötigte?

»Wenn du Hilfe brauchst, sag halt Bescheid«, sagte sie kurz angebunden und lief auf ihn zu. Sie verstand den Mann nicht. Sie hatte ihm nichts getan, und trotzdem behandelte er sie wie eine Außenseiterin und war ständig schlecht gelaunt. Es war nicht ihre Schuld, dass er mit Hannah zurzeit nicht so gut klarkam. Warum ließ er seine Launen an ihr aus?

Sie hatte zuvor mit Joris darüber gesprochen, während sie nebeneinander auf dem Wohnmobil lagen und Musik hörten, und er hatte ihr versichert, dass das Fiefies Art war und er häufiger misstrauisch neuen Leuten gegenüber wäre. Er brauche wohl ein bisschen Zeit, bis er sich an sie gewöhnte. Viola war sich allerdings sicher, dass Fiefie zu Isa viel netter war als zu ihr.

»Ich habe dir grad Bescheid gesagt«, erwiderte Fiefie. »Wer hat das Ding so blöd hingestellt? Es bringt rein gar nichts, wenn man es falsch ausrichtet.«

»Es zeigt nach Westen«, sagte Viola schulterzuckend und sah zu, wie Fiefie sich abmühte, das Panel zu drehen.

»Eben. Es muss nach Süden ausgerichtet sein«, rief Fiefie und zeigte zur Sonne.

»Da ist aber ein Baum«, rief Viola genervt und deutete in gleiche Richtung.

»Ich dreh es gleich nach Norden«, drohte Fiefie.

Viola starrte ihn an und schüttelte den Kopf. »Das ist kindisch«, sagte sie.

»Weißt du, was uns das Ding gekostet hat?«, fragte Fiefie. »Ich will, dass wir es maximal ausnutzen können.«

»Im Westen ist die verdammte Sonne ebenfalls, nur halt später!«, zischte Viola. Sie spürte, wie sich ein Knoten in ihrem Bauch bildete. Sie musste Fiefie nur ansehen und verspürte Ärger. Warum reagierte sie so heftig auf ihn? Er sollte ihr egal sein. »Weißt du was?« Sie drehte sich um, um zu ihrem Zelt zurückzugehen. »Lass mich einfach in Ruhe.«

Gerade als sie sich auf ihre Decke setzen wollte, kam Fiefie ihr nachgelaufen. »Hast du irgendein Problem?«, fragte er. Seine Augen waren gerötet. Sie wusste, dass er regelmäßig Entzündungen der Hornhaut hatte und deswegen seine Augen häufiger befeuchten musste. Sie fragte sich, ob das Problem psychosomatisch war und seine Augen ihm Probleme bereiteten, weil er ungeklärte Differenzen mit Hannah hatte. Oder mit ihr.

»Ich?«, fragte Viola und schüttelte empört den Kopf. »Du hast doch ein Problem mit mir. Was stört dich?« Sie hielt den Atem an. Sie war sich nicht sicher, ob er auf sie bezogen nicht einen Verdacht hegte. Sie wollte wissen, woran sie war, ohne ihn direkt zu fragen.

Fiefie sah sie an, sein Mund war etwas geöffnet. Schließlich grinste er. »Ich habe nicht das geringste Problem mit dir«, sagte er. Seine Stimme war gedämpft. Viola starrte ihn an. Sie spürte, wie ihr heiß wurde. Hatte Charlie am Ende recht, und sie hatte es die ganze Zeit nur falsch interpretiert? Und was sollte sie machen, wenn dem wirklich so war?

»Warum denkst du, dass ich ein Problem mit dir habe? Ich habe lediglich ein Problem damit, dass das Ding falschrum steht«, sagte Fiefie und legte seine Hand auf die vordere Stange, die ihr Zelt stabil stehen ließ.

»Du … bist so unfreundlich.« Viola spürte, dass ihr Nacken sich verkrampfte. Sie war keine kleine Frau, sondern eher groß. Wenn es nach ihr ging, sogar zu groß. Im Vergleich zu Fiefie fühlte sie sich allerdings klein. Es gab wenige Menschen, denen sie lediglich bis zur Brust reichte.

»Ach.« Fiefie winkte ab. »Ich bin ständig unfreundlich. Da würde ich nicht so viel reininterpretieren.«

Viola kniff die Augen zusammen. »Und warum bist du unfreundlich?«

Schulterzuckend sah Fiefie zu ihr hinab. Viola sah zum Boden, wo ihre Decke ausgebreitet lag, darauf eine Flasche Wasser und ihr Handy. Es blinkte. Ihr Bruder hatte geantwortet. Etwas versöhnter hob sie den Kopf. »Soll ich dir mit dem Ding helfen?«

Fiefie winkte ab. »Magst du mich später zum See begleiten?«

Violas Herz klopfte. Sie sah auf den Boden, nicht, weil ihr Nacken schmerzte, sondern weil sie zu nervös war, um in seine Augen zu sehen. Sie verbrachte viel Zeit mit den anderen, und die Augenblicke zu zweit empfand sie als besonders schön. Das Gespräch mit Steffi war sehr hilfreich gewesen, und die gemeinsamen Stunden mit Joris erlebte sie als äußerst wohltuend. Mit Fiefie hatte sie nie viel Zeit zusammen verbracht. Außer als sie dicht aneinander gedrängt im Zug gestanden hatten und Fiefie sie im Arm gehalten und sie sich an ihn geschmiegt hatte. Danach waren sie wortlos auseinandergegangen und hatten es nie thematisiert. Deswegen war Viola davon ausgegangen, dass sie sich alles eingebildet hatte. Vielleicht sollte sie mehr über Fiefie erfahren und herausfinden, warum er sich ihr gegenüber so seltsam verhielt? Was sollte schon passieren? Sie könnte ihm im unwahrscheinlichen Fall, dass Charlie recht hatte, sagen, dass sie nicht das geringste Interesse hatte. Sie wollte gerade den Mund öffnen, um Fiefie zu sagen, dass sie gerne mit ihm zum See gehen würde, als Hannahs Stimme über das ganze Camp zu hören war.

»Kommt ihr gefälligst alle mal her?«, rief sie.

Fiefie sah sie an und runzelte die Stirn. »Das hört sich nicht gut an«, sagte er alarmiert.

»Nein.« Viola schüttelte den Kopf.

»Wir müssen den Ausflug zum See verschieben«, sagte Fiefie, dann drehte er sich um und eilte zu Hannah, die vor dem Wohnmobil mit verschränkten Armen auf sie wartete.

*

»Leute, was sagt ihr dazu?«, fragte Hannah, als sie endlich um den Tisch herumstanden und auf die Karte schauten, die Hannah dort ausgebreitet hatte. Sie zeigte auf den kleinen Ort nahe Mariehamn, wo sie laut Hannah gerade waren. Auf der Karte war ein kleiner Punkt zu sehen, daneben stand der Name des Örtchens. Der See, zu dem Fiefie angeln gehen wollte und den Steffi und sie erfolglos gesucht hatten, war auf der Karte nicht ersichtlich. Etwas anderes war aber eindeutig auf der Karte zu sehen: Sie befanden sich nicht auf dem Festland, sondern auf einer Insel.

Das, was Steffi und sie als See interpretiert hatten, war das verdammte Meer.

»Wir sind gar nicht richtig in Finnland«, sagte Hannah erbost. Sie war sonst immer so ruhig, nun standen ihr die Haare wirr vom Kopf ab, und sie machte wilde Armbewegungen.

»Nicht?«, fragte Charlie verwundert.

»Ist das noch Schweden?«, fragte Pete und beugte sich so weit über die Karte, dass Viola nichts mehr sehen konnte. Sie warf Fiefie einen beunruhigten Blick zu, da sie schließlich gemeinsam nach einer besonders kurzen Strecke gesucht hatten. Sie waren davon ausgegangen, dass sämtliche Fährverbindungen auf der gefundenen Internetseite zwischen Schweden und Finnland gefahren wurden. Wie peinlich!

Fiefie hatte wieder seine misstrauische Miene aufgesetzt. Seine Augen waren roter als zuvor, was jedoch am Lichteinfall liegen konnte.

»Lass bitte mich mal schauen«, bat Steffi und drückte Pete zur Seite, und auch Charlie zerrte an ihm, um besser sehen zu können.

»Das kann einfach nicht sein«, sagte Joris und humpelte um den Tisch herum, um irgendwo einen Platz zu ergattern, von wo aus er auf die Karte sehen konnte. Er stolperte fast über den Stuhl, als würde ihn die Verletzung am

Fuß gerade mehr behindern, jetzt, wo er sich nicht auf seinen Gang, sondern auf die Karte konzentrieren musste.

Viola sah zu Isa, die die Schultern hob und besorgt aussah.

»Wir befinden uns nicht mehr in Schweden«, fasste Hannah zusammen, »aber auch nicht wirklich in Finnland. Wir sind auf einer Insel dazwischen.«

»Das ist nicht unsere Schuld«, erwiderte Fiefie und zeigte zwischen Viola und sich hin und her. »Ja, wir haben gesagt, dass es günstige Fährverbindungen ab Kapellskär gibt, aber jeder von euch hat …«

»Darum geht es doch gar nicht«, sagte Hannah und hob eine Augenbraue.

»Gekauft haben ja wir die Tickets«, sagte Pete und deutete auf sich und Charlie.

Charlie richtete sich auf. Sie sah ungehalten aus, ihre sonst so blasse Haut war leicht gerötet, und sie strich sich nervös die glatten Haare hinter das Ohr. »Ja, aber …«

»Darum geht es nicht«, wiederholte Hannah, nun etwas sanfter. »Wir sind gleichermaßen schuld. Ich hätte zur Sicherheit nochmal drüber schauen sollen.«

»Weil du denkst, wir kriegen das ohne dich nicht hin?«, fragte Fiefie und hob sein Kinn höher.

Hannah warf ihm einen scharfen Blick zu.

»Wir kriegen es ja auch nicht hin«, sagte Joris. »Schau es dir an. Wir benehmen uns wie verdammte Anfänger. Dabei sollten wir uns auskennen.«

»Hey.« Hannah hob die Hände. Dann zog sie einen Stuhl heran und stieg darauf. Trotzdem war sie lediglich ein klein wenig größer als Fiefie. Sie hielt sich an Petes Schulter fest. »Leute, beruhigt euch mal. Wir haben Scheiße gebaut, wir gemeinsam. Und nun schauen wir, wie wir das wieder hinbekommen.«

»Von hier aus fährt eine Fähre weiter. Dieses Mal wirklich nach Finnland, also aufs Festland«, sagte Pete und platzierte seinen Finger auf die Karte.

»Wir müssten nur zurück nach Mariehamn und von dort aus auf die nächste Fähre«, fügte Joris hinzu.

»Wisst ihr, was das kostet?«, fragte Steffi und biss sich auf die Lippen.

*

Es stellte sich heraus, dass sie ein riesiges Problem hatten. Die Fährfahrt nach Mariehamn hatte ihnen bereits ein Loch in die finanziellen Rücklagen gerissen. Nun mussten sie eine weitere Fahrt bezahlen, die durch die beiden großen Fahrzeuge ebenfalls sehr teuer war. Wenn sie sofort aufs finnische Festland gereist wären, hätten sie zwar eine teurere Verbindung nehmen müssen, doch sie hätten die Kosten nur einmalig gehabt.

Mit hektischen Bewegungen scrollte Viola durch die Seite mit den Fährverbindungen. Sie hatte ein schlechtes Gewissen, weil sie diejenige war, die diese Homepage gefunden hatte. Fiefie hatte die Verbindung ausgesucht, einfach, weil es die kürzeste zu sein schien, aber sie hatte das nicht überprüft. Und alle anderen hatten ihre Recherche nicht hinterfragt, und danach waren Pete und Charlie zum Anleger gefahren und hatten die Tickets besorgt, ebenfalls ohne auf eine Karte zu schauen.

Viola fühlte sich schuldig. Sie biss sich auf die Lippen und sah auf. Am Tisch vor ihr saßen Hannah, Charlie, Pete und Joris über die gemeinsame Kasse gebeugt und zählten das Geld, während Fiefie hinter dem Wohnmobil stand und telefonierte. Isa wiederum war in ihrem Zelt und suchte in ihrem Rucksack nach ihrem restlichen Bargeld. Steffi saß wie Viola abseits und suchte nach einer Möglichkeit, die Fährfahrt günstiger zu bekommen.

»Alles okay?«, fragte Isa auf und blieb vor Viola stehen.

Viola hob die Schultern.

»Es ist nicht deine Schuld«, versuchte Isa sie zu beruhigen.

»Ich habe die Seite aufgerufen«, meinte Viola leise.

Isa sah sie einen Moment lang an und seufzte traurig. Sie zeigte Viola zwei Scheine. »Weißt du, woher wir die haben?«

Viola nickte. Sie erinnerte sich an den Tag, als sie ihr Zeug in das alte Wohnmobil geräumt und ihr Vater sicherheitshalber die Luft der Reifen kontrolliert hatte. Ihre Mutter hatte Tränen in den Augen gehabt. Und dann waren Isas Eltern vorbeigekommen, und Isas Vater hatte zwei Hunderter aus seinem Geldbeutel geholt und sie Isa in die Hand gedrückt. »Ein Notgroschen. Für den absoluten Notfall«, hatte er gesagt.

Als ihr Wohnmobil den Geist aufgegeben hatte, hatte Viola nicht mehr an das Geld gedacht. »Du hast das noch?«, fragte sie erstaunt.

Isa nickte. »Damit kommen wir zumindest ein bisschen weiter.« Ihre Augen strahlten.

Viola schmunzelte.

»Mach dir keine Vorwürfe«, raunte Isa ihr zu, danach drehte sie sich um und stolzierte auf die Gruppe zu. »Schaut mal, Viola und ich haben einen Notgroschen«, rief sie. Obwohl das Geld von ihrem Vater war, bezeichnete sie es als den gemeinsamen Notgroschen. Das fand Viola rührend, minderte aber nicht das schlechte Gewissen, das sie hatte.

Zeitgleich trat Fiefie hinter dem Wohnmobil hervor. »Meine Eltern helfen uns aus. Es dauert aber etwas, bis sie es überwiesen haben.«

Hannah strich ihm über den Oberarm. »Danke«, sagte sie. Dann wandte sie sich Isa zu und legte ihr den Arm um die Schultern.

Fiefie sah Viola an und hob die Schulter. »Was ist mit unserem Ausflug?«

Viola zuckte erschrocken zusammen. Das hatte sie total vergessen. »Du willst trotz allem zum Wasser?«

Fiefie hob erneut die Schulter. »Muss ja nicht«, sagte er, schnappte sich einen Stuhl und setzte sich zu den anderen an den Tisch.

Viola starrte zu der Gruppe, dann sah sie wieder zum Handy und antwortete ihrem Bruder. Sie hatte Sehnsucht nach ihm. Nach ihm, weil er ihr älterer Bruder und Vertrauter war und weil er für nahezu alles eine Lösung kannte.

*

Die Fahrt mit der Fähre war um einiges spektakulärer als die letzte, bei der es schnell dunkel geworden war. Nun fuhren sie tagsüber, das war jedoch nicht der einzige Grund, warum sie die ganze Fahrt über draußen saßen, um sich die Landschaft anzusehen. Während der Fahrt hatten sie nie das Gefühl, über das Meer zu fahren. Ständig waren rechts und links kleine und große Inseln zu sehen, die das Meer eher wie einen Fluss wirken ließen, der sich durch das Land schlängelte. Die Inseln waren größtenteils unbewohnt, und die Tierwelt war atemberaubend, besonders die Möwen, die an Bord des Schiffes landeten und unbedingt von dem Brot haben wollten, das Fiefie und Charlie aßen.

Die finanzielle Lage der Gruppe war verheerend. Sie hatten noch ein wenig Bargeld, den Notgroschen von Isa, allerdings in der falschen Währung, und sollte mit den Fahrzeugen was passieren, jemand von ihnen ein neues Zelt benötigen oder krank werden, hätten sie ein Problem. Ihre Lebensmittel waren so gut wie aufgebraucht, sie hatten kaum noch Wasser, und es war ungewiss, ob sie in Turku eine Gelegenheit bekämen, Lebensmittel aus den Containern zu fischen.

Doch niemand schien sich ernsthaft Sorgen darüber zu machen. Niemand außer Viola. Nicht einmal Isa, die zwischen Charlie und Steffi saß und darauf vertraute, dass das Kollektiv alle Probleme lösen würde.

Viola hatte keine Möglichkeit, im Notfall heimzufliegen. Ihre Mutter hatte sie angefleht, stets genug Geld auf Vorrat zu halten, dass sie schnell nach Hause konnte, falls ihre Anwesenheit daheim erforderlich war. Jetzt hatte Viola so gut wie nichts mehr. Sie hatte alles, was sie besaß, der Gruppe gegeben, weil sie sich die Schuld an dem Sachverhalt gab. Oder zumindest eine Teilschuld.

Auch darin war sie die Einzige, die in solchen Kategorien dachte. Hannah war anfangs sauer gewesen, mittlerweile saß sie zufrieden auf ihrem Stuhl neben Fiefie und versuchte die Möwe anzulocken, die neugierig vor Fiefie saß und ihn fixierte. Das Gute war, dass Fiefies Eltern ihnen Geld überweisen würden – für diesen Notfall. Und natürlich konnte Viola im äußersten Notfall weiterhin auf ihre Eltern zählen, für sie wäre das allerdings wie ein Versagen auf ganzer Linie. Sie hatte zuvor darauf bestanden, die Fahrt trotz aller Risiken und Gefahren selbstständig zu meistern. Was für eine Überlebenskünstlerin wäre sie, wenn sie ihre Eltern anrufen und um Geld bitten müsste?

»Du sitzt ja ganz alleine rum?«

Viola hob den Kopf. Pete stand vor ihr, den Campingstuhl unter dem Arm eingeklemmt. Er stellte den Stuhl neben sie und setzte sich. Er sah sie an. Da er seine Aussage wie eine Frage formuliert hatte, erwartete er wohl eine Antwort.

Viola räusperte sich. »Ja, ich denke gerade viel nach.«

»Wir schaffen das.« Pete lächelte sie aufmunternd an. »Mach dir keine Sorgen. Wir haben öfter das Problem, dass das Geld nicht reicht. Mal ist einer im Krankenhaus, ein anderer im Gefängnis. Wir haben so viel erlebt, aber jedes Mal haben wir es irgendwie geschafft. Das wird im nächsten Jahr nur eine von vielen Geschichten sein.«

»Und ihr redet von Isa und der Trottel-Viola, wie ihr jetzt über Fabio oder Alex redet.«

Pete gluckste. »Na, so viel Unsinn stellt ihr ja nicht an.«

Viola seufzte.

Schweigend streckte Pete seine Beine aus. Wie so oft trug er eine politische Botschaft auf seinem Shirt, die fast immer die Ernährung der Menschen betraf, manchmal auch antirassischer oder feministischer Natur war. Heute war eine ernstgemeinte Aufzählung von veganen Proteinquellen auf seinem Shirt gedruckt; die Hülsenfrüchte hatten Augen, sahen wie Comicfiguren aus und machten erschrockene Gesichter, als wenn sie das Aufessen durch die Menschen befürchteten.

»Ist das nicht kontraproduktiv, den Menschen zu suggerieren, dass Gemüse leidet, wenn es gegessen wird?«, fragte Viola.

Zuerst reagierte Pete mit einem Stirnrunzeln, schließlich lachte er und griff an sein Shirt. »Ja, vielleicht hast du recht. Ich habe mir nie Gedanken darüber gemacht. Ich fand das Shirt einfach witzig.«

»Ja, es ist witzig. Einige Menschen könnten in ihrem Argument gestärkt werden, dass Pflanzen ebenfalls Emotionen hätten und es deswegen ethisch besser wäre, Tiere zu essen.« Viola hob die Schultern.

»Menschen, die so was denken, kann ich mit meinem Shirt eh nicht mehr beeinflussen.« Pete hob die Schultern. »Ich bekomme ständig solche Shirts geschenkt, weil viele Hörende meines Podcasts glauben, es sei überaus kreativ.« Pete schmunzelte. »Ehrlich gesagt, es ist wirklich eine gute Sache, da ich mir so nicht selbst Klamotten besorgen muss.«

»Nur braucht der Mensch häufiger Unterhosen als Shirts«, gab Viola zu bedenken.

Wieder lachte Pete. »Stimmt. Leider hat mir noch nie jemand Unterhosen geschenkt.« Er sah sie für einen kurzen Moment an, dann richtete er seinen Blick zurück auf das Wasser mit den vielen flachen und zerklüfteten Inseln darin. »Ich werde es in meinem Podcast erwähnen, dass ich lieber Unterhosen hätte.«

»Unbedingt mit politischer Botschaft, bitteschön«, fügte Viola hinzu.

Pete lachte. »Genau.«

Viola lächelte und war erleichtert, dass sie Pete zum Lachen gebracht hatte. Es war das erste Mal seit dem gestrigen Nachmittag, dass sie sich nicht mehr wie eine Außenseiterin fühlte. Sie war dankbar, dass Pete vorbeigekommen war. Die meisten gingen davon aus, dass sie alleine sein wollte, und ließen sie in Ruhe. Vermutlich dachte sogar Isa das.

Viola sah sich um, die Leute ihrer Camping-Gruppe waren die Einzigen, die draußen saßen. Dabei war schönes Wetter, und die Aussicht phänomenal. Trotzdem war der Großteil der Passagiere drinnen, aß überteuertes Essen und beschäftigte sich mit Smartphone, Buch oder Kartenspielen. Das hatte Viola bei vielen Reisenden gesehen und nie verstanden. Hatten sie alle nicht genug Zeit, um zu lesen und Karten zu spielen? War deren Urlaub so sehr von Highlights und Sehenswürdigkeiten gespickt, dass sie die ruhigen Minuten auf einer Fähre nutzen mussten, statt sich die Umgebung anzusehen? Oder hatte keiner mehr Sinn für die Natur, vor lauter Museen, Kunstausstellungen und historischen Denkmälern?

Fiefie trat mit Charlie nach vorne an die Reling und stellte die berühmte Szene aus der Titanic-Verfilmung nach, indem Charlie die Arme ausstreckte und Fiefie sie an der Taille hielt. Die Szene war allerdings falsch, da die Filmfiguren Jack und Rose am Bug der Titanic standen und somit der Fahrtwind ihnen suggerierte, fliegen zu können. Fiefie und Charlie standen am breiten Heck des Schiffes. Der Fahrtwind wirbelte Charlies Haare in die Luft und ließ die beiden fast die Balance zu verlieren. Das schien sie nicht zu stören. Sie hatten ihren Spaß und lachten und jubelten. Viola wünschte sich, sie hätte mit Fiefie eine Aussprache gehabt, bevor Hannah ihnen mitgeteilt hatte, dass sie noch nicht auf dem finnischen Festland waren. Sie bereute, nicht mit ihm zum Ufer gegangen zu sein. Er war für kurze Zeit freundlich gewesen. Jetzt behandelte er sie wieder distanziert, und statt mit ihm zusammen zu sitzen, saß Viola mit Pete abseits, und Fiefie alberte mit Charlie herum.

»Müssen die so peinliche Touristensachen machen?«, fragte Pete und runzelte die Stirn.

Viola hob die Schulter. »Sie sind schließlich Touristen, oder?«

Pete nickte, seinen irritierten Gesichtsausdruck behielt er dennoch bei. »Ja, wir sind es eigentlich alle, obwohl wir uns nicht gerne als solche bezeichnen.«

»Weil Tourist mittlerweile negativ besetzt ist. Früher war es normal, sich als Tourist zu bezeichnen«, sagte Viola.

Pete nickte. »Und es ist sinnlos, sich dagegen zu wehren. Sprache verändert sich und wird immer ein Abbild der Gesellschaft sein und einem Wandel unterstehen.«

Viola sah Pete an. Sie nickte. Das war interessant, und sie war neugierig, was Pete sonst dazu zu sagen hatte, doch er wechselte das Thema.

»Gibt es ein Problem zwischen Fiefie und dir?«

Viola seufzte. Sie faltete ihre Hände zusammen und starrte auf die abgekauten Fingernägel. Sie hatte es nie geschafft, sie lange genug wachsen zu lassen, damit sie ansehnlich aussahen. Es war seit ihrer Kindheit eine schlechte Angewohnheit, die sie an sich nicht mochte. Wie so viele Dinge, die sie bei sich selbst nicht mochte.

»Du musst nicht drüber reden«, sagte Pete eilig.

»Ich weiß es nicht.« Viola hob die Schulter. »Joris meint, er wäre immer misstrauisch Neuen gegenüber, bei ihm, Alex und Steffi war es anfangs wohl ähnlich, trotzdem habe ich das Gefühl, bei mir ist es extremer, als es zum Beispiel bei Isa ist.«

»Das stimmt.« Pete nickte. »Fiefie leidet unter extremen Verlustängsten. Er hat Angst davor, Menschen zu verlieren, und meist intensiviert er Beziehungen erst dann, wenn er sicher ist, dass es sich lohnt.«

Viola runzelte die Stirn. Das hatte sie nicht gewusst. »Echt?«

»Ja.« Pete nickte erneut. »Aber warum das so ist, muss er dir selbst erzählen. Das möchte ich ihm nicht vorwegnehmen. Er leidet darunter, dass Alex und Fabio nicht mitgekommen sind, und er leidet darunter, dass Hannah anderweitige Pläne für die Zukunft hat.«

Viola sah zu Fiefie, der sich nun wieder setzte und etwas zu Hannah sagte. »Welche Pläne?«, fragte sie.

Pete antwortete nicht. Stattdessen sah er zu dem Rest der Gruppe. »Ich dachte, Alex und Fabio haben gute Gründe, warum sie nicht mitgekommen sind«, fügte Viola irritiert hinzu.

»Ja. Fiefie ist in der Hinsicht kompliziert. Ich kenne ihn schon ewig, und ich habe so häufig mitbekommen, dass Fiefie zunächst misstrauisch war, später eine tiefe Beziehung aufgebaut hat und danach ewig daran zu knabbern hatte, wenn sich diese Beziehung verändert hat. Er und Hannah sind jahrelang mit einem Pärchen herumgereist, zu viert im Wohnmobil. Dann bekam das Pärchen ein Baby, und seitdem haben die beiden mit einer wechselhaften Besetzung zu kämpfen. Fiefie hat regelmäßig versucht, Menschen dauerhaft in die Fahrgemeinschaft einzubinden, leider ist es ihm nie dauerhaft gelungen. Er hätte gerne seine feste Struktur und einen familienähnlichen Zusammenhalt, der sich aber nicht immer realisieren lässt. Menschen verändern sich. Und Fabio und Alex haben durchaus ernsthafte Gründe, nicht mitgekommen zu sein. Es hatte nicht einmal was mit Fiefie zu tun.«

Viola nickte. Sie konnte Fiefies Misstrauen Neuem gegenüber ein wenig nachvollziehen. »Ist er aus diesem Grund so genervt von diversen Pärchenbildungen?«, fragte Viola und erinnerte sich daran, dass Fiefie Isa und sie ganz am Anfang gefragt hatte, ob sie ein Paar wären. Fast so, als hätte er sie auf gar keinen Fall mitgenommen, wenn es so gewesen wäre.

Pete schmunzelte. »Ja, das ist ihm suspekt. Paare können Veränderung bedeuten. Er hat wohl Angst, dass alle plötzlich anfangen, von Bausparverträgen, Babywiegen und Hochzeitstorten zu reden. Es waren oft solche Dinge, die Menschen dazu veranlasst haben, nicht mehr mitzukommen.«

Viola konnte Fiefie nun etwas besser verstehen, unter Berücksichtigung, dass seine Verlustängste sicherlich ungewöhnlich groß waren. »Er hat Angst vor Veränderungen. Und wenn sich zwei Menschen ineinander verlieben, bedeutet das häufig Veränderung.«

Pete nickte. »Ja, in der Tat. Und vielleicht ist er schlicht neidisch?« Er sah Viola an.

Viola runzelte die Stirn. Sie konnte nicht nachvollziehen, worauf Pete hinauswollte.

»Ich meine, er ist nie eine ernsthafte Beziehung eingegangen, obwohl er sich schon häufig verliebt hat. Aber er hatte dann, glaube ich, viel zu viel Angst davor, verlassen zu werden. Schließlich kommen Fabio und Joris oder Steffi und ich und leben es einfach vor, und auch im Falle einer Trennung wie bei Fabio und Joris geht das Leben ja weiter. Das ist ihm besonders suspekt.«

Viola seufzte. Sie dachte an Farid. Und an Max. »Jede Trennung reißt Wunden auf, die oft nur schwer heilen.« Und manchmal auch später noch als Narbe stören können, fügte sie in Gedanken hinzu.

»Ja, eine Trennung bedeutet, dass man sich mit sich selbst und mit den Problemen, die man mit dem Partner hatte, beschäftigt, und daran kann man wachsen«, fügte Joris hinzu.

Viola neigte den Kopf.

»Wenn ich mit Steffi Probleme habe und sie nicht aufarbeite, werde ich sie in späteren Beziehungen ebenfalls haben. Ich meine, sollte es bedauernswerterweise zu einer Trennung kommen, was ich nicht hoffe«, ergänzte Pete.

Viola schüttelte den Kopf. »Ob das stimmt, weiß ich nicht. Es sind ja auch äußere Einflüsse.« Sie musste erneut an Max denken und seine Probleme mit ihr und an Farid und welche Probleme sie mit ihm gehabt hatte, und auf einmal wurde ihr klar, dass die Probleme gar nicht so unähnlich gewesen waren.

Pete lehnte sich vor. »Ich wollte dich nicht beunruhigen.«

»Hast du nicht.« Viola lächelte ihn an. »Ich kapiere es jetzt besser, was Fiefie betrifft. Und nehme mir seine Ablehnung nicht zu sehr zu Herzen.«

»Je ablehnender er Menschen gegenüber ist, desto mehr faszinieren sie ihn. Er ist neugierig. Seine Angst, sich dir anzunähern, ist leider größer«, sagte Pete lächelnd. Er wurde ernst. »Seine größte Angst ist es, dass du nächstes Jahr nicht mehr mitfährst.«

Viola überlegte kurz. Das ist das, was sie in Bezug auf Fabio und Alex nicht nachvollziehen konnte. Es hörte sich fast so an, als seien sie nicht erreichbar oder aus der Welt, dabei konnte eine Freundschaft sehr wohl über Entfernungen hinweg existieren, und nicht nur, wenn man gemeinsam auf Reisen ging. Immerhin war Fiefie den größten Teil seines Lebens ebenfalls nicht auf Reisen, sondern im Ort seiner Eltern, wo er als Erntehelfer arbeitete.

Pete betrachtete sie einen Moment lang, als würde er auf etwas warten, doch Viola verstand nicht, worauf. Schließlich sah er zu den vorbeiziehenden Inseln, und Viola setzte sich bequemer hin und ließ die Landschaft ebenfalls auf sich wirken.

*

Da sie nach dem Anlegen der Fähre nicht mehr viel Zeit hatten, bis die Nacht hereinbrechen würde, flohen sie recht schnell aus Turku. Sie wollten endlich ein gemütliches Lager aufschlagen und dort einige Tage bleiben. Die Fahrt von Schweden über die Åland-Inseln inklusive der beiden Fährfahrten sowie der Aufregung um das Missgeschick und den Sorgen, dass sie nun kaum noch Geld hatten, hatte in ihnen allen die Sehnsucht nach Ruhe, Natur und ein paar ruhigen Tagen geweckt.

Die Fahrt an der Küste entlang war wunderschön und entschädigte sie für den Stress der vorherigen paar Tage. Sogar Viola entspannte sich. Sie saß auf dem Beifahrersitz, Joris fuhr den Camper, und Charlie und Isa fläzten auf der hinteren Bank. Eine Weile von der zweiten Gruppe getrennt zu sein, tat Viola ebenfalls gut. Manchmal waren sie ihr zu anstrengend, zu laut. Sie mochte es nicht, dass sie ständig die Aufmerksamkeit auf sich zogen. Vielleicht weil sie die Blicke stets als etwas Negatives angesehen hatte, oder sie war so viele Menschen um sich herum einfach nicht mehr gewohnt, nachdem sie so lange mit Isa alleine unterwegs gewesen war. In regelmäßigen Abständen hielt Joris an, und sie lehnten am Camper, tranken Wasser und aßen die letzten Reste des Knäckebrots und bestaunten die naturbelassenen finnischen Wiesen und Wälder. Es war grüner, als Viola es sich vorgestellt hatte, mit weniger Bäumen als in Schweden. Was ihr besonders auffiel, waren die vielen Laubbäume, die es in Schweden seltener gab. Viola liebte die lichtdurchlässigen Laubwälder und mochte es, dass man die Sonnenstrahlen hindurchblitzen sah. Die dichten, dunklen Wälder, die sie in Schweden gesehen hatte, inspirierten sicherlich für tolle Kriminalromane, drückten aber auch die Stimmung. Weil Isa, Charlie und Joris die Ruhe ebenso genossen, brauchten sie für die 90 Kilometer bis zu ihrem nächsten Treffpunkt knapp fünf Stunden.

Einmal sahen sie ein Rentier, das sie neugierig musterte, bevor es davonstürmte. Es war viel zu schnell, und Isa schaffte es nicht mehr, es zu fotografieren.

Kurz vor Rauna verließen sie die große Straße und folgten einem schmalen Weg bis fast zum Meer. Vereinzelt waren rote Holzhäuser zu sehen, seltener welche, die gelb oder blau angestrichen waren. Die Einsamkeit überzeugte Viola sofort. Finnland war kein dicht besiedeltes Land. Sie bogen kurz darauf in eine noch kleinere Straße ein, eine, die lediglich geschottert und gerade breit genug für den Camper war, und dann kamen sie endlich an der Bucht an, die die anderen schon erkundet hatten. Die Zelte waren aufgestellt und der Tisch gedeckt. Es gab Nudeln mit der letzten Dose Tomatensoße und zum Nachtisch Kompott aus wilden Beeren, von denen sie reichlich hatten. Von dem Platz aus konnten sie auf das finnische Schärenmeer sehen. Einzelne Inseln erhoben sich aus dem Wasser, einige unbewohnt, manche mit vereinzelten Häusern darauf. Um die Bucht herum gab es bewohnte Häuser, die alle einen Steg und ein Boot hatten, offenbar, weil es in der Gegend zum Alltag gehörte, aufs Meer hinauszufahren. Viola streckte ihre Glieder aus und strich sich über den Bauch. Sie war satt, nicht übermäßig vollgegessen, aber es reichte. Sie hoffte jedoch, dass sie am nächsten Tag dazu kamen, einen Vorrat an Lebensmitteln anzulegen, der es ihnen ermöglichte, eine vielfältigere Nahrung zu sich zu nehmen.

Sie atmete tief ein und spürte, wie sich langsam die Entspannung einstellte, die sie zuletzt auf dem schwedischen Festland empfunden hatte. Sie liebte den Geruch nach feuchtem Holz, die Geräusche der Natur, die aus Vogelgezwitscher und Wind in den Ästen der Bäume entstand. Endlich war alles wieder gut, und sie musste kein schlechtes Gewissen mehr haben.

»Ich werde mal versuchen zu angeln«, sagte Fiefie mit Blick auf das Meer. Er schloss träge die Augen. »Morgen«, ergänzte er mit einem Grinsen.

»Wir gehen containern«, sagte Pete entschieden.

»Wenn wir einen Supermarkt finden, wo es klappt«, fügte Steffi hinzu. »Wir kennen uns ja nicht aus.«

»Kommst du mit, Joris? Zu dritt sind wir bestimmt erfolgreicher«, meinte Pete.

»Klar.« Joris strich sich über seinen Kinnbart und nickte. »Die Ortschaften in der Nähe sind nicht besonders groß. Ich hoffe, es gelingt uns.«

»Sicherheit geht vor«, sagte Steffi mit einem strengen Gesichtsausdruck in Richtung Pete und Joris. »Wenn es nicht anders geht, müssen wir die Lebensmittel kaufen. Wir waren in Finnland nie containern und sollten die Lage erst auskundschaften.«

»Klar.« Joris salutierte.

»Steffi hat recht«, warf Hannah ein. »Seid bitte vorsichtig.«

Viola spürte, wie ihr Mund trocken wurde. Plötzlich hatte sie erneut ein schlechtes Gewissen. Ohne Isa und sie wären die Vorräte nicht so schnell aufgebraucht gewesen, dass sich Steffi, Joris und Pete diesem Risiko nicht hätten aussetzen müssen. Normalerweise verweilten sie lange genug an einem Ort, um die Lage abzuschätzen und sich die Supermärkte genau anzusehen. Nie zuvor waren sie einfach so losgefahren und hatten sich aus den Containern bedient. Doch sie hatten nicht genug Geld, um verschwenderisch sein zu können. Fiefies Eltern wollten ihnen Geld leihen, aber Fiefie wusste nicht, ob die Überweisung bereits eingegangen war. Hinzu kam, dass sich Fiefie nicht wohl fühlte. Viola konnte verstehen, dass er in seinem Alter nicht mehr auf die Hilfe seiner Eltern angewiesen sein wollte. Sie hatte ebenfalls gezögert, ihre Eltern anzurufen und um Hilfe zu bitten und das, obwohl sie jünger als Fiefie war.

»Wir sind immer vorsichtig Hannah«, sagte Pete.

»Ja ja«, sagte Hannah und hob die Augenbraue, dann starrte sie unter den Tisch, und Joris zog sein ausgestrecktes Bein blitzschnell zu sich heran und verbarg seinen nackten, vernarbten und deformierten Fußzeh hinter dem Stuhlbein.

Viola musste schmunzeln, obwohl sie sich elendig fühlte.

»Zur Not müsst ihr halt Fisch essen«, sagte Fiefie.

Pete verzog sein Gesicht, und Steffi sah ebenfalls nicht begeistert aus.

»Wir können nicht die ganze Zeit nur Fisch essen«, meinte Charlie, ebenfalls mit angewidertem Gesichtsausdruck.

»Und was essen wir dazu?«, fragte Joris.

Fiefie hob die Schulter. Er griff zum Kompott auf dem Tisch und drehte das Glas in seinen Händen. »Geangelter Fisch mit wild geernteten Beeren?«, schlug er vor.

Joris rümpfte die Nase. »Wow«, sagte er sarkastisch und klatschte in die Hände.

»So ist das halt«, sagte Hannah. »Wir sind Überlebenskünstler. Aussteiger. Da gibt es keine panierte Scholle mit Rosmarinkartöffelchen und Romanescoröschen«, meinte Hannah und schüttelte den Kopf. »Wenn es nicht anders geht, essen wir halt Fisch mit Resten aus unserem Vorrat. Containern ist eine ideale Sache, aber es darf nicht gefährlich werden.«

Das Machtwort von Hannah half. Stille legte sich über die Gruppe.

Viola biss an ihrem Fingernagel herum und überlegte, was sie der Gruppe beisteuern könnte. Scheinbar dachte Isa ebenfalls nach, denn sie hob den Kopf und sah Fiefie an. »Würde es helfen, wenn wir dir beim Angeln helfen?«

Fiefie sah sie an, dann wandte er seinen Blick und starrte zu Viola. »Klar. Das würde helfen. Mehr Angler bedeuten mehr Fisch.«

»Ihr könnt mir beim Sammeln von Kräutern und Obst helfen«, sagte Hannah.

»Das klingt nach einem Plan«, bestätigte Fiefie. »Isa hilft Hannah, Viola hilft mir, und ihr geht containern«. Er zeigte auf Pete, Steffi und Joris.

»Und ich?«, fragte Charlie.

Fiefie grinste. »Du räumst unsere Fahrzeuge aus und suchst nach dem Essbaren, das wir übersehen haben.«

Charlie stöhnte auf.

Fiefie hob die Schultern. »Etwas musst du ja zu tun haben.«

»Ich könnte ebenfalls angeln.«

»Je mehr Leute angeln, desto weniger gut ist es«, betonte Fiefie, was nicht ganz zu seiner vorherigen Aussage passte. »Du bist zu laut und verschreckst die Fische.«

Viola runzelte die Stirn. Offenbar wollte Fiefie mit ihr alleine sein.

Charlie verschränkte die Arme. »Na gut«, sagte sie und nahm schmollend einen weiteren großen Löffel des Komposts. Dann kniff sie die Augen zusammen und starrte Fiefie an. Ihr schien ein Licht aufzugehen. »Alles klar. Ich bleibe hier. Jemand muss ja sowieso auf unser Zeug aufpassen.«

Wieder legte sich Stille über sie, und die Gemeinschaft hing für einen Moment eigenen Gedanken nach. Viola versuchte, unauffällig zu Fiefie zu schauen und erfolglos das Kitzeln in ihrer Magengegend zu ignorieren. Fiefie war nicht besonders attraktiv, und nach wie vor irritierte sie seine unfreundliche Art, doch wie er vor sich hin grinste, die Zigarette elegant zwischen seinen langen Fingern rollte und in den Himmel sah, während er an der Zigarette zog, faszinierte sie ein wenig. Zumindest wollte sie ihn kennenlernen. Auch wenn sie nicht glaubte, dass Fiefie und sie zusammenpassten. Sie schafften es ja nicht einmal, sich vernünftig zu unterhalten.

»Ich muss euch was sagen«, sagte Hannah schließlich und beugte sich vor.

Alle Blicke richteten sich auf sie.

Hannah seufzte. »Ich habe ein schlechtes Gewissen, dass ich es euch nicht schon früher gesagt habe, meine Tante ist vor drei Monaten gestorben. Sie hatte weder Kinder noch Ehemann. Und sie mochte meinen Vater nicht und hat ihm übelgenommen, dass seine Erziehung sehr viel Schaden bei uns verursacht hat.« Sie zögerte. Dann sah sie jeden einzelnen nacheinander an. »Sie hat ihn enterbt und ... uns stattdessen angegeben. Sie war nicht ... arm.«

Fiefie schüttelte den Kopf. »Du musst das nicht tun«, sagte er zu ihr mit einem düsteren Stirnrunzeln.

Hannah nickte. »Ich denke schon, ich hätte es die ganze Zeit tun sollen«, sagte Hannah und sah ihm fest in die Augen. Fiefie wandte sich ab und zog erneut an der Zigarette.

»Hat dir die Tante viel bedeutet?«, fragte Charlie.

Hannah schüttelte den Kopf. »Ich kannte sie nicht besonders gut. Wie gesagt, sie war die Schwester meines Vaters, aber sie fand meinen Vater unmöglich, und er hat auch immer nur schlecht über sie geredet.« Hannah kratzte sich am Kopf und sah für einen kurzen Moment traurig aus. Vielleicht, weil sie nie die Gelegenheit gehabt hatte, ihre Tante näher kennenzulernen. Viola stellte es sich in einer dysfunktionalen Familie, wie Hannahs Familie eine gewesen sein musste, als eine Notwendigkeit vor, dass es liebevolle Tanten gab.

»Fabio hat mir von ihr erzählt«, sagte Joris. »Sie hatte bereits Krebs, als wir uns getrennt haben.«

Hannah nickte. »Und als sie starb, hinterließ sie uns mehr Geld, als wir dachten. Also mir und meinen Brüdern. Ich habe … mehr Geld, als ihr wisst. Tut mir leid, dass ich es euch nicht gesagt habe.«

»Es ist dein Geld«, sagte Steffi. »Das ist in Ordnung.«

»Wir haben unsere Ausgaben bisher von unserem sommerlichen Einkommen bestritten«, sagte Pete. »Es ist dein Erbe. Du musst das nicht mit uns teilen.«

»Ja, allerdings haben wir jetzt einen Notfall. Und ich habe Geld auf dem Konto liegen, das uns helfen könnte«, erwiderte Hannah laut.

»Du musst das nicht tun«, sagte Fiefie streng. »Es ist dein Geld. Dein Traum. Alles okay.«

»Nein, ist es nicht«, sagte Hannah und sah ihn traurig an. »Du hast es mir also noch nicht verziehen.«

»Was denn verziehen?«, fragte Joris. Er sah blass aus. Möglicherweise wurde ihm gerade bewusst, dass sein Exfreund ein Erbe gemacht hatte, ohne es ihm gesagt zu haben, überlegte Viola.

»Du musst ihm nicht antworten«, sagte Fiefie scharf.

Hannah seufzte. »Meine Tante hat sich Sorgen um uns gemacht. Sie wollte, dass wir das Erbe dafür nutzen, etwas aus unserem Leben zu machen. Sie hat uns einen Abschiedsbrief beim Notar hinterlegt und bat uns, das Erbe gut einzusetzen. Ich glaube nicht, dass es in ihrem Sinne wäre, es für Reisen auszugeben.«

»Ist Fabio deswegen nicht mitgekommen?«, fragte Pete stirnrunzelnd.

»Er hatte Angst, dass es ihm nicht guttut, mit uns abzuhängen«, sagte Joris traurig. »Dass wir es verurteilen, wenn er es lieber ruhiger angehen lässt.«

Pete runzelte die Stirn. »Wir haben akzeptiert, dass er keinen Alkohol trinkt. Wenn er nicht kiffen will, hätten wir das natürlich genauso akzeptiert. Scheiße, wir hätten auch aufgehört, in seiner Anwesenheit zu kiffen, um ihn nicht in Versuchung zu bringen. Was denkt der Mistkerl eigentlich über uns?«

Joris beugte sich vor und legte beide Hände vors Gesicht. »Vielleicht erträgt er nur meine Anwesenheit nicht.«

Steffi strich ihm über den Rücken.

»Nein«, sagte Hannah. »Er hatte Angst, dass er mit seinen Medikamenten nicht klarkommt, dass ihn die ständigen Fahrten belasten, dass er nicht zu einem regelmäßigen Schlaf kommt. Könnt ihr das nicht verstehen? Mein Bruder ist krank. Sehr krank. Und es ist verantwortungsbewusst von ihm, dass er das Risiko nicht eingehen will.«

»Wir hätten uns um ihn gekümmert«, sagte Fiefie wütend. »Wir hätten Rücksicht auf ihn genommen. Wir hätten die Route anpassen können, damit es nicht zu unangenehmen Überraschungen kommt.«

»Ja, das behauptest du jetzt, aber selbstverständlich wären wir mit Fabio genauso auf einer Insel gelandet und hätten infolgedessen nicht richtig schlafen können und hätten kaum Geld gehabt, um uns Essen zu kaufen. Er braucht regelmäßig seine Medikamente«, erwiderte Hannah und stand auf. »Ja, er wäre vielleicht mitgekommen. Aber dann haben wir vom Tod unserer Tante erfahren, und das hat ihn zum Nachdenken gebracht. Und mich auch.«

»Dich?«, fragte Charlie irritiert.

»Ich bin 37 Jahre alt«, sagte Hannah erbost. »Ich mache mir meinen Rücken kaputt als Erntehelferin. Ich verrichte körperlich harte Arbeit und verdiene fast nichts. Was meint ihr, wie lange das gut geht? Je älter ich werde, desto wahrscheinlicher schaffe ich das nicht mehr. Ich könnte krank werden, es

körperlich nicht mehr schaffen. Was, wenn das Geld nicht mehr reicht?«
Hannah lief um sie herum, blieb vor ihrem Stuhl stehen und stützte sich auf der
Lehne ab.

»Okay«, sagte Charlie.

»Das ist meine Chance. Das Geld reicht für ein kleines Häuschen,
irgendwo im Norden Deutschlands. Ich könnte einen Gemüsegarten haben,
eventuell ein paar Tiere. Mir einen Job suchen. Sesshaft werden«, sagte
Hannah leise.

»Wenn man einen Gemüsegarten und Tiere hat, kann man nicht mehr
wochenlang herumreisen«, erwiderte Charlie.

»Ja«, sagte Hannah. Sonst nichts. Endlich schien Charlie zu kapieren, was
Hannah vorhatte, und ihre Miene versteifte sich.

»Ihr müsst mich verstehen. Ich habe doch sonst nichts«, sagte Hannah.
»Ich kann höchstens noch zehn Jahre so weiter machen, doch irgendwann
funktioniert das nicht mehr. Ich bin fast die Älteste von euch. Und ich sehne
mich nach mehr Sicherheit.«

Alle schwiegen und sahen betroffen zu Boden. Nur Charlie hatte Tränen in
den Augen. Joris' Fäuste pressten sich gegen seine Oberschenkel. Ob wegen
Hannah oder wegen Fabio, war Viola nicht ganz klar. Fiefie biss sich fest auf
die Lippe. Seine Augen waren roter als zuvor, was Violas Vermutung verstärkte, dass es wohl tatsächlich psychosomatisch war. Fiefie äußerte seinen Stress
womöglich durch Entzündungen seiner Augen. »Bevor ich zulasse, dass ihr
euch in Gefahr begebt, wenn ihr containert, gebe ich euch was von dem Geld«,
sagte Hannah.

»Nein«, sagte Fiefie und stand auf. »Wir werden deinem Traum nicht im
Wege stehen.«

»Fiefie.« Hannahs Stimme hörte sich flehentlich an.

»Schon okay.« Fiefie schüttelte den Kopf. »Ich komme klar.« Er verließ
die Gruppe und lief zu seinem Zelt.

Hannah sah ihm mit einem verzweifelten Ausdruck in den Augen nach.

*

Die Stimmung nach Hannahs Eröffnung war betrübt. Fiefie distanzierte sich von der Gruppe, wie er es zuvor schon häufig getan hatte, Joris verzog sich ebenfalls in sein Zelt, und Charlie blieb verzweifelt an Ort und Stelle sitzen. Isa ging zu ihr. Soweit Viola beurteilen konnte, gelang es ihr nicht, Charlie zu trösten. Pete und Steffi wirkten zwar auch geschockt, allerdings gewillt, Hannahs Entscheidung zu akzeptieren. Bevor Pete aufstand, sagte er zu Hannah: »Gib uns ein bisschen Zeit, bis wir uns an die Neuigkeiten gewöhnt haben.« Steffi nahm Hannah in den Arm und flüsterte ihr etwas ins Ohr, dann folgte sie Pete.

Viola beobachtete die Szene, doch sie hatte das Gefühl, dass jeder für sich sein wollte, außer Charlie. Aber die hatte ja Isa, wie Viola mit mehr Eifersucht feststellte, als sie zugeben wollte.

Sie krabbelte in ihr Zelt und fragte sich, ob es eine gute Idee war, am nächsten Tag alleine mit Fiefie angeln zu gehen. Einerseits wollte sie ihn kennenlernen, andererseits zweifelte sie, ob momentan der richtige Zeitpunkt war und Fiefie lieber für sich sein wollte.

*

Am nächsten Vormittag ging es zumindest Charlie und Hannah wieder besser, und sie redeten lange, bevor Hannah aufstand und mit Isa verschwand, um Beeren zu sammeln. Viola hatte keine Ahnung, wo Fiefie war, also blieb sie vor ihrem Zelt sitzen und trank ihren Kaffee. Ihr gegenüber saß Joris, der mit leerem Blick in seine Kaffeetasse starrte. Charlie setzte sich zu ihm und legte ihm den Arm um die Schultern. Viola beobachtete die zwei und fühlte sich einsam bei dem Gedanken, dass sie vermutlich nie so viel Nähe zu einem Menschen erfahren hatte wie die beiden.

Nach einigen Minuten hob Charlie den Kopf und sah Viola überrascht an. »Ich glaube, Fiefie ist schon vorgegangen. Du wolltest ihn doch begleiten.«

Viola hob die Schulter. Wenn Fiefie so früh am Morgen bereits aufgebrochen war, wollte er offensichtlich alleine sein. Aus dem Grund blieb Viola sitzen und sah zu, wie Steffi und Pete den Camper vorbereiteten und leere Kisten auf die Ladefläche stellten. Dann fuhren sie zusammen mit Joris los.

»Ich denke, er hat sich darauf gefreut, mit dir angeln zu gehen«, sagte Charlie und blieb vor Violas Zelt stehen.

Viola runzelte die Stirn. »Wirklich?«

»Ja, jetzt lass ihn nicht länger warten.« Charlie zeigte Richtung Meer.

Auf einmal verspürte Viola Aufregung und ein leichtes Flattern in der Magengegend. Sie stand auf, zog sich ihre Turnschuhe an und lief zum Wasser.

*

Sie sah Fiefie bereits von Weitem, wie er mit gebeugtem Rücken auf einem Stein saß, die langen Arme um die Beine geschlungen. Sein weißes Shirt war ein Kontrast zu seiner dunklen Haut, und es war so schmal geschnitten, dass die schlanke Figur darunter betont wurde. Es war das erste Mal, dass Viola der Gedanke durch den Kopf schoss, dass er gar nicht so schlecht aussah. Unsicher blieb sie stehen und ließ die Umgebung auf sich wirken. Sie hörte die Möwen, das Plätschern des Wassers, wenn die Wellen gegen den Stein schlugen, und sie roch den herben Geruch nach Algen und feuchtem Moos. Die Aussicht von hier war phänomenal und eröffnete einem die pure Schönheit auf das Schärenmeer mit den vielen kleinen Inseln vor einem zerklüfteten Festland mit Sieken, Flüssen und Kanälen, die sich tief ins Landesinnere fraßen und die Ursache dafür waren, dass Finnland so grün und gut bewässert war.

Und davor saß Fiefie, vollkommen auf sich konzentriert, einsam und alleine, aber mit zwei Angeln, die rechts und links von ihm aufgebaut waren. Ein Mann, wartend auf jemanden, der so gar nicht in das Bild zu passen schien.

Viola zögerte. Sie starrte zu dem bewegungslosen Fiefie und musste erst ihre Nervosität herunterschlucken, bevor sie über die steinige Küste zu ihm kletterte. Er hob erst den Kopf, als ihr Knie seinen Rücken berührte, weil der Stein ihr nicht erlaubte, Distanz zu bewahren.

»Endlich«, brummte er. Er sah sie aus zusammengekniffenen Augen an, und Viola erwiderte seinen Augenkontakt. Da weichte seine Miene auf, sein Mund formte sich zu einem Lächeln, das tatsächlich langsam breiter wurde. Viola musste es erwidern, und sie spürte ein Brennen in ihrer Brust. Er hob die Hand, und sie nahm sie, wie eine Dame im 17. Jahrhundert, die wegen ihrer sperrigen Kleidung Unterstützung benötigte. Mit seiner Hilfe setzte sie sich auf den gleichen Stein wie er, so dicht, dass sie spürte, wie sich seine Schulter gemächlich hob und senkte, wenn er atmete.

Sie schwiegen, und Viola stellte fest, dass sie den Ausblick sehr genoss. Wenn nur ihr Herz nicht so schnell schlagen würde. Sie sah ihn an und stellte fest, dass er immer noch lächelte. »Was ist?«, fragte sie.

»Ich freue mich einfach, dich zu sehen«, murmelte Fiefie leise, dann wandte er seinen Blick ab und hob die Schultern. Sie spürte die Bewegung, als seine kühle Haut gegen ihre rieb.

Sie wusste nicht, was sie darauf antworten sollte. Also blieb sie stumm.

Für Fiefie schien das okay zu sein, denn auch er schwieg. Er kontrollierte hin und wieder die Angeln, sah ihr ab und zu in die Augen und lächelte. Wenn er sie nicht ansah, hatte er einen konzentrierten, aber nicht unfreundlichen Ausdruck im Gesicht. Viola verlagerte irgendwann ihr Gewicht und beugte sich etwas vor. »Das mit Hannah tut mir leid. Das war der Grund, warum du dich die ganze Zeit von ihr ferngehalten hast, oder? Du wusstest es schon?«

Fiefie nickte. Sichtbare Enttäuschung überschattete seine Miene. »Sie hat es mir erzählt, als wir in Dänemark waren. Sie ist meine Konstante, bei allen Veränderungen, die wir erlebt haben, seit unsere ehemaligen Mitfahrerinnen dem konservativen Familienbild nachgerannt sind. Wenn Alex nicht mehr mitkommt, Fabio sich verabschiedet und sich die Gruppe durch die Beziehung von Steffi und Pete anders aufstellt – das mit Hannah würde bleiben, davon war ich felsenfest überzeugt. Nun erkenne ich: Dem ist nicht so.« Seine Stimme war leise, echte Frustration schwang mit.

Viola hatte nicht damit gerechnet, dass Fiefie so offen über seine Emotionen reden würde. Sie legte eine Hand auf seinen Arm und bemerkte erstaunt, dass ihre sonst recht gebräunt wirkende Haut auf einmal blass aussah im Gegensatz zu seiner Haut. »Danke für deine Offenheit«, sagte sie.

»Was bleibt, wenn Hannah nicht mehr mitkommt?«, fragte Fiefie.

»Charlie, Pete, Steffi, Joris«, zählte Viola auf. Fiefie hob die Schultern. »Bis Steffi und Pete auffällt, dass sie ein Baby wollen, und Joris und Fabio wieder zusammenkommen und Joris aus Rücksicht auf ihn auch zu Hause bleibt.«

Kurz überlegte Viola. Sie wusste nicht, was sie dazu sagen sollte. Sie strich mit dem Daumen über seine Haut und fand, dass sie sich zu kühl anfühlte, als dass Fiefie eine Wohligkeit empfinden konnte. Er musste doch frieren.

»Als wir noch in unserer alten Besetzung waren und keiner mit den jeweils anderen geschlafen und daran gedacht hat, sich zu verlieben, war unsere Freundschaft stabiler«, meinte Fiefie. »Irgendwann begannen alle miteinander rumzumachen, und einige fingen an, von Babys und Hochzeitskleidern zu träumen.« Fiefie spuckte die Worte Baby und Hochzeitskleid aus, als wäre er allergisch darauf.

»Hannah nicht. Hannah will lediglich sesshaft werden«, verteidigte Viola sie.

Fiefie schwieg. Er rieb sich mit der Hand über den Nacken. Viola seufzte. Sie zog ihre Hand von Fiefies Arm. Ihr wurde auf einmal bewusst, dass Fiefie wohl kein Mann war, der wirklich Interesse an ihr hatte, wenn er Beziehungen so verachtete. Und für etwas lockeres war Viola nicht bereit. Sie würde niemanden wegen einer einmaligen Sache so weit vertrauen und das Risiko einer erneuten seelischen Verletzung eingehen. Kurz darauf fiel ihr etwas ein. »Du kannst mit Hannah weiterhin befreundet sein. Du kannst selbst mit Alex und Fabio und natürlich mit euren ehemaligen Mitfahrerinnen befreundet sein. Was hindert dich daran? Sind sie nur ein wertvoller Freund, eine enge Freundin, wenn sie mit dir reisen?«, fragte sie. Sie konnte Fiefies Abneigung vor dem konservativen Familienbild, dem so viele Menschen nacheiferten und das Menschen wie sie niemals erreichen würden, gut nachvollziehen. Sie verstand es sogar besser, als Fiefie wahrscheinlich ahnte. Was sie nicht kapierte, war, warum es ihn hinderte, Freunde außerhalb der Reisegruppe zu haben. Zumal zumindest Fabio und Alex wohl nicht zu Hause geblieben waren, um eine Familie zu gründen.

»Ich probiere es ja«, sagte Fiefie. Er strich mit den Fingern über den Kies auf dem Stein, auf dem sie saßen. »Es fällt mir schwer.«

»Was?«, fragte Viola irritiert.

»Alex ist … anders. Er … Ich habe ihn besucht, er war abweisend, schroff. Er durchlebt gerade keine gute Zeit.« Fiefie seufzte.

Viola nickte. »Verständlich. Er muss mit einer enormen Veränderung klarkommen.«

Fiefie nickte. »Ich fühle mich hilflos in seiner Nähe.«

Viola konnte das nachvollziehen, aber sie wurde wieder an ihre eigene Situation erinnert, als ihr sämtliche Freundschaften weggebrochen waren, weil sie überfordert waren und Viola ein Tal der tiefsten Einsamkeit durchlaufen musste – zusätzlich zu allem, was an Schwierigkeiten da sonst noch gewesen war. »Hast du ihm das gesagt?«, fragte sie. Sie wusste, wenn ihr die Freunde gesagt hätten, wie es ihnen ging, hätte sie darauf reagieren und ihnen die Angst nehmen können. Doch die meisten hatten geschwiegen. Bis auf Isa. Die war wie ein Fels in der Brandung bei Viola geblieben.

Fiefie schüttelte den Kopf. »Nein. Ich weiß nicht, wie ich mich verhalten soll. Soll ich mit ihm über seine Erblindung reden? Oder soll ich versuchen, ihn abzulenken? Wir saßen einfach nur da, haben uns angeschwiegen.«

»Tu was. Egal was. Irgendwas«, sagte Viola und stellte überrascht fest, dass es sich wie ein Flehen anhörte. »Nichts zu tun, ist das Schlechteste, was du tun kannst. Deswegen tu irgendwas. Lass ihn nicht alleine. Bleib nicht einfach fern von ihm.«

Fiefie sah sie an. Statt Trauer war nun Erstaunen in seinen Augen zu erkennen. »Alles okay?«

Viola zögerte, schließlich nickte sie. »Ja, es erinnert mich nur sehr an eine Phase in meinem Leben, in der ich auf mich alleine gestellt war und Unterstützung gebraucht hätte.«

Fiefie starrte wieder auf den Stein. »Hättest du dir gewünscht, dass jemand wie ich, der mit so was nicht umgehen kann, an deiner Seite bleibt?«

Viola lächelte. »Ja. Natürlich. Warum solltest nicht auch du lernen? Es gilt, zuzuhören und zu lernen, auf die Bedürfnisse einzugehen und ein Verbündeter zu werden. Niemand kann das aus dem Stegreif. Da wächst man mit der Zeit rein.« Sie war verwirrt. Sie wusste nicht, ob sie von sich oder von Alex sprach, und weil sie die Befürchtung hatte, dass Fiefie das ebenfalls nicht wusste, fügte sie hinzu: »Ich meine, sicher muss Alex auch erst lernen, damit umzugehen. Er weiß vielleicht selbst nicht genau, welche Art von Unterstützung er gebrauchen kann. Also solltet ihr es gemeinsam herausfinden.«

Fiefie nickte. »Ja. Hört sich logisch an.« Er kratzte sich, und sein Fingernagel hinterließ einen hellen Strich auf seiner ansonsten glatten Haut.

Viola lehnte sich zurück. Sie hatte den Eindruck, dass das Gespräch mit Fiefie besser gelaufen war, als befürchtet, und sie glaubte, dass Fiefie nicht so kompliziert war, wie sie gedacht hatte. Selbst wenn er offenbar nichts von Beziehungen hielt und Viola seine Annäherungsversuche falsch interpretiert hatte.

*

Zusammen angelten sie zwei Hechte und einen Barsch, doch Viola war Fiefie kaum eine Hilfe. Es kam ihr vor, als wäre sie nur zum Zeitvertreib dabei. Er kontrollierte die Angeln und erklärte ihr das eine oder andere, doch wirklich Hilfe benötigte er nicht. Als er endlich einen Fisch an der Angel hatte, musste Viola sich abwenden, weil sie es nicht ertragen konnte, zuzusehen, dass er ihn tötete. Später, als er die Fische ausnahm, empfand sie den Geruch und die Geräusche als so schlimm, dass sie erleichtert war, als er sie fragte, ob sie vorgehen wollte.

Sie war von sich selbst enttäuscht, wie wenig sie offenbar als Anglerin taugte, gleichzeitig war sie sehr zufrieden über das intensive Gespräch, das Fiefie und sie geführt hatten. Sie war sich ihrer eigenen Gefühle nun sicherer, jetzt, wo sie glaubte, dass er nichts von ihr wollte. Auch Isa und Hannah waren erfolgreich und präsentierten ihnen zwei Eimer mit Heidelbeeren und Preiselbeeren sowie ein Körbchen voller Kräuter. Selten hatte Hannah solch eine Ausbeute beim Sammeln, wie sie Viola verriet. Als Fiefie ins Camp kam, legte er die Fische ins Kühlfach des Wohnmobils und wusch sich die Hände, anschließend nahm er Hannah in den Arm und drückte sie einige Minuten lang fest an sich. Viola empfand den intimen Moment zwischen den Freunden als so intensiv, dass sie sich abwandte und Isa zögerlich anlächelte.

Ihre Glückssträhne war noch nicht zu Ende, denn zwei Stunden später erschienen Joris, Pete und Steffi mit drei vollen Kisten auf der Ladefläche des Campers. Sie waren also für die nächsten Tage versorgt, und am Abend würde es zum Fisch in Kräutersoße zusätzlich leckere Beilagen geben. Eine gute Nachricht! Viola hatte riesigen Hunger, und der gegrillte Fisch, den Fiefie vorbereitete, roch schon sehr viel leckerer als der frisch getötete Fisch. Die Aussicht auf ein üppiges Abendessen hob die Laune der Reisegruppe, und sie kamen in eine Feierlaune, als sie bei Kerzenschein zwischen Camper und

Wohnmobil saßen und sich den Bauch vollschlugen. Niemand erwähnte Hannahs Pläne, und niemand schien mehr sauer zu sein.

Ein Gemeinschaftsgefühl legte sich über sie, das sich wahrscheinlich wegen der guten Teamarbeit eingestellt hatte. Selbst Charlie hatte sich nützlich gemacht und das Wohnmobil aufgeräumt und hatte jetzt einen besseren Überblick über die Vorräte.

»Ich wünschte, wir hätten Fabio und seine Gitarre hier«, murmelte Charlie irgendwann.

»Ja«, sagte Joris leise. »Das wäre der krönende Abschluss des Abends.«

Kurz schien sich die Stimmung zu verdüstern. Fiefie sah Viola an, sie lächelten einander an, und Viola versuchte, das Flattern der imaginären Schmetterlinge in ihrem Bauch zu ignorieren. Seit der Trennung von Farid hatte sie für keinen Mann mehr so empfunden, und das war schon Jahre her. Sie hatte sich in der anstrengenden und aufreibenden Zeit während ihres Studiums nicht vorstellen können, eine Beziehung einzugehen, und aus dem Grund jeglichen Gedanken, der in solch eine Richtung ging, sofort im Keim erstickt. Warum gelang ihr das nun nicht mehr, obwohl sie wusste, dass das mit Fiefie und ihr ebenfalls glücklos enden würde wie das mit Farid oder Max, auch für den unwahrscheinlichen Fall, dass Fiefie sich mehr erhoffte, als Viola glaubte?

»Wie wäre es mit einer Runde Wahrheit oder Pflicht?«, fragte Charlie, offenbar verzweifelt bemüht darum, die harmonische Stimmung aufrecht zu halten.

Viola hasste diese Art von Spielen und hatte sie schon während ihrer Pubertät immer gemieden, zu ihrem Leidwesen sprachen sich alle dafür aus, mitzuspielen. Dagegen waren lediglich Joris, der von seinem Liebeskummer übermannt wurde, und Isa, die Viola ihre Gedanken ansah. Viola wusste, dass Isa nur ihr zuliebe nicht dafür stimmte. Sie lächelte Isa an und spürte Dankbarkeit für die tiefe Loyalität, die Isa für sie empfand. Selbst Hannah war dafür, obwohl Viola sie so eingeschätzt hatte, dass sie das Spiel zu kindisch fand. Als Hannah ihnen anbot, etwas anderes zu spielen, schüttelte Viola den Kopf. Sie wollte nicht, dass jemand auf sie Rücksicht nehmen musste, besonders weil sie wusste, dass Isa eigentlich richtig Lust darauf hatte, mitzuspielen. Das sah man ihren leuchtenden Augen an, in denen sich die Flammen der Kerzen spiegelten.

Viola erkannte schnell, dass die Gruppe das Spiel auf eine Weise spielte, die sie bislang nicht kannte. Hannah stellte Charlie zwei Fragen, und Charlie beantwortete eine davon wahrheitsgetreu. Da die Fragen zu Beginn eher harmlos waren, entspannte Viola sich und fand es spannend, von dem Rest der Reisegruppe Details der Vergangenheit oder des Alltags zu hören. So erfuhr sie, dass Charlie in Kürze ein weiteres Buch veröffentlichen würde, Fiefie als Kind mehrere schwere Allergien gehabt hatte, die inzwischen zum Glück verschwunden waren, seit er sich viel an der frischen Luft aufhielt, und Steffi sich aufgrund einer unglücklichen Liebe zu einem jungen Mann namens Hani der Gruppe angeschlossen hatte. Zuvor, so verriet sie der Gruppe augenzwinkernd, hatte sie mit jemandem aus der Gruppe geknutscht. Wer das war, wollte sie jedoch nicht verraten. Da sich niemand angesprochen fühlte, tippten die meisten auf Alex. Hannah berichtete der Gruppe, dass sie mal als Nacktmodell für Kunststudierende gearbeitet hatte, von Joris erfuhren sie, dass er als Kind von einem Auto angefahren worden war, und von Pete, dass er trotz seiner passionierten veganen Lebensweise manchmal von Emmentaler träumte. Isa erzählte die Geschichte, wie sie vor einigen Jahren im Auto hatte übernachten müssen, weil sie den Schlüssel für ihre Wohnung nicht gefunden hatte. Die Story kannte Viola schon, und sie musste grinsen, weil sie das Ende kannte. Am nächsten Tag, als Isa den Schlüsseldienst hatte anrufen wollen, hatte sie festgestellt, dass sie die gesamte Nacht auf dem Schlüssel gesessen hatte. Danach stellte Isa Viola zwei Fragen, die leicht zu beantworten waren. »Erzähl uns entweder von deinem schlimmsten Job oder von der schlimmsten Note, die du jemals geschrieben hast«, forderte sie Viola auf.

Viola grinste. Isa nahm Rücksicht auf sie. Sie entschied sich dafür, der Gruppe zu beichten, dass sie in ihrer Jugend eine 5 in Mathe geschrieben hatte und ihre Eltern damals irritiert waren, weil Mathe ihr bestes Fach war. »Vektorrechnung. Ich habe sie nie verstanden«, fügte Viola hinzu.

Sie trank einen Schluck und betrachtete die Gruppenmitglieder nacheinander. Ihr Blick blieb an Fiefie hängen, und sie beschloss sich, ihm eine persönliche und eine harmlose Frage zu stellen. Diese Methode wendeten fast alle an, so war es einem selbst überlassen, ob man etwas preisgeben wollte oder nicht. »Fiefie, erzähl uns von deiner letzten Beziehung oder von deinem ersten Kuchen, den du gebacken hast.«

Fiefie hob die Schulter. »Da ich bisher weder eine Beziehung geführt und auch keinen Kuchen gebacken habe, kann ich leider nichts beitragen.«

»Ach, komm«, sagte Viola mit Herzklopfen. War ihre Vermutung korrekt, dass Fiefie an solchen Konstrukten wie einer romantischen Beziehung null Interesse hatte? »Du wirst doch sicherlich mal einen Kuchen gebacken haben.«

Fiefie überlegte, langsam schüttelte er den Kopf. »Nein, ich habe wirklich nie einen Kuchen gebacken. Und meine Beziehungen waren eher von der kurzen Sorte, wenn du verstehst, was ich meine.« Er hob eine Augenbraue.

Viola spürte, dass sie rot wurde, und war dankbar, dass es schon dunkel um sie herum war und es hoffentlich niemand sehen konnte.

»Ich gebe die Frage an dich zurück«, sagte Fiefie. »Oder nein, warte. Ich wandle sie ab. Berichte du uns von deinem ersten Versuch, einen Kuchen zu backen, oder wie viele Beziehungen du geführt hast und wie lange sie andauerten.«

Wie ertappt starrte Viola auf ihren Schoß. Fiefie lachte leise. »Hast du auch noch nie einen Kuchen gebacken?«

Isa lachte ebenfalls, zwar hinter vorgehaltener Hand, doch jeder konnte es hören. »Tut mir leid, ich wollte dich nicht verraten, aber ich kann mir dich so schwer in einer Küche vorstellen«, sagte sie, und das Bedauern in ihrer Stimme klang ehrlich.

»Na gut.« Viola seufzte. Was sollte es? Sie hatte nichts zu verbergen. »Da gab es einen Max. Wir waren knapp ein Jahr zusammen. Und danach Farid. Das ging ebenfalls etwa ein Jahr.« Viola hörte sich gereizter an, als sie sich anhören wollte. Sie war Fiefie in die Falle gegangen, die sie eigentlich ihm gestellt hatte. Sie war selbst schuld.

»Und wie viele Beziehungen der kürzeren Sorte kommen dazu?«, fragte Fiefie.

Obwohl Viola laut Regel nichts mehr beantworten musste, sagte sie: »Gab es nicht.« Ihr war es unangenehm, dass sie sich dabei kühl anhörte. Hatte sie nicht gewusst, dass das Spiel am Ende aus dem Ruder laufen würde? »Das ist nichts für mich«, fügte sie gereizt hinzu. Sie konnte sich das nicht vorstellen. Die vielen Rechtfertigungen und verletzten Gefühle, nur für eine einzige Nacht? Unvorstellbar für sie.

»Eventuell solltest du es mal ausprobieren?«, fragte Fiefie.

»Du musst nichts mehr sagen, Viola«, warf Hannah ein. »Du hast seine Fragen ausreichend beantwortet. Frag einfach jemanden, der die Regeln beherzigt.«

Viola ignorierte sie. Sie starrte Fiefie an. »So eine Empfehlung kann ich dir ebenfalls geben, vielleicht solltest du es mal länger anstreben.«

Fiefie hob ein Bein und legte es über das andere. Er spielte an der Lehne des Stuhls herum. »Oder du probierst meine Art von Beziehung aus und es führt zu deiner Art von Beziehung?«

»Oh, wow, ich spüre Schwingungen«, meinte Charlie, es hörte sich fasziniert an. Sie sah zwischen Fiefie und Viola hin und her und richtete sich auf.

»Viola wollte eigentlich nicht spielen, also hört auf, sie zu drängen«, sagte Joris. »Sonst spiele ich nicht mehr mit«, fügte er hinzu.

Viola sah Fiefie in die Augen, und sie wünschte, ihr Herz würde aufhören, ihr in der Brust zu hämmern. Worauf hatte sie sich da eingelassen? Verdammt! »Nein«, sagte sie schließlich. »Das glaube ich nicht.« Sie sah zu Isa. »Mach du weiter, ich habe genug Fragen gestellt und genug Antworten bekommen.«

Fiefie lachte leise und beugte sich vor. Er zündete sich einen Joint an. Viola beobachtete ihn einen Moment, während Isa für sie weiterspielte, kurz drauf stand sie auf, und Joris, der offenbar die gesamte Zeit nur darauf gewartet hatte, schloss sich ihr an. Gemeinsam verließen sie den Tisch, um sich ein ruhigeres Plätzchen zu suchen.

*

Die nächsten Tage verliefen ruhig und ohne weitere Vorfälle. Sie hatten genug zu essen und seit langem endlich einen schönen Platz, wo sie bleiben konnten. Leider fehlte ihnen hier eine öffentliche Dusche oder Toilette, und so mussten sie entweder ins kalte Meer, um sich zu waschen, oder unter die selbst gebaute Dusche, die sie hinter den Camper aufgestellt hatten. Viola dachte nicht einmal im Traum darüber nach, eine Zehenspitze ins Meer zu halten, aber Pete, Charlie und Hannah wagten es und stießen dabei spitze Schreie aus, bevor sie untertauchten. Sie mussten sich danach stundenlang unter warmen Decken aufwärmen. Ansonsten war der Platz ideal. Die kurze Entfernung zum Meer erlaubte es ihnen, Geschirr und Klamotten zu waschen, ohne Trinkwasser zu verschwenden, und sie waren weit genug von den Häusern entfernt, als dass sie jemanden stören könnten.

Viola ging Fiefie aus dem Weg, und auch er kam nicht mehr auf sie zu. Doch oft, wenn sie ihn ansah, erwischte sie ihn dabei, dass er sie anstarrte. Sie war verwirrt und überfordert von seiner seltsamen Art und bereute, dass es erneut so weit gekommen war, dass sie keine gemeinsame Gesprächsbasis mehr hatten. Immerhin hatten sie so ein tolles und intensives Gespräch über Alex geführt, und Viola hätte gerne mehr mit ihm geredet.

Mit Isa spielte sie manchmal Badminton, oft erlaubte es der Wind nicht. Joris überwand etwas seinen Liebeskummer, und seine Laune stieg, je länger sie an dem Strand in der Bucht blieben, als ob er nur dringend Erholung nötig gehabt hätte. Die Zeit verging, und das führte dazu, dass sich alle bewusst machen konnten, welch weitreichende Folgen Hannahs Entscheidung für sie haben würde. Egal, mit wem Viola redete, regelmäßig erfuhr sie, wie wichtig Hannah für die Gruppe war und wie verloren sie sich ohne sie fühlen würden. Je häufiger das ihr gegenüber betont wurde, desto mehr konnte Viola nachvollziehen, warum Hannah das Bedürfnis hatte, dem zu entfliehen.

An einem Nachmittag fuhren Steffi, Charlie, Isa und sie in die Innenstadt von Rauma und schlenderten durch die gut erhaltene Altstadt, welche wegen der süßen Gassen und den bunten Holzhäusern sehr sehenswert war. Nicht alle Häuser waren rot angestrichen; die dominierenden Farben wie Grün, Blau, Gelb und Rot wechselten sich in regelmäßigen Abständen ab, und es schien, als ob niemals zwei gleichfarbige Häuser beieinander standen.

Viola genoss den Ausflug und war erleichtert, den Blicken von Fiefie und dem Gedankenkarussell, in das sie ständig geriet, zu entkommen. Das unausgesprochene Entsetzen über Hannahs geplanten Weggang schien hier ebenfalls weit weg zu sein.

Zunächst bummelten sie zu viert durch die schmalen Gassen, dann trennten sich ihre Wege, weil Charlie und Steffi in den Park wollten, während es Isa weiter durch die Geschäfte zog. Viola entschied sich dafür, Isa zu begleiten, obwohl sie der gleichen Meinung wie die anderen beiden war: Was brachte eine Shoppingtour, wenn man kaum Geld hatte? Zum Glück hatten sie genug Seife und Shampoo für die Haare, sowie Zahnpasta und Tampons, somit keine Engpässe bei Hygieneartikeln.

Seit sie in Finnland waren, hatte Viola stärker als zuvor den Eindruck, dass die tiefe Freundschaft zu Isa aufgeweicht wurde. Ein weiterer Grund, warum sie sich bereit erklärte, mit Isa durch die Geschäfte zu tingeln und froh war, dass die zwei Mädels sich von ihnen abseilten. Sie waren kaum noch zu zweit unterwegs, und ein bisschen vermisste Viola die Gespräche mit Isa.

Somit streiften sie durch die Geschäfte, und Isa sah sich mit Wehmut in den Augen die Souvenirartikel an. Sie hatte begonnen, von jedem Land, das sie durchreist hatten, etwas mitzubringen. Es zerbrach Viola fast das Herz, dass das in Finnland nicht mehr der Fall sein würde. Wenn sich die finanzielle Lage nicht entspannte, weil sie mehr Geld für wirklich notwendige Dinge ausgeben mussten, würde sie ihre Mutter um eine kleine Überweisung bitten und Isa einen dieser hässlichen Wichtel, die sie überall sahen und Isa immer wieder grinsend betrachtete, kaufen. Es durfte nicht sein, dass Isa ausgerechnet von Finnland kein Mitbringsel hatte und das ihre Sammlung ruinierte. Sie hatte sich zuvor immer so sorgfältig darum gekümmert.

Als sie auf einen spektakulären Brunnen zu schlenderten, an dem sich einige Touristen fotografieren ließen, fragte Isa sie unvermittelt: »Geht es dir gut, Viola?«

Viola hatte zunächst keine passende Antwort. Zuerst fiel ihr ein, dass sie sich danach sehnte, mit Isa alleine zu sein, dann aber wurde ihr bewusst, dass nicht nur Isa es genoss, Zeit mit den anderen zu verbringen, sondern dass Viola ebenfalls tolle Momente mit dem Rest der Gruppe hatte erleben dürfen. Da war die Sache mit Fiefie, aber sie wusste nicht, wie sie das alles in Worte fassen konnte. Sie entschied sich dafür zu sagen: »Ich habe immer noch Angst davor, heimzukommen.«

Erst als sie die Worte ausgesprochen hatte, wurde ihr klar, wie sehr sie der Wahrheit entsprachen. Sie hatte einerseits eine wahnsinnige Sehnsucht nach ihrer Familie, andererseits wusste sie, was sie zu Hause erwartete. Sie hatte das Jahr voller Anonymität und Tarnung unglaublich genossen.

»Generell oder im Speziellen?«, fragte Isa.

Viola runzelte die Stirn. Die Frage war nicht leicht zu beantworten. Das war eins von Isas Talenten: Sie konnte Fragen stellen, die den Befragten dazu brachten, über Dinge nachzudenken, die zuvor im Unterbewusstsein gegärt hatten. Viola versuchte, sich in Isa hineinzuversetzen, und sie fragte sich, ob sie an ihrer Stelle ebenfalls Angst hätte. »Ja«, sagte sie schließlich. »Auch generell, aber ich komme gar nicht dazu, mir darüber Gedanken zu machen, weil ich mir ständig ausmale, wie die Leute reagieren und wie das Leben wird, wenn ich nichts mehr verbergen kann.«

Isa legte ihr die Hand auf die Schulter. Einer der ganz seltenen Augenblicke, in denen sie beide Körperkontakt zuließen. Umso bedeutender war es. Viola blieb stehen und zwang Isa dazu, ebenfalls stehen zu bleiben, als sie die Hand auf ihrer Schulter mit ihren Fingern umschloss. Isa sah sie ernst an. »Ich habe genauso Angst, Viola. Das ist normal. Doch du hast einiges vor dir, und ich frage mich, ob du nicht schon mal ein bisschen übst und es den anderen einfach erzählst. Die sind lässig, du brauchst dich vor ihrer Reaktion nicht zu fürchten.«

Viola runzelte die Stirn. »Eben«, sagte sie. »Die gehen mit so was vermutlich entspannt um. Warum sollte ich die komfortable Lage der Anonymität verlassen, nur um es Menschen zu sagen, die nichts im Vergleich zu der Dorfgemeinschaft zu Hause sind? Du weißt, dass das ein riesiger Unterschied ist.«

Isa seufzte. »Es wird dir sowieso nie wieder möglich sein, unerkannt zu leben. Du weißt, dass du für solch ein Leben jegliche Verbindungen zu deiner Vergangenheit kappen müsstest, dafür ist dir deine Familie aber zu wichtig. Dagegen hast du dich bereits entschieden. Also warum die Wahrheit herauszögern?«

Viola sah zu Boden. Sie wusste, dass Isa zu Teilen recht hatte. Die Europatour hatte ihr ein Leben ermöglicht, ohne Bedingungen, Irritationen, Anfeindungen und Misstrauen. Sie war selbstverständlich von allen akzeptiert und so angenommen worden, wie sie sich tief im Inneren immer gefühlt hatte. Eine heilsame und wunderbare Erfahrung. Doch sie hatte auch gewusst, dass das eines Tages vorbei sein würde. Sie hatte sich dazu entschlossen, nicht ihre Familie und ihr weiteres Umfeld zu opfern, jegliche Wurzeln zu durchtrennen, wie es viele in ihrer Situation taten, sondern wollte zu dem Ort zurück, an dem sie groß geworden und als überforderter junger Teenager die erste Beziehung geführt hatte.

»Vielleicht stimmt es genau so, wie du es sagst«, gab sie leise zu und schluckte. Sie spürte, dass ihre Finger zitterten.

»Ich bleibe an deiner Seite«, flüsterte Isa. Und dann machte sie etwas, das sie in ihrer Freundschaft bisher lediglich einmal getan hatte und zwar damals in einer Situation, als Isa Beistand gebraucht hatte. Nun brauchte Viola den gleichen Beistand. Isa umarmte sie fest.

*

Am Abend, als Viola aus ihrem Zelt krabbelte, weil sie Hunger hatte, bemerkte sie, dass alle außer Isa und sie um den Campingtisch saßen und sich rege unterhielten. Die lauten Stimmen von Joris, Pete und Charlie wehten zu ihr herüber, was ihr bereits im Zelt aufgefallen war. Sie hatte mit ihrer Mutter telefoniert und war davon ausgegangen, dass es draußen eine Diskussion gab. Doch das sah ernster aus, und Viola fühlte sich ausgeschlossen. Sie wollte Isa, von der sie nicht wusste, wo sie war, suchen.

Viola zog sich die Turnschuhe an und lief an den anderen vorbei, sah jedoch keinem direkt ins Gesicht. Sie spürte, dass alle verstummten, als sie vorbeilief, und Hannah, die gerade angesetzt hatte, etwas zu sagen, sie ansah und erst wieder weitersprach, als Viola an ihr vorbeigelaufen war. Sie entdeckte Isa, kaum dass sie sich wenige Meter von den Zelten entfernt hatte. Ihre Freundin lief durch das hohe Gras, pflückte Blumen und flocht die gelben Butterblumen zu einer Kette. Als Viola näher trat, entdeckte sie, dass sich die gelben Blumen mit weißen Gänseblümchen und blauen Blüten, deren Namen Viola nicht kannte, abwechselten. »Was tust du da?«, fragte Viola, und sie grinste, als Isa die Kette hob und über ihren Kopf legte und einen Blumenkranz als Frisur andeutete. »Sehr klischeehaft«, murmelte Viola. Isa erwiderte ihr Lächeln, sagte allerdings nichts. Stattdessen bückte sie sich und zupfte eine blaue Blume am Stiel ab und steckte sie in den Kranz. Viola folgte ihr, als Isa durch das hohe Gras spazierte. »Was bereden die?«, fragte Viola und zeigte hinter sich.

»Ich glaube, es geht darum, wie sie die Reise finanzieren«, antwortete Isa.

»Sollten wir nicht dabei sein?«, fragte Viola irritiert.

Isa seufzte. »Vermutlich schon, aber es hat so intim gewirkt, als ich dran vorbeigelaufen bin.«

Viola half ihr, den Kranz ins Haar zu stecken und fand, dass es nicht klischeehaft, sondern wirklich nach einem Hippie aus den 70er Jahren aussah, weil Isa glatte, blonde Haare hatte.

»Davon muss ich ein Foto machen«, murmelte Viola und zog ihr Handy aus der Hosentasche. Normalerweise hatte sie ihr Handy nicht ständig dabei, da sie zuvor aber mit ihrer Mutter telefoniert hatte, befand es sich noch in ihrer Hand, als sie aus dem Zelt gekrochen war. Sie machte in der Regel nicht so viele Bilder, weil sie von Anfang an der Überzeugung waren, dass sie mehr Wert auf die Eindrücke legen wollten, die sie sonst vielleicht verpasst hätten, wenn sie ständig Bilder machten. So hatten sie in der Zeit, die sie nun unterwegs waren, lediglich hundert Bilder gemacht, meist von den schönsten Augenblicken zu zweit, den atemberaubendsten Naturphänomenen oder von Menschen, die ihnen unterwegs begegnet waren. Der jetzige Moment gehörte zu den seltenen Situationen dazu, die Viola festhalten wollte. Isa mit den Blumen im Haar, wie sie im hohen Gras stand. Als sie zurückgingen, folgten die Insekten, Bienen und Hummeln Isa, weil die Blumen in ihrem Haar sie anzogen, und Viola fand den Anblick so passend, weil Isa in der Schule die Art von Frau gewesen war, der alle Männer und gleichermaßen viele Frauen blind hinterhergelaufen waren – wie jetzt die Tiere um sie herumschwebten, als wäre Isa der Mittelpunkt ihres Lebens. Als sie zusammen in die Schule gegangen waren, hatte Viola mit Isa nicht viel anfangen können. Ihr war es nicht mal im Entferntesten in den Sinn gekommen, dass eine, die so beliebt war wie Isa, sich für sie interessieren könnte, sie, den Freak der Schule. Außerdem hatte sie Isa für oberflächlich gehalten, für jemanden, der außer schöne Klamotten, Jungs und Schminke nichts interessant fand. Danach hatten sie sich während ihres Studiums viele Kilometer von ihrem Heimatdorf entfernt aufs Neue getroffen, in einer Situation, die für sie beide unglaublich persönlich war und gerade Isa von einer verletzlichen Seite gezeigt hatte. Das hatte sie miteinander verbunden, und sie waren zu Freundinnen geworden. Obwohl sie bis heute nicht viele Gemeinsamkeiten hatten, kannten sie sich in- und auswendig, wie sonst kaum eine Person.

Wieder verstummten alle, als sie näher kamen. Nun sprang Charlie aber auf und lief zu ihnen. »Du siehst wunderschön aus«, sagte sie und berührte vorsichtig den Blumenkranz in Isas Haar. Joris erhob sich kurz darauf ebenfalls, er nahm Violas Arm und zog sie zu dem Weg, der zum Wasser führte. Hannah sah verzweifelt aus, als sie bemerkte, dass die Anwesenheit von Isa und Viola das Gespräch gestört hatte. Fiefie kniff die Augen zusammen und starrte Viola und Joris hinterher.

»Was ist los mit Hannah und Fiefie?«, fragte Viola und zog ihre Hand aus Joris' Umklammerung.

»Hannah hat versucht, uns zu erklären, warum es ihr so wichtig ist, sesshaft zu werden, und sie hat sich für das, was ihre Träume sind, entschuldigt. Wenn du mich fragst, hätte sie dazu keine Veranlassung gehabt. Wir sollten ihre Entscheidung akzeptieren, es ist ihr gutes Recht.« Joris hob die Schultern. Dann grinste er. »Und Fiefie? Meinst du den Blick, den er mir zugeworfen hat, wie ein Ehemann, der erst jetzt erkannt hat, dass die Haarfarbe des Briefträgers mit der des eigenen Kindes übereinstimmt?« Viola runzelte die Stirn.

Joris lachte, als hätte er einen überdurchschnittlich guten Witz gerissen.

»Rede nicht so einen Blödsinn. Er ist nicht auf dich eifersüchtig.« Viola schüttelte den Kopf.

Joris zog an den Haaren seines Bärtchens und neigte den Kopf. »Denkst du nicht?«

»Das mit Fiefie wird nicht passieren«, betonte Viola streng. »Da werden eure Sprüche nichts dran ändern.«

Joris tat auf spielerische Art und Weise, als würde er weinen. »Das ist traurig.«

Viola schubste ihn leicht und registrierte erschrocken, dass sie Joris' fehlende Balance nicht mit eingerechnet hatte, also hielt sie ihm erschrocken die Hand hin. Joris umklammerte sie und ließ sie auch nicht los, nachdem er wieder festen Stand hatte. »Und warum auf dich?«, fragte Viola. »Bist du nicht schwul?«

Joris schüttelte den Kopf. Er setzte sich auf den Stein, und endlich ließ er ihre Hand los. Viola atmete erleichtert auf. Sie wünschte, sie könnte so unbefangen mit ihm umgehen, doch das gelang ihr nicht. Sie hatte noch nicht genug Vertrauen. Es gelang ihr nur bei Isa und auch das nur wohl dosiert. Obwohl Joris vermutlich derjenige war, der von der Camping-Gruppe am ehesten nah dran war. »Ich war nie schwul. Komisch, dass die Leute davon ausgehen, man sei schwul oder hetero, je nachdem welches Geschlecht der letzte

Partner oder die letzte Partnerin hatte. Vor Fabio war ich einige Wochen Charlie sehr nahe, und davor hatte ich jahrelang eine Beziehung zu einer Frau«, erzählte Joris.

Viola setzte sich neben ihn auf den Stein und starrte in die heftigen Wellen, die heute in die Bucht gedrückt wurden. Es war windig und kühl, und es fühlte sich herbstlicher an, als es nach dem Kalender her sein sollte. »Ich habe immer auf Männer gestanden, eine der wenigen Konstanten in meinem Leben«, sagte sie leise. Sie erinnerte sich an Max und wie anders ihr Leben damals war, als sie es mit ihm versucht hatte. Sie hatte es wirklich versucht, sie hätte fast alles dafür gegeben, dass es klappte. Am Ende war es daran gescheitert, dass es nur fast alles und nicht alles gewesen war.

»Ich habe unterschiedliche Phasen durchlebt, war mal mehr an Männern interessiert, mal wieder mehr an Frauen.« Joris hob die Schulter. Er lachte leise. »Als ich mit meiner Ex zusammen war, hielten mich alle für hetero, später, während meiner Beziehung mit Fabio, dachten alle, ich sei schwul. Dabei habe ich mich all die Jahre nie geändert.«

Viola nickte und fragte sich, warum sie Joris für schwul gehalten hatte, obwohl die Möglichkeit der Bisexualität grundsätzlich immer gegeben war.

»Also. Fiefie? Was stört dich an ihm?«

»Vielleicht sollte er einfach mal etwas netter zu mir sein«, sagte Viola leise. Sie sah Joris an. »Er macht es einem nicht gerade leicht, sich behaglich zu fühlen.«

Joris berührte ihre Schulter, und dieses Mal tat ihr die Berührung gut. Ungewohnt, trotzdem angenehm. Viola atmete tief ein. »Geht es dir gut?«, fragte Joris.

Viola beobachtete drei zankende Möwen. Oder miteinander Flirtende. Wer wusste das schon? »Ja«, antwortete sie und spürte, wie sich ihr Atem dem Takt der Wellen anpasste.

*

Dass Fiefie auf sie stand, machte die Runde. Ob die anderen das aus den Blicken interpretierten, die Fiefie ihr zuwarf, war fraglich, da Fiefies Miene für Violas Geschmack zu viel Argwohn und Ablehnung beinhaltete. Also musste

Fiefie behauptet haben, dass er auf Viola stand – aus welchen Gründen auch immer. Die Andeutungen der anderen konnte Viola sich ansonsten nicht erklären. Am direktesten war Charlie, die eine neue Liebesgeschichte innerhalb der Gruppe nahezu herbeizusehnen schien. Die Sache mit Fabio und Joris hatte ein schlechtes Ende genommen, und Pete und Steffi hatten auf eine geradezu beiläufige Weise zueinander gefunden. »Schwupps, waren sie zusammen. Einfach so. Niemand hat es bemerkt«, erzählte Charlie Viola, als sie mit dem Camper durch die neblige Landschaft Finnlands auf dem Weg nach Vaasa waren, dem Ort in Finnland, an dem der Bottnische Meerbusen, der Schweden und Finnland teilte, am engsten war. Viola steuerte den Camper, Charlie hatte den Beifahrersitz für sich beansprucht. Joris, der zuvor gefahren war, wurde nach hinten zu Isa geschickt. Die Landschaft war eintönig, doch das schätzte Viola an Finnland. Sie fuhren kilometerlang, stundenlang auf derselben Straße, geradeaus, kaum Gegenverkehr. Sie konnten schnell fahren, aber auch an der Seite halten, wenn ihnen danach war. Rechts und links erstreckte sich mal dichter Wald wie in Schweden, mal auch Wiesen mit vereinzelten Bäumen darauf. In Fahrtrichtung war hellblauer Himmel zu erahnen, doch dieser war durch den Nebel nicht wirklich erkennbar. Wegen des Nebels waren sie langsam unterwegs, denn die Tierwelt hatte absoluten Vorrang. Regelmäßig mussten sie halten, weil eine Hirschkuh oder ein Luchs über die Straße huschte. Einmal sahen sie ein Rudel Wölfe am Wegesrand.

»Also Fiefie und …«

Viola unterbrach Charlie grinsend. »Da ist nichts.«

»Ich denke schon«, beharrte Charlie. Sie hatte ihre nackten Füße gegen das Handschuhfach gestemmt, dessen Griff kaputt war und mit Paketband festgeklebt war. Charlie spielte mit dem großen Fußzeh an dem Loch, das für die Halterung bestimmt war. Viola befürchtete, dass Charlie das Fach durch ihre Spielerei öffnen und sich der ganze Inhalt auf dem dreckigen Boden ergießen könnte.

»Wie kommst du auf die Idee?«, fragte Viola, die das Gespräch mit Charlie mehr genoss, als sie zuvor angenommen hätte. Es kam ihr so herrlich normal vor: Ein Mann interessierte sich für eine Frau, und die Freunde rätselten, ob die Frau die Gefühle erwiderte. Eine Erzählung, in der Isa tausendmal mitgewirkt hatte, und zwar in der Hauptrolle. Viola hatte bisher die Nebenrolle eingenommen, und zwar die der Freundin, die einschätzen musste, wie es um Isas Emotionen bestellt war. Meist waren die nämlich nicht vorhanden. Isa verliebte sich nicht schnell, selbst wenn sie schnell Schmetterlinge beim Gegenüber verursachte. Da Charlie und Isa sich bestens verstanden und Charlie so fröhlich in Isas Anwesenheit wirkte, fragte Viola sich manchmal, ob auch Charlie in diese Falle getappt war und für Isa schwärmte.

»Er redet viel über dich, wenn du nicht da bist«, antwortete Charlie.

Viola hielt die Luft an. Erst nach einigen Sekunden fiel ihr das auf, und sie atmete tief ein. Warum war sie so nervös? »Hat er eine konkrete Ansage gemacht?«, erkundigte sie sich.

»Nein.« Charlie stellte die Füße im Fußraum vor sich ab. Ihre nackten Füße an dem Ort zu sehen, wo zuvor Joris' verdreckte Stiefel gestanden und verkrustete Erde, Steinchen und feuchte Schlammspuren hinterlassen hatten, ließen Viola zusammenzucken. »Ich glaube nicht, dass er das offen zugeben würde.«

Viola konzentrierte sich wieder auf die Straße. Die Eintönigkeit verführte dazu, sich auf andere Dinge zu konzentrieren, was gefährlich war, weil sie durch den Nebel schlechte Sicht hatte. »Ich denke ehrlich gesagt, dass er mich nicht besonders mag. Eventuell steht er auf mich und mag mich gleichzeitig nicht.« Viola hob die Schultern. »Deswegen ist er so misstrauisch.«

Charlie runzelte die Stirn. »Das ergibt keinen Sinn.«

»Für ihn vielleicht schon.« Viola hob erneut die Schultern.

»Lass dich nicht so verunsichern. Fiefie nehmen Hannahs Pläne mit, und ihn beschäftigt die Sache mit Alex. Das hat mit dir nichts zu tun. Wenn du nicht da bist, redet er gerne über dich und lächelt. Wenn du an ihm vorbeiläufst, sieht er dir ganz oft nach.« Charlie nickte aufmunternd.

Viola verdrehte die Augen. »Schlag dir das aus dem Kopf, Charlie. Er will nur das eine, und dafür bin ich nicht bereit. Er hat es mir genauso gesagt. Für ihn kommt lediglich Sex infrage.«

»Und du stehst nicht auf Sex?«, fragte Charlie.

Viola verfestigte den Griff ums Lenkrad. »Sex ist kompliziert.«

Charlie sah sie verwirrt an.

»Für mich. Und für meine Partner«, konkretisierte Viola. Sie dachte an Isas

Vorschlag, mit offenen Karten zu spielen, aber das Gespräch war zu absurd, und Charlie war nicht diejenige, der es Viola als Erstes mitteilen wollte.

»Also Sex mit Fiefie ist ziemlich einfach«, sagte Charlie.

Viola sah sie erstaunt an und hob die Augenbraue. »Schon mal ausprobiert?«

Charlie grinste. »Früher einmal. Vor einigen Jahren. Ich meine es ernst. Fiefie ist locker, was das angeht. Er gibt dir ein tolles Gefühl. Und es ist nie peinlich oder schamhaft. Er geht danach normal mit dir um. Und alle Mädels, die er in sein Zelt mitgenommen hat, sind danach zum Frühstück geblieben.«

Viola seufzte. »Das ist nichts für mich. Ich bin eher der romantische Typ.«

Charlie schwieg. Sie sah nach draußen und drückte dabei die Stirn gegen die Scheibe.

Viola fragte sich, ob sie etwas Falsches gesagt hatte. Doch statt Charlie allzu lange anzusehen, richtete sie ihren Blick erneut nach vorne. Der Wald an den Straßenseiten wurde lichter, und bunte Blümchen wuchsen am Straßenrand. In regelmäßigen Abständen gab es Schotterwege, die seitlich abführten und wahrscheinlich zu einzelnen Höfen leiteten, die mitten im Wald standen. Viola hatte Lust, das Auto irgendwo zu parken und ein bisschen herumzulaufen.

»Was ist los?«, fragte sie vorsichtig.

Charlie wandte sich um und schob ihre Hände unter die Oberschenkel. Sie wirkte dadurch größer als sie eigentlich war. »Du solltest mit ihm sprechen. Ich will dir nichts sagen, was er dir möglicherweise selbst sagen möchte.«

Viola runzelte die Stirn. Das erinnerte sie an ein Gespräch, das sie mit Pete geführt hatte. »Pete hat sowas auch mal gesagt. Er meinte, Fiefie würde an Verlustängsten leiden.«

»Wie gesagt, rede mit Fiefie darüber«, empfahl Charlie.

Um sich eine Liebelei aufzuhalsen, die ihr nur Erklärungen abverlangte und am Ende nur Liebeskummer verursachte? Viola sah Max vor sich. Und Farid. Ihre Bemühungen, die am Ende nicht gereicht hatten. Fiefie war ein wandelndes Problem, und er hatte nun mal kein Interesse an mehr. Warum sollte Viola einen schlummernden Drachen wecken, der sie vielleicht verschlingen könnte? »Es ist doch sinnlos«, murmelte sie.

Charlie biss sich auf die Lippe. »Das kannst du erst beurteilen, wenn du es ausprobiert hast.«

Viola entdeckte wieder einen Schotterweg und bremste so abrupt ab, dass Isa und Joris, die auf der Hinterbank dösten, aufwachten und Charlie spitz aufschrie. Viola grinste. »Ich habe Lust, einen Spaziergang zu machen«, sagte sie und parkte den Camper am Rand des Schotterwegs.

»Gute Idee«, sagte Charlie und schob ihre nackten Füße in die Turnschuhe.

*

Südlich von Vaasa, wo das Festland durch Flüsse, Seen und einem zerklüfteten Ufer immer schwerer von der Schärenlandschaft zu unterscheiden war, suchten sie sich einen Zeltplatz. Dieses Mal waren sie die Ersten; die zweite Gruppe hatte sich nicht gemeldet. Joris teilte Steffi die Lage per Handy mit und erklärte ihr, wie sie dort hinkommen konnten, und sie antwortete, dass sie etwa eine Stunde benötigten.

Viola war gerade fertig geworden mit ihrem Zeltaufbau und ruhte sich auf einem der Campingstühle aus, als die anderen eintrafen. Schon als sie ausstiegen, spürte sie, dass es erneut Diskussionen gegeben hatte. Während sie ihrem Bruder eine Nachricht ins Smartphone eintippte, wandte sie ihren Kopf, um mehr von dem Streitgespräch zwischen Fiefie und Hannah mitzubekommen. Es ging erneut darum, ob Hannah einen Teil der Ersparnisse der Gruppe zur Verfügung stellte, damit Fiefie nicht das Geld von seinen Eltern annehmen musste. Oder ob sie ihre Reise so schnell wie möglich beendeten, um heimzufahren. Dass die Alternative ebenfalls im Raum stand, war Viola bisher nicht bewusst gewesen.

Hannah wollte der Gruppe einen Teil geben, Fiefie lehnte das kategorisch ab und betonte ständig, dass sie seinen Eltern das Geld ja zurückzahlen konnten, wenn sie den Winter über Jobs annahmen.

»Das Geld könnt ihr für eure nächste Reise ansparen«, betonte Hannah.

»Für welche Reise?«, fragte Fiefie und hob den Campingtisch aus dem Wohnmobil. Er platzierte ihn vor Viola, warf ihr einen irritierten Blick zu und wandte sich an Hannah. »Wieso denkst du, dass es eine nächste Reise geben wird?«

»Natürlich fahrt ihr«, sagte Hannah laut. »Nur weil ich nicht mehr mitkomme, heißt das nicht ...«

»Wer soll deiner Meinung nach mitkommen?«, fragte Fiefie kühl.

Hannah sah sich um und zeigte auf alle anderen, die genauso wie Viola so taten, als wären sie mit irgendwas beschäftigt. Sie deutete auch auf Viola, die noch nicht darüber nachgedacht hatte, welche Antwort sie geben sollte, wenn sie gefragt werden würde, ob sie wieder mitfahren wollte.

»Also ich komme mit«, sagte Charlie, die als Einzige den Mut hatte, nicht so zu tun, als hätte sie nichts von dem Streitgespräch mitbekommen.

»Vielleicht kommt ja Alex mit«, sagte Hannah und öffnete sich ein Bier. Sie benötigte dafür keinen Flaschenöffner, sondern nur die Tischkante.

Sich vorbeugend, stellte Viola fest, dass sie das vermutlich nicht zum ersten Mal getan hatte, denn am ganzen Tisch waren Macken zu sehen.

Fiefie winkte ab. »Diesen Eindruck hat er ganz und gar nicht gemacht.«

»Leute.« Joris trat nach vorne. Er hob die Hände. »Wie wäre es, wenn wir mit dem, was wir haben, so gut es geht, klarkommen? Was haben wir denn für Ausgaben außer Benzin? Wir sollten es einfach versuchen.«

Hannah seufzte. »Habt ihr euch nie Gedanken darüber gemacht, wie wir zurückfahren? Ihr redet ständig davon, bis Oulu zu fahren, doch wie kommen wir heim?«

Joris hob die Schultern. »Wir fahren auf der gegenüberliegenden Seite Richtung Süden bis nach Helsinki und über Estland nach Deutschland.«

Hannah ging zu ihm, schob ihre Hand in die Hosentasche und holte eine Seite ihres alten Autoatlas hervor. Sie drückte Joris die zerknitterte Seite gegen die Brust. »Zwischen Helsinki und Estland gibt es eine Fährstrecke. Die dritte Fährfahrt. Ist in Ordnung, aber von welchem Geld wollt ihr die zahlen?« Hannah drehte sich um ihre Achse. »Oder rudern wir?«

»Hör auf mit diesem Sarkasmus«, zischte Fiefie.

Joris runzelte die Stirn. »Habt ihr das nicht immer so gemacht? Seid ihr nicht ständig dorthin gefahren, wohin euch die Nase geführt hat?«

Hannah schüttelte verständnislos den Kopf.

Charlie seufzte. »Nein, eigentlich sind wir seit Jahren die gleiche Strecke gefahren. Durch Dänemark, an den Schären in Schweden nach oben, dann zu

Birger, ein bisschen in Norwegen herum und schließlich auf der östlichen Seite in Schweden wieder Richtung Süden.«

Joris verlagerte sein Gewicht. »Echt?«

Hannah nickte. »Wir haben dir zuliebe einen Umweg gemacht, um deine Mutter zu suchen. Und wir sind Alex zuliebe nach Norden gefahren, damit er die Nordlichter sehen kann. Und jetzt sind wir hier. Warum? Ich habe nicht die geringste Ahnung. Weil letztes Jahr irgendjemand beschlossen hat, dass Finnland ein tolles Land ist? Oder wollten Viola und Isa nach Finnland?«

Erschrocken sah Viola Isa an, die die Schultern hob. Sie hatten wohl beide keine Ahnung, warum sie verantwortlich für den Umweg sein sollten.

Joris nickte nachdenklich. »Okay. Das wusste ich nicht.«

»Wir können sparsam leben«, betonte Pete. »Und die Fähre bezahlen wir von dem Geld, das Fiefies Eltern uns leihen wollen. Wir können es den Winter über zurückzahlen, und nächstes Jahr machen wir halt nur eine minimale Tour. Es ist nicht wichtig, wohin wir fahren, es ist wichtig, dass wir fahren und zusammenbleiben.« Er sah die Leute nacheinander an, Viola und Isa ebenfalls. Am Schluss legte er eine Hand auf Steffis Schulter. »Wir sind bestimmt dabei. Und wir würden uns freuen, wenn Viola und Isa auch mitkommen. Und wir möchten, dass sich Fabio und Alex sicher genug fühlen, um ebenso mitzukommen. Diese Art von Sicherheit sollten wir doch gewährleisten können, oder? Und freuen würden wir uns ebenfalls, wenn du ...« Er sah Hannah an.

Sie wandte sich ab und atmete tief ein.

»Das brauchst du gar nicht zu versuchen«, sagte Fiefie gekränkt. »Sie hat sich längst gegen uns entschieden.«

»Fiefie.« Hannah sah ihn flehentlich an.

Fiefie hob die Schultern.

»Vielleicht sind ja all die Leute, die wir in den letzten Jahren zurücklassen mussten, zu Hause geblieben, weil wir unsere Fahrten ständig länger geplant haben. Ich habe vor Kurzem mit Nicole gesprochen, und sie hat mir gesagt, dass das ein Grund war, warum sie vor zwei Jahren abgesagt hat«, fuhr Pete fort. Er sah Viola und Isa an. »Das ist die Frau, die jahrelang mit mir, Fabio und Charlie unterwegs war, bevor wir Joris aufgenommen haben.«

Viola nickte, und Isa murmelte etwas, das so klang wie: »Ah, okay.«

»Wenn wir sparsam leben wollen, müssen wir containern«, sagte Steffi.

»In einer Gegend, die ihr kaum kennt und die mit jedem Meter, den wir nördlicher fahren, weniger dicht besiedelt ist«, betonte Hannah. »Die Supermärkte werden kleiner, die weggeworfenen Lebensmittel weniger. Wie stellt ihr euch das vor?«

»Aus diesem Grund bleiben wir bei größeren Orten«, stellte Pete klar.

»Und wir passen auf«, ergänzte Joris. Er ging einen Schritt zurück, und Pete legte eine Hand auf seinen Rücken, sodass Steffi, Pete und er eine Einheit bildeten.

»Wir passen immer auf«, betonte Steffi.

Hannah schüttelte den Kopf, dann trank sie einen Schluck und ging davon. Fiefie blickte ihr nach und presste seine Lippen zusammen.

*

Viola schlenderte zum Wasser, mit einem großen Glas Wasser in der Hand, in dem ein paar von Hannahs gesammelten Beeren schwammen. Hannah nannte es eine selbstgemachte, gesunde Limonade. Viola fand, dass es nach ihrer Reise schmeckte. Sie würde beim Geschmack von Beeren stets an Hannah und an Finnland denken. Es war Inbegriff der letzten Tage, als sie wenig Auswahl an Essen gehabt hatten, aber immer ausreichend Beeren, weil Hannah nahezu täglich sammeln gegangen war. Es würde sie immer an den Norden erinnern.

Bevor sie hierhergekommen war, war ihr nicht bewusst gewesen, dass Fiefie badete. Sie sah ihn nur von weitem, erkannte ihn aber an der schlanken Gestalt. Sie war davon ausgegangen, dass er im Zelt saß und wegen Hannah schmollte. Doch offenbar hatte er sich dazu entschieden, ein erfrischendes Bad zu nehmen. Viola setzte sich auf den Kiessand, trank einen Schluck von ihrem Wasser und spürte den kühlen Wind, der ihr ins Gesicht blies. Sie fröstelte. Sie wusste, sie würde niemals den Mut haben, in das kalte Wasser zu steigen. Alleine bei dem Gedanken daran wurde ihre Haut von einer Gänsehaut überzogen.

Der neue Zeltplatz, den sie auserkoren hatten, lag gegenüber von Vaasa, und am gestrigen Abend hatten sie eine wunderschöne Aussicht auf die Lichter der Stadt gehabt, die sich im Wasser gespiegelt und den Horizont erhellt hatten.

An ihrer Seite der Bucht waren sie fast alleine. Ein geschotterter Weg führte am Wasser entlang bis zur Stadt, so vermutete es Viola zumindest. Sie hatte vor, den Weg zusammen mit Joris oder Isa abzulaufen. Ganz in der Nähe war ein größeres Anwesen, das seine besten Zeiten hinter sich hatte, aber sehr nette Bewohner beherbergte, die sie neugierig und freundlich gemustert hatten, als sie daran vorbeigelaufen waren, um die Umgebung zu erkunden.

Die Ruhe genießend, lauschte Viola mit geschlossenen Augen den Vögeln und den Wellen, die sanft über den groben Kies rollten und kurz vor ihren Füßen brach, dabei kalte Wassertropfen auf ihren Beinen hinterließen. Viola öffnete die Augen und sah in das Glas. Mit einem Grinsen probierte sie, eine Brombeere herauszufischen und zu naschen, doch sie erwischte nur eine Himbeere, die ihr fast lieber war. Die Brombeeren waren noch nicht reif genug, um süß zu schmecken. Als ein Wassertropfen auf ihrer Handfläche landete, glaubte sie erst, eine größere Welle wäre unbemerkt angerauscht gekommen. Stattdessen stand Fiefie vor ihr – nackt.

»Charlie meinte, du willst mit mir reden?«, fragte er.

»Äh, was?«, fragte Viola und senkte erschrocken den Kopf, um seine Füße anzustarren. Wenn sie ihm ins Gesicht geschaut hätte, hätte sie womöglich Teile seines Körpers gesehen, die besser verdeckt gewesen wären. Sie spürte, wie sie rot wurde.

»Charlie meinte … Okay, du willst nicht mit mir sprechen, oder?«, fragte Fiefie.

Viola runzelte die Stirn. Sie erinnerte sich an das Gespräch im Auto auf dem Weg hierher und schüttelte verwirrt den Kopf. Sie vergaß vor lauter Irritation den Umstand, dass Fiefie nackt war, und sah ihn direkt an. Dabei erhaschte sie einen Blick auf seine Körpermitte und spürte, wie ihr die Hitze in die Wangen stieg. »Nein, eigentlich nicht. Hat sie das gesagt?«

Fiefie winkte ab. »Klar. Sie würde alles tun, um wieder eine Liebesgeschichte zu bekommen. Deswegen versucht sie, uns aufeinander zu hetzen.« Er ging mit nackten Füßen den Kies entlang, und Viola sah gedankenverloren auf seinen Hintern. Jetzt, wo er nicht sehen konnte, dass sie ihn beobachtete, konnte sie ungestört einen Blick wagen. Fiefie war zu dünn, um als typisch attraktiv zu gelten, aber sie mochte seine langen, schlanken Beine und seinen definierten Po. Sein Gang war speziell; federnd, so als würde er sich auf jeden

Schritt, den er machte, freuen. Wenn er seine Lebensfreude doch nur etwas häufiger in seiner Miene zeigen würde … Viel zu oft sah er argwöhnisch aus. Oder lag es an ihr? Sah er lediglich sie so unfreundlich an?

Als er sich umdrehte, sah Viola schnell weg, sie hatte jedoch bemerken können, dass er ein spöttisches Grinsen auf den Lippen hatte und sehr wohl gespürt haben musste, dass sie ihn beobachtet hatte. Er kam mit einem Handtuch um die Hüfte geschlungen zu ihr zurück. Nun hatte er Schlappen an den Füßen, von denen Viola wusste, dass sie Pete gehörten. Aber das kam regelmäßig vor, dass sie sich gegenseitig Sachen ausliehen.

»Und gefällt dir, was du siehst?«, fragte Fiefie.

Viola formte ihre Hand zu einer Faust und drehte sich ruckartig zu ihm.

Er grinste und hob die Schultern. »Ich meine die Aussicht … An was hast du denn gedacht?«, fügte er hinzu, und sein Grinsen veränderte sich zu einem süffisanten Lächeln.

»Du Idiot«, murmelte Viola. Auch sie musste lächeln. Ihr Herz schlug ihr fest in der Brust, und in ihrem Magen machte sich ein Kitzeln breit, das angenehmer wäre, wenn es sie nicht vom Denken abhalten würde. Verdammt! In was war sie da hineingeraten?

»Ich mag, was ich sehe«, sagte Fiefie leise. »Ich mag die Aussicht. Und … dich.«

Viola hob den Kopf und bemerkte, dass er sie betrachtete. Sein Lächeln war weg, stattdessen sah er sie ernst an. »Hör auf«, flüsterte Viola. »Ich kann das wirklich nicht.«

»Willst du Charlie den Gefallen nicht tun?«, fragte Fiefie. Er wandte sich ab und begann, seine Haut abzutrocknen.

»Darum geht es nicht. Ich kann … nicht einfach so mit jemandem vögeln.« Viola verdrehte die Augen.

»Okay … Lass uns … vielleicht knutschen, für den Anfang?«, schlug Fiefie vor. Er hob den Arm, ließ ihn allerdings sofort sinken, als Viola den Kopf schüttelte. Jetzt war seine Miene wieder voller Skepsis und Zweifel. Er seufzte. »Du bist wie ein Leuchtturm, den man von weitem sieht, den man aber niemals erreichen kann, weil die Wellen zu stark sind.«

Blinzelnd sah Viola zum Wasser. Sie hatte sich selbst nicht als so unnahbar angesehen. Grundsätzlich hätte sie auch nichts dagegen, aufs Neue damit zu beginnen, sich mit Männern zu verabreden. Gerade mit ihm war die Sache allerdings viel zu ungewiss. Sie könnte ihm berichten, was sie zögern ließ, aus Neugier, um festzustellen, wie er damit klarkäme. Sie erinnerte sich an das Gespräch mit Isa und dass sie die komfortable Anonymität sowieso bald verlassen musste. Sie hatte es so sehr genossen – nun ging es zu Ende.

»Ich … Ich hatte nie eine Beziehung … So … halt.« Sie zeigte auf sich.

»Du hattest …«

»Nicht mit diesem Körper«, betonte Viola und atmete tief ein. Sie sah ihn an. »Fiefie, ich habe meine Kindheit als Junge verbracht. Als ich mit Max zusammen war, dachten alle, ich sei schwul. Ich wollte auch daran glauben. Mit Farid führte ich anschließend eine heterosexuelle Beziehung, das ging spektakulär daneben. Ich war damals am Anfang meiner Transition.«

Fiefie legte seine Hand auf ihre Schulter. Vorsichtig. Sanft. So, als könne sie sofort aufspringen und wegrennen. Dieses Mal war er mutig genug, die Hand nicht wegzuziehen, auch wenn sie zusammenzuckte, und Viola war dankbar dafür. Warum dachte er, dass solch eine Angst berechtigt war? Wirkte sie so verunsichert, dass er überzeugt war, sie könne jederzeit die Flucht ergreifen?

»Und?«, fragte sie leise. »Was sagst du dazu?«

»Willst du, dass ich dir dazu Fragen stelle?«, erkundigte Fiefie sich. »Oder möchtest du von dir aus mehr erzählen?«

Viola blinzelte. Mit der Reaktion hatte sie nicht gerechnet.

»Oder möchtest du nicht darüber reden?«, fügte Fiefie hinzu und sah sie fragend an, eher neugierig und nicht argwöhnisch.

»Du …« Viola sah zum Meer. Kurz darauf sah sie ihn wieder an. »Du würdest mir die Wahl überlassen? Ob ich darüber reden möchte oder nicht?«

»Klar.« Fiefie nickte.

»Und wenn ich nicht darüber reden will? Was dann?«

»Dann würde ich dir für das Vertrauen danken, es mir gesagt zu haben«, antwortete Fiefie. Er überlegte kurz. »Und dir sagen, dass ich verstehen kann, dass du Zeit brauchst. Ich hoffe, dass du weißt, dass ich niemals etwas tun würde, das in dir Unbehagen verursacht.«

»Das … ist nie meine Befürchtung gewesen. Aber …« Viola schüttelte den Kopf. »Ich musste Max so viel erklären. Und anschließend Farid. Und … ich

kann nicht einfach so mit jemandem Sex haben, sondern muss erklären und
…«

»Mir nicht. Ich weiß alles, was ich wissen muss. Was ich nicht weiß, kann ich nach und nach entdecken. Zusammen mit dir«, unterbrach Fiefie sie. »Wenn du darüber reden willst, bin ich da. Doch ich möchte nicht, dass du dich dazu gezwungen fühlst. Es ist mir egal, wie du unter deinen Klamotten aussiehst. Oder wie du irgendwann mal ausgesehen hast. Ich mag das, was ich gerade sehe. Das ist das, was zählt, oder?«

»Also …« Viola war verwirrt. »Dir ist das egal?«

»Na ja, ich bin schon neugierig, wie das für dich war, was du empfunden hast, es wird jedoch nichts für mich ändern. Ich mag es wahnsinnig, dich anzusehen. Und weißt du was?« Fiefie beugte sich vor.

»Was?«, fragte Viola leise, und ihr stieg sein Duft in die Nase, die herbsüße Mischung, die sie von Anfang an attraktiv an ihm gefunden hatte.

»Ich habe ebenfalls nicht immer so ausgesehen wie jetzt. Auch ich bin erst später zum Mann geworden, denn als Embryonen waren wir alle mal weiblich. Du hast das nur einmal mehr als ich durchgemacht.« Er grinste. »Oder liege ich falsch?«

Viola runzelte die Stirn. Sie sah ihn an und bemerkte zum ersten Mal, wie groß seine Augen im Vergleich zu seinen Ohren und der Nase waren. Aufmerksam sah er sie an, und es war keine Disharmonie zu erkennen. Seufzend wandte Viola den Kopf und sah erneut zum Meer hinaus.

»Ich möchte nicht, dass du das falsch aufnimmst«, fügte Fiefie ernster hinzu. »Wenn du darüber reden möchtest, bin ich für dich da. Ich kann mir vorstellen, dass du Dinge erleben musstest, die schlimm für dich waren und die ich nicht im Geringsten nachvollziehen kann. Ich möchte allerdings nicht, dass du einen Zwang verspürst, mit mir darüber zu reden. Nimm dir die Zeit, die du brauchst. Ich habe dir ja ebenso noch nicht meine ganze Lebensgeschichte offenbart, also musst du das auch nicht tun. Es ist deine Geschichte, du bestimmst, wann sie erzählt wird.«

Viola nickte. Sie konnte sich an all die Andeutungen von den Gruppenmitglieder erinnern. Sie verstand, was er damit sagen wollte. Sie wollte mehr von seiner Vergangenheit wissen, aber sie konnte nachvollziehen, wenn er ebenso nicht über alles mit ihr sprechen wollte. Und so ging es ihr mit ihm. »Danke«, sagte sie. Es war das einzig Richtige, was sie sagen konnte. Sie kannten einander kaum, trotzdem konnten sie sich gegenseitig akzeptieren, ohne sich sofort die ganze Vergangenheit zu offenbaren. Und das war etwas, was sie nicht einmal mit Isa erlebt hatte und für sie vollkommen neu war. Das wollte sie nicht sofort zerstören, indem sie ihn in alles einweihte. Sie wollte es genießen.

»Wirst du nächstes Jahr mit uns reisen?«, fragte Fiefie, und seine Stimme zitterte.

»Wirst du bis dahin mit mir in Kontakt bleiben?«, erwiderte Viola und bemerkte erstaunt, dass ihre Stimme ebenfalls zitterte.

Fiefie kratzte sich an der Wade. »Möglicherweise würde es mir leichter fallen, Kontakt zu halten, wenn ich wüsste, dass …«

Sie unterbrach ihn abrupt. »Möglicherweise würde ich mitfahren, wenn du bis dahin Kontakt hältst?«, fragte Viola. Sie sah ihn an. Er starrte nachdenklich zum Festland gegenüber. Viola seufzte.

Langsam, fast unbemerkt rutschten Fiefies Finger von ihrer Schulter. »Wenn du auf Alex anspielst … Es ist nicht so, als hätte ich gesagt, ich wolle nichts mehr mit ihm zu tun haben. Es ist eher so, dass er … Ich glaube nicht, dass er einen wie mich an seiner Seite braucht.«

»Während meiner Geschlechtsangleichung war ich alleine, bis auf meine Familie und Isa«, bemerkte Viola. »Ich hätte mich gefreut, wenn sich meine Bekannten nicht abgewandt hätten, weil sie sich für nicht besonders geeignet einschätzten.« Ihr wurde klar, dass es das erste Mal war, dass sie einem Menschen, der neu in ihr Leben getreten war, über diese Zeit berichtete. Sie hatte immer in ihrem falschen Körper über ihre wahre Identität gesprochen. Fiefie war jemand, der sie als Frau kennengelernt hatte und dem sie sich offenbart hatte, und er stellte keine Fragen, sondern respektierte einfach, dass in ihrem Leben nicht alles so war, wie es auf den ersten Blick den Anschein hatte.

»Na ja, so eine Knalltüte wie mich hättest du nicht gebraucht«, sagte Fiefie. »Und Alex braucht fähige Menschen. Menschen, die einfühlsam sind.«

»Du bist einfühlsam«, betonte Viola laut. »Du bist der Inbegriff davon. Ich verstehe nicht, warum du Menschen, die zu Hause geblieben sind, nicht mehr als deine Freunde ansehen kannst.«

Fiefie schnappte nach Luft, dann stöhnte er leise auf. »Mir fällt es schwer, in Kontakt zu bleiben, weil ich nicht sicher sein kann, ob ich störe.«

»Also wird es dir genauso mit mir gehen?«, fragte Viola irritiert. Sie konnte seine komische Logik nicht nachvollziehen.

»Ich hoffe nicht. Sonst kommst du ja nicht mit«, antwortete Fiefie. »Und ich will unbedingt, dass du mitkommst.«

Viola betrachtete ihn. Als er erzitterte, bemerkte sie die feine Gänsehaut, die sich über seine Arme zog. Sie berührte kurz mit ihren Fingern sein schmales Handgelenk, die feinen Härchen darauf und bemerkte erstaunt, wie rosa ihre Haut aussah, wenn sie mit ihm zusammen war. »Du frierst«, sagte sie leise.

»Ja.« Fiefie erzitterte erneut »Leider.«

Viola löste den Körperkontakt. Sie erkannte, wie wohl sie sich während des Gesprächs bei ihm gefühlt hatte. Sie stand auf, und das Bedauern, das sie dabei empfand, überwältigte sie. Sie wollte mit ihm sprechen. Ihn berühren. Mit ihm schweigen. Seine Anwesenheit neben sich wissen. »Komm«, sagte sie leise und hielt ihm die Hand hin.

Fiefie ließ sich hochziehen. Als er mit ihr zusammen zu den Zelten lief, schwiegen sie. Viola schluckte und hoffte, die richtigen Worte zu finden, um ihm anzubieten, später weiter mit ihm zu sprechen, doch als sie neben dem Wohnmobil standen, kam ihr einfach nicht in den Sinn, wie sie es formulieren sollte. »Danke für dein Vertrauen«, sagte Fiefie. Er wandte sich um und ging zu seinem Zelt. Nun war sein Gang nicht mehr federnd, sondern schwer und träge. Als ob ihm jeder Schritt schwerfallen würde, mit dem er sich von ihr entfernte

*

Von Fiefie sah sie den ganzen Nachmittag und Abend nichts mehr. Auch Joris, Steffi und Pete waren nicht da, weil sie laut Charlie nach Vaasa gefahren waren, um die Supermärkte auszukundschaften und zu schauen, wie die Lage hier war. Viola kam kurz der Gedanke, dass sie die Drei etwas beneidete, weil sie durch ihre Aufgabe häufiger rauskamen und mehr vom Land sahen als die restlichen, die häufiger bei den Zelten blieben. Da Charlie und Isa eine Partie Schach spielten und Fiefie sich zu Violas großem Bedauern weiterhin nicht blicken ließ, lief sie rüber zu Hannah, die im Schatten des Wohnmobils saß und Bier trank.

Sie sah auf ihre dünne, rote Uhr am Handgelenk und trank einen weiteren Schluck, dann zog sie einen Stuhl neben sich und zeigte darauf. Als Viola sich setzte und vorbeugte, um sich ein Glas zu angeln, welches in der Mitte des Tisches stand, fragte Hannah: »Wie geht es dir, Viola? Fühlst du dich wohl bei uns?«

Viola runzelte die Stirn, weil sie überrascht über diese Frage war. »Ja, auf jeden Fall.«

»Isa und du, ihr wart wie Schwestern, als wir euch aufgenommen haben. Ich frage mich, wie es für dich ist, dass Charlie und Isa sich so angenähert haben.« Hannah nickte in die Richtung der zwei Frauen.

Viola betrachtete die zwei Frauen einen Moment lang. Sie wusste, dass es mal eine eifersüchtige Zeit gegeben hatte, doch als sie nun in sich hineinhörte, empfand sie keine solche Emotionen mehr. »Die beiden passen zusammen. Ich habe nie Isas Faszination für Spiele verstanden. Ich denke, sie muss sich ständig messen und beweisen. Es war ihre Idee, im Badminton eine Ewige Liste zu erstellen«, erzählte Viola.

»Charlie war eher für sich, seit Nicole nicht mehr mitgefahren ist. Hat viel geschrieben. War oft in ihrem Zelt. Nicht, dass sie sich besonders rargemacht hätte, doch sie war einfach gerne für sich, glaube ich. Es freut mich, dass sie jemanden gefunden hat, der ihr die Art von bester Freundin sein kann, die ich ihr nie sein konnte.« Hannah sah ein wenig gekränkt aus. Sie seufzte.

»Eventuell sehe ich das inzwischen lockerer, weil ich weiß, dass das, was Isa und ich miteinander erlebt haben, immer zählen wird, egal, welchen wunderbaren Menschen wir in unserem Leben begegnen werden«, sagte Viola. Während sie das sagte, wurde ihr bewusst, wie sehr sie davon überzeugt war. Warum sollte sie also eifersüchtig sein? Nichts und niemand würde das zwischen Isa und ihr erschüttern oder zerstören, außer unter Umstände eine von ihnen selbst, was hoffentlich niemals der Fall sein würde.

»Und Fiefie?«, fragte Hannah.

Wie ertappt zuckte Viola zusammen. »Was soll mit ihm sein?«, fragte sie und war erstaunt, wie lässig sie dabei klang. Es war definitiv nicht das, wie sie sich vorkam.

»Er mag dich«, sagte Hannah, als ob das eine Neuigkeit für Viola wäre. Aber aus Hannahs Sicht musste es eine Neuigkeit für sie sein. Sie hatte vermutlich nicht mitbekommen, dass Charlie bereits die Hochzeitsglocken läuten hörte.

»Ich weiß.« Viola presste ihre Hände zwischen die Beine und lächelte. »Es ist kompliziert.«

»Fiefie ist nach außen hin meistens selbstsicher und souverän, doch er schleppt Zweifel mit sich herum, und er ist tief betroffen von den Veränderungen der vergangenen Jahre. Von den letzten Weggängen, der sich ständig verändernden Besetzung unserer Reisegruppe und meiner Entscheidung, nicht mehr mitzukommen«, sagte Hannah leise. »Lass dich nicht verunsichern, falls er dir gegenüber nicht so gelassen ist.«

Viola hob die Schultern. »Es verunsichert schon.«

Hannah lehnte sich vor, um an ihre Zigaretten zu kommen. Sie zündete sich eine an und sah auf die Uhr. Dann sah sie Viola wieder an. »Fiefie hat eine komplexe Persönlichkeit.« Erst jetzt zog sie an ihrer Zigarette.

»Er scheint zu glauben, dass Freundschaften lediglich innerhalb der Reisegruppe bestehen, deswegen hat es ihn so getroffen, dass du nicht mehr mitfahren willst. Kann es sein, dass er keine Ahnung hat, wie er Menschen begegnen soll, und sich nur in dieser Umgebung sicher genug fühlt, um das zu überspielen?«, fragte Viola.

Hannah blies den Rauch in die Luft und nickte. »Das trifft es ganz gut.«

Viola sah zu Charlie und Isa, die sich wohl gerade an einem spannenden Punkt ihres Spiels befanden. Isa wippte unruhig hin und her, und Charlie war über das Schachbrett gebeugt und wirkte konzentriert. Isa wurde noch unruhiger. Viola wusste, dass sie bald drängeln würde. Das machte sie in der Regel, wenn sie überzeugt war, gewinnen zu können, und ihr Gegenüber es herauszögerte. »Hast du schon überlegt, wo du leben möchtest?«, fragte Viola schließlich. Sie sah zu Hannah, die wieder auf die Uhr starrte und die Stirn runzelte.

»Ich wäre gerne nach Schweden oder Norwegen ausgewandert. Oder zumindest Dänemark. Aber das ist schwierig ohne regelmäßiges Einkommen. Und das Leben hier ist teuer. Also wird es wohl Norddeutschland, das Skandinavien für Arme.« Hannah lächelte sie an, sie wirkte nicht so entspannt wie sonst.

»Ich war mal mit meinen Eltern und meinem Bruder in Ostfriesland und …«

»Nordfriesland«, unterbrach Hannah rasch. »Ostfriesland ist mir zu touristisch.«

»Okay.« Viola nickte. Sie spürte, wie Hannahs Unruhe wuchs. Es wurde bereits dunkel, und ihr wurde klar, dass Hannah vermutlich wegen Joris, Steffi und Pete nervös war. Eigentlich hatten sie nicht vorgehabt, Lebensmittel zu retten, sondern sich nur umzusehen. Es war ungewöhnlich, dass sie so lange brauchten.

Hannah seufzte und drückte die Zigarette aus, obwohl sie kaum daran gezogen hatte.

»Es ist bestimmt nichts passiert«, versuchte Viola sie zu beruhigen.

»Vermutlich nicht«, erwiderte Hannah. »Wäre allerdings nicht das erste Mal. Ich habe ein mieses Bauchgefühl.«

Viola schaffte es, einen Blick auf die Uhr zu erhaschen. Es war später, als sie gedacht hatte, allerdings noch nicht so spät, dass sie sich Sorgen machen müssten. Vielleicht saßen die Drei am Hafen und ließen die Seele baumeln?

Sie fragte sich, ob Hannah aus dem Grund ausstieg, weil sie wusste, dass sie es nicht schaffte, ihr behütendes Verhalten abzulegen. Nun, da Fabio nicht mehr dabei war, empfand Hannah offensichtlich eine Art Freiheit. Vielleicht erhoffte sie sich mehr davon, wenn sie nur für sich alleine und gezwungen war, nur an sich zu denken. Einerseits war ihr Wunsch nach Sesshaftigkeit nachvollziehbar. Viola stellte sich ein einsames Leben mit einem Garten und Tieren zwar für sich selbst ziemlich langweilig und isoliert vor, doch sie schätzte Hannah so ein, dass sie ohne viel Menschenkontakt gut auskam. Menschen bedeuteten für sie, sich kümmern zu müssen, sich Sorgen zu machen und sich in einer Co-Abhängigkeit zu befinden. Sie hatte nie was anderes gelernt. Sie war seit ihrer Kindheit für ihren Bruder da gewesen und hatte sich verantwortlich gefühlt. Das hier war jedoch auch etwas Besonderes. Hannah verließ ein Projekt, das sie mit aufgebaut hatte und das kaputt gehen könnte, wenn sie ging.

Bei Isa und Charlie schien der Sieger mittlerweile festzustehen. Charlie sah ungläubig auf das Schachbrett, während Isa die Faust in den Himmel reckte und damit eine Siegespose imitierte. Viola musste lächeln. Wie oft hatte Isa auf die Art vor ihr gesessen? Und ähnlich wie Charlie, die fassungslos zu begreifen versuchte, wie ihr das Spiel so aus der Kontrolle hatte geraten können, hatte Viola stets vor Isa gesessen.

Neben ihr seufzte Hannah, laut und gequält. »Ich frage mich, ob ich mir eines Tages mal keine Sorgen mehr machen muss.«

Viola musterte sie. Es tat ihr leid, Hannah so zu sehen, mit gerunzelter Stirn und einem gebeugten Rücken. Vorsichtig hob sie eine Hand und legte ihre Finger auf Hannahs verkrampfte Schulter. Sie überraschte sich mit dieser Geste selbst, fand es einerseits faszinierend, wie merklich entspannter Hannah unter der Berührung wurde, andererseits erstaunlich, wie ruhig sie selbst wurde, als sie Hannah beobachtete.

»Sollen wir anrufen?«, fragte Viola.

Hannah hob die Schultern. »Schon probiert. Vermutlich haben sie den Ton ausgemacht.«

»Auch wenn was passiert ist, können wir nichts tun, außer Warten«, sagte Viola leise. »Die Drei sind erwachsen, und du musst darauf vertrauen, dass sie sich selbst helfen können.«

Hannah sah sie an. »Ich weiß«, sagte sie, und in ihrer Stimme schwang Frust mit, so als wäre sie von ihrer eigenen Sorge genervt.

»So langsam sollten sie mal kommen, oder?«, fragte Isa und setzte sich zu ihnen.

Hannah schüttelte den Kopf und richtete sich auf.

Viola zog ihre Hand zu sich heran und schaute auf Hannahs Armbanduhr. Bestimmt schlenderte das Trio durch die Innenstadt, nichts ahnend, dass sie sich Sorgen machten. Vielleicht war in der Stadt ein Fest oder ein Konzert, und einer von ihnen hatte die verrückte Idee gehabt, auf eine Mauer zu klettern, um den Auftritt zu verfolgen. Oder sie saßen auf einer Bank und aßen Eis. Es gab so viele Möglichkeiten, die Viola sich für den schönen, für die Jahreszeit erstaunlich milden Abend vorstellen konnte.

Als Fiefies Zelt sich öffnete und er seinen langen Körper herausschälte, lächelte sie. Erst als sie Isas aufmerksame Augen auf sich gerichtet fühlte zwang sie sich, ernster auszusehen.

»Oh Mann, wo bleiben die nur?«, fragte Fiefie mit lauter Stimme und kam auf sie zu marschiert. Er stemmte seine Hände in die Hüfte und schüttelte den Kopf. »Was treiben die?«

»Ich habe nicht die geringste Ahnung.« Hannah stand auf. Sie trank einen Schluck ihres Bieres und stellte es so ruckartig auf die Tischplatte zurück, dass der ganze Tisch wackelte. »Ihr sagt ja immer, ich sei hysterisch.«

Fiefie runzelte die Stirn und öffnete den Mund, doch er kam nicht mehr dazu, etwas zu erwidern, denn in dem Moment bog der Camper um die Ecke.

Als Steffi mit einem gehetzten Gesichtsausdruck herausstürzte, wusste Viola, dass Hannahs Sorgen mal wieder berechtigt waren.

*

Alle redeten durcheinander, und niemand schien Steffi und Pete wirklich zuzuhören, obwohl die die offenen Fragen hätten beantworten können. Viola versuchte, näher zu Pete zu kommen, um zu verstehen, was er sagte, aber Charlies laute Stimme und Hannahs ständige Aufforderung, sie und Fiefie sollten ruhig sein, lenkten sie zu sehr ab.

Was Viola heraushörte, war, dass Pete, Steffi und Joris Lebensmittel aus den Containern geholt hatten, obwohl sie lediglich die Lage hatten überprüfen wollen. Doch sie hatten zufällig beobachtet, wie Salat, Gemüse und Milchprodukte weggeworfen wurden, die aus der Entfernung noch gut aussahen. Das hatte sie dazu veranlasst, über das Gitter zu steigen. Sie hatten allerdings nicht bemerkt, dass ein Wachhund in dem Areal gewesen war. Dann muss es schnell gegangen sein. Er hatte Joris angegriffen, Steffi und Pete hatten es irgendwie geschafft, den Hund abzulenken, Joris über den Zaun zu helfen und abzuhauen. Kurz drauf war die Polizei gekommen, hatte einen Krankenwagen für Joris besorgt und Pete und Steffi mitgenommen, um ihre Identität festzustellen.

Viola sah sich um. Isa stand direkt neben ihr, die Lippen fest aufeinandergepresst, die Augen weit aufgerissen, aber selbst die Aufregung konnte nicht verbergen, wie müde Isa inzwischen war. Neben Isa stand Fiefie, der sein Kinn nach vorne gestreckt hatte. Sein gesamter Körper vermittelte den Eindruck, er wolle unmittelbar losstürmen, um Joris aus den Händen der Ärzte zu befreien. An seiner Seite standen Steffi und Pete, beide hatten Blut auf den Shirts; ob sie selbst ebenso verletzt waren oder ob es Joris' Blut war, hatte Viola nicht heraushören können. Steffi war aufgewühlt und wiederholte immerzu, wie der Hund auf sie zu gerannt war. Pete war ruhiger, sah sich ständig nach Hannah um und warf ihr nervöse Blicke zu. Hannah beachtete ihn nicht, sondern hatte die Arme vor der Brust verschränkt und die Stirn gerunzelt, als würde sie nachdenken. Charlie war sichtbar aufgeregt, packte Steffi an den Schultern und wollte sie dadurch motivieren, mehr zu erzählen, hörte aber gleichzeitig nicht wirklich zu.

»Hey.« Viola trat vor und drängte sich zwischen Charlie und Steffi. »Hey!«, schrie sie, als Charlie trotzdem nicht aufhörte, Steffi zu bedrängen. »Hör ihr erst mal zu, vielleicht werden alle Fragen beantwortet«, fügte sie hinzu, als Charlie sich endlich auf sie konzentrierte.

Charlie nickte und murmelte eine Entschuldigung in Steffis Richtung. Sie entfernte sich ein Stück von der Gruppe und setzte sich auf einen der Stühle, auf denen sie zuvor gesessen hatten und wo Viola noch darüber nachgedacht hatte, ob Hannah nicht einfach nur übertrieb mit ihren Sorgen.

»Wie schlimm ist es?«, fragte Hannah mit leiser, gepresster Stimme.

Pete schaute auf den Boden. »Ich glaube nicht, dass es so schlimm ist. Zumindest nicht schlimmer als beim letzten Mal mit dem Fußzeh. Er wurde in die Wade gebissen. Es hat geblutet wie Sau, aber die dürften das irgendwie hinbekommen.«

»Wir haben getan, was wir konnten«, verteidigte Steffi ihren Partner, als Hannah einen Schritt auf Pete zuging. »Wir haben ihm sofort geholfen. Der Hund hätte gar nicht dort sein sollen.«

Hannah ignorierte sie. Sie packte Pete an den Schultern, und obwohl sie viel kleiner war als Pete, wirkte sie nun fast genauso groß wie er. »Du hast versprochen, ihn nicht wieder in Schwierigkeiten zu bringen.«

»Ich weiß.« Pete legte beide Hände auf sein Gesicht.

»Joris war derjenige, der das Zeug aus den Containern holen wollte«, stellte Steffi klar. »Es war nicht alleine Petes Schuld.«

Hannah sah sie an, einen Moment später schüttelte sie den Kopf. Sie wandte sich erneut Pete zu. »Was meinst du, was das mit meinem Bruder macht, dass Joris mal wieder verletzt ist?«

»Fabio«, sagte Charlie entsetzt. Sie stöhnte laut auf und schüttelte den Kopf. »Wir müssen Fabio informieren.«

»Nein, müsst ihr nicht«, sagte Hannah scharf. »Zunächst werden wir in Erfahrung bringen, wie es Joris geht. Dafür fahren wir morgen ins Krankenhaus. Wir müssen Fabio jetzt nicht verrückt machen.«

»Fabio würde wollen, dass wir ihn anrufen. Vielleicht will er mit Joris telefonieren«, protestierte Charlie.

»Fabio würde sich Sorgen machen. Du wirst ihn nicht informieren.« Hannah hob die Hand mit dem Zeigefinger in den Himmel gereckt.

Charlie stand auf und kam langsam zurück zu der Gruppe. »Das hast nicht du zu entscheiden, Hannah. Ich bin auf eine besondere Art und Weise mit Joris und Fabio verbunden, und ich weiß, dass Fabio es mir übelnehmen würde, wenn ich das verschweige.«

»Und ich bin seine Schwester. Und ich weiß, dass … er eine Dummheit begehen wird«, zischte Hannah.

»Fabio ist ein erwachsener Mann«, warf Fiefie ein.

»Fabio ist krank«, korrigierte Hannah laut.

»Lasst es.« Pete hob seine Arme in einer ergebenden Geste. »Es ist bereits spät. Wir müssen Fabio nicht mehr heute anrufen. Lasst uns schauen, wie es Joris geht und morgen weiter überlegen. Eventuell will Joris selbst entscheiden, ob er Fabio informiert oder nicht.«

Hannah warf ihm wiederholt einen bösen Blick zu, als würde sie ihm die Schuld daran geben, dabei hatte Steffi gesagt, dass Joris die Lebensmittel hatte retten wollte.

»Warum bist du immer beteiligt, wenn irgendeiner meiner Gruppe verletzt oder verhaftet wird?«, fragte Hannah. Sie hatte Tränen in den Augen, die im Schein des schwachen Lichts glänzten. Ihre Lippe zitterte. »Warum, Pete?«

»Hannah!« Fiefie trat ihr in den Weg. Er sah zu ihr runter. Ihr Größenunterschied war enorm. »Darf ich dich daran erinnern, dass wir im letzten Jahr von Rassisten angegriffen wurden und infolgedessen von Bullen verhaftet wurden, die die Lage falsch eingeschätzt haben, weil sie auf dem rechten Auge kurzsichtig sind?«

»Ist okay, Fiefie«, sagte Pete.

»Nein, es ist nicht okay«, erwiderte Fiefie. »Es war nicht deine Schuld. Du hast dich mit uns verhaften lassen.«

Hannah sah Fiefie einen Moment lang an, schließlich flüsterte sie etwas, das Viola nicht verstand. An Fiefies entsetztem Gesichtsausdruck konnte sie erkennen, dass er es durchaus gehört haben musste. Hannah drehte sich um und ließ Fiefie stehen.

Charlie sah zwischen ihnen hin und her und folgte Hannah mit einem entschuldigenden Gesichtsausdruck zu Fiefie. Auch Isa lief ihnen hinterher, Pete ließ sich auf einen der Stühle fallen, und Steffi beugte sich zu ihm und hielt ihn im Arm. Viola drehte sich um und sah sich Fiefie alleine gegenüberstehen.

*

Viola lächelte und sah zu Boden, um nicht in Fiefies Gesicht sehen zu müssen. Kurz drauf hob sie ihren Kopf und stellte erleichtert fest, dass Fiefie grinsend zu ihr runter sah. Vor wenigen Minuten noch war er äußerst aufgebracht gewesen. Sie spürte ein Flattern im Magen, das stärker wurde, als er leise lachte. »Wie geht es dir?«, wagte sie zu fragen.

Fiefie hob seine Hand, ballte sie zur Faust und stieß damit gegen ihren Oberarm. Es sah lässig aus, die Berührung war jedoch sanft. Er antwortete nicht.

Viola drehte sich um und sah zum Himmel. Die ersten Sterne funkelten, das Rauschen des Meeres war deutlich zu hören. Sie spürte, dass Fiefie direkt hinter ihr stand. Er war groß genug, dass er einfach über sie drüber schauen konnte. Wenn sie sich nach hinten fallen lassen würde, könnte sie sich mit dem Kopf an seine Brust lehnen.

»Ich finde es nicht fair, dass Hannah Pete die Schuld gibt. Joris war schon von Anfang an jemand, der sich leicht überschätzt und ein enormes Temperament hat.« Fiefie ging einen Schritt zur Seite und stand jetzt neben ihr. Er zündete sich einen Joint an. »Das mit dem Schweinestall ist ziemlich schiefgelaufen. Und das mit letztem Jahr kann man nun wirklich nicht Pete in die Schuhe schieben. Wir sind von Rassisten angegriffen worden.« Seine Stimme war fest und betont, doch in seinem Gesicht zuckten die Muskeln vor Wut, bemerkte Viola.

»Rassisten?«

»Ja.« Fiefie nickte. »Ich mag es nicht, wenn Rassismus runtergespielt wird, als wäre es ein Missverständnis, das die Schlägerei ausgelöst hat.«

»Ich glaube nicht, dass Hannah das gemeint hat«, verteidigte Viola sie.

Fiefie schüttelte den Kopf. »Vermutlich nicht. Eventuell bin ich auch zu empfindlich.« Er schaute auf den Boden.

Viola schüttelte den Kopf und legte ihre Hand auf seinen Arm. Seine Haut war weiterhin kalt. »Nein«, sagte sie fest. »Nein, das bist du nicht. Du bist nicht zu empfindlich. Das wollte ich damit nicht sagen.« Viola zögerte. »Ich kann vielleicht ein klein wenig nachempfinden, wie es ist, wenn die Menschen auf den ersten Blick sehen können, dass man nicht der Norm entspricht. Ich habe das Privileg, dass ich heute in der Lage bin, die zu sein, die ich von Anfang an war, und niemand sieht mir an, dass es nicht immer so war.«

»Das kannst du doch unmöglich vergleichen.« Fiefie runzelte die Stirn.

»Nein, ich wollte nur sagen, dass es eine Zeit gab …«

Fiefie sah sie an, aus ruhigen Augen. Er unterbrach sie: »Ich kann meine Haut nicht einfach ablegen, Viola. Ich trage sie stets bei mir. Und es gibt so verdammt wenige Menschen, die wissen, wie es sich anfühlt, als schwarzes Kind bei weißen Eltern aufzuwachsen.«

»Irgendwo gibt es Menschen, die das nachempfinden können«, betonte Viola. Ihr fiel auf, dass ihre Hand weiterhin seinen Arm umklammerte. »Hast du schon mal versucht, gezielt mit solchen Personen in Kontakt zu treten? Es kann eine Erleichterung sein, mit Menschen zusammen zu sein, die einen verstehen.«

Fiefie grinste. »Ich bin wohl selbst für diese Menschen speziell.« Er zog an seinem Joint.

Viola seufzte.

»Schön, dass du dir Gedanken machst, wie es für mich sein könnte«, fügte Fiefie hinzu. Er hielt ihr den Joint hin. »Neugierig?«

Nachdenklich musterte Viola den Joint. Ihr war nahegelegt worden, auf Drogen zu verzichten, auch Alkohol sollte sie reduzieren, weil sie erst seit knapp vier Jahren die Hormontherapie machte. Sie hatte sich immer daran gehalten, bis auf ein Bier oder einen Sekt hin oder wieder. Es war ihr bisher auch nie wie ein Verzicht vorgekommen. Sie wusste, wofür sie es machte. Was für sie auf dem Spiel stand. Der Albtraum wäre, wenn sich ihre Blutwerte verschlechterten, was eine Pausierung der Hormone nach sich ziehen könnte.

Entschieden schüttelte sie den Kopf. »Nein, danke. Keine Drogen für mich.«

Fiefie nickte und zog noch einmal daran, dann löschte er den Joint an der Außenwand des Eimers, den Hannah fürs Beeren sammeln verwendete. »Nicht neugierig?«

Erst als Viola bemerkte, dass er sie irritiert ansah, verstand sie, dass er nicht gefragt hatte, ob sie neugierig auf den Joint war, sondern neugierig auf seine Geschichte. Sie musste schmunzeln. »Es ist deine Geschichte, du bestimmst, wann sie erzählt wird.« Ihr Herz hüpfte, als er ebenfalls schmunzelte und seinen Kopf nach hinten legte, um lautlos den Himmel anzulachen. »Ungefähr das sagte mir mal ein kluger Mann«, fügte Viola hinzu.

Fiefie ging einen Schritt nach hinten und machte eine erfreute Geste mit den Armen, indem er seine Hände wie ein Dirigent auf und ab bewegte. »Vor wenigen Stunden?«, fragte er.

Viola nickte.

Fiefie wurde ernster. »Ich bin adoptiert worden und habe wahnsinniges Glück, wunderbare Eltern zu haben. Die besten, die man sich vorstellen kann. Verständnisvoll, geduldig, wenn es nötig wurde, auch streng.« Fiefie küsste seine Hand und schickte den Kuss zum Meer hinaus. Viola stellte sich vor, wie seine Mutter am Fenster stand und ein warmes Gefühl empfing. Fiefie trat zwei Schritte vor und drehte sich um, sodass er sie direkt ansah. »Trotzdem hat es Wunden hinterlassen, eine diffuse Andeutung der Entwurzelung. Ich kann mich nur an Deutschland erinnern, und ich weiß nicht, wer meine leiblichen Eltern sind. Es ist, als könnte ich einen Teil meiner Identität nicht ausleben.« Er legte seine flache Hand auf Herzhöhe.

Viola sah ihn an, und ihr traten Tränen in die Augen. Er vertraute ihr genauso, wie sie ihm vertraute, und das, obwohl sie in den letzten Wochen voller Misstrauen umeinander hergeschlichen waren.

»Am meisten hasse ich die Menschen, die mir ständig das Gefühl geben, kein sogenannter Biodeutscher zu sein. Fragen, die unter Umständen nett gemeint sind, jedoch immer wieder die Gewissheit in mir bestätigen, dass man mich nie akzeptieren wird«, fuhr Fiefie hinzu. »Die Rassisten im Waschsalon

…« Er winkte ab. »Nicht schön, passiert mir zum Glück nicht so häufig. Aber was wirklich oft passiert, ist der nicht böse gemeinte, vielleicht auch nicht mal bewusst ausgelebte Alltagsrassismus. Wie minimale Nadelstiche, egal, wohin ich gehe. Allein bestimmte Fragen …« Fiefie verdrehte die Augen.

»Welche Fragen?«, frage Viola.

»Zum Beispiel die Frage, woher ich komme.« Fiefie seufzte. »Ich antworte: Aus einer kleinen Ortschaft in Thüringen. Und dann die Frage: Nein, woher kommst du wirklich?« Fiefie ging einige Schritte nach hinten. »Zeig mir noch deutlicher, dass ich anders aussehe als du, Alter.«

Viola nickte. Sie kam ihm hinterher.

»Und das Unverständnis, warum mir das unangenehm ist. Weil sie in dem Moment gar nicht kapieren, wie sehr das gut gemeinte Interesse ein Unwohlsein vermittelt.« Fiefie blieb stehen, und Viola lief fast in ihn hinein. Fiefie zeigte auf sie. »Was ist deine meistgehasste Frage?«

»Wie heißt du … wirklich?« Viola seufzte und schüttelte den Kopf. »Es ist ja nicht mal ein Geheimnis. Ich meine, meine Verwandten kennen meinen alten Namen, aber ich mag es nicht, weil man damit betont, dass ich in deren Augen nie eine echte Frau sein kann. Meist kommen irgendwelche biologischen Einwände. Chromosomen und sowas, als wäre das im Alltag von Belang.«

Fiefie winkte ab. »Die Leute müssten doch wissen, dass die Frage nach deinem alten Namen Wunden aufreißt.«

Viola ging an ihm vorbei und hob ihren Kopf. Sie starrte zum Sternenhimmel. »Tun sie nicht. Sie wundern sich, warum ich daraus ein Geheimnis mache. Sie verstehen es einfach nicht.«

Fiefie nickte. »Manche Menschen verstehen dich.« Sanft berührte er ihre Hand, bewegte sie mit seinem Arm um sich herum, sodass sie sich gegenüber standen.

Viola nickte ebenfalls. »Ich spüre es.« Sie sah Fiefie an. Lächelte. Schloss die Augen. Spürte einen kurzen Moment in sich hinein … Wenn sie sich vorbeugen würde, seiner Handführung folgen könnte … Plötzlich riss sie die Augen wieder auf und schüttelte den Kopf. Sie konnte nicht loslassen, konnte sich nicht einfach hineinstürzen. Sie räusperte sich.

»Schon okay«, sagte Fiefie leise. »Der Augenblick ist sowieso zu schön, um was anderes zu tun, als miteinander in die Sterne zu schauen.« Vorsichtig senkte er seinen Arm und ließ ihre Hand los.

Viola nickte und spürte eine Verlorenheit in sich. Sie standen zusammen und sahen in den Himmel. Die tiefe Verbundenheit, die sie empfunden hatte, war verschwunden, stattdessen trat ein Bedauern über eine verlorene Chance ein.

»Was ist deine schönste Erinnerung an deine Kindheit?«, fragte Fiefie und trat erneut nach vorne, drehte sich um die eigene Achse, um sie anzusehen.

Normalerweise fragten die Menschen, die von ihrer Transition wussten, nach ihrer schlechtesten Erinnerung, an das, worunter sie als Kind gelitten hatte. Und die, die von ihrer Transition nichts wussten, interessierten sich für ihre Kindheit überhaupt nicht. Selbst die Psychiater und Psychologen, zu denen sie gegangen war, um die Gutachten für die Therapie zu erhalten, hatten sie immer dazu gedrängt, das Schlechte in der Kindheit aufzuzählen. Es hatte sie immer begleitet, das dumpfe Gefühl, dass irgendwas nicht stimmte. Die Gewissheit, dass es falsch für sie wirkte, wenn man sie als kleinen Jungen betitelte. Sie hatte geweint, wenn ihre Mutter ihr die Haare schnitt, nicht, weil sie damals lange Haare schön gefunden hatte, sondern weil sie gespürt hatte, dass kurze Haare der Grund waren, warum man sie als Junge oder später jungen Mann bezeichnete. Sie hatte nie verstanden, warum ihre Mutter sie dazu gezwungen hatte, eine Jungenfrisur zu tragen. Eine eher mädchenhafte Frisur hätte vor der Pubertät so vieles erleichtert. Sie hatte als Kind nie Probleme mit ihrem Körper gehabt, nie damit, was sie von anderen Mädchen unterschied. Die Unterschiede waren da – dass es Menschen gab, die keinen Penis hatten, hatte sie lediglich deswegen spannend gefunden, weil sie sich Sorgen gemacht hatte, wie das Pipi aus den Menschen herauskam. Wirkliche Probleme mit ihrem Körper hatte sie erst bekommen, als die Haare begonnen hatten zu wachsen. Sie hatte sie gehasst und Stunden damit verbracht, sich zu rasieren und später mit der Pinzette die Haare herauszureißen. Aber es waren stetig mehr geworden, am ganzen Körper, und das war der Moment, als sie begann, unter Dysmorphophobie zu leiden und körperdysmorphe Störungen zu entwickeln. Und ab da hatte sie sich nicht mehr mit ihren Geschlechtsmerkmalen arrangieren können. Ihr Penis schwoll in den unpassendsten Momenten an und wirkte auf einmal wie angeklebt.

Vor der Pubertät hatte sie nie das Empfinden gehabt, im falschen Körper geboren zu sein, eher von den Menschen falsch bezeichnet zu werden. Manchmal glaubte sie das weiterhin – oder sie begann die Bezeichnung falscher Körper zu hinterfragen. Es war ihr Körper, mit dem falschen Geschlecht, sie weigerte sich dennoch, alles infrage zu stellen, was ihr Äußeres betraf. War es nicht das Gegenüber, das ihr Geschlecht auf die sichtbaren Merkmale reduzierte und sich nicht für ihr Befinden interessierte?

Was die Ärzte und Therapeuten regelmäßig hatten wissen wollen, war ihr Umgang mit Spielzeugen. Zu deren Enttäuschung hatte sie sich nie schlecht dabei gefühlt, dass sie Lego und Playmobil bekommen und keine einzige Puppe besessen hatte. Sie hatte darauf geachtet, dass sie eine weibliche Figur zum Spielen übernahm, und ihr Bruder hatte das immer akzeptiert und niemals angezweifelt. Das war es. Sie liebte es, mit ihrem Bruder große Bauwerke zu bauen, liebte es sogar, auf Bäume zu klettern und fand es praktisch, dass sie keine Kleider anziehen musste. Als sie sich traute, das während ihrer Therapie zu berichten, hatte sie sich mit einigen unangenehmen Fragen herumschlagen müssen, die andeuteten, dass die Diagnose Transidentität falsch sein könnte. Was hatten kreative Bauwerke mit Lego und das Erklettern von Bäumen damit zu tun, ob ein Kind sich eher als Junge oder als Mädchen definierte? Es gab genug Cis-Frauen, die als Kind ebenfalls kaum Mädchenkram gemacht hatten und sich dennoch in ihrer Rolle als Frau wohlfühlten. Warum sollte es bei ihr anders sein?

Nun fragte Fiefie nach ihrer schönsten Erinnerung. Als erster Mensch auf der Welt schien er nicht anzuzweifeln, dass sie eine tolle Kindheit erlebt hatte. Das fand sie wunderbar. Sicher, es gab Isa. Ihren Bruder. Viele andere. Doch die wussten, dass sie größtenteils ein zufriedenes Kind gewesen war. Fiefie jedoch hatte sie als erwachsene Frau kennengelernt und reduzierte sie dennoch nicht nur auf Leid und Verzweiflung.

»Es gibt so viele schöne Erinnerungen«, sagte sie leise.

Sie erinnerte sich an die Kissenschlachten mit ihrem Bruder, an die Spaziergänge durch den winterlichen Wald mit ihrem Vater und an das Backen von

Waffeln mit ihrer Mutter, die das ganze Haus herrlich duften ließen und besonders lecker schmeckten, wenn man sie warm und mit Kirschen aß.

»Erzähl mir von einer«, bat Fiefie und lächelte sie geduldig an, während sie nachdachte. Wenn sie sich entscheiden müsste, würde sie die Tatsache nehmen, dass ihre Eltern ihrem Bruder und ihr erlaubt hatten, Hasen aufzunehmen. Ihr Bruder verlor schnell das Interesse, sie hingegen hatte sich verantwortungsvoll um sie gekümmert und viel mit ihnen gekuschelt. Sie erzählte Fiefie davon und fand es faszinierend, wie aufmerksam er zuhörte, als sie ihm von diesem kleinen Detail ihrer Kindheit berichtete.

»Sie hießen Luke und Leia, und ich habe sie sehr geliebt«, sagte Viola leise.

»Wie das Geschwisterpaar aus Krieg der Sterne?«, hakte Fiefie nach.

Viola schmunzelte. »Ja, meiner hieß Leia und der von meinem Bruder hieß Luke. Ich habe Luke adoptiert und mich um beide gekümmert, weil mein Bruder weniger fürsorglich war als von meinen Eltern erhofft.«

Fiefies Augen leuchteten, fast so hell wie die Sterne. »Also bist du eine Adoptivmama.«

Viola lachte leise. »Ja. Und ich habe die zwei Hasen gleich geliebt.«

Fiefie legte seine Hand auf ihre Schulter. Er drehte sich um, ohne sie loszulassen. Wenn er seinen Arm ein wenig schieben würde, könnte er den Arm um sie legen und Viola sich an ihn schmiegen. Dass ihr der Gedanke gefiel, bedeutete entweder, dass sie ihre Scheu vor Körperkontakt langsam ablegte oder, dass sie sich bei Fiefie wohler fühlte als bisher vermutet.

»Und deine?«, fragte sie.

Fiefie antwortete nicht sofort. Stattdessen sah er nach oben und schien nachzudenken. Kurz drauf wandte er sich wieder an sie. Seine Hand lag weiterhin auf ihrer Schulter, und er beugte sich etwas nach unten, um mit ihr auf einer Höhe zu sein. »Ich war ein riesiger Dinosaurierfan. Was auch immer mich daran fasziniert hat, ich weiß es nicht.« Fiefie hob die Schultern und seufzte. »Die Nachbarskinder und ich gruben den Garten meiner Eltern um, um nach Knochen zu suchen. Sie haben uns machen lassen, obwohl der Rasen danach aussah, als hätten wir ein Maulwurfproblem. Was für eine schöne Zeit.« Er hielt inne und lächelte. Dann drehte er sich herum und sah in die gleiche Richtung wie Viola, dorthin, von wo die Geräusche des Meeres kamen, obwohl sie wegen der Dunkelheit nichts mehr erkennen konnten. »Eines Tages fuhren meine Eltern mit mir zu einem Museum, wo zwei riesige Dinosaurierskelette standen. Es war atemberaubend. Als wenn es Wirklichkeit wurde, als wenn ich endlich die Bestätigung erhielt, dass ich weitersuchen konnte. Naja, ich war allerdings nie erfolgreich.«

Viola lachte leise. »Also wolltest du Paläontologe werden?«

Fiefie wiegte seinen Kopf hin und her. »Nein, eigentlich wollte ich das werden, was ich geworden bin.«

»Erntehelfer?«, riet Viola erstaunt.

»Ich wollte ein Kind bleiben. Und ein Herumtreiber werden.« Fiefie lachte.

Viola lachte ebenfalls, sie spürte jedoch, dass ihr Lachen nicht so ehrlich war wie zuvor. Es erinnerte sie daran, dass Fiefie und sie keine Zukunft haben konnten. Dafür war er zu wankelmütig. »Vielleicht sollten wir versuchen zu schlafen. Joris braucht uns morgen bei klarem Verstand.«

Fiefies Gesicht verhärtete sich. Er richtete sich auf und kam näher, gleichzeitig verschränkte er die Arme vor der Brust. »Ich habe das Gespräch so sehr genossen, dass ich das alles vergessen habe. Ich hoffe, es geht ihm nicht so schlecht.«

Viola berührte seinen Rücken und spürte die verhärteten Muskelstränge. »Ja, das hoffe ich ebenfalls.«

Sie gingen gemeinsam zurück und stellten fest, dass sie die Einzigen waren, die noch wach waren. Oder zumindest nicht in ihren Zelten lagen. Viola glaubte nicht, dass Hannah oder Charlie beruhigt schlafen konnten. Das verriet das künstliche Licht, das aus ihren Zelten strahlte und das Camp ein wenig erhellte.

»Schlaf gut«, sagte Fiefie leise.

»Du auch.« Viola senkte den Kopf. Sie fragte sich, ob sie diesen Moment wiederholen konnten. Sie hoffte, Fiefie würde noch etwas Bedeutendes sagen, doch er drehte sich einfach um und kletterte in sein Zelt.

Viola sah ihm nach und seufzte leise. Dann wandte sie sich ihrem eigenen Zelt zu.

*

Am nächsten Vormittag fuhren Charlie und Pete zu Joris. Viola hatte damit gerechnet, dass auch Hannah mitfahren würde, aber sie trank lediglich ihren Kaffee und beteiligte sich nicht an der Diskussion, wer Charlie und Pete begleiten sollte.

Viola wusste nicht, wie schlimm ein Hundebiss war, doch sie konnte sich vorstellen, dass es für Joris, der sowieso schon wegen seines Zehs eine schlechte Balance hatte, schwer werden würde, wenn die Wunde nicht rasch verheilte. Sie ahnte, dass es das nun gewesen war. Natürlich wollte niemand Joris hier liegen lassen und weiterfahren. Sie würden ausharren, bis es Joris besser ging, um weiterzureisen.

Und das konnte lange dauern, was bedeutete, dass sie ihre Vorräte aufbrauchen würden und nach Joris' Entlassung auf dem schnellsten Weg nach Hause fahren mussten. Und selbst in dem Fall blieb es ungewiss, wie sie das alles finanzieren sollten. Containern kam nicht mehr infrage, vermutete Viola.

Sie fühlte sich schlecht, weil ihr bei dem Gedanken, dass ihre eigene Reise so abrupt ein Ende fand, die Tränen kamen. Sie müsste eher um Joris weinen

Aber ihre Heimkehr war so bedeutend für sie, dass sie an nichts anderes denken konnte. Sie wünschte sich zwar, endlich bei ihrer Familie zu sein, bei dem Gedanken, auf die Leute im Dorf zu treffen, breitete sich Rastlosigkeit in ihr aus und Panik stieg in ihr auf. Plötzlich und unerwartet heftig.

Wie sollte sie sich darauf vorbereiten?

Steffi meditierte mit Blickrichtung zum Wald. Sie hatte ihnen den Rücken zugedreht. Viola beobachtete sie einen Moment und seufzte. Wenn sie nur auch etwas hätte, was ihren außer Kontrolle geratenen Herzschlag beruhigen könnte.

Sie sah zu Hannah, die auf der Treppe des Wohnmobils saß. Am Vormittag hatten Fiefie und sie gestritten und soweit Viola beurteilen konnte, hatten sie sich nicht mehr versöhnt.

Fiefie jedenfalls war nirgendwo zu sehen und hatte wohl wie so häufig das Weite gesucht.

»Hey.« Steffi hatte sich umgedreht und winkte ihr zu. »Du stehst da so verloren rum.«

Viola schüttelte den Kopf. »Ich will nicht stören. Ich suche den Rest. Weißt du, wo Isa ist?«

Steffi überlegte kurz und schüttelte auch den Kopf.

»Sie hat vorhin nach dir gesucht, jetzt ist sie alleine los. Ich glaube, sie wollte wandern gehen«, rief Hannah ihnen zu.

»Danke.« Viola lächelte Hannah zu.

»Komm her.« Steffi hatte sich ihr weiterhin zugewendet, ohne den Schneidersitz zu verlassen. Es sah nicht bequem aus.

Viola fragte sich, wie sie diese kunstvolle Eleganz nur hinbekommen hatte, während sie zu Steffi ging.

Als Steffi neben sich auf die Decke klopfte, setzte Viola sich. Ebenfalls im Schneidersitz, ihr fiel allerdings auf, dass Steffis Füße so weit nach oben gezogen waren, dass sie fast ihr Becken berührten, und Violas Sitz nichts im Vergleich dazu war.

»Hast du was Neues gehört?«, fragte Viola.

»Nein.« Steffi berührte mit den Fingern das Gras und fuhr sachte darüber. Dann sah sie Viola an. »Das war gestern so furchtbar. So viel Blut.«

Erneut versuchte Viola, sich daran zu erinnern, ob sie jemanden kannte, der jemals von einem Hund gebissen worden war, aber ihr fiel niemand ein.

»Der Hund hätte nicht da sein dürfen. Nicht einmal die Lebensmittel hätten da sein dürfen.« Steffi klang wütend.

»Was meinst du damit?« Viola runzelte die Stirn.

»Finnland hat das Wegwerfen von Lebensmitteln verboten. Wir wussten, es würde schwer werden, deswegen zu containern, doch wir wollten es ein letztes Mal wagen, bevor das Gesetz in Kraft tritt«, erläuterte Steffi. Sie betrachtete Viola. »Wir haben so wenige Supermärkte angetroffen, die sich darauf vorbereiten. Sie werfen munter weiter ihr Zeug weg.«

»Bist du nicht sauer, dass das Wegwerfen von Lebensmittel verboten wird?«, fragte Viola irritiert.

Steffi seufzte. »Ja, natürlich profitieren wir in unserer Gruppe von der Lebensmittelverschwendung, trotzdem bin ich natürlich grundsätzlich dafür, dass die Staaten gesetzlich dagegen vorgehen. Ich wünsche mir, dass generell weniger produziert wird und Lebensmittel an Hilfsorganisationen abgegeben werden, wenn sie nicht verkauft werden. Und zwar rechtzeitig, wenn sie noch genießbar sind.«

»Ich wusste nicht, dass die Finnen das Gesetz durchgebracht haben. Hannahs Einwände, wir könnten mit dem Containern Schwierigkeiten bekommen, kann ich nun viel besser nachvollziehen«, murmelte Viola verwirrt.

Hannah hatte stets von einem Gesetz gesprochen. Viola hatte das so verstanden, dass die Strafen beim Containern verschärft worden waren, nicht, dass es schwieriger war, Lebensmittel zu retten. Jetzt war ihr klar, warum Hannah sich ständig solche Sorgen gemacht hatte. Viola lehnte sich nach hinten und beobachtete, wie Hannah aufstand und ins Wohnmobil ging. Sie hatte ein schlechtes Gewissen und das Gefühl, sich um Hannah kümmern zu müssen.

»Ich kann sie auch verstehen … irgendwie«, sagte Steffi leise. »Manchmal übertreibt sie es, und das nervt die Leute, zumal Hannah vorhat, nicht mehr mitzukommen.«

»Es ist ihre Entscheidung«, betonte Viola.

»Ja.« Steffi lächelte. »Ist es. Aber die sind seit einem Jahrzehnt zusammen herumgereist. Es muss wie ein Schock sein. Hannah war zusammen mit Fiefie das Gründungsmitglied dieser Gruppe.« Steffi zeigte über ihr Lager.

»Echt?« Viola verlagerte ihr Gewicht.

Steffi nickte und sah sich um. »Ja, Fiefie und Hannah sind vor mehr als zehn Jahren gemeinsam nach Schweden gereist und hatten dabei regelmäßig neue Personen, die sie begleiteten, bis Hannahs Bruder Fabio zusammen mit Pete, Charlie und Nicole den Camper gekauft hat und damit ein weiteres Glied der Karawane gegründet wurde.«

Viola musste schmunzeln. Sie kannte weder Fabio noch Nicole, aber sie konnte sich lebhaft vorstellen, wie aufregend das gewesen sein musste.

»Ich glaube, damals vor fünf oder sechs Jahren haben sie davon geträumt, dass es mehr Menschen geben wird, die sich ihnen anschließen. Es kamen ja auch immer wieder neue dazu, aber sie haben auf dem Weg durch Skandinavien viele Neuzugänge erneut verloren. Und mit jedem, der die Gruppe verlassen hat, ist ein Teil des Traums gestorben. Es war sehr hart, Fabio zu verlieren. Doch ich denke, Hannahs geplanter Weggang hat die Gruppe erschüttert und ins Chaos gestürzt«, fuhr Steffi fort.

»Solange sich mindestens zwei weiterhin zum Reisen treffen, ist das nicht gestorben«, betonte Viola.

Als Steffi darüber nachdachte, bildete sich eine kleine Falte zwischen den Augenbrauen.

»Ja, hoffen wir es«, sagte sie schließlich. Sie stieß Viola mit der Schulter an. »Und du? Wir würden uns freuen, wenn du …«

Viola schüttelte den Kopf. »Ich kann darüber jetzt nicht nachdenken. Meine Heimkehr ist alles, woran ich denken kann.«

Steffi beobachtete sie, ohne etwas zu sagen.

»Erst einmal ankommen«, murmelte Viola und lehnte sich vor. Sie legte ihre Hand auf ihre Stirn und war erstaunt, dass die Übelkeit in ihrem Magen konstant zunahm. »Nach sechs Jahren endlich heimfahren.«

»Sechs Jahre?«, fragte Steffi.

»Ich war während meines gesamten Studiums nie zu Hause«, antwortete Viola. »Ich war ein anderer Mensch, als ich meine Heimat verlassen habe.«

Steffi lächelte sie an. »Darüber haben wir früher mal gesprochen. Damals warst du dir unschlüssig, ob du das als dein Zuhause bezeichnen würdest.«

Viola nickte. Sie freute sich darauf, ihre Eltern wiederzusehen, an dem Ort zu sein, an dem sie eine größtenteils glückliche Kindheit geführt hatte, die Wohnung ihres Bruders sehen zu können. Sie wusste nicht, ob dieser Ort zukünftig ihre Heimat sein würde, doch er war natürlicherweise der Ort, von wo aus sie weitere Pläne schmieden und sich bewerben konnte.

»Es wird gut.« Steffi berührte ihre Schulter. »Das Heimkommen ist nur dann schwerer als das Weggehen, wenn du keine Menschen hast, die dich willkommen heißen.«

Viola musste lächeln. Das hatte sie. Es gab genau drei Menschen, die die Tage zählten, bis sie da war.

*

Die Zeit, bis sich Pete und Charlie endlich meldeten, erschien Viola unnatürlich langsam zu vergehen. Mittlerweile waren Isa und Fiefie wieder da, und sie alle hatten sich um den Campingtisch versammelt. Als Steffis Handy klingelte, zuckte Hannah neben ihr zusammen, und Violas Herz machte einen Satz in der Brust.

Steffi redete einen Moment mit Pete. Da ihre Antworten sich auf das Verneinen und Bejahen von Fragen sowie Seufzern beschränkten, konnte Viola nicht erraten, wie es um Joris stand.

Ihr fiel jedoch auf, dass sie sich deutlich mehr Sorgen um Joris' Verletzung machte und die Angst vor einer zu schnellen Heimkehr in den Hintergrund rückte. Immerhin war Joris ihr in den letzten Wochen ein treuer Freund gewesen und der Erste, bei dem die Bekanntschaft zu einer Freundschaft geworden war.

Sie versuchte, etwas aus Steffis Gesicht zu lesen, doch Steffis Miene war wie sonst. Sie war ruhig, besonnen und sehr aufmunternd zu Pete, dessen Stimme sich durchs Telefon hastig und überschlagend anhörte.

Schließlich legte Steffi auf und räusperte sich. »Die Wunde wurde gesäubert und genäht, und Joris wurde gegen Tollwut und Tetanus geimpft. Er wird mit Antibiotika behandelt, und die Wunde muss regelmäßig geprüft werden.« Steffi sah direkt zu Hannah. »Er wird einige Tage im Krankenhaus bleiben müssen.«

Hannah nickte. Sie sah sich besorgt ihre Hände an, als wäre dort die Wunde.

»Wird er bald laufen können?«, hakte Fiefie nach.

»Ja.« Steffi nickte ebenfalls. »Es ist eine großflächige Wunde, zum Glück jedoch nicht tief. Sehnen und Muskeln sind nicht betroffen.«

»Das ist gut.« Hannah atmete hastig ein.

Steffi schob das Handy auf den Tisch. Sie musterte sie der Reihe nach. Fiefie, Hannah, Isa und zum Schluss Viola. »Was bedeutet das für uns?«

Fiefie und Hannah tauschten einen Blick aus, schließlich sah Fiefie zu Isa und Viola. Erst zum Schluss sah er erneut zu Steffi. »Wir warten ab, bis Joris aus dem Krankenhaus entlassen wurde und wir vollzählig sind. Je länger er behandelt werden muss, desto notwendiger ist es, dass wir darüber nachdenken, heimzufahren. Die Fahrerei wird ihm mit der Wunde sowieso schon genug Schmerzen verursachen.«

»In Ordnung.« Steffis Stimme klang leise, traurig, besorgt, aber ihre Augen waren immer noch beruhigend und aufmunternd zugleich.

Viola sah zu Fiefie und hoffte, dass er sie ebenfalls anschaute, doch er tat es nicht. Stattdessen stand er auf und verschwand im Wohnmobil. Plötzlich spürte sie eine Hand auf ihren Fingern, sie wandte den Kopf in Richtung Isa.

»Wir fahren heim«, sagte Isa leise und lächelte. Sie drückte Violas Finger. »Ist das okay?«

Viola hob die Schultern. Sie atmete tief ein. »Ja, ist okay«, sagte sie und spürte den warmen Blick von Steffi auf ihrer Haut.

*

Joris' linke Wade war verbunden, und seine Augen glänzten, was Viola den Medikamenten zuschob. Doch er freute sich und strahlte übers ganze Gesicht, als sie um sein Bett standen. Sein Zimmernachbar wirkte eher genervt. Er las gerade in einem dicken Buch, als sie einmarschierten, und schlug es theatralisch zu, als Charlie laut lachte und Fiefie sich mit Schwung zu Joris aufs Bett setzte und den Arm um ihn legte. Viola spürte Unruhe in sich aufsteigen. Sie hatte sich aufwändigen Operationen unterziehen müssen, die schmerzhafte und langwierige Heilungsverläufe nach sich gezogen hatten. Sie hatte viel Zeit im Krankenhaus verbracht. Joris so zu sehen, blass und mit müdem Zug um die Lippen in diesem karg eingerichteten Zimmer, spülte all die Erinnerungen nach oben. Obwohl sie eher dankbar und erleichtert war, weil das Ergebnis der OPs sie zufrieden stellte und es keine Komplikationen gegeben hatte, war der Anblick von Joris Auslöser dafür, sich an all die dunklen Momente während ihrer Transition zu erinnern. In ihren Augen sammelten sich Tränen, und sie war erleichtert, dass niemand es bemerkte. Alle taten ihr Bestes, bessere Laune zu verbreiten und Joris ein gutes Gefühl zu geben, Viola jedoch war das nicht möglich. Sie stand steif zwischen Isa und Steffi, hielt sich krampfhaft am Bettgestell fest und schien wie in Schockstarre zu sein. Es waren nicht nur die Schmerzen, sondern vor allem die Einsamkeit. Ihre Eltern und ihr Bruder hatten sie zwar so oft wie möglich besucht, aber da Viola sich für eine Operation in der Stadt entschieden hatte, in der sie studierte, war die Anreise für ihre Familie kompliziert gewesen. Die anderen, Nachbarn, Bekannten, Verwandten wussten entweder nichts von ihrer Geschichte oder meldeten sich nicht mehr, vielleicht aus Überforderung, weil sie nicht wussten, wie sich verhalten sollten. Selbst ihre Kommilitonen und WG-Mitbewohnerinnen waren nicht gekommen. Später sagten sie, sie hätten Viola nicht stören wollen. Bis auf Isa … Sie war fast jeden Tag vorbeigekommen.

Endlich schaffte Viola es, sich zu rühren. Ihre Arme machten einen Ruck, als wären sie nun, da sie endlich Befehle vom Gehirn erhielten, bestrebt darin, zu zeigen, dass man sich doch auf sie verlassen könne. Dann spürte Viola, wie ihre Beine unter ihr zusammensackten. Erst als alle sie anstarrten, wurde ihr bewusst, dass sie weinte, so laut und heftig, wie sie seit Jahren nicht mehr geweint hatte.

*

Es sprudelte aus ihr heraus, die gesamte Geschichte. Von ihrer glücklichen Kindheit mit dem älteren Bruder und ihren liebevollen Eltern, von der Jugend und den Zweifeln, die mit der Pubertät gekommen waren, von den verwirrenden Empfindungen ihren Körper betreffend und den zwischenzeitlichen Überzeugungen, sie könnte ein schwuler Mann sein. Sie erwähnte die Beziehung zu Max und erzählte von ihrem Coming Out. Von der Unterstützung, die sie von ihrer Familie und ihren Freunden erhalten hatte und den ablehnenden Reaktionen vieler Dorfbewohner. Sie erwähnte ihr kompliziertes Verhältnis zu ihrem eigenen Körper, welches die Sache mit Max erschwert hatte. Max hatte sie als femininen und gutaussehenden Mann angesehen, doch sie hatte sich in der Rolle nicht wohl gefühlt. Besonders irritiert hatte es sie, dass Max genau das an ihr als sexy empfand, was sie an sich nicht mochte. Sie erzählte, wie danach die Erkenntnis gewachsen war, dass sie sich als weibliche Person definierte und aus dem Grund niemals als Mann glücklich werden konnte, und wie sehr das die Beziehung zu Max belastet hatte und wie schrecklich die Trennung von ihm gewesen war. Die anderen hörten ihr aufmerksam zu, stellten kaum Zwischenfragen. Sie unterbrachen sie lediglich, um ihr ein Taschentuch zu geben oder ein Glas Wasser, das Hannah draußen organisieren konnte. Charlie schob sie zu dem Stuhl, und so saß Viola neben Joris' Bett, und sie konnte Fiefies Hand auf ihrer Schulter spüren, und das half ihr. Sie spürte das Brennen in ihren Augen und das Kratzen in ihrem Hals, doch sie redete weiter, weil sie spürte, wie sich in ihr etwas löste und wie wohl sie sich dabei fühlte, darüber zu sprechen. Sie wurden zwischendurch kurz gestört, als eine Krankenschwester kam, um nach Joris zu sehen und ihm eine Tablette in einem kleinen Plastikbehälter zu geben. Die Unterbrechung nutzte Joris' Bettnachbar dazu, um sich mit seinem Buch aus dem Raum zu verziehen. Viola hatte ein schlechtes Gewissen und fragte sich, ob sie nicht draußen mit ihren Freunden hätte reden sollen, aber Joris fiel das Laufen schwer und innerhalb des Gebäudes gab es sowieso keinen Ort, wo sie wirklich ungestört waren.

»Lass dich nicht stören, ich muss mir ja die Storys seiner Frau ebenso anhören, und die kann ohne Punkt und Komma sprechen«, sagte Joris und lehnte sich lächelnd vor.

Viola blinzelte, um die Träne loszuwerden, die ihr an der Wimper hing, und fragte: »Worüber redet sie?«

Joris hob die Schulter. »Weiß ich nicht. So fließend ist mein Finnisch nicht.«

Obwohl das nicht im Entferntesten lustig war, musste Viola lachen. Vielleicht, weil sie ein Ventil für die plötzlich wegfallende Anspannung benötigte.

»Wie ging es danach weiter?«, fragte Steffi.

Viola räusperte sich und fuhr mit ihrem Bericht fort. Von ihrem Wegzug aus dem Dorf ihrer Eltern in eine weit entfernte Stadt, wo sie studierte und ihre Transition begann. Und wo sie wieder auf Isa traf, die sie bisher als schwulen Mann kannte. Als einziger Mensch, den sie aus ihrer Heimat noch kannte, war Isa eine Konstante in ihrem Leben, die es sonst nicht gab. Sie sparte den Ort ihrer Wiederbegegnung und die Umstände, die dazu geführt hatten, aus. Das war Isas Geschichte, und es sollte ihre Entscheidung sein, ob und wann Isa darüber redete. Sie erwähnte lediglich, dass Isa schnell zu einer wichtigen Unterstützung geworden war und dass sie trotz ihrer unterschiedlichen Interessen viel Zeit miteinander verbrachten.

»Es hat mich nie gestört, dass wir eigentlich kaum gemeinsame Hobbys hatten. Wir hatten unterschiedliche Freundeskreise und haben viel ohne die jeweils unternommen, doch wir blieben stets in Verbindung«, fügte Isa hinzu und berührte flüchtig Violas Hand. »Ich erinnere mich an unsere nächtelangen Diskussionen über unsere Gesellschaft, die Politik und Ethik bei Tee und Chips.«

»Auf dem Balkon deines Zimmers in der WG«, ergänzte Viola und lächelte.

Kurz schwelgte sie in Erinnerung an die besonderen Momente ihrer Freundschaft. Dann fuhr sie fort und berichtete von ihrer Transition, den Gutachten und dem Papierkram, um den sie sich kümmern musste, bevor sie die Hormontherapie beginnen konnte. Wie schrecklich das Leben war, als sie ohne Hormone als Frau im Körper eines Mannes lebte, und alle waren entsetzt, als sie hörten, dass das bis vor Kurzem Voraussetzung für eine Hormontherapie war. Sie erwähnte die schmerzhaften Versuche, sich die Bartstoppeln mit der Pinzette und Laser zu entfernen und dass sie ihre männlich klingelnde Stimme hasste.

»Mein Passing war ziemlich schlecht, und ich wurde ständig misgendert, und jedes Mal hat es mir wehgetan. Die Blicke an der Uni, im Supermarkt, die Aufmerksamkeit, die ich erhielt, obwohl ich ein so ruhiger Charakter bin, und die Fragen, die ich ständig beantworten musste, das hat mich wahnsinnig viel Kraft gekostet«, sagte Viola.

»Schlechtes Passing bedeutet, wenn das soziale Geschlecht trotz Bemühung nicht gesehen wird«, ergänzte Isa.

Viola sah sie dankbar an. »Am schlimmsten war es, wenn ich telefoniert habe. Ich habe es vorgezogen, E-Mails zu schreiben. Am Telefon wurde ich ständig als Mann identifiziert, und ich musste mich ständig erklären, weil mein Name damals bereits Viola lautete.« Viola schüttelte den Kopf in Erinnerung an die vergangene grauenhafte Zeit. Sie hatte sich so oft gewünscht, die Gesetzeslage wäre gnädiger und dass es nicht so verdammt schwer sein sollte, an Hormone zu kommen. Das hätte ihr das Leben so vereinfacht.

Sie konnte die Erleichterung auf den Gesichtern der anderen sehen, als sie erwähnte, wie gut die Hormone angeschlagen hatten. Sie hatte großes Glück, und das Brustwachstum setzte unmittelbar danach ein, doch viel wichtiger war ihr gewesen, dass die unliebsamen, maskulin wirkenden Haare am ganzen Körper ausfielen. Sie erzählte von ihrer Stimme und dass sie ihr weiterhin Probleme bereitete. Aus dem Grund hatte sie bis kurz vor ihrer Abreise mit Isa eine Logopädin besucht und machte nach wie vor tapfer ihre Stimmübungen.

Sie stockte, als sie merkte, dass Charlie Tränen in den Augen hatte und lächelte sie an.

»Ich hatte ja keine Ahnung, was du durchgemacht hast«, sagte sie und wischte sich die Tränen aus den Augen.

Viola nickte. »Das freut mich total. Das bedeutet, mein Passing ist jetzt perfekt.«

»Ist es. Du bist eine wunderschöne Frau«, bestätigte Joris.

Viola hielt kurz inne, um den Moment zu genießen. Sie war nicht mehr alleine. Sie hatte in dem Haufen von Chaoten Freunde und Freundinnen gefunden, und wem hatte sie das zu verdanken? Isa, die den Schrotthaufen von Wohnmobil einfach verkauft und entschieden hatte, dass sie bei der fremden Gruppe mitfahren würden.

Schließlich berichtete Viola von Farid, im Gegensatz zu Max ein heterosexueller Mann, zu dem sie von Anfang an offen gewesen war und nie verborgen hatte, was ihre Geschichte war. Obwohl Farid und sie viele wunderbare Monate erlebten, begannen die Schwierigkeiten früh. Er hatte nie Probleme mit ihren körperlichen Veränderungen. Was allerdings viele Menschen nicht wussten, war, dass die Einnahme von Östrogen auch zu charakterlichen Änderungen führen konnte. Sie wurde emotionaler, hatte weniger Lust auf Sex und anfangs durch eine falsche Dosierung auch mit Nebenwirkungen zu kämpfen. Farid stand somit einer Person gegenüber, in die er sich nicht verliebt hatte. Sie machte Schluss, und bis heute war Farid überzeugt, dass das ein Fehler war. Zwar lebte er wieder in einer Beziehung und war glücklich, trotzdem hatte er danach ein paar Mal behauptet, dass sie das zusammen hätten überwinden können.

Viola hatte den Schritt danach lange bereut und ihr geringes Selbstwertgefühl verflucht, da sie ihnen deswegen nicht die Chance gegeben hatte, eine schwere Zeit gemeinsam zu bewältigen. Das erwähnte sie nicht. Es war eine persönliche Information, die nicht einmal Isa kannte und die sie lediglich Farid irgendwann gestehen wollte.

Bevor Viola fortfuhr, sah sie zu Fiefie. Er hockte weiterhin bei Joris auf dem Bett und sah sie aufmerksam an. Sie streckte die Hand aus und drückte sanft seine Finger. Bevor sie sie wegziehen konnte, hielt Fiefie sie fest und nickte ihr zu.

Viola erwiderte das Nicken und verschränkte ihre Finger mit seinen, bevor sie sich an die anderen wandte und die Zeit im Krankenhaus nach ihren geschlechtsangleichenden Operationen erwähnte. Sie war viel alleine gewesen, obwohl sie an der Uni Freundschaften geknüpft hatte. Doch niemand war gekommen. Nur Isa. Und ihre Familie. Und ihr Exfreund, der trotz der Trennung für sie da gewesen war. Niemand fragte, was genau gemacht worden war, und Viola war dankbar, weil das Dinge waren, die sie lieber nur mit Fiefie besprechen wollte. Sonst ging es niemand was an.

»Wow, du kannst stolz auf dich sein, dass du den Weg gegangen bist«, sagte Pete anerkennend.

»Du bist eine tapfere Frau«, fügte Steffi hinzu.

»Ich habe nicht nur gelitten, sondern vieles genossen. Es war einzigartig, und ich habe viele positive Dinge erlebt. Mitzuerleben, wie ich mich stetig wohler in meiner Haut fühlen konnte, war einmalig. Ein intensiver Weg, der viel Kraft erfordert hat«, betonte Viola. Sie hielt inne und erinnerte sich, dass sie nebenbei ein Studium absolviert und mit einem guten Abschluss beendet hatte und grinste. »Ja, ich bin stolz auf mich. Ich habe mir das Jahr mit Isa echt verdient. Ich glaube, deswegen haben meine Eltern mich dabei unterstützt und Isa und mir das Geld für den Schrotthaufen gegeben.«

»Und dann hat sich unser Weg mit eurem gekreuzt«, sagte Isa und drückte Viola kurz an sich. Sie beugte sich hinunter und hauchte in Violas Ohr: »Du bist nicht die Einzige, die Angst hat, nach Hause zu gehen.«

Sie flüsterte, doch sie saßen so eng beieinander, dass es Viola nicht verwunderte, dass Joris es aufschnappte. Viola saß direkt neben ihm.

»Was?«, fragte er. »Warum nach Hause gehen?«

»Ich habe daheim eine Rolle gespielt. Als ich gegangen bin, sah ich für alle wie ein junger Mann aus. Und nun komme ich zurück. Nach fast sechs Jahren. Als Frau.«

Steffi nickte. »Jetzt erscheinen mir unsere Gespräche in einem neuen Licht, Viola.« Sie ging einen Schritt nach vorne und beugte sich nach vorne. »Aber ich bleibe trotzdem dabei: Du hast bereits so viel geschafft, das wirst du ebenfalls schaffen. Du hast eine tolle Familie und Isa an deiner Seite. Was kann da schiefgehen?«

Viola wollte protestieren und klarstellen, dass viel schiefgehen konnte, dann hielt sie inne. Viele hatten schon Gerüchte über ihre Transition gehört, die Dorfbewohner waren also nicht vollkommen unvorbereitet. Dass ihre Eltern zu ihr hielten, war ihr tatsächlich eine große Hilfe. Sie nickte, ohne was hinzuzufügen.

»Warum redet ihr übers Heimfahren?«, fragte Joris weiterhin verwundert.

»Ich erinnere mich an unser Gespräch«, sagte Fiefie und drückte ihre Finger, bevor er sich von ihnen löste. »Du sagtest, nichts tun sei die schlechteste Option. Ich wünschte, jemand wäre da gewesen und hätte dich unterstützt. Ich wünschte, ich hätte da sein können. Das ist nicht mehr zu ändern. Was ich ändern kann, ist mein Umgang mit Alex. Ich werde ihn nachher gleich anrufen.«

Viola spürte Wärme in ihrer Brust aufsteigen, und sie war kurz davor, sich zu ihm zu beugen, um ihn zu küssen. Darauf musste sie jedoch warten, denn diesen Moment wollte sie definitiv lediglich mit Fiefie teilen. Auch wenn Charlie entzückt wäre, wenn sie Zeugin sein dürfte.

Hannah ging in die Hocke. Sie senkte ihren Kopf, und als sie ihn wieder hob, nickte sie. »Du bist eine starke Frau. Du bist deinen Weg gegangen. Es ist mir eine Ehre, dich und Isa kennengelernt zu haben.«

»Das hättest du nicht getan, wenn du zu Hause geblieben wärst«, murmelte Fiefie und erhielt dafür einen Schlag gegen den Hinterkopf von Pete.

»Du Idiot«, sagte Hannah, doch ihre Stimme klang amüsiert.

»Warum nach Hause fahren?«, fragte Joris vehementer.

Daraufhin wandten sich unmittelbar alle Augen von Viola ab, und sie atmete erleichtert aus. Sie war froh, offen mit den anderen umgegangen zu sein, aber sie war niemand, der so ein Scheinwerferlicht genoss. Sie wandte sich ebenfalls Joris zu, der immer weiterhin irritiert aussah.

»Warum?«, wiederholte Joris.

»Wer sagt es ihm?«, fragte Hannah.

»Joris.« Pete trat vor. »Wir können nicht bleiben. Du … wirst einige Tage hierbleiben müssen, und dann reichen unsere Lebensmittel höchstens für eine schnelle Heimfahrt. Tut mir leid.«

Joris runzelte die Stirn. »Blödsinn. Wir wollten in den Norden. Wir wollten nach Oulu und danach über Koli zurückfahren. Ohne Fähre. Das war unser Plan. Habt ihr das vergessen?«

Fast zeitgleich gingen alle Blicke zu Joris' Wade. Nur Charlies nicht. Sie starrte auf ihr Smartphone. »Ich habe da eine Lösung, wie wir die Reise entspannt beenden können, obwohl wir den verrückten Patienten dabei haben«, murmelte sie.

Prompt erhielt sie die Aufmerksamkeit.

*

»Das kann einfach nicht sein.« Hannah warf die Beifahrertür hinter sich zu und schüttelte den Kopf, als sie über die Wiese zum Wohnmobil stampfte.

Viola musste warten, bis Pete und Steffi ausgestiegen waren, dann dehnte sie die Muskeln in ihren Gliedern. Der Weg zum Krankenhaus war zwar nicht weit, aber der Camper war eindeutig zu klein, um sieben Personen gleichzeitig zu transportieren. Hannah hatte sich auf den Beifahrersitz gestürzt, sobald sie bemerkt hatte, dass Charlie auf der Fahrerseite Platz nahm. Pete, Steffi, Isa und ihr war nichts anderes übriggeblieben, als sich auf die Hinterbank zu quetschen und den armen Fiefie ebenfalls reinzulassen, der während der ganzen Fahrt mit dem Kopf gegen das Dach gestoßen war.

Isa stützte sich bei ihm ab, als sie ausstieg, und Fiefie stieß einen erleichterten Seufzer aus, als das Gewicht von Isas Fuß von seinem Oberschenkel verschwand. Viola atmete tief ein und musterte Charlie und Hannah, die sich leidenschaftlich ankeiften, und Pete und Steffi, die versuchten, zu schlichten.

»Ich halte mich da raus.« Fiefie berührte kurz Violas Hand und schüttelte den Kopf, vorsichtig schlich er sich an den Streitenden vorbei. Viola sah ihn bedauernd an und hatte den Eindruck, dass er sich von ihr entfernte, nicht nur physisch, sondern auch, weil Charlies Offenbarung alles durcheinandergeworfen hatte. Sie sah, wie er sein Handy ans Ohr drückte, und sie erinnerte sich daran, dass er Alex anrufen wollte. Eine Wärme stieg in ihr auf, obwohl sie weiterhin das Gefühl hatte, dass sie dringend reden mussten. Dass er sich um Alex kümmern wollte, gab ihr die Gewissheit, etwas Tolles bewirkt zu haben, indem sie ihre Geschichte geteilt hatte.

»Wie geht es dir?«, fragte Isa. Sie trat näher und stand so dicht bei Viola, dass ihr Kinn fast auf Violas Schulter lag. Viola war einen Kopf größer als Isa, weswegen sie den Atem ihrer Freundin an ihren Oberarm spürte.

Sie wandte sich von den Streitenden und Fiefie ab und zog Isa stumm in den Arm. Isa wirkte überrascht und reagierte zunächst steif, wurde schließlich weicher und entspannte sich. »Wofür war das?«, fragte sie, als Viola sie losließ.

Viola lächelte. »Du bist mir eine so gute Freundin. Ich glaube, in letzter Zeit haben wir uns nicht mehr so oft um uns gekümmert.«

Isa seufzte. »Viola … Wir bleiben in Verbindung, auch wenn die Intensität, die wir auf dieser Reise geteilt haben, abnehmen wird.« Sie zögerte. »Ich werde dich trotzdem brauchen. Wenn wir wieder heimgehen, meine ich. Ich halte das ohne dich nicht aus.«

Viola nickte. Sie wollte antworten, dass es ihr genauso ging, als sie von lauter werdenden Stimmen unterbrochen wurde. Steffi hatte es mittlerweile aufgegeben und saß in der Hocke gegen das Wohnmobil gelehnt. Fiefie war nicht mehr zu sehen. Die restlichen stritten weiterhin.

»Er ist vermutlich in einer manischen Phase, kapierst du das nicht?«, brüllte Hannah.

»Nein«, sagte Charlie und schüttelte vehement den Kopf. Ihre blauen Haare wurden dabei so durcheinandergewirbelt, dass man den Sidecut nicht mehr sah. Plötzlich sah sie viel hübscher aus als sonst, als würde sie mit ihrer ungewöhnlichen Frisur bewusst von ihrer Schönheit ablenken wollen. »Nein, er hat mir gesagt, er sei nicht in einer manischen Phase.«

»Das behauptet er immer«, sagte Hannah und legte beide Hände vors Gesicht. »Verstehst du das nicht? Er ist krank. Er würde dir alles erzählen, nur um eine Legitimation zu haben, herzukommen.«

»Sein Freund liegt im Krankenhaus«, erinnerte Charlie. Sie sah auf den ersten Blick ruhiger und entspannter als Hannah aus, aber Viola konnte das Beben ihrer Muskeln im Arm und ihre feuchten Augen sehen. »Was denkst du, was er dann tut?«

»Ja, eben«, rief Hannah und ballte ihre Hand zu einer Faust. »Natürlich kommt er, wenn Joris mal wieder im Krankenhaus liegt.«

»Also habe ich ihm geschrieben«, sagte Charlie.

»Das hättest du nicht tun dürfen.« Hannah ging einen Schritt auf Charlie zu und stieß den Stuhl zur Seite. Sie schüttelte Pete ab, der versuchte, sie festzuhalten. »Du hättest es nicht tun dürfen«, wiederholte sie.

»Ich darf meinem besten Freund nicht schreiben?«, fragte Charlie, und ihr tropften Tränen von der Wange.

»Er ist krank, raff das doch endlich«, schrie Hannah.

»Hey.« Pete zog sie zu sich und zwang sie, ihm ins Gesicht zu schauen.

»Versteht ihr nicht? Er ist in einer manischen Phase, und ich …«

»Hannah.« Petes Stimme klang sanft, doch er hielt Hannah weiterhin fest an den Armen. »Er wurde als gesund aus der Therapie entlassen. Ihm geht es jetzt besser, das haben dir deine beiden Brüder bestätigt, und solange er seine Medikamente regelmäßig einnimmt und auf sich aufpasst, bleibt das auch so.«

Hannah hörte auf, sich zu wehren. »Solange er bei unserem Bruder lebt, kann er auf sich aufpassen, aber nicht, wenn er … hier ist. Bei uns. Er wird rückfällig werden, Pete.«

Dieses Mal trat Charlie auf sie zu. Sie wischte sich die Tränen mit dem Ärmel von der Wange. »Richtig. Und du wirst dir um ihn Sorgen machen. Und dann kannst du deine Pläne nicht verwirklichen. Du weißt genau, solange dein Bruder mitfährt, wirst du den Absprung nicht schaffen. Es geht gerade nur um dich.«

Hannah blinzelte. Fassungslos. Sie sackte gegen Pete. »Nein«, sagte sie atemlos.

Charlie nickte. »Du hast die erstbeste Gelegenheit genutzt und heimlich Pläne gemacht, uns zu verlassen, sobald du sichergestellt hattest, dass Fabio uns absagt. Weil du … nicht gehen kannst, solange er bei uns ist.«

Wütend starrte Hannah sie an.

»Ich wünsche mir für dich, dass du gehen kannst, ohne ihn in der Sicherheit bei eurem Bruder zu wissen«, fügte Charlie hitzig hinzu. »Erst dann, wenn Fabio sich von dir und eurem Bruder gelöst hat, kannst du die Verantwortung für ihn wirklich fallen lassen, Hannah. Solange er bei eurem Bruder ist, ist es doch mehr Schein als Sein zu behaupten, du wärst frei.«

»Nein.« Hannah schüttelte den Kopf. Sie sah blass aus. Sie kämpfte sich aus Petes Umklammerung und verschwand den Weg entlang, den Isa einen Tag zuvor in Richtung Stadt gewandert war.

»Warum musstest du so heftig zu ihr sein?«, fragte Pete.

»Ich habe lediglich mit Fabio geschrieben und mich dazu entschieden, ihm einen wesentlichen Teil unserer Reise nicht zu verschweigen«, betonte Charlie. »Alles andere muss er entscheiden.«

Pete schüttelte den Kopf. »Warum musstest du Hannahs Schwäche ausnutzen, um dich zu rechtfertigen? Du weißt, dass das Hannahs wunder Punkt ist. Du weißt, was sie und Fabio miteinander verbindet. Du … Du kennst doch das Trauma, das sie aneinanderfesselt.«

»Ich habe nur das ausgesprochen, was ihr alle denkt«, flüsterte Charlie. Dann stampfte sie davon und ließ Pete stehen, der verwirrt zwischen Steffi, Isa und Viola hin und her schaute, die Arme hob und sie vollkommen überfordert wieder fallen ließ.

*

Viola entschied sich, das Camp für einen Spaziergang zu verlassen. Fiefie, mit dem sie gerne gesprochen hätte, war mit dem Handy am Ohr in seinem Zelt verschwunden, Hannah und Charlie hatten sich in unterschiedliche Richtungen verdrückt. Isa, Steffi und Pete diskutierten darüber, auf welcher Seite sie standen.

Ihr Herz klopfte wild, als sie den Schotterweg am Wasser entlanglief und versuchte, ihre Gedanken zu sortieren. Joris im Krankenhaus zu sehen, das Erzählen ihrer eigenen Geschichte und Charlies Offenbarung, Fabio kontaktiert zu haben, das reichte für einen Tag. Mehr Streit und Diskussionen wollte Viola sich wirklich nicht mehr antun.

Die frische Luft, das Meeresrauschen und die unberührte Landschaft mit den bereits langsam verblühenden Blumen halfen ihr, ruhiger zu werden. Die sie umgebende karge, schöne und raue Natur übte einen unwiderstehlichen Reiz auf sie aus, und sie blieb auf einer Anhöhe stehen, um direkt aufs Meer zu schauen. Da wurde sie von einem Geräusch aufgeschreckt. Im ersten Augenblick dachte sie, es könnte ein Bär sein, und ihr wurde bewusst, wie verletzlich sie in dem Moment war, so ganz alleine in der Wildnis. Dann musste sie über sich selbst lachen und vermutete, dass es sich bei dem Geräusch um Hannah handelte, die sich auf dem Rückweg befand.

Als Viola einige Meter ging, sah sie, dass es doch nicht Hannah war, sondern eine Handvoll Rentiere. Abrupt blieb Viola stehen, voller Respekt vor den scheuen Tieren und durchdrungen von Faszination. Sie hatten Rentiere auf der Straße häufiger gesehen, und nachts, wenn alles ruhig war, hörte sie Geräusche, die laut Pete von Rentieren stammten, die sich im Camp umschauten. Zunächst hatte Viola ihm nicht geglaubt, bis er ihr die Spuren gezeigt hatte.

So nah wie jetzt war sie den Tieren nie begegnet. Sie traute sich nicht, zu atmen und schnappte schließlich trotzdem kurz nach Luft, als hinter einer Kuh ein Junges hervorlugte. Es sah Viola mit großen Augen an, und Viola traten die Tränen in die Augen.

Ihre Finger zuckten. Sie wollte ein Bild machen. Für die anderen. Für ihre Familie, die zu Hause auf sie wartete. Für sich. Als Erinnerung. Als sich ihre Hand in Richtung der Hosentasche bewegte, wo sich ihr Handy befand, schreckte die Mutterkuh auf und schob ihr Kind nach hinten. Kurz sah sie Viola in die Augen, als würde sie stumm mit ihr kommunizieren.

»Was willst du mir sagen?«, hauchte Viola.

Das Rentier bewegte seinen Kopf. Das Ohr wackelte, dann setzte es sich in Bewegung, und ihr Kind und die restliche Herde folgten ihr.

Viola sah ihnen mit Tränen in den Augen nach. Es gelang ihr kaum, sich von dem Anblick loszureißen. Erst als die Tiere aus ihrem Sichtfeld verschwunden waren, schaffte sie es.

Schmunzelnd lief Viola weiter durch den lichten Wald voller Kiefern und kleiner Felsbrocken – vermutlich ein Zeugnis der letzten Eiszeit. Der Pfad wurde beschwerlicher, und es ging über Wurzeln und Steine hinweg, doch Viola wusste, dass sie sich nicht verlaufen konnte, da es kaum Möglichkeiten gab, abzubiegen. Irgendwann würde sie Hannah entweder einholen oder ihr beim Rückweg begegnen.

Wie sollte sie die grenzenlose Schönheit und unendliche Freiheit nur ihren Eltern und ihrem Bruder beschreiben? Wenn sie ihnen von idyllischen Seen, unberührten Wäldern und plätscherndem Wasser vorschwärmte, würde das nicht einmal im Ansatz das beschreiben, was sie gerade erlebte.

Schwer atmend blieb Viola stehen. Sie war weit gelaufen, und langsam machte sie sich Sorgen um Hannah. Es begann zu regnen, feine Nieseltropfen, die sich sanft auf ihre Haut legten. Als sie sich zum Meer umdrehte, stellte sie erstaunt fest, dass die Küste in einen hellen Nebel getaucht war. Als es erneut hinter ihr raschelte, erwartete sie, erneut das Rentier mit dem Jungen zu sehen, diesmal war es jedoch tatsächlich Hannah, die auf sie zuging und ihre Hand auf die Schulter legte. Sie beugte sich vor und atmete stoßweise. Ihre Stirn war von Schweiß benetzt.

»Oh Mann, ich bin einfach weitergelaufen, bis mir eingefallen ist, dass es bald dunkel wird«, erklärte sie und schnaufte heftig. Ruckartig richtete sie sich auf. Sie sah sich um. »Bist du alleine?«

Viola nickte. »Die anderen werden sich Sorgen machen.« Hannah nickte, und gemeinsam traten sie den Rückweg an.

Anfangs redeten sie kein Wort, aber Viola spürte Hannahs Blicke auf ihrem Körper, und sie seufzte schließlich. »Was ist?«

»Geht es dir gut?«, fragte Hannah.

Zunächst wollte Viola es kleinreden, schließlich schüttelte sie den Kopf. Nicht, um Hannahs Frage zu verneinen, sondern um sich selbst davon zu überzeugen, dass es Quatsch war, es zu leugnen. »Ich habe selten darüber gesprochen. Dachte, es wäre ein Privileg, als Cis-Frau erkannt zu werden, trotzdem empfand ich es als befreiend, über meinen Hintergrund zu reden«, sagte Viola. Sie schob ihre Hände in die Hosentasche und sah zu dem Nebel, der unaufhaltsam näher kam. »Habt ihr nichts bemerkt? Nicht mal an meiner Stimme?«

»Ich dachte mir, sie ist halt tiefer.« Hannah hob die Schulter. »Es ist mir nicht besonders aufgefallen. Und sonst ebenfalls nichts.«

Viola spürte Wärme in ihrem Inneren aufsteigen. Das hatte sie sich immer gewünscht. Nun würde sie nach Hause gehen, und dort wäre ein unerkanntes Leben nicht mehr möglich. Zu ihrer Transidentität zu stehen, bedeutete vielleicht, dass sie Menschen, die in einer Identitätskrise steckten oder mit Vorurteilen zu kämpfen hatten, helfen konnte. War ausgerechnet sie als eher introvertierte Persönlichkeit dafür die passende Person?

»Die Sache mit Fabio ... Es war ein anstrengender Tag.« Viola sah unsicher zu Hannah. »Wie geht es dir?«

Hannah nickte. »Anstrengend. Das war es. Wir sind hierhergekommen, um die Ruhe zu genießen, hinter uns liegen allerdings nur turbulente Tage.«

Viola lächelte. »Wir hatten genug ruhige Tage.«

Hannah nickte, sagte jedoch nichts. Es schien, als wollte sie nicht darüber reden.

Auch Viola schwieg. Mit Erstaunen stellte sie fest, dass der Nebel sich wieder lichtete, je weiter sie sich aus dem Wald entfernten. Sie drehte sich um, als sie Holz knacken hörte, doch zu ihrer Enttäuschung war es nicht das Rentier. Sie schüttelte den Kopf und wusste nicht, warum sie der Begegnung so viel Bedeutung beimaß. Der Blick des Tieres hatte ihr was gesagt. Sie hatte sich plötzlich so bestätigt gefühlt, und obwohl sie wusste, dass die Stärke aus ihrem Inneren gekommen sein musste und das Rentier keinerlei Ahnung von ihrem Leben hatte, fand sie es irgendwie sehr bedeutend, dass sie diesen Moment miteinander geteilt hatten.

»Was tust du jetzt?«, fragte Hannah. »Ich meine, wenn wir heimfahren? Wirst du im Dorf deiner Eltern leben?«

Viola hob die Schulter. »Ich weiß nicht. Mein Ziel war es, erst mal heimzukommen und anschließend weiterzuschauen. Ich meine, ich werde mich bewerben, mir eine Wohnung suchen, aber das Haus meiner Eltern wird sicherlich die nächsten Wochen mein Zufluchtsort sein.«

»Und du empfindest Angst?«, fragte Hannah.

Viola kratzte sich am Kopf. Sie nickte und spürte, wie die zuvor empfundene Wärme sich kalt in ihr anfühlte. »Ich …«

»Du musst es nicht erklären.« Hannah trat ihr in den Weg und sah sie ernst an. »Ich spüre es. Ich habe es die ganze Zeit gespürt. Von deiner Vergangenheit hatte ich keine Ahnung, doch das war stets präsent. Du hast Angst. Und das ist selbstverständlich in Anbetracht dessen, was du erlebt haben musst. Manchmal müssen wir allerdings unseren Ängsten begegnen und für unseren Traum kämpfen. Dir steht es zu, bei deiner Familie zu sein, und zwar als der Mensch, der du bist. Wem das nicht passt, der hat in deinem Leben nichts zu suchen.«

Viola nickte. Der Nebel hatte sich gelichtet. Sie sah zu Hannah und nickte erneut.

Hannah ergriff ihre Schultern. »Du bist eine starke Frau, geh und zeig es ihnen.«

Viola lächelte. Schließlich berührte sie Hannahs Arme mit den Händen. Ihr wurde bewusst, dass ihr die Berührung nichts mehr ausmachte. Sie empfand diese stattdessen als tröstend. »Und du? Wirst du deinen Ängsten ebenfalls begegnen und für deinen Traum kämpfen?«

Hannah sah weg.

»Wirst du es tun? Auch wenn Fabio kommt?«

Hannah hob die Schultern.

Viola packte Hannahs Arme so fest, dass sich ihre Fingernägel in die Haut gruben. Ihre Daumen taten weh. »Hannah, es steht dir genauso zu, dein Leben zu leben«, flüsterte sie.

Hannah sah ihr in die Augen und öffnete den Mund, doch bevor sie etwas sagen konnte, kamen Fiefie und Isa und machten ein Geräusch der Erleichterung, als wären sie mehrere Tage verschollen gewesen.

*

Charlies Ankündigung, dass Fabio nach Oulu fliegen würde, um sich mit ihnen zu treffen, löste bei fast allen einen Energieschub aus. Dass Joris' Augen fortan einen faszinierenden Glanz hatten und sein ganzes Gesicht strahlte, obwohl er beim Laufen große Schmerzen hatte, verwunderte Viola nicht besonders, auch wenn sie zugeben musste, dass sie angesichts dieser sprudelnden Liebe durchaus neidisch wurde. Sie war auch verwundert, wie die Laune bei Charlie und Pete stieg. Fiefie wirkte auf einmal viel freundlicher, er machte häufiger Witze. Hannah wirkte nach wie vor nachdenklich. Sie machte sich sichtlich Sorgen um ihren jüngeren Bruder, auch wenn Charlie ihr versicherte, dass sie auf Fabio aufpassen wollte.

Die Ärzte wollten Joris erst entlassen, wenn sie sicher waren, dass er sich um die Wunde kümmern konnte. Als er ihnen erzählte, dass sein Partner kommen würde, wirkten sie gewillter, über eine zeitnahe Entlassung nachzudenken, doch sie schienen nach wie vor kein Vertrauen in die gesamte Reisegruppe zu haben. Dass Fabio und Joris eigentlich getrennt waren, verriet niemand, denn es war fraglich, ob Fabio tatsächlich auf Joris aufpassen konnte. Eher fragte Viola sich, ob es vielleicht andersherum sein würde.

Viola konnte die Bedenken der Ärzte verstehen, aber auch sehr gut nachvollziehen, dass Joris ihnen alles erzählte, um entlassen zu werden. Auch Viola wäre eine baldige Entlassung ganz recht. Zum einen wollte sie lieber weiterreisen, denn sie wusste, je länger sie verweilten, desto weniger Zeit hätten sie im Norden, zum anderen wollte sie ihn nicht mehr im Krankenhaus besuchen. Zwar behauptete der Rest, Joris sei nicht böse, wenn sie nicht mitkam, aber sie kam sich dennoch schäbig vor, als sie am nächsten Tag im Camp blieb. Isa verweilte mit ihr zusammen dort, damit sie nicht alleine bleiben musste. Viola war ihr dankbar, obwohl sie wusste, dass Isa lieber mit in die Stadt gefahren wäre.

Als Fiefie am Tag darauf Isa zur Seite nahm und die unsicher zu Viola sah und die Schultern hob, beschlich Viola ein mulmiges Gefühl. Ihre Vermutung bestätigte sich, als Isa winkte und zum Camper lief, um sich der Gruppe anzuschließen. Alle außer Fiefie würden Joris besuchen gehen.

Fiefie schlenderte ihr grinsend entgegen.

»Endlich kann ich ungestört mit dir reden«, sagte er.

»Du kannst das genauso tun, wenn die anderen da sind«, betonte Viola und runzelte die Stirn. Sie betrachtete Fiefie, der sie amüsiert musterte. »Was ist los?«, fragte sie schließlich.

»Ich freue mich einfach, dass ich Isa überreden konnte, mit zum Krankenhaus zu fahren.« Fiefie hob die Schulter. Er nickte zum Ufer.

Viola seufzte, doch sie folgte Fiefie über den steinigen Weg zum Wasser, wo er oft saß, um Fische zu fangen. Sie spürte, dass es heute so weit sein könnte, und auch wenn sie sich bereit fühlte und sich darauf freute, war sie verwundert über ihren Wagemut. Es war nie ihr Ziel gewesen, eine Europatour zu machen und etwas mit einem Mann zu zu anfangen, der seine eigenen Probleme hatte und sich als Rumtreiber bezeichnete. Ihr Ziel war es, nach ihrer Transition zu sich selbst zu finden und Stärke für ihren weiteren Lebensweg zu sammeln. Sie wollte nach dieser Reise heimfahren und ein normales Leben beginnen, sich Arbeit suchen, eine Wohnung mieten und die Zukunft als Frau genießen. Fiefie – das wusste sie – könnte all das durcheinanderwerfen. Trotzdem war er derjenige, bei dem sie sich so gut fühlte wie wahrscheinlich noch nie in ihrem Leben.

Es war erstaunlich, wie elegant Fiefie vom Stand in den Schneidersitz ging und es irgendwie schaffte, seine langen Beine so zu falten, dass es bequem aussah. Viola setzte sich neben ihn und spürte, wie ruhig sein Atem ging, während sie schweigend zum Horizont sahen.

»Ich habe Alex angerufen.«

Viola antwortete nicht. Sie wusste, wenn Fiefie darüber reden wollte, würde er weiterreden. Sie zog ein Bein zu sich heran und streifte mit ihrer Hand seinen Oberschenkel.

»Ich glaube, es geht ihm ziemlich schlecht. Er könnte einen guten Freund gebrauchen«, fügte Fiefie hinzu. Viola spürte, dass Fiefie sie ansah, und sie drehte ihren Kopf. »Danke«, sagte Fiefie, sobald er sichergestellt hatte, dass sich ihre Blicke begegneten.

»Danke?«, fragte Viola atemlos.

»Du schaffst es, das Richtige zu sagen und das Beste aus mir herauszukitzeln.« Fiefie lächelte.

Ihr Atem beschleunigte sich, als sich ihre Blicke ineinander verhakten und sie Wärme und Vertrauen in Fiefies Augen herauslesen konnte. Sie wusste, dass sie nicht mehr länger warten wollte. Was sie auch wusste, war die Tatsache, dass sie sich später deswegen Vorwürfe machen könnte. Aber was hatte sie zu verlieren? Dass Fiefie nicht besonders treu und zuverlässig war, von Monogamie nicht viel hielt und die Freiheit zu sehr liebte, um sich dauerhaft zu binden, ahnte sie, möglicherweise könnte es für sie irgendwie okay sein, eine kurze Liebelei einzugehen. Ja, sie selbst war familiär und wünschte sich, seit sie ein Kind war, einen dauerhaften Partner. Für sie war eine Welt zusammengebrochen, als sie erkannte, dass es schwerer war als erhofft. Trotzdem konnte sie bis dahin ihren neuen Körper genießen, gerade wenn es mit jemandem wie Fiefie war, der ihr glaubhaft versichert hatte, dass er kein Problem mit der Tatsache hatte, dass sie mit männlichen Geschlechtsmerkmalen zur Welt gekommen war. Sie konnte ihm vertrauen – zumindest in diesem Aspekt.

Viola starrte zu Fiefie, und sie bemerkte, dass sein Blick über ihr Gesicht huschte, als würde er nach etwas suchen. Ihr wurde mit Verzögerung klar, dass es Bestätigung war, die Fiefie hoffte, auf ihrer Miene sehen zu können. Für einen kurzen Moment wollte sie hoffen, dass es eine Zukunft für sie geben konnte.

Mit einer ungelenken, stockenden Bewegung des Oberkörpers beugte Fiefie sich vor und strich mit dem Zeigefinger über Violas Wange. Das war genug, um Viola wimmernd die Augen schließen zu lassen. Unmittelbar darauf beugte sich Fiefie vor, er ließ allerdings seine Lippen lediglich über ihre schweben.

Ruckartig legte Viola eine Hand auf Fiefies Oberschenkel und lehnte sich ebenfalls vor. Solch eine Anspannung auszuhalten, war unmöglich. Ganz kurz zögerte sie, ließ ihre Bedenken aber nicht die Oberhand gewinnen, dann presste sie ihre Lippen auf die von Fiefie, und in ihrem Bauch explodierte etwas.

Sekundenlang drückte sie ihren Mund gegen Fiefies, und erst als sie spürte, wie seine Haare sich in ihren Händen verfingen und er seine flache Hand in ihren Nacken legte, öffnete sie ihre Lippen. Ihre Zunge wurde von Fiefies sofort empfangen. Viola legte einen Arm um seine Schultern und krallte ihre Finger in Fiefies Shirt, um ihn zu sich heranzuziehen. Fiefie keuchte, und Viola stöhnte, als wäre das eine eigene Sprache, die alleine sie beide verstehen konnten.

Langsam küssten sie sich, langsam und intensiv.

In dem Kuss schwelgend atmete Viola den Geruch nach Minze ein, der Fiefie immer zu umgeben schien, wenn sie ihm nahe kam. Sie streichelte mit den Fingern über sein stoppeliges Kinn und schob die Finger der anderen Hand durch das krause, feste Haar.

Ja, für einen kurzen Augenblick erlaubte sie sich, daran zu glauben, dass es in Ordnung kommen würde. Dass Fiefie sich bereit erklären würde, sesshaft zu werden, mit ihr eine Zukunft zu planen, in der die Reisen in den Norden nichts als Urlaube waren. Dass sie den Schmerz und die Zweifel hinter sich lassen konnte, die sie aufgrund ihrer Transidentität in einer Partnerschaft stets empfunden hatte. Dass sie es gemeinsam beiseite schieben konnten und als Mann und Frau in eine gemeinsame Zukunft gehen konnten.

Vielleicht geschah ein Wunder und sie würden zusammenbleiben.

Als sie sich voneinander entfernten, lachte Fiefie und schob einen Arm über ihre Schultern. Er zog sie eng an sich heran, und Viola empfand Ruhe und Gewissheit, dass Fiefie niemand war, der ihr beim Selbstfindungsprozess jemals im Weg stehen würde.

Eine leise, aber hartnäckige Stimme flüsterte ihr mit Nachdruck ins Gewissen, dass es die einzige Gewissheit war, die Viola haben konnte.

*

Die Entscheidung, zusammen mit Joris den Ort zu verlassen, um tatsächlich weiter in den Norden zu fahren statt nach Hause, war eine Erleichterung für Viola. Sie spürte, dass es den anderen ähnlich ging. Joris, Charlie, Pete und Fiefie freuten sich auf das Treffen mit Fabio. Steffi und Isa – so vermutete Viola – freuten sich eher darauf, dass es überhaupt weiterging. Beide waren nie große Verfechterinnen davon gewesen, so schnell wie möglich heimzukommen, stattdessen hatten sie sich stets der Mehrheit angeschlossen, dass sie alles dafür tun wollten, um die Fahrt wie geplant zu Ende zu führen. Nur bei Hannah konnte Viola nicht einschätzen, wie es ihr ging. Sie wirkte zwiegespalten, konzentriert und reagierte genervt, wenn ihr jemand zu nahe kam oder fragte, ob es ihr gut ging.

Weil Joris Platz für sein Bein benötigte, wurde ihm einstimmig die Hinterbank des Wohnmobils zur Verfügung gestellt. Steffi und Hannah würden sich beim Fahren abwechseln, und Pete und Fiefie erklärten sich bereit, mit dem Rest von ihnen im Camper zu fahren. Es würde eng werden und ungemütlich sein, aber Viola war sich sicher, dass sie lieber in einem überfüllten Camper fahren wollte als mit Hannah und Joris im Wohnmobil. Sie hatte das Gefühl, dass Hannah und Joris etwas auszudiskutieren hatten und Steffi den größten Teil der Fahrt das Steuer übernehmen musste.

Eine Stunde später, in der sie hauptsächlich gegen das Seitenfenster gepresst worden war, fragte Viola sich, ob sie sich die Fahrt nicht zu einfach vorgestellt hatte. Der Camper war auch zu viert nicht besonders komfortabel. Noch machte er einen besseren Eindruck als der Schrotthaufen, mit dem Viola und Isa Europa bereist hatten.

Es war allerdings eine Sache, ob sie zu zweit in einem alten Wohnmobil fuhren und ausreichend Platz hatten, oder ob sie dichtgedrängt auf den durchgesessenen, teilweise aufgerissenen Polstern mit den kaputten Rückenlehnen sitzen mussten, weil sie zu fünft unterwegs waren.

Neben ihr saß Isa und daneben Pete. Vor ihr auf dem Beifahrerplatz hatte Fiefie Platz genommen, und da er den Sitz weit nach hinten schieben musste, hatte Viola kaum Beinfreiheit. Charlie fuhr, und es wirkte, als würde sie das Steuern des Campers genießen. Sie freute sich auf das Wiedersehen mit ihrem besten Freund, niemand würde ihr die gute Laune vermiesen können.

Während der Fahrt starrte Viola auf den dünnen Hals von Fiefie und die blondierten Haare, die aussahen, als müssten sie wieder mal geschnitten und nachgefärbt werden. Sie biss sich auf die Lippen und konnte ein Seufzen kaum unterdrücken. Zwar hatte Fiefie ihre Hand genommen und sie ohne erkennbares Zögern gehalten, als Joris versucht hatte, am Vormittag eine möglichst bequeme Position zu finden, aber sie hatten nicht miteinander gesprochen.

Viola konnte die nagende Unruhe spüren, die ihr weiter über den Rücken kroch und eine Gänsehaut hinterließ.

*

Bei der ersten Pause sprangen Charlie und Fiefie sofort aus dem Auto. Charlie warf den Autoschlüssel übermütig über das Dach des Campers, weil Fiefie danach weiterfahren wollte. Er fing den Schlüssel und machte dabei eine riesige Show.

Auch Pete stieg sofort aus und legte grinsend den Arm um Charlies Schultern, die Fiefie Applaus spendete. Während die Drei zum Wald liefen – vermutlich um zu pinkeln –, blieben Isa und Viola zurück. »Alles okay?«, fragte Isa und klopfte leicht auf Violas Schulter.

Viola schüttelte den Kopf. Vielleicht war Fiefie so überwältigt von Fabios Ankunft und der Aussicht, dass die alte Gruppe fast wieder komplett war, dass er Viola mit seiner guten Laune so weit getäuscht hatte, dass sie kurzzeitig von einer gemeinsamen Zukunft geträumt hatte. Sie war naiv. Nie hatte sie die Bedenken wirklich bekämpfen können, höchstens ignoriert und in die hinterste Ecke gedrängt.

Sie stieg ebenfalls aus, streckte ihre Glieder und dehnte ihre Beine. Jetzt wo Fiefie das Steuer übernehmen wollte und Charlie vor ihr sitzen würde, hätte Viola zumindest mehr Beinfreiheit – wenigstens das. »Okay, was ist los?« Isa war um den Camper herumgelaufen und hielt Viola eine Flasche Wasser hin

Viola nahm sie und trank vorsichtig daraus. Sie konnte Charlies Lachen bis hierher hören. Und auch Fiefies begeisterte Stimme drang bis zu ihnen. »Hast du Fiefie schon mal mit so einer überwältigenden Laune erlebt?«

Isa hob die Schultern. »Naja, ihm ist diese Gruppe sehr wichtig, und ich glaube, Hannahs geplanter Weggang bereitet ihm große Probleme. Dass Fabio nun zurückkommt, gibt ihm die Hoffnung, daran festzuhalten, dass die Gruppe doch noch zusammenbleibt.«

Viola trank erneut einen Schluck.

Isa runzelte die Stirn. »Es macht Spaß, dass alle so freudig gestimmt sind. Dir scheint trotzdem etwas Sorgen zu machen?«

Normalerweise war Isa nie so direkt. Viola sah ihre Freundin verwundert an. Es war kein Geheimnis, dass Fiefie auf sie stand und sie seine Avancen genossen hatte. Das hatte innerhalb der Reisegruppe jeder mitbekommen, und Isa kannte sie besser als der Rest der Gruppe. Sie hatte das Drama mit Max aus der Entfernung und die problematische Beziehung mit Farid hautnah miterlebt, und sie wusste von Violas Wunsch, eine dauerhafte Partnerschaft zu führen, in der ihr Körper, ihre Transition und ihre Vergangenheit kaum eine Rolle spielte. Viola lächelte, obwohl es ruhelos in ihrer Brust pochte. »Ich habe mich gestern entgegen meiner Bedenken auf Fiefie eingelassen und mit ihm am Strand geknutscht.«

»Wow.« Isa sah sie an. »Das ist wunderbar.« Unmittelbar danach verzog sich ihre Miene sorgenvoll. »Du bist richtig verknallt, oder?«

Viola antwortete nicht. Sie wusste, dass Isa die Antwort auf die Frage auch so kannte. Sie musste ihr lediglich ins Gesicht sehen.

Tatsächlich seufzte Isa. »Okay, das könnte zu einem Problem werden. Wir kennen Fiefie nicht gut genug.« Dann gingen ihre Mundwinkel wieder nach oben. »Darüber machen wir uns später Sorgen. Jetzt genießt du erst einmal die Zeit mit ihm, ja?«

»Weiß nicht.« Viola stieß sich vom Camper ab und nickte zu der Gruppe, die lautstark redend auf sie zumarschierte.

»Wird schon.« Tröstlich tätschelte Isa Violas Handgelenk, kurz drauf wandte sie sich strahlend um. »Na, können wir weiter?«, fragte sie.

Charlie ging einen großen Schritt auf sie zu und umarmte Isa, und Isa schien dabei kein Unwohlsein zu empfinden, sondern erwiderte die Umarmung, wie Viola erstaunt feststellte. »Schaut euch die herbstlichen Farben im Wald an«, forderte Charlie in Violas Richtung auf. Sie ließ Isa los und drehte sich zu den Bäumen.

Tatsächlich präsentierte sich ihnen eine farbliche Perfektion in Orange, Rot und Gelb. Viola nickte. »Es ist in der Tat prächtig.«

Gemeinsam blieben sie einen Moment am Camper stehen und sahen zum Wald, gleichzeitig tranken sie Wasser, und Fiefie aß zwei Äpfel nacheinander. Er nagte sie so weit ab, dass nur noch die Stiele übrigblieben.

Er sah in die in Runde. »Wenn ihr wollt, können wir weiterfahren.«

Viola starrte ihn an. Ständig war Fiefie dabei, zu essen, trotzdem war er so dünn. Zusätzlich zu den beiden Äpfeln, hatte er zuvor auf dem Beifahrersitz eine ganze Packung Knäckebrot verdrückt.

»Tauscht ihr beide?«, fragte er in Richtung Charlie und zwinkerte Viola zu.

Viola spürte, dass sich das aufdringliche Brennen in ihrem Bauch fast sofort in ein sprudelndes, aber wärmendes Wohlsein veränderte. Wenn nur sein Zwinkern das bei ihr auslösen konnte, war sie vollends verloren. Charlie ging zielstrebig zum Camper, setzte sich in die zweite Reihe und rutschte auf den mittleren Platz, der unbeliebteste Ort im Fahrzeug. Selbst das schien ihre Laune nicht zu trüben. »Was ist los?«, fragte sie laut und winkte ihnen zu. »Macht schon. Wollen wir nicht los?«

Isas Grinsen ignorierend setzte Viola sich auf den Beifahrerplatz und hoffte, dass Fiefie nicht eines ihrer tiefgründigen Gespräche fortsetzen wollte, wenn die drei hinter ihnen hockten. Fiefie lächelte ihr zu, als er das Auto startete. Und das verursachte wieder eine deutliche Veränderung in ihrem Körper. Im Magen kitzelte es, und ihre Wangen fühlten sich warm an.

*

Der Flughafen, wo Fabio am nächsten Tag landen würde, lag in der Nähe von Oulu. Sie einigten sie sich schnell darauf, einen ruhigen Platz auf der Halbinsel südlich von Oulu, nicht weit vom Flughafen entfernt, zu suchen. Der Boden war sandig, und es gab nicht viel mehr als Nadelbäume, die einen lichten Wald mit viel Sonneneinstrahlung bildeten, was ein ungewöhnlicher Anblick war. Die Wälder im Süden waren dichter, mit sehr vielen Laubbäumen.

Charlie schrieb der anderen Gruppe, wo sie waren, und zog gleich ihr Zelt von der Ladefläche. Fiefie zog sein Shirt aus und warf es über die geöffnete Tür des Campers, wahrscheinlich um es durchzulüften, anschließend machte er Dehnübungen und sprang einige Male auf und ab. Viola starrte ihn an und schüttelte den Kopf, als Isa sie verschwörerisch angrinste. Pete machte sich ebenfalls sofort daran, sein Zelt aufzubauen. Viola fühlte sich müde und erschöpft, sie hatte das dringende Bedürfnis, alleine zu sein. Fiefie verunsicherte sie mit seinen widersprüchlichen Signalen. Er flirtete zwar ständig mit ihr, machte jedoch nicht den Eindruck, als wolle er ihre nächtlichen Küsse wiederholen. Charlie war mit ihrer guten Laune auf ihre Art ebenfalls anstrengend, und Isas Verhalten störte Viola ebenfalls, denn sie schien die Sache zwischen Viola und Fiefie als etwas anzusehen, das in jedem Fall gut ausgehen würde. Nur Pete war so angenehm wie immer. Ruhig, besonnen und diskret. Kurz überlegte Viola, ob sie ihr Zelt ebenfalls aufbauen sollte, entschied sich dann dafür, sich lieber zu bewegen und zu laufen. Das würde guttun, nachdem sie über sechs Stunden in dem Camper gehockt hatte.

Zum Glück folgte ihr niemand.

Viola lief den Weg, von dem sie gekommen waren, und bemerkte, dass der Wald lichter wurde und bald kaum noch Nadelbäume zu sehen waren, stattdessen vermehrt Birken mit ihren hellen Stämmen. Kurz darauf erreichte Viola ein kleines Dorf mit vielleicht zehn Wohnhäusern und einem Golfplatz, der sie vermuten ließ, dass es hier im Sommer durchaus touristisch zugehen konnte. Das hätte sie bei der herbstlichen Einöde zuvor nicht geglaubt. Bevor Viola sich umdrehte, stellte sie sich auf die Zehenspitzen, um herauszufinden, wie weit sie vom Meer entfernt war, doch es gelang ihr nicht, das Wasser zu sehen, und sie hörte statt Wellen nur den Wind und das Rascheln des Laubs.

Zurück im Camp wurde sie von Steffi begrüßt, die ihr das Zelt in den Arm drückte und danach ihr eigenes vom Boden hob. »Scheint so, als wären alle anderen fertig«, sagte sie grinsend.

Viola erwiderte das Grinsen. »Musste mir die Beine vertreten.«

»Oh ja.« Steffi nickte. »Kann ich sehr nachvollziehen. Wenigstens war bei euch die Laune besser.«

»Gab es schon wieder Streit?« Viola legte das Zelt neben den Platz, den Steffi für sich auserkoren hatte.

»Nein.« Steffi verdrehte die Augen und winkte ab. »Frag nicht.«

Viola sah sie einen Moment an, dann erkannte sie, dass sie aus Steffi nichts herausbekommen würde.

*

Fabios Ankunft irritierte einige innerhalb der Gruppe, das konnte Viola genau erkennen. Zusammen mit Isa hielt sie sich im Hintergrund. Sie hatten sich Fabio kurz vorgestellt, waren danach schnell wieder verschwunden und saßen nun vor Isas Zelt. Während Viola den Teebeutel in ihrer Tasse drehte und die Szenerie beobachtete, probierte Isa, sich selbst in einer Solopartie des Spiels zu besiegen, das sie manchmal abends spielten. Dass Viola keine Lust auf das Würfelspiel gehabt hatte, hatte Isa nicht davon abgehalten, alleine zu spielen. Joris hielt sich ebenfalls in sicherer Distanz auf. Zuvor war er nervös auf und ab gelaufen, jetzt hockte er etwas abseits der Gruppe auf seinem Stuhl, sein verletztes Bein hochgelegt. Fabio hatte ihm nach seiner Ankunft stumm in die Augen gestarrt, bevor er sich dem Rest der Gruppe zugewandt hatte. Zwar war Fabio nach Joris' Unfall ohne zu zögern herbeigeeilt, doch die beiden Männer waren getrennt und verhielten sich entsprechend: freundlich, aber distanziert, die lauernde Vertrautheit und Nähe fortwährend über sich schwebend, die möglicherweise alles gefährdete. Das kannte Viola sehr gut. Sie hatte versucht, mit Max befreundet zu bleiben, doch mehr als ein Bekannter war er nicht geblieben. Mit Farid stand sie noch in Kontakt, aber es wurde immer seltener, dass sie sich bei ihm meldete.

Joris hatte ihr einmal von seiner innigen Freundschaft zu seiner Exfreundin erzählt und erwähnt, dass es ihn gehindert hatte, neu anzufangen. Er war für ihre Tochter eine Art Onkel gewesen und hatte sich mit ihrem neuen Partner angefreundet. Auf die Verbindung zu seiner Ex hatte er nicht verzichten können und nahm dafür in Kauf, dass er ein Teil ihrer neuen Familie wurde, ohne eine eigene Partnerschaft aufzubauen. Erst als er sich dieser Gruppe angeschlossen und damit viele Kilometer von seiner ehemaligen Partnerin entfernt hatte, hatte er neu anfangen können. Daraus war die Beziehung zu Fabio entstanden. Vielleicht war Fabio der Richtige zu der damaligen Zeit gewesen.

Die restlichen standen um Fabio herum, redeten, lachten und umarmten ihn immer wieder. Fiefie und Charlie schienen nicht zu bemerken, dass das Fabio überforderte. Viola erkannte es nach kurzer Beobachtung. Seine leicht gebeugte Körperhaltung, die Hände, die ihn vor zu viel Körperkontakt schützten, sein Lachen, das angestrengt klang, und die Antworten, die er verzögert gab, weil die anderen ihn zu viel und zu schnell bestürmten. Hannah schien es ebenfalls zu spüren. Sie brach aus der Gruppe aus und ging mit besorgtem Blick zu Joris, der einige Worte mit ihr wechselte.

Viola erkannte Entsetzen in ihrer Miene und konnte sich die übertriebene Sorge von Hannah um ihren kleinen Bruder nicht erklären. Fabio wirkte müde, erschöpft und überfordert, nicht jedoch manisch oder übertrieben gut gelaunt, was laut der Erzählung der Gruppe ein Anzeichen dafür war, dass es ihm nicht gut ging.

Schließlich wandte sich Fabio von den beiden ab und machte eine ruckartige abwehrende Handbewegung, als Charlie ihm folgen wollte. Er schüttelte den Kopf und kündigte an, alleine sein zu müssen. Viola schmunzelte, weil es ungefähr das Gleiche war, was sie am Abend zuvor empfunden hatte.

Als Fabio an ihr vorbeilief, beachtete er sie gar nicht. Alles an ihm drückte Stress und Anspannung aus. Nachdem er verschwunden war, sahen sich die Zurückgebliebenen ratlos an, und Hannah bestürmte Charlie mit Vorwürfen. Jetzt wurde Viola klar, dass Hannah keine manische Phase befürchtete, sondern überzeugt davon war, dass Fabio in einer seiner depressiven Episoden festhing, die vor seiner Therapie wohl meist kurz, aber heftig gewesen waren, weil ihn seine Manie scheinbar an den Rand der Erschöpfung gebracht hatte. Letzteres vermutete Viola nur. Sie hatte wenig mit psychischen Erkrankungen zu tun gehabt, hatte allerdings vor Psychologen wiederholt beweisen müssen, dass sie nicht krank war. Bevor viele Ärzte die Diagnose aussprachen und akzeptierten, dass das empfundene Identitätsgeschlecht nicht mit dem bei der Zeugung zugewiesene Geschlecht übereinstimmte, wollten sie Erkrankungen wie bipolare Persönlichkeitsstörungen, Depressionen und schizophrene Züge ausschließen. Somit war Viola immer wieder mit den Merkmalen psychischer Erkrankungen konfrontiert worden. Bei ihr hatte nie der Verdacht im Raum gestanden, an einer manisch-depressiven Erkrankung zu leiden. Da sie sich bei Problemen eher von der Welt zurückzog, hatte sie sich stets gegen die Spekulationen, eine Depression zu haben, wehren müssen.

Hannah hatte ihr beim gemeinsamen Beerenpflücken erklärt, wie sich die manisch-depressive Störung bei Fabio auswirkte und wie sie das ganze empfand. Sie hatte von zwei gegensätzlichen, völlig übersteigerten und extremen Stimmungspolen erzählt, von der ständigen Schwankung zwischen den Episoden, wobei bei Fabio die manischen Phasen dominierend und länger waren, die depressiven dafür intensiv. Hannah hatte Panik davor, dass Fabio sich innerhalb einer dieser Episoden etwas antun würde. Obwohl das heftig gewesen sein musste, hatte jeder gezögert, Fabio zu raten, zu einem Arzt zu gehen, statt-dessen hatten sie sämtliche Stimmungslagen versucht abzufedern, und die reichten von starker Euphorie bis hin zur abgrundtiefen Traurigkeit. Hannah misstraute den Ärzten weiterhin. Obwohl sie Fabio nach einer langen Therapie als stabil entlassen hatten, blieb in Hannah eine Ahnung bestehen, dass es Fabio weiterhin nicht besser ging. So wie er eben auf Viola gewirkt hatte, konnte sie Hannahs Bedenken ein klein wenig verstehen. Tatsächlich hatte Fabio während seiner Therapie einige fragwürdige und schwierige Entschei-dungen getroffen, darunter die Trennung von Joris und dass er nicht mehr mit der Gruppe in den Norden reisen wollte.

»Er sah total komisch aus«, beklagte sich Fiefie und schüttelte den Kopf. »Seine Dreadlocks sind weg.«

»Mein erster Gedanke war, dass er bei solch einer Entwicklung in zwei Jahren mit einem Bankberater verwechselt werden könnte«, antwortete Pete mit Erstaunen in der Stimme.

»Es war ein Fehler!«, warf Hannah Charlie erneut vor, die einen Schritt nach hinten ging und den Kopf schüttelte.

Viola fand es unerträglich, wie die Stimmung wieder ins Negative kippte, weswegen sie froh war, dass Joris seine Stimme erhob. »Vielleicht ist er ein-fach nur müde vom Flug, und ihr habt ihm keine Luft zum Atmen gelassen.« Er rappelte sich aufwändig auf und humpelte zur Gruppe. Er wirkte wütend. »Wie würdet ihr euch fühlen, wenn um euch herum sechs Personen stehen und euch ständig anfassen wollen und alle gleichzeitig mit belanglosen Fragen bestürmen?«, fügte er hinzu. Er drehte sich herum und sah sie der Reihe nach an, dann machte er weiter: »Darunter eure Schwester, die sich extreme Sorgen macht, euer Exfreund, mit dem nichts geklärt ist, und jede Menge gute Freun-de, von denen ihr genau wisst, dass sie euch als eine andere Person gekannt haben?« Erneut sah Joris die Gruppenmitglieder an, schließlich stützte er sich am Tisch ab und versuchte, eine möglichst bequeme Position zu finden, so bequem, wie es ihm mit der Wunde möglich war.

»Früher hätte ihm das mit dem Flug nichts ausgemacht«, betonte Hannah.

»Früher hat er unter einer unbehandelten Krankheit gelitten«, erwiderte Joris scharf.

»Nein, vorher, als er nicht krank war, hat er die Aufmerksamkeit genossen«, warf Charlie ein.

Hannah nickte, und für einen Moment schienen die beiden sich mal einig zu sein.

»Woher weißt du denn, ob er jemals in seinem Leben nicht krank war?«, fragte Joris mit einem Stirnrunzeln. »Was, wenn vieles von dem, was wir als seine Charaktereigenschaften eingeschätzt haben, in Wahrheit seine Krankheit war?«

»Wo fängt die Heilung an, und wo beginnt die Behandlung von Persönlichkeit, die von der Gesellschaft schlicht nicht akzeptiert wird?«, warf Fiefie ein. »Wer sagt dir, dass seine schrullige Art eine Krankheit ist?«

Viola stand auf. Im Gegensatz zu ihr war Isa in das Spiel vertieft und schien von der Diskussion nicht viel mitzubekommen, doch sie konnte es nicht mehr aushalten, der Szene nur als passive Zuschauerin beizuwohnen. »Sobald ein Mensch leidet, hat er eine Behandlung verdient«, sagte sie zu Fiefie.

Er runzelte die Stirn. »Leiden wir nicht alle manchmal? Gehört Leid nicht zum Leben dazu? Warum muss das behandelt werden? Die Therapie macht ihn zu einem anderen Menschen.«

Viola stockte. Sie starrte ihn an und spürte, wie ihre Zunge taub wurde. »Er wollte die Therapie. Er ist freiwillig in die Klinik, mit dem Wunsch, behandelt zu werden, oder? Ist das nicht Grund genug, es zu akzeptieren?«

»Du kanntest ihn nicht«, erwiderte Fiefie. »Er war früher ein fröhlicher Mensch, und in meinen Augen war er ein toller Mensch. Ich konnte alles an ihm akzeptieren.«

Steffi schien zu ahnen, was in Viola vor sich ging. Sie legte eine Hand auf Fiefies Schulter und schüttelte den Kopf. »Lass es sein.«

»Warum?« Fiefie wandte sich um. »Fabio ist einer meiner ältesten Freunde, und ich kenne ihn ewig. Jetzt erscheint er mir wie ein Fremder.«

»Du kennst ihn vielleicht sehr lange, aber doch nur in einem Zustand, der nicht sein wahres Ich gezeigt hat«, betonte Viola sauer.

Für einen kurzen Moment war Fiefie stumm. Er schien darüber nachzudenken, dann schüttelte er vehement den Kopf. Noch schien er nicht akzeptieren zu können. »Wer sagt mir denn, dass so eine gravierende Therapie richtig war?«

»Genau so ein Gerede erwartet mich, wenn ich nach Hause komme«, stieß Viola aus. Sie hatte den Drang niederkämpfen wollen, das auf sich zu beziehen, aber die Tatsache, dass das blöde Gerede ausgerechnet von Fiefie kam, ließ sie scheitern. Sie spürte, wie etwas in ihr zerbrach.

Fiefie runzelte die Stirn und machte den Eindruck, nicht zu wissen, von was sie redete. Isa schien nun ebenfalls mitbekommen zu haben, dass etwas nicht stimme. Sie stand auf und trat neben Viola. Sie sah fragend in die Runde und legte eine Hand auf Violas Schulter, was Fiefie und Steffi, die weiterhin neben Fiefie stand und seine Schulter hielt, spiegelte. Viola ertrug das Gestarre der Gruppe nicht. Sie ertrug Fiefies Unverständnis nicht. Das am wenigsten. Sie schüttelte den Kopf, drehte sich um und verließ das Camp, womit sie eher Fabios Verhalten spiegelte.

*

Eigentlich hatte Viola nicht vor, lange herumzuwandern. Sie wollte lediglich ihre Gedanken sortieren und schnellstmöglich zurückkommen. Sie hatte an dem Tag bisher nur ihren Morgenkaffee getrunken, dementsprechend laut knurrte ihr Magen. Wie sie mit Fiefie umgehen sollte, wusste sie nicht. Sie glaubte nicht, dass er sich bewusst war, wie persönlich sie seine Haltung genommen hatte, und sie dachte auch nicht, dass er es als Kritik gemeint hatte – trotzdem irritiert sie sein Gerede sehr. Und sie fragte sich außerdem, ob jemand mit solch einer Meinung ein guter Umgang für Fabio war, der laut Hannah seit seiner Jugend mehrere gute Phasen ohne Krankheitssymptome erlebt hatte und immer wieder mit irgendwelchen Medikamenten experimentiert und sie zu schnell abgesetzt hatte, was dann zu heftigen Episoden geführt hatte. Sein Drogenkonsum konnte vor allem eines gewesen sein: Der verzweifelte Versuch, sich selbst zu therapieren.

Was, wenn Fiefie tatsächlich so unsensibel war, wie er behauptet hatte, und was, wenn er für sie ebenfalls ein schlechter Umgang war? Was, wenn sich ihre Annäherung als eine Illusion herausstellte? Noch würde sie darüber hinwegkommen, da war sie sich sicher, aber es würde sie zurückwerfen, und sie würde den Optimismus, den sie nach der Trennung von Farid so mühsam zusammengesammelt hatte, sofort verlieren.

Plötzlich hörte sie ein Rascheln, und sie drehte sich ruckartig um. Sie musste sich mehrmals die Augen reiben, denn zehn Meter vor ihr stand ein weißer Riese, ein Elch mit hellem Fell. Es musste ein Weibchen sein, das Tier hatte kein Geweih. Die Sichtung eines Elchs war in Finnland nicht außergewöhnlich, doch einem mit so einer Fellfarbe über den Weg zu laufen, war was ganz Besonderes.

Sie war so fasziniert, dass sie entschied, der Riesin mit ausreichendem Sicherheitsabstand zu folgen, die seelenruhig und unbeeindruckt von dem Treffen mit ihr durch den Wald streifte. Manchmal blieb sie stehen, ihre Ohren wackelten, und sie legte den Kopf schief, als würde sie lauschen. Einmal sah sie Viola mit erstauntem Blick an, als hätte sie Violas Anwesenheit erst jetzt bemerkt. War das Tier eines der seltenen Vertreter unter den Elchen mit Albinismus? Oder hatte es nur helles Fell? Die Augen sprachen klar gegen den Gendefekt, da sie dunkler waren, als Viola erwartet hatte.

Das Weibchen schien sich nicht von Viola gestört zu fühlen, sie wanderte weiter, blieb erneut stehen und hob den Kopf, und Viola sah, wie die Elchkuh angespannt lauschte. Anscheinend falscher Alarm, denn das Tier trottete in die eingeschlagene Richtung, nun so schnell, dass Viola ihr nicht mehr folgen konnte und sie schon rasch verlor.

Erst nachdem das Tier aus ihrem Blick verschwunden war, erkannte Viola, dass sie vergessen hatte, ein Foto zu machen. Als sie die Hand in ihre Hosentasche schob, wurde ihr zudem bewusst, dass sie ihr Handy in ihrem Zelt liegen gelassen haben musste. Früher hatte sie sich nicht ausmalen können, weit weg von ihrem Smartphone zu sein. Selbst während ihrer Reise mit Isa hatte sie es immer griffbereit für Fotos und Nachrichten an ihre Verwandten in der Hosentasche stecken gehabt. Seit sie in Skandinavien war, fiel ihr auf, dass sie es manchmal irgendwo vergaß oder nicht daran dachte, es zu laden oder anzuschalten. Ein Effekt, den sie den anderen zurechnete. Bei allem, was man der Gruppe vorwerfen konnte, die Sucht nach elektronischen Geräten war nicht dabei.

Viola machte sich auf den Heimweg, doch sie wurde erneut überrascht. Ein plötzlicher starker Regenschauer erschwerte den Rückweg. Die sandige Erde unter ihren Schuhen verwandelte sich in braunen Matsch, und es bildeten sich riesige Pfützen und Rinnsale, die sich ebenso wie sie durch den Boden kämpften. Bald kam kalter, piksender Hagel hinzu, und Viola versuchte, sich mit ihrer Kapuze zu schützen, indem sie sie tief ins Gesicht zog. Es half nichts, weiterlaufen war sinnlos. Sie musste sich Schutz suchen und den Schauer mit dem Rücken zum Wind abwarten. Eine fürchterliche Vorstellung. Die Klamotten klebten ihr bereits unangenehm auf der Haut, und sie begann, den Ausflug zu bereuen. Dann fiel ihr die Begegnung mit der weißen Elchkuh wieder ein, und sie schüttelte den Kopf, um sich selbst davon zu überzeugen, dass sie das niemals bereuen wollte, auch wenn das Wetter schwer aushaltbar war.

Auf einmal trat eine Gestalt vor sie, die sie erst nach einigen Sekunden als Fabio identifizierte, der so dick eingepackt war, dass sie lediglich Teile seiner Nasen- und Stirnpartie sehen konnte. Er schrie ihr etwas zu, aber sie konnte ihn nicht verstehen. Der strömende Regen schluckte jedes Geräusch. Verzweifelt schüttelte sie den Kopf.

Fabio winkte ihr, und Viola eilte ihm hinterher, mit zusammengebissenen Lippen die Hagelkörner auf ihrer Haut ignorierend, und stieg mit seiner Hilfe über einen Zaun. Als Fabio sie zu einer Hütte mit einem breiten Vordach führte, erkannte sie den Golfplatz wieder, an dem sie am Tag zuvor vorbeigelaufen war.

»Ich habe mich verlaufen«, sagte Fabio und grinste. Hier unter dem Dach konnte sie ihn weiterhin schlecht hören, doch es half, dass er den Pullover nach unten zog und sie seine Lippen sehen konnte.

»Wir sind nah am Camp«, sagte Viola und schüttelte ihre Arme aus. Ganze Bäche flossen von ihr herab, und unter ihr bildete sich eine riesige Pfütze. »Ich wollte gerade zurück, als ich plötzlich eine weiße Elchkuh gesehen habe und ihr gefolgt bin.«

»Ich habe sie auch gesehen«, sagte Fabio. »Da ist mir endlich bewusst geworden, wieso ich Skandinavien so liebe und wie sehr ich es vermisst habe.«

Das konnte Viola nachvollziehen. Ihr gingen viele Fragen im Kopf herum, aber sie glaubte nicht, dass sie dafür geeignet waren, sie gerade in dem Augenblick zu stellen, wo sie zwar Unterschlupf gefunden hatten, der es ihnen jedoch nicht ermöglichte, warm und trocken zu werden, und wo sie sich weiterhin nur schlecht verständigen konnten. Deswegen nickte sie lediglich.

Fabio grinste und schüttelte den Kopf.

»Was ist?«, fragte Viola.

»Ich bin schon mal in einem Sturm herumgeirrt. Damals hat Alex mich gefunden, ein Freund, der ...«

»Ich weiß, wer Alex ist«, unterbrach Viola. Es war mühsam, Fabio zuzuhören. Das laute Prasseln des Regens machte es ihr schwer, ihn zu verstehen, auch wenn sie das Gefühl hatte, dass zumindest keine Hagelkörner mehr auf das Dach des Unterstandes knallten.

»Damals wurde mir klar, dass mein Leben so nicht mehr weitergeht. Dass ich etwas tun muss. Und dass ich es nicht nur mir, sondern genauso Hannah und Joris schuldig bin. Und den anderen.« Er sah nachdenklich in den Regen. Ein Nebel zog auf und schränkte die Sicht ein. Viola war dankbar, dass sie nicht alleine war. Obwohl sie Fabio nicht kannte, drückte sie sich enger an ihn und suchte Wärme und Trost bei ihm. Er sah nachdenklich aus, die Stirn zusammengekniffen, die Lippen zu einem seltsam verträumten Lächeln verzogen. »Was denkst du jetzt?«, fragte Viola.

»Was?« Fabio sah sie irritiert an.

Viola hatte vergessen, ihre Stimme zu heben. »Worüber denkst du gerade nach?«, schrie sie.

Fabio lächelte und nickte. Dann schob er seine Hand über ihren Ellenbogen und hakte sich bei ihr ein. »Nichts, nur dass es schöner ist, nicht alleine zu sein.«

Viola erwiderte sein Lächeln und nickte. »Ja«, sagte sie. Und obwohl sie nicht laut gesprochen hatte, hörte Fabio sie, das konnte sie aus seinem friedlichen Blick herauslesen. Sie drückte sich noch enger an ihn und lachte. »Meinst du, die Elchkuh hat auch Unterschlupf gefunden?« Sie sah Fabio an.

»Sie ist dem Sturm einfach davongelaufen. Elche sind wahnsinnig schnell. Schneller als wir«, antwortete Fabio.

Der Regen nahm ab, und es fiel ihnen leichter, miteinander zu sprechen. Fabio erzählte ihr von dem Flug und wie komisch es gewesen war, am Flughafen Joris und Hannah wiederzusehen. Wie leid es ihm tat, dass Joris schon wieder verletzt war und es für ihn eine riesige Belastung war, Hannahs sorgenvollen Blick auf sich zu spüren. Viola stimmte ihm zu und berichtete von den Gesprächen, die sie mit Hannah geführt hatte, allerdings ohne ins Detail zu gehen. Sie wollte Hannahs Vertrauen auf keinen Fall missbrauchen. Fabio erwähnte, wie abhängig er von seiner Schwester gewesen war, und wie sehr er sie in den Jahren als Anker missbraucht hatte. Dass er vorhatte, selbstständiger zu werden. Er sagte nichts über ihre Vergangenheit, die Hannah Viola gegenüber angedeutet hatte. Es schien, als wäre das, was passiert war, nicht mehr wichtig. Wichtig war ihnen jetzt nur noch, das Trauma ihrer Kindheit zu überwinden.

Während er so redete, bekam Viola den Eindruck, einen vernünftigen, abgeklärten, jungen Mann vor sich zu haben. Doch psychische Erkrankungen konnten tückisch sein. Manchmal waren sie nicht gleich ersichtlich, gärten im Hintergrund. Sie hoffte trotzdem, dass es Fabio so gut ging, wie er Charlie gegenüber am Telefon immer wieder erwähnt hatte.

»Ich hätte gerne erst einmal nur mit Hannah gesprochen. Und mich in Ruhe mit Joris unterhalten. Stattdessen sind alle auf mich zugestürzt. Früher hätte ich es genossen, im Mittelpunkt zu stehen. Jetzt war es mir einfach zu viel. Deswegen bin ich abgehauen.« Er grinste.

»Ich konnte es dir ansehen«, bestätigte Viola. Sie erzählte ihm, dass die anderen schon seit Tagen kein anderes Thema mehr kannten, als dass er endlich wieder da sein würde. »Ich habe Hunger«, klagte sie schließlich mit Blick auf den nebelverhangenen, dichten Regen. Sie hatten nur wenige Meter Aussicht, danach baute sich eine weiße Wand auf.

Fabio suchte seine Jacke ab und reichte ihr einen Müsliriegel. »Habe ich im Flugzeug bekommen«, sagte er. »Ich war so nervös und konnte nichts essen.«

Viola öffnete das Papier und grinste, als ein Schwall Wasser aus der Lasche tropfte, wo die Folie von Maschinen geschlossen worden war. Sie teilte den Riegel und gab Fabio die kleinere Hälfte.

»So war das früher schon. Ich habe immer nur das Ministück bekommen, das übrig blieb, nachdem Hannah und unser älterer Bruder sich das Beste rausgenommen haben«, sagte Fabio und biss amüsiert in seine Hälfte.

»Bei mir war es ebenfalls so. Mein Bruder hat immer das größere Stück erhalten. Immer!«, betonte Viola. Sie schüttelte schmunzelnd den Kopf. »Ich war auch die Jüngere, hab allerdings doppelt so viele Probleme gemacht« fügte sie hinzu und zitierte damit ihre Mutter.

»Mach dir nichts draus. Ich bin ebenso das Sorgenkind der Familie.« Fabios Stirn war gerunzelt. »Vielleicht liegt es an der Geburtsreihenfolge?«

Viola zögerte. Dann nickte sie lachend. »Ja, das ist es wahrscheinlich.«

Sobald die Sonne den Nebel vertrieben und der Platzregen sich in einen Nieselregen verwandelt hatte, liefen sie los. Fröstelnd und hungrig sehnte Viola sich in erster Linie nach einem riesigen Handtuch und einer großen Portion wärmenden Eintopfs.

Der Rest war so glücklich, sie wieder wohlbehalten bei sich zu haben, dass sie ihnen kommentarlos ihre Handtücher gaben und sie aufforderten, sich im Wohnmobil aufzuhalten, bis sie trocken waren. Hannah summte, während sie Linsensuppe und Tofuwürstchen zubereitete. Ihr schien es, nun, da ihr Bruder hier war, etwas besser zu gehen. Vielleicht, weil Fabio einen guten Eindruck machte, obwohl er vorher stundenlang verschwunden gewesen war. Charlie kochte ihnen Tee und stellte ihnen jeweils eine dampfende Tasse vor die Nase. Sie war freundlich zu Hannah und hielt sich zurück, als ob sie Fabios Flucht gebraucht hätte. Sofort rieb Viola ihre kühlen Finger über das heiße Porzellan und spürte, wie sie sich langsam wohler in ihrer Haut fühlte. Sie trocknete ihre Haare und zog den kuscheligen Pullover an, den Steffi ihr lieh und der nach Vanille roch. Als Hannah mit der Suppe fertig war, begann sie hastig zu essen. Auch Fabio schien seine Appetitlosigkeit überwunden zu haben und schlug zu. Alle anderen lauschten, als sie abwechselnd von der weißen Elchkuh erzählten. Sie forderten Nachschlag, und Viola spürte, dass es in ihr warm wurde und sich Wohlbefinden ausbreitete. Das Einzige, was ihr Sorgen bereitete, war die Abwesenheit von Joris und Fiefie. Joris war vermutlich enttäuscht von dem etwas schiefgelaufenen Wiedertreffen mit Fabio. Doch was war mit Fiefie? Viola räusperte sich und nippte an dem Blaubeertee, den Charlie zur Feier des Tages gesüßt hatte. Es schmeckte nach Kindheit und nach dem Tee, den ihre Mutter ihr gekocht hatte, wenn sie krank war. Es half Viola, den harten Knoten in ihrem Magen zu ignorieren, der sich dort gebildet hatte, sobald ihr bewusst wurde, dass alle hier waren, aber Fiefie sich wohl weder Sorgen um sie gemacht hatte, noch sich über ihre Rückkehr freute.

*

Natürlich wollten die restlichen die weiße Elchkuh liebend gerne ebenfalls sehen, doch obwohl Viola in den nächsten Tagen mehrmals an der Stelle Ausschau hielt, wo sie das elegante Tier gesehen hatte, blieb es verschwunden. Fabio war oft dabei, was ihr die Gelegenheit gab, ihn näher kennenzulernen und die Beziehung der anderen zu Fabio zu ergründen, weil sich einzelne Personen anschlossen. Charlie und Fabio schien eine tiefe, vertrauensvolle Freundschaft zu verbinden. Hannahs Umgang mit ihrem kleinen Bruder war kompliziert, sie tat sich besonders schwer, nicht in ihre alte Rolle zu rutschen und sich zu kümmern und zu sorgen. Pete hingegen wirkte wie eine ruhige Instanz auf Fabio, den dieser immer gerne zu Rate zog und zu dem er aufschaute – kurios war, dass Pete das Gleiche in Fabio zu sehen schien. Der Umgang zwischen Steffi und Fabio war unkompliziert, herzlich, aber scheinbar weniger tiefgründig. Sie scherzten gerne miteinander und wirkten vertraut und innig.

Natürlich hätte Viola auch interessiert, wie sich Joris und Fabio zueinander verhielten, doch wegen seines Beines konnte Joris nicht mitkommen und war dazu verdammt, im Camp zu bleiben.

Neben Joris blieb auch Fiefie zurück. Es schmerzte Viola, weil sie wegen des Wortgefechts scheinbar an den Anfang katapultiert worden waren, in die Situation, in der sie sich noch in Norwegen befunden hatten. Fiefie starrte sie misstrauisch an, Viola war überfordert und wusste nicht, wie sie sich verhalten sollte.

Da Fabio mit seinem Geld die gemeinsame Kasse gefüllt hatte, konnten sie es sich leisten, einkaufen zu gehen. Das Wichtigste, was sie besorgten, waren die Medikamente und Verbandsmaterial für Joris, der bisher sparsam mit dem umgegangen war, was die Ärztin ihm mitgegeben hatte.

Das erste Mal, seit sich Viola und Isa der Gruppe angeschlossen hatten, gingen sie ganz normal einkaufen – normal natürlich in Anführungszeichen, denn außer der Tatsache, dass sie ihre Lebensmittel bezahlten und nicht in Containern suchten, war nichts normal. Sie wurden angestarrt, als Charlie den langen Gang auf dem Einkaufswagen hängend entlangfuhr und Steffi und Isa heftig darüber diskutierten, ob Produkte mit Honig vegan waren. Hannah versuchte, sie im Zaum zu halten, gab dann irgendwann auf. Sie packten den Einkaufswagen voll, und Viola genoss es, die Auswahl zu haben und nicht dazu gezwungen zu sein, das zu nehmen, was im Container gelandet war.

Als sie an der Kasse standen, wurden Viola die Blicke der anderen Leute etwas unangenehm, doch sie konnte es verstehen. Ihre Mutter hätte die Nase über eine laut lachende Horde von Mädels mit Tattoos und bunten Haaren genauso gerümpft. Während Charlie und Steffi hastig alles wieder in den Wagen packten und Hannah den Geldbeutel zückte, gingen Viola und Isa bereits mit einem Kasten Wasser nach draußen. Viola atmete tief ein, danach grinste sie. »Die können schon anstrengend sein.«

Isa hob schmunzelnd die Schultern. »Ich bin trotzdem froh, ein Teil davon zu sein. Hattest du jemals mehrere Freunde gleichzeitig und warst mit ihnen unterwegs?«

Darüber musste Viola nicht nachdenken, bevor sie antwortete. »Nein. Klar, bin mit ein paar Kommilitonen unterwegs gewesen, doch echte Freunde in dem Umfang hatte ich nie. Farid hatte einen großen Freundeskreis, aber das waren seine Freunde, und es war immer klar, dass sie das bleiben würden. Ich bin froh, dass ich dich im Studium bei mir hatte.« Viola lächelte Isa an.

Isa schien in Gedanken versunken zu sein. Sie reagierte nicht.

»Bist du okay?«, fragte Viola.

»Hast du dir mal überlegt, dass das hier bald zu Ende ist und wir sie nie wieder sehen?«, meinte Isa nachdenklich.

Viola nickte. »Ja, aber das kann ich mir nicht vorstellen. Ich will unbedingt mit ihnen in Kontakt bleiben.« Sie seufzte und rieb sich über die Stirn. »Ob es sich zu Hause so intensiv anfühlt wie jetzt?«

»Glaub nicht. Die sind über ganz Deutschland verstreut und wir wohnen ebenfalls weiter auseinander.« Isa hörte sich zweifelnd an.

»Ja.« Viola dachte an Fiefie und wie ungewöhnlich es ihm erschienen war, mit Alex in Kontakt zu bleiben, obwohl dieser aus nachvollziehbarem Grund nicht mitgefahren war, und wie distanziert die beiden deswegen im Umgang miteinander waren. Schließlich kamen Charlie, Steffi und Hannah aus dem Laden, und sie halfen mit, die Lebensmittel in Kisten zu sortieren. Der Camper war eine Art Lagerraum, wo sie alles aufbewahrten, was nicht in individuellem Besitz war. Nun war er bis oben hin gefüllt.

Charlie brachte den Einkaufswagen zurück und versuchte erneut, darauf zu fahren. Eine Mutter zog ihre Tochter weg, vermutlich, weil sie nicht wollte, dass ihr Kind die akrobatischen Übungen sah.

»Manchmal erstaunlich, wie sehr eine erwachsene Frau ihr inneres Kind am Leben erhalten konnte«, murmelte Steffi.

»Und das, obwohl sie früh viele schlimme Dinge erlebt hat«, betonte Hannah.

»Vielleicht ist genau das der Grund«, meinte Viola und dachte daran, als Charlie den frühen Selbstmord ihrer Mutter während eines Gesprächs am Lagerfeuer erwähnt hatte und wie sehr das Charlie und ihre Schwester nachhaltig geprägt hatte.

»Und ohne das wäre sie möglicherweise keine Kinderbuchautorin«, fügte Isa hinzu.

»Ich habe es geschafft«, brüllte Charlie über den Parkplatz und jubelte über ihren Erfolg.

Viola lächelte – und grübelte über das, was Isa gesagt hatte.

*

Viola steckte den Kopf in das Wohnmobil. »Wie geht es deinem Bein?«, fragte sie Joris, der sich oft hier aufhielt. Er hockte auf der Bank und hatte einen Laptop vor sich aufgebaut. Da er Programmierer war und für ein kleines Unternehmen arbeitete, das ihm viel Flexibilität erlaubte, war es ihm freigestellt, wann und wie viel er arbeitete. Sein Deal war gewesen, dass er weniger arbeitete als die anderen, dafür aber auch weniger Gehalt bekam. Früher hatte er fast alles der Karriere untergeordnet, nun war er froh, über die Freiheit zu verfügen, ausgiebig zu reisen, wie er Viola mal erzählt hatte. Zunächst reagierte Joris nicht, als Viola ihn ansprach. Sie klopfte mit dem Zeigefinger auf den Holztisch, da hob er erschrocken den Kopf. Erst jetzt wurde Viola sich bewusst, dass er Musik hörte. Als er seine Kopfhörer aus den Ohren zog, erklangen eine schrille E-Gitarre und das laute Hämmern eines Schlagzeugs. Viola hob die Augenbrauen, weil sie sich nicht vorstellen konnte, dass man bei solchen Klängen sonderlich gut programmieren konnte. Ihr zumindest würde es schwerfallen, sich zu konzentrieren.

Joris machte die Musik aus und sah sie erwartungsvoll an.

»Wie geht es deinem Bein?«, wiederholte Viola, nahm sich ein Glas aus dem Schrank über der Spüle und schenkte sich von dem Mineralwasser ein, das Joris neben dem Laptop stehen hatte. Es war in einer Karaffe mit Beeren gemischt worden und sah sehr lecker aus.

»Geht so«, murmelte Joris. Er sah zu dem Bein, das er auf der Sitzbank abgelegt hatte. Er hob die Schultern.

»Und wie geht es dem Rest von dir?«

Joris seufzte und schob den Laptop zur Seite.

Viola trank von dem Wasser und genoss den fruchtig-frischen Geschmack. Sie betrachtete Joris, der sich kaum noch draußen aufhielt und fast nichts mehr mit den anderen zu tun hatte. Es lag nicht nur an seinem Bein, das spürte sie.

»Wie geht es dir?«, erkundigte Joris sich.

Langsam beugte Viola sich vor. Sie sah zum Fenster hinaus. Draußen spielten Charlie, Isa und Fabio wie so oft Isas Lieblingsspiel. »Geht so.« Viola grinste, nicht, weil die Antwort besonders lustig war, sondern weil Joris bei der bewussten Wiederholung schmunzelte.

Dann wurde Joris ernster, und er sah ebenso zum Fenster hinaus. »Ich hätte nie gedacht, dass es mir besser gehen würde, wenn er zu Hause ist und ich ihn nicht sehen muss. Ihn so zu sehen … Es ist eine komische Situation«, murmelte er.

»Hast du dir erhofft, alles wird wie vorher?« Viola sah Joris nachdenklich an.

Joris hob die Schultern. »Vielleicht. Ich frag mich immer noch, was eigentlich passiert ist. Wir lieben uns, und soweit mir bewusst ist, hatten wir nie Probleme miteinander. Keine ernsthaften zumindest. Trotzdem war seine Entscheidung für eine Therapie die Entscheidung gegen mich.«

»Warum hast du ihn das nie gefragt?«, hakte Viola irritiert nach. »Warum er sich getrennt hat?«

»Er ist überzeugt, ich könnte die Veränderung nicht ertragen. Hätte mich in den chaotischen, manischen und überschäumenden Typen verliebt und wüsste nun nichts mit ihm anzufangen und könnte die Nebenwirkungen nicht ertragen, die seine Medikamente mit sich bringen.« Joris runzelte die Stirn. Als er weiterredete, war seine Stimme leise, flüsternd. »Die Wahrheit ist, dass ich sein früheres Ich manchmal unerträglich fand und ihn dafür bewundere, dass er das durchzieht und so tapfer ist.«

Viola konnte nicht verbergen, dass sie zusammenzuckte. Es erinnerte sie an ihre letzte Beziehung. »Du solltest ihm das sagen. Genauso wie du das eben mir erläutert hast«, meinte sie leise.

Joris betrachtete sie, als ob er genau spüren würde, dass sie in Gedanken bei Farid und sich selbst war, statt bei ihm und Fabio. »So direkt habe ich das ihm nie gegenüber erwähnt«, gab er nach einem Moment zu. Auf die Tischplatte starrend, versuchte Viola, die Überlegungen über ihren Exfreund zu verdrängen. Sie konnte Fabios Entscheidung nachvollziehen, es jedoch nicht in Worte fassen, um es Joris begreiflich zu machen. »Und du?« Joris lehnte sich vor und legte seine Hand neben ihre, ohne sie zu berühren. »Dir geht es ebenfalls eher mittelmäßig?«

Viola schüttelte den Kopf. »Wo ist Fiefie?«, frage sie leise.

»Ich glaube, er wollte angeln gehen.«

Joris strich mit dem Daumen über ihre Handoberfläche. »Ihr hattet Streit, aber es war ein dummer Streit. Das bekommt ihr sicherlich hin, oder?«

»Er verwirrt mich. Er überfordert mich. Er gibt mir widersprüchliche Signale. Ich wollte diese Reise für mich machen und denke doch ständig über ihn nach.«

Joris sah sie ernst an. »Fiefie hat ebenfalls Päckchen zu tragen, und wie nahezu alle von uns verwirrt er sich in erster Linie selbst. Ich hoffe, du nimmst das nicht persönlich. Ich weiß, dass er dich tatsächlich sehr, sehr gerne hat und noch nie für jemanden so empfunden hat wie für dich. Zumindest nicht, seit ich ihn kenne.«

»Seit wann kennst du ihn?«, fragte Viola.

»Seit zwei Jahren.« Joris beugte sich weiter vor. »Ich kann trotzdem einschätzen, dass du ihm viel bedeutest.«

Viola verdrehte die Augen. »Und warum zeigt er mir das nicht?«

»Tut er doch. Du musst hinschauen«, erwiderte Joris. Er hob die Schultern. »Auf seine Art. Er ist da ein wenig eigen.«

Viola biss sich auf die Lippe. Sie sah erneut nach draußen und musste grinsen, als sie aus Isas Freudentanz interpretierte, dass ihre Freundin das Spiel gewonnen hatte. Mal wieder. Und so erstaunt wie Charlie und Fabio aussahen, wohl mit großem Vorsprung.

*

Weil Charlie so viel Werbung machte, schloss sich Viola an, als die Mehrheit von ihnen zu den Stromschnellen von Koitelinkoski fuhr, um zu wandern und den Tag an einem der Grillplätze ausklingen zu lassen. Charlie wendete viel Energie auf, dass sich am Ende alle außer Fabio und Joris dazu entschlossen, mitzukommen, was in ihr den Verdacht aufkommen ließ, dass Charlie den im Camp bleibenden Männern Zeit für eine Aussprache geben wollte. Die zwei waren die Einzigen, die sie nicht vehement überredete. Viola fand das gut und kam deswegen umso lieber mit, besonders, weil auch Fiefie sich überreden ließ.

Sie wurde belohnt mit einem tollen Tag an einem der imposantesten Fleckchen der Erde – auch wenn Viola, die nie weiter als bis nach Europa gekommen war, sich deswegen gar kein Urteil erlauben durfte. Gesäumt von Felsen, Kiefern und Steinen rauschte der breite Fluss Koitenlinjoki durch die Landschaft. An den Ufern erstreckten sich Brücken, Wanderwege und massive Felsbrocken, die sich teils wie natürliche Brücken über den Fluss spannten. Es gab so viele Grillplätze und Gelegenheit für Fiefie zu angeln, dass es ihnen schwerfiel, sich zu entscheiden, wo sie zu Abend essen wollten.

Nachdem sie endlich einen Ort zum Verweilen auserkoren hatten, setzte Viola sich in Fiefies Nähe und beobachtete seine Vorbereitungen zum Angeln. Vielleicht sollte sie die Gelegenheit nutzen und mit ihm sprechen, wenn Joris und Fabio sich jetzt ebenfalls aussprachen – oder von Charlie ein Gespräch aufgedrückt bekamen.

Scheinbar spürte Fiefie, dass er beobachtet wurde. Er kam auf sie zu und runzelte die Stirn. »Alles in Ordnung?«

»Ich genieße es einfach … die Natur hier«, erwiderte Viola.

»Die Taiga ist etwas wirklich Besonderes, gerade zur jetzigen Jahreszeit«, gab Fiefie ihr recht.

Viola blinzelte.

Fiefie grinste. »Die Taiga ist eine spezielle Art von Nadelwald, die es nur im hohen Norden gibt, ein dichter, undurchdringlicher, oft sumpfiger Wald. Schau dir die goldverfärbten Lärchen und das rote Heidekraut an.« Er zeigte an Viola vorbei. Viola musste sich nicht umdrehen, denn genau dieses Bild präsentierte sich am gegenüberliegenden Ufer hinter Fiefie ebenfalls. Sie konnte in der Entfernung Isa und Charlie erkennen, die über Hängebrücken zu den größeren Inseln mitten im Fluss liefen. Pete und Steffi hatten es gewagt, sich trotz der kälteren Temperaturen auszuziehen und befanden sich im Wasser. Viola kniff die Augen zusammen und riss sie erstaunt auf, als sie erkannte, dass das Liebespaar ganz schön intim miteinander zu sein schien, obwohl Charlie und Isa sich gar nicht weit entfernt aufhielten.

»Und du krönst den Ausblick in die Natur für mich. So zufrieden, wie du auf deinem Felsen sitzt«, fügte Fiefie hinzu.

Violas Aufmerksamkeit wurde damit sofort zurück auf Fiefie gelenkt. Sie sah ihn verwundert an, weil er sie angrinste und zuzwinkerte. Leider wandte Fiefie sich ab, ohne weiter mit ihr zu sprechen, obwohl es sich um einen Flirtversuch gehandelt haben musste. Viola zog die Füße auf den Felsen und umschlang ihre Beine mit den Armen. Sie betrachtete ihn dennoch und musste über sich selbst grinsen. Ihr Herz schlug ihr bis zum Hals, und ihre Wangen fühlten sich heiß an. Alles nur, weil Fiefie einen seiner Sprüche losgelassen hatte. Dass sie sich immer wieder so von ihm beeindrucken ließ, erstaunte sie mehr als alles andere, was sie an diesem Tag zu Gesicht bekommen hatte, und dazu zählte die wunderschöne Natur und … der Sex von Pete und Steffi im eiskalten Wasser.

Sie wurde von ihrer Grübelei über ihre Emotionen zu Fiefie unterbrochen, als Hannah zu ihr kam. Sie hatte eine riesige Schüssel bei sich, in der sich Zutaten für einen Teig befanden. »Ich mache Stockbrot. Hilfst du mir?«, fragte sie.

Viola nickte und goss nach Hannahs Anweisungen lauwarmes Wasser hinzu, während diese den zähen Teig mit den Händen knetete. Es roch angenehm nach Kümmel und Knoblauch, was Viola das Knurren im Magen deutlich spüren ließ.

»Das letzte Mal, als ich Stockbrot gegessen habe, war ich in der Grundschule«, erinnerte Viola sich. »Wir hatten Projektwoche. Und ich meine, mich zu erinnern, dass unsere Lehrerin den Teig mit einem Rührgerät vorbereitet hat.« Sie musterte die kräftigen Bewegungen von Hannah.

Grinsend hielt Hannah inne. Sie versuchte, mit dem Handrücken die Haare aus dem Sichtfeld zu streichen, weil ihre Finger voller Teig waren. »Das machen wir ohne Gerät. Wir sind ja Hippies.«

»Das ist die Hauptdefinition von Hippies«, rief Fiefie vom Ufer zu ihnen. Er betrachtete sie amüsiert. »Teig mit der puren Körperkraft kneten.«

»Ach, halt die Klappe«, meinte Hannah grinsend. »Sonst wirst du zum Helfen verdonnert.«

Fiefie machte eine hektische Bewegung und drehte sich zu seiner Angel um.

»Mehr Wasser«, bat Hannah atemlos.

Eifrig kippte Viola einen Schluck in die Schüssel – sie war sich bewusst, dass sie den leichteren Teil der Arbeit übernommen hatte, und wollte ihn umso gewissenhafter erledigen. Gleichzeitig schweiften ihre Gedanken ab, ihr war aufgefallen, dass Fiefie und Hannah seit ein paar Tagen etwas lockerer miteinander umgegangen waren.

»Ich hoffe, dass Joris und Fabio die Chance zur Aussprache nutzen«, sagte Hannah.

»Ja, sehe ich genauso«, antwortete Viola. »Ich habe mit Joris gesprochen, die Situation ist nicht einfach für ihn.«

»Ich habe von Anfang an gesagt, dass es keine gute Idee war, ihn herzuholen.« Hannah sah in die Richtung, wo sie Charlie vermutete, doch von Charlie und Isa war nichts mehr zu sehen. Sie schienen ihre Zeit bis zum Essen auf einer der Inseln zu vertreiben.

Viola kippte erneut Wasser hinzu, als Hannah ungeduldig winkte.

»Wenn Steffi dafür zuständig ist, die Leute im wertvollen Sinne zu beraten, berät Charlie sie ständig dazu, sich ins Chaos zu stürzen, habe ich den Eindruck«, fügte Hannah hinzu. »Und ich muss danach immer aufpassen, dass nichts auseinanderfällt und …« Sie brach ab, als Viola ihr die Hand auf die Schulter legte.

»Nein«, sagte sie ernst und sah Hannah streng in die Augen. »Nein, musst du nicht. Wir alle sind erwachsen. Und dein Bruder ist es ebenfalls schon seit vielen Jahren.«

»Das sagt sich so leicht, aber wenn ich nicht gewesen wäre, wäre seine Krankheit häufig genug Ursache für gefährliche Aktionen geworden. Ich musste ihn einmal vom Balkongeländer herunterholen, auf dem er meinte, balancieren zu können. Dieses übermäßige Hochgefühl, das übersteigerte Selbstwertgefühl und die maßlose Rastlosigkeit ist anstrengender, als du dir vorstellen kannst. Wenn er sich danach, ohne zu essen und ohne zu schlafen, zurückzog, um sich von seinen manischen Phasen zu erholen, war ich meist die einzige Person, die noch zu ihm durchdringen konnte. Am Anfang, als er mir sagte, dass er nicht mitkommen wollte, war ich natürlich nicht begeistert. Weil er aus meinem Einflussbereich entschlüpfte. Mein anderer Bruder versicherte mir, dass er ihn einweisen lässt, sobald er dummes Zeug macht. Somit konnte ich durchatmen und war erleichtert, dass er von unseren Chaoten weg ist.« Sie zeigte auf Fiefie und nickte in die Richtung, wo sie zuvor Charlie gesehen hatten. »Trotzdem hat er ihn jetzt einfach herfliegen lassen.«

Viola hatte sie ausreden lassen, weil sie spürte, dass Hannah jemanden brauchte, dem sie alles erzählen konnte. Nun verspürte sie den Wunsch, einzuhaken. »Er hat mir erzählt, dass er sich vorher mit seinem Psychiater abgesprochen hat und ausreichend Medikamente dabei hat. Wenn sich Fabio gut fühlt und es keine medizinischen Gründe gibt, die dagegensprechen, ist doch alles okay. Er macht auf mich einen stabilen Eindruck.«

»Er schläft viel zu viel und redet und lacht weniger als zuvor«, beharrte Hannah.

»Ersteres ist vermutlich eine Nebenwirkung von seinen Medikamenten, und Zweiteres war unter Umständen nur Ausdruck seiner Erkrankung. Wie schätzt du diese Möglichkeit ein? Wir zwei sind doch ebenfalls eher ruhigere, in uns gekehrte Personen, und niemand würde auf die Idee kommen, das komisch zu finden«, erwiderte Viola.

»Und was, wenn er in einer depressiven Phase ist?«, fragte Hannah. Sie knetete den Teil kraftstrotzender als zuvor und ließ all ihren Frust an ihm aus.

»Du sagtest selbst, er hat in einer depressiven Phase nicht genug geschlafen und nichts gegessen. Ich habe den Eindruck, außer Essen und Schlafen tut er fast nichts. Und er spielt gerne auf seiner Gitarre und geht häufig spazieren. Du weißt besser als ich, dass das seinen depressiven Episoden kaum ähnelt, oder?«

Hannah zögerte, bevor sie langsam nickte.

»Lass endlich los«, bat Viola. »Du bist ihm eine großartige Schwester und ersetzt eure Mutter mit Bravour, doch damit muss endlich Schluss sein. Du musst jetzt mal an dich denken und ihn ziehen lassen. Besonders, um eure enge Bindung zueinander nicht zu gefährden. Die übertriebene Sorge würde mich unglaublich nerven, wenn mein Bruder sie an den Tag legen würde«, fügte Viola hinzu und betrachtete Hannahs Versuch, den Teig in die Knie zu zwingen.

»Okay«, presste Hannah zwischen den Zähnen hervor, schließlich brach sie ab und ließ ihre Arme kraftlos hängen. »Ich kann nicht mehr.«

Viola hatte keine Ahnung, ob sie vom Kneten sprach oder von ihrer Angst um Fabio. »Das ist verständlich«, sagte sie und fand, dass das eine passende Antwort auf beide Möglichkeiten war.

»Fiefie?«, fragte Hannah erschöpft. »Hilfst du mir?«

»Klar.« Fiefie kam auf sie zu und nahm ihr die Teigschüssel ab. Er suchte sich einen Stein in ihrer Nähe, klemmte sich die Schüssel zwischen die Knie und knetete weiter.

Hannah leckte sich den Teig von den Fingern. »Ich habe es als Kind geliebt, die Knethaken meiner Mutter abzuschlecken. Mit Brotteig ist es weniger toll, aber ich erinnere mich noch gut an ihren süßen Teig.«

Viola und Fiefie sahen sich an und nickten gleichzeitig. »Oh ja, das habe ich ebenfalls geliebt. Ich glaube, das war mit das Beste an der Vorweihnachtszeit. Meine Mutter hat jede Menge Kekse gebacken, doch ich durfte den Teig nie naschen«, erzählte Fiefie.

»Heimlich, wenn sie nicht hingeschaut hat …«, fügte Viola hinzu und grinste, als Fiefie nickte.

Sie fand die Vorstellung interessant, dass drei Kinder zur gleichen Zeit in unterschiedlichen Orten in Deutschland Teig naschten, nichts ahnend, dass sie einmal in einer unfassbar schönen Landschaft zusammensitzen und darüber philosophieren würden.

*

Die Nächte wurden kälter, und auch tagsüber wurde es nicht mehr richtig warm. Als Viola mit einer Regenjacke über den aufgeweichten Boden rannte, spritzte Matsch nach oben. Sie war komplett durchnässt, als sie am Wohnmobil ankam.

Die meisten waren mit dem Camper nach Oulu gefahren, als das Wetter noch einigermaßen gut war. Am Vormittag hatte die Sonne geschienen, und so hatte Viola sich dazu entschieden, dieses Mal hierzubleiben. Zum einen konnte sie so denjenigen den Vortritt lassen, die Oulu bisher nicht gesehen hatten, zum anderen hatte sie vorgehabt, die zarten Sonnenstrahlen zu genießen, von denen nun allerdings jede Spur fehlte.

Als sie nach ihrem Mittagsschlaf den Kopf aus dem Zelt gesteckt hatte, hatte sich das Camp um 180 Grad gewandelt.

Sie fröstelte, als sie die Tür zum Wohnmobil öffnete. Drinnen saßen Hannah und Fiefie an dem runden Tisch. Sie unterhielten sich und wärmten ihre Hände an großen Tassen, aus denen es dampfte.

»Du bist ja völlig nass«, meinte Hannah erstaunt und stand eilig auf. Sie reichte Viola ein Handtuch und stellte ihr eine Tasse auf den Tisch. »Selbstgemachter Tee aus den Kräutern, die ich im Sommer gesammelt und getrocknet habe«, informierte sie.

Violas Hände zitterten, als sie sich die Haare abtrocknete. Sie war Hannah dankbar, dass sie ihr sofort Tee einschenkte. »Wo sind Fabio und Joris?«

»Im Zelt«, sagte Fiefie mit einem süffisanten Grinsen.

»Hör auf damit.« Hannah warf ihm einen Topflappen gegen den Kopf.

»Ich teile doch nur mein Wissen«, meinte Fiefie und gab sich Mühe, unschuldig auszusehen. Er schaffte es nicht einmal wenige Sekunden, sein Grinsen zu unterdrücken.

Hannah verdrehte die Augen. »Wir wissen ja gar nicht, was da los ist. Vielleicht sprechen sie sich immer noch aus.«

»Richtig«, sagte Fiefie und versuchte erneut, ernst auszusehen. »Das ist genau das, was Personen in einem Zelt tun, wenn sie in trauter Zweisamkeit sind.«

Hannah riss ihm den Topflappen aus der Hand, um ihn erneut zu bewerfen.

Viola schmunzelte. Es tat so gut, Hannah und Fiefie in dem lockeren Umgang miteinander zu erleben. Sie schob sich auf die Bank und ergriff mit ihren eiskalten Fingern das heiße Porzellan. Als sie merkte, dass es zu heiß war, zog sie sie eilig wieder weg. »Und der Rest hat sich dem Ausflugstrupp angeschlossen?«, erkundigte sie sich.

»Ja. Ich verzieh mich jetzt in mein Zelt«, sagte Hannah und hob eine Augenbraue. »Alleine«, fügte sie streng hinzu.

»Alleine kann es im Zelt ebenfalls Spaß machen.« Fiefie hob die Schultern und kicherte. Sobald Hannah die Wohnmobiltür hinter sich geschlossen hatte, wurde er ernst, dieses Mal war es nicht gespielt. Das konnte Viola ihm ansehen.

Sie räusperte sich und strich die Wassertropfen vom Tisch, die sie hinterließ, als sie sich vorbeugte.

»Viola … Ich weiß nicht, was da zwischen uns schiefgelaufen ist, aber ich vermisse dich und unsere Gespräche«, begann Fiefie.

Viola wartete einen Moment, ob er weiterreden würde, doch er verstummte und schüttelte den Kopf. Also übernahm sie das Wort. »Ich weiß auch nicht, was da los war. Ich … wollte lediglich verdeutlichen, dass ich Fabios Wunsch, sich in Therapie zu begeben, nachvollziehen kann.«

»Geht mir genauso. Trotzdem sollte es doch erlaubt sein, sich die Frage zu stellen, ob Menschen nicht die eine oder andere Therapie nur deswegen gemacht haben, weil sie nicht in die gesellschaftliche Norm passen?«, fragte Fiefie.

»So wie ich?«, hakte Viola nach und konnte den Groll nicht unterdrücken, der ihre Stimme so tief klingen ließ, wie sie schon lange nicht mehr geklungen hatte.

Fiefie richtete sich ruckartig auf und runzelte überrascht die Stirn. »So wie du?«

»Nun, ich hätte ja als Frau leben können, ohne an meinem Körper Veränderungen vorzunehmen. Wenn die Gesellschaft nicht so verfangen wäre in ihren starren Vorstellungen, wie eine Frau auszusehen hat, hätte ich mir die geschlechtsangleichende Operation und die Hormoneinnahme sparen können.« Viola hob die Schulter.

»Das ist ein komplett anderer Fall«, erwiderte Fiefie und sah sie erstaunt an.

»Echt?« Viola hob erneut die Schultern. »Du weißt nicht, wie es Fabio damit ging. Wie groß sein Leidensdruck war. Ich vertraue darauf, dass er es nicht getan hat, um besser in die Gesellschaft zu passen. Warum kannst du es nicht mal lassen, solche Dinge beurteilen zu wollen? Du hast keine Ahnung, wie schrecklich es sein kann, sich nicht wohl in der eigenen Haut zu fühlen.«

»Ich bin genauso ein Mensch, Viola.« Fiefie lehnte sich vor und sah ihr direkt in die Augen. So streng, dass Viola sich abwenden musste. »Wie kannst du so anmaßend sein, zu behaupten, ich wüsste nicht, von was ich rede?«

»Du hast gesagt, dass du ihn so, wie er früher war, mochtest, und dass du es schrecklich findest, dass er sich verändert hat.« Viola konnte sich sehr gut an ihr kurzes Wortgefecht erinnern. »Das sind genau die Dinge, die mir ebenfalls so oft gesagt wurden, Fiefie. Niemand hat das Recht, darüber zu entscheiden, wer sich in welcher Form in Therapie begibt oder sich verändern oder weiterentwickeln möchte.«

»Bezieh das kurz mal nicht auf dich, Viola«, bat Fiefie leise. »Ich habe lediglich infrage gestellt, ob tatsächlich jegliche Veränderung an einem selbst angebracht ist, besonders wenn es sich dabei um Menschen handelt, die so wie Fabio anecken.«

Viola blinzelte. Sie versuchte, es nicht auf sich zu beziehen. Es gelang ihr nur schwer, doch auch wenn sie ihre eigene Geschichte ignorierte, konnte sie Fiefies Gedankengang nicht nachvollziehen. Fabio hatte eine diagnostizierte Krankheit, hatte sich freiwillig in Therapie begeben und nahm tapfer seine Medikamente trotz der starken Nebenwirkungen.

»Ich gehe keiner regulären Arbeit nach, werde als Schmarotzer angesehen, obwohl ich als Erntehelfer einem systemrelevanten Beruf nachgehe und für meinen Lebensunterhalt sorge. Wieso glauben die Menschen, dass wir uns mit solchen banalen Dingen wie Beruf und der Anzahl der Kinder messen müssen? Warum zählt ein nachhaltiges, auf die Natur besinntes und ruhiges Leben nicht gleichermaßen?«, fragte Fiefie und bohrte seinen Zeigefinger auf die Tischplatte.

Viola hob die Schultern.

»Es gibt genug Schwarze, die ihre Haare glätten, weil glattes Haar als Schönheitsideal gilt und die Haarindustrie krauses Haar als Zeichen für zu wenig Pflege darstellt. Weit verbreitet sind Bleaching Cremes zum Aufhellen der Haut. Schön ist, wer europäische Züge hat, helle Haut, glattes Haar. Findest du das richtig?«, fragte Fiefie, und das erste Mal während des Gesprächs wurde er laut.

»Jetzt beziehst du unsere Diskussion auf dich«, murmelte Viola tief betroffen davon, dass sie so aneinander vorbeigeredet hatten. Und bestürzt darüber, weil sie es noch nie von dieser Perspektive aus gesehen hatte.

Fiefie drückte seinen Rücken gegen die Lehne, und seine Arme entspannten sich merklich. »Ja, vielleicht. Von meinem Standpunkt aus sollte es legitim sein, anzuzweifeln, ab wann eine Person sich wirklich verändern möchte und ab wann sie von der Gesellschaft subtil gedrängt wird, sich an die Norm anzupassen. Ich erkenne Fabio nicht wieder.« Er zeigte zum Fenster hinaus. »Ich habe ihm nie in die Therapie reingeredet, ich habe nie angezweifelt, dass er seine Medikamente einnehmen sollte. Solange er dahintersteht, bekommt er meine Unterstützung. Die grundsätzliche Frage sollte jedoch gestattet sein, inwiefern wir uns von der Normative bestimmen lassen sollten.«

Viola trank einen Schluck ihres Tees und dachte darüber nach, was Fiefie gesagt hatte. Sie wollte nicht gleich beleidigt abziehen, sondern wirklich auf ihn eingehen. Sonst würden sie sich bis zum Ende der Reise im Kreis drehen.

»Ja«, sagte sie schließlich langsam. »Ja, sicherlich darf die grundsätzliche Frage gestellt werden. Für mich ist der Punkt ausschlaggebend, ob ein Leidensdruck besteht. Wenn eine Person leidet, sollte ihr gestattet sein, sich Hilfe zu suchen. Das gilt für mich auf jeden Fall. Und bestimmt auch für Fabio. Es sollte ganz sicher nicht für nicht-weiße Menschen gelten, denen Schönheitsideale von Strukturen übergestülpt werden, die von Weißen dominiert werden.«

»Was ist, wenn sie darunter leiden?«, fragte Fiefie.

Viola zögerte. »Sie leiden aus dem Grund darunter, weil die Gesellschaft um sie herum falsch ist. Nicht weil mit ihnen was nicht stimmt. Das ist der einfache Unterschied.«

»Gilt das für Menschen mit großen Nasen genauso? Ab wann ist es ein Problem der Gesellschaft, und ab wann ist es ein tatsächlich eigenes Problem?«, hakte Fiefie nach.

Viola schüttelte den Kopf. Sie musste an die Kehlkopfreduktion denken, der sie sich unterzogen hatte, und fragte sich, ob das für Fiefie unter einen akzeptierten geschlechtsangleichendem Eingriff fiel oder zu einer unnötigen Schönheits-OP. Und wie schätzte sie das selbst ein? Konnte sie eine klare Grenze ziehen? Und musste sie das überhaupt?

»Sag schon. Ab wie vielen Zentimetern gestehst du Betroffenen zu, eine zu große Nase zu haben, und ab wann ist die Gesellschaft das Problem, die Stupsnäschen bevorzugt?« Fiefie kratzte sich an der Stirn und sah sie neugierig an.

»Ehrlich gesagt sollte eine Nase niemals ein Problem sein, solange es keine gesundheitlichen Beschwerden gibt«, betonte Viola.

»Sag das einer Person, die in der Schule gehänselt wurde.« Fiefie winkte ab.

Viola seufzte. »Ich kann das nicht beurteilen. Was ich beurteilen kann, ist, wie scheiße es ist, wenn man mit einem Körper geboren wird, der nicht zu einem passt.«

Fiefie betrachtete sie lange, schließlich gab er sich einen Ruck. »Ich würde mir wünschen, dass wir irgendwann einmal in einer Gesellschaft leben, in der Männer Männer sind, wenn sie sich als Männer definieren, und Frauen Frauen, egal, wie sie aussehen und ohne, dass sie ihren Körper und ihren Namen verändern müssen. Ich wünsche mir außerdem für Frauen mit krausen Haaren, dass sie ihre Haare nicht chemisch glätten, und Männern, dass sie sich nicht die Schädel rasieren müssen. Und allen Menschen mit größeren Nasen wünsche ich eine mobbingfreie Schulzeit. Und dann, Viola ...« Er zeigte nach draußen. »... dann kann ein Fabio vielleicht nackt und singend über die Straße tanzen, und man wird sagen, dass das ein lebensfröhlicher Typ ist und es nicht mit einer bipolaren Störung gleichsetzen.«

Viola lächelte. »Ich würde mir so eine Gesellschaft ebenfalls wünschen, Fiefie.« Sie legte ihre Hand neben seine Finger auf die Tischplatte. »Doch selbst in dieser utopischen Gesellschaft wird es Menschen geben, die psychisch krank sind, und es wird Medikamente geben, die es ihnen erleichtern, den Alltag zu meistern. Und es wird Frauen geben, die sich weiterhin die Haare glätten, und Personen, die sich mit einer geschlechtsangleichenden Operation wohler in der Haut fühlen. Wirst du das akzeptieren?«

Fiefie sah nicht begeistert aus, als er nickte.

»Hey.« Viola streckte die Hand aus, ohne seine Finger zu berühren. »Ich finde, es ist legitim, die Frage zu stellen, aber ist es nicht auch legitim, zu sagen, dass die Frage zu umfassend ist, um eine zufriedenstellende Antwort zu finden?«

Fiefie nickte, dieses Mal energischer. »Jeder muss für sich selbst die Frage beantworten, ab wann die Veränderung von innen gewünscht wird und wann von außen beeinflusst.«

»Vermutlich.« Viola zog ihre Hand zurück und trank erneut von dem Tee. Während der Diskussion hatte sie ihre nassen Klamotten vergessen, doch nun wurde sie sich der klammen Kälte bewusst, die sie umgab.

»Ich wollte dich nicht verletzen«, gab Fiefie zu.

Viola spürte, wie ihr warm ums Herz wurde. Sie konnte keinerlei Groll mehr empfinden. So wie Fiefie sie jetzt ansah, so aufmerksam, aufrichtig und entgegenkommend, gab es die Blockade, ihm nicht zu vertrauen, nicht mehr. »Ja, ich weiß. Und ich wollte dir genauso wenig wehtun.«

»Wir haben viel erlebt, das verbindet uns.« Fiefie drückte seinen Rücken durch.

Wieder trank Viola. Der Tee war nicht mehr heiß. Sie fror so schlimm, dass sie ihre Finger aneinander reiben musste. »Ich bereue nichts in meinem Leben. Meine Transition ist eine so intensive Erfahrung gewesen, an der ich gewachsen bin. Und du solltest ebenfalls nichts bereuen, Fiefie.« Viola streckte ihren Arm erneut aus. Dieses Mal umfasste sie Fiefies Finger. Sie waren warm und begannen sofort damit, ihre kalte Haut zu streicheln. »Ich mag dich so, wie du bist. Im Übrigen mit deinem krausen Haar, das allerdings unsagbar schlecht frisiert wurde.«

»Was?« Fiefie strich über seine blondierten Haare, die im Ansatz schwarz glänzten. Er schmunzelte. »Ich muss unbedingt Hannah bitten, sich meiner Haare anzunehmen.«

Viola schloss die Augen und atmete tief ein. Fiefies Hand zu halten hatte eine besondere Wirkung auf sie. Einerseits schlug ihr Herz schneller als zuvor, andererseits fühlte sie sich innerlich ruhig und entspannt.

»Du frierst«, meinte Fiefie und umfasste ihre Finger mit beiden Händen.

»Ja. Ich sollte zu meinem Zelt gehen und mich umzuziehen.« Grinsend sah sie Fiefie an, und bevor er etwas sagen konnte, fügte sie hinzu: »Alleine.«

»Klar.« Fiefie drückte sich gegen die Rückenlehne und nickte. »Was auch sonst. Wir haben schon Fabio und Joris. Der Rest von uns sollte von Luft statt von Liebe leben.«

Violas Wangen wurden rot. Hastig stand sie auf. Einen Moment lang blieb sie stehen, unfähig, ihre Hand aus Fiefies Griff zu entziehen. Sie sahen sich an. Dann ließ Fiefie los.

»Wir sehen uns später«, sagte Viola leise.

»Ja. Komm einfach wieder«, erwiderte Fiefie und schenkte ihr ein letztes Lächeln, das Viola von innen heraus wärmte, so sehr, dass ihr der Regen, der auf sie einströmte, als sie zu ihrem Zelt eilte, kaum was ausmachte.

*

Fröstelnd schlang Viola die Arme um den Oberkörper und zog die Schultern hoch. Als sie durch das feuchte Gras stapfte, spritzte Erde nach oben. Die Kleidung klebte schwer an ihr und fühlte sich schrecklich kalt an. Sie wollte nur noch in ihr Zelt, in warme, trockene Klamotten schlüpfen, sich in den Schlafsack wickeln, um sich aufzuwärmen. Kurz bevor sie vor ihrem Zelt angekommen war, blieb sie stehen.

Ja, ihr war kalt, doch je weiter sie sich von Fiefie entfernte, desto unwohler fühlten sich die Klamotten an, und es war fraglich, ob es an der Kleidung lag, oder daran, dass sie auf keinen Fall die zarte Annäherung zwischen ihnen im Raum stehen lassen wollte.

Sie drehte sich um, lächelte verbissen, als ein Windstoß sie erzittern ließ.

Endlich erreichte sie die Tür des Wohnmobils, doch bevor sie die Tür aufstoßen konnte, wurde diese von innen aufgerissen.

Fiefie, nun noch größer erscheinend, weil er erhöht stand, wirkte, als hätte er gespürt, dass sie zurückkommen wollte. Oder als ob er sich auf Weg hatte machen wollen, um ihr entgegen zu kommen.

Schweigend zog er seinen warmen Pullover aus und hielt ihn ihr hin. Dann zog er sie sanft ins Innere des Wohnmobils. Viola stülpte den Pullover über. Er fühlte sich erstaunlich schwer an. Die Wärme, die von dem Stoff ausging, breitete sich über ihren Rücken aus und ließ sie erschauern – dieses Mal nicht wegen der beißenden Kälte, sondern wegen des wohligen Gefühls, es warm zu haben und bei Fiefie zu sein.

Sie starrte ihn an. Er trug nur noch ein schwarzes Achselshirt. Ein Anblick, der ihr noch von wärmeren Tagen bekannt war, damals, als sie alle noch leichter bekleidet durchs Camp gelaufen oder manche von ihnen nackt in den See gesprungen waren. Es fühlte sich an, als wären seither Monate vergangen, dabei waren es nur einige Wochen. Trotzdem fiel ihr erst jetzt die Tätowierung am linken Oberarm auf, die die Silhouetten von Giraffen, Elefanten und Pflanzen zeigte. Durch seine dunkle Haut war das Tattoo weniger auffällig als die von Hannah oder Fabio auf deren blasser Haut. Sie erkannte, dass die Form des Bildes die des Kontinents Afrika entsprach, und ihr wurde erneut klar, dass sich Fiefie einer Heimat verbunden fühlte, von der er früh entwurzelt wurde. Von Anfang an war sein Leben von Verlust geprägt gewesen, und auch wenn er glücklich in seiner Familie war, hatte ihn die Angst vor dem Verlassenwerden so stark geprägt, dass er Hannah nun nicht ziehen lassen wollte und Alex gegenüber nur schwer Nähe aufbauen konnte. Oder ihr gegenüber.

Umso bedeutender waren seine Annäherungsversuche ...

Viola wollte etwas sagen, sich für den Pullover bedanken, das Tattoo kommentieren, erklären, warum sie zurückgekommen war, aber ihr blieben die Worte im Hals hängen. Sie sah ihn nur an, und in seinen Augen konnte sie ein Versprechen erkennen. Ein Versprechen, es mit ihr zu versuchen.

»Komm. Dir ist immer noch kalt.« Vorsichtig schloss Fiefie seine Arme um Viola. Seine Wärme hüllte sie ein wie eine Decke. Die tropfenden Haare, die klammen Klamotten, die zitternden Finger – das alles verlor unmittelbar an Bedeutung.

Ein Kribbeln breitete sich in ihrem Magen aus, als sie in seiner Umarmung versank. Der Geruch nach Minze und Marihuana trat ihr in die Nase. Ihr Atem ging schneller, während sich gleichzeitig ihr Herzschlag verlangsamte. »Wird es besser?«, fragte er. Etwas grob rieb er mit den flachen Händen über ihren Rücken, als wollte er sie auftauen.

Viola hob den Blick und sah in seine Augen, die sie aufmerksam und mit einer unerwarteten Zärtlichkeit musterten. Er strich sanft eine feuchte Haarsträhne aus dem Gesicht, dabei verweilten seine Fingerspitzen einen Augenblick länger auf ihrer Wange als notwendig. Zögerlich, langsam beugte Fiefie sich zu ihr hinunter. Seine Lippen schwebten wenige Zentimeter über ihren. Er gab ihr offensichtlich die Möglichkeit zurückzuweichen, während er sie weiterhin mit offenen fürsorglichen Augen ansah. Aber Viola rührte sich nicht. Sie konnte es nun nicht mehr erwarten. Um ihm eine Bestätigung zu geben, schloss sie die Augen und kam ihm entgegen, indem sie sich ihm entgegenstreckte.

Endlich! Endlich legten sich seine Lippen wieder auf ihre, zögernd, unsicher, aber voller Wärme. Fiefie überwand die Distanz, die zwischen ihnen gelegen hatte, nun endgültig, und Violas Kälte war nur noch ein fernes Störgefühl. Sie lehnte sich in seine Arme, ihre Finger fanden Halt an seinem Shirt. Sie spürte die Muskeln in seiner Brust unter ihren Fingerkuppen.

Als sie sich voneinander lösten, grinste Fiefie, Viola strahlte. »Jetzt ist dir warm, oder?«, fragte er zufrieden.

»Die Sofortmaßnahme hat geholfen«, bestätigte Viola. Fiefie lachte und berührte mit beiden Händen ihre Haare, schob die tropfenden Strähnen nach hinten über ihre Schultern. »Vielleicht zur Sicherheit nochmal?«, fragte er mit hochgezogenen Augenbrauen.

Erneut fanden sich ihre Lippen, dieses Mal war es kein flüchtiger Hauch einer Berührung, sie drückten sich voller Verlangen gegeneinander. Tiefer, intensiver, ihre Zungen tanzten miteinander, ihre Finger zerrten an ihren Oberkörpern, um sich enger aneinander pressen zu können.

Es schmeckte nach Verlangen und Verbundenheit, eine Mischung aus Zärtlichkeit und unausgesprochener Spannung, die sich seit Wochen zwischen ihnen aufgebaut hatte. Es fühlte sich verbindlich an und doch frei, nach dem Versprechen, mehr zu wollen, aber auch der Gewissheit, einander Zeit zu lassen.

Sie brauchten einen Moment, um wieder zu Atem zu kommen, als sie voneinander abließen. Fiefie grinste, in seinen Augen erkannte Viola ein schelmisches Funkeln. »Ich glaube, deine Klamotten haben meinen Pullover durchweicht.«

»Deswegen muss ich ihn fürs Erste wohl behalten.« Viola lachte. Sie legte eine Hand auf seine Brust, spürte den starken Herzschlag darunter. »Du glaubst doch nicht, dass ich ihn jemals wieder hergebe?«

Fiefie lachte leise. Dann stopfte er ihre nassen Haare in die Kapuze, zog sie nach oben über ihren Kopf und legte seine Finger um das Band der Kapuze. »Behalt ihn … Du sollst es warm haben.« Vorsichtig zupfte er am Band und sorgte so dafür, dass Violas Kopf geschützt war, wenn sie erneut den Weg zum Zelt auf sich nahm.

Es fiel ihr deutlich schwerer als zuvor, sich von ihm loszureißen, aber ihnen war klar, dass Viola sich wirklich umziehen musste. Selbst ihre Unterwäsche war feucht und kalt, und ihre Füße fühlten sich inzwischen klamm an.

Sie ging auf die Zehenspitzen, küsste ihn sachte auf die Lippen. Als sie nun das zweite Mal nach draußen trat, half ihr sein Pullover und die Kapuze. Sie hörte sein sanftes Lachen hinter sich, bevor er die Tür des Wohnmobils schloss.

*

Jeder von ihnen wusste, dass sich ihr Aufenthalt in Oulu dem Ende zuneigte. Es wurde immer kälter und ungemütlicher, ihre Heimreise würde lang und mühsam werden, und einige von ihnen hatten ab November Verpflichtungen, denen sie nachgehen mussten. Pete hatte in seinem Podcast für lediglich drei Monate eine Vertretung organisiert, Steffis Blog wurde von einer Freundin betreut, die spätestens im Dezember zu ihrer Familie nach Thailand reisen wollte, und Joris hatte fest zugesagt, dass er ab November voll einsatzbereit war. Viola und Isa hatten sich zum Ziel gesetzt, spätestens Anfang November zu Hause zu sein. Wenn sie sich um einige Tage verspäten würden, wäre das kein Problem, doch ihre Familien erwarteten sie daheim. Nur Fiefie, Hannah und Fabio hatten Freiheit, da sie erst ab dem Frühjahr als Erntehelfer arbeiten konnten. Charlie schrieb auf Reisen an ihrem neuen Kinderbuch und hatte somit ebenfalls keinen Druck, die Rückfahrt anzutreten, allerdings rechneten ihre Schwester und deren Familie fest damit, dass sie nicht länger als drei Monate unterwegs war.

Kurz diskutierten sie darüber, ob sie nicht noch etwas bleiben wollten. In dem Fall könnten sie eine Fähre und den direkten Weg nach Deutschland nehmen, doch es wurde einstimmig entschieden, Fabios Geld nicht übermäßig auszugeben.

Bevor sie weiter nach Koli fuhren, was ihr letzter Aufenthalt in Finnland sein würde, wurde Violas Herz schwer. Das Ende war zwar noch nicht in Sicht, aber bereits greifbar, und das ließ sie alle etwas wehmütig werden. Viola versuchte, sich damit zu trösten, dass sie viele Stunden auf dem Rückweg in Lettland, Litauen und Polen verbringen würden. Es gelang ihr nicht, denn bereits bei ihrer Abreise nach Koli würde es erstmals, seit sie die anderen kennengelernt hatte, in den Süden gehen, nicht in den Norden. Ein Richtungswechsel, der das Ende eines sehr intensiven Jahres einläutete. Und danach? Viola musterte Fiefie im Schein des Lagerfeuers und knetete ihre Finger, um gegen den abendlichen Frost anzukämpfen, der sie dazu drängen wollte, sich in ihren dicken Schlafsack im Zelt zu verkriechen.

Sie war bei Weitem nicht die Einzige, die sich quälte. Innerhalb der Gruppe gab es viele ungeklärte Fragen, und sie spürte, dass Isa ebenso nicht fassen konnte, dass das Jahr mit ihrer großen Europatour so schnell vorbeigegangen war. Zwar hätte Viola gerne die Zeit mit dem Rest der Gruppe verbracht, nach einer Stunde kapitulierte sie dann aber doch vor der Kälte und verabschiedete sich in ihr Zelt. Sie bereute, dass sie Fiefie gesagt hatte, es langsam angehen zu wollen. Sie wollte ihn bei sich haben, am liebsten die ganze Nacht, doch er folgte ihr nicht und hielt sich an sein Versprechen, es nicht zu überstürzen.

Somit schlief Viola alleine ein, nachdem sie eine Stunde lang vorgegeben hatte, im Schein der Taschenlampe zu lesen. In Wahrheit hatte sie auf die Buchstaben auf den Seiten gestarrt und es nicht geschafft, ihre Gedanken zu ordnen.

*

Am nächsten Tag schloss sich Viola der Gruppe an, die ein letztes Mal nach Oulu reisen wollten, um für den Rückweg einzukaufen. Da die gesamte Gruppe mitkommen wollte, beschlossen sie, das Wohnmobil und den Camper mitzunehmen. Hannah erklärte sich bereit, im Camp zu bleiben, um auf die Zelte aufzupassen.

Also Viola aus dem Fenster des Campers sah und Hannah hinter ihnen winkend stehen sah, kam ihr der Gedanke, dass Hannah die Erleichterung anzusehen war, einige Stunden für sich zu sein. Auch sie war eine von denen, die noch keine Entscheidung über ihr weiteres Leben getroffen hatte. Sie war fest entschlossen gewesen, sich von der Gruppe zu trennen. Nichts hatte sie aufhalten können. Nicht Fiefie, einer ihrer ältesten Freunde. Genauso die anderen nicht, die allesamt wenig begeistert reagiert hatten. Doch dann war Fabio gekommen und hatte in Hannah Zweifel wachgerüttelt.

Viola fragte sich, ob diese Zweifel schon immer da gewesen waren und Hannah sie nur ignoriert hatte, oder ob Fabio sie tatsächlich hatte entstehen lassen.

Als Pete, Steffi, Isa und Charlie verkündeten, in die Innenstadt gehen zu wollen, um ein paar Einkäufe zu erledigen, zögerte Viola zunächst. Der Rest wollte in einen Naturpark in Oulu. Sie erinnerte sich an Stockholm, als sie nicht hatte verstehen können, wie man in so einer schönen Stadt den ganzen Tag im Park abhängen konnte. Einerseits wollte sie Zeit mit Fiefie verbringen, andererseits war ihr bewusst geworden, dass ihre Tage mit Isa gezählt waren und sie nach dem gemeinsamen Jahr ihre innige und tiefgründige Freundschaft nicht aufs Abstellgleis stellen wollte, nur weil ein neuer Mann ihr Leben auf den Kopf zu stellen drohte.

Stand Fiefie hier für eine mögliche Zukunft und Isa für eine Vergangenheit, die sie nicht loslassen wollte, weil sie Angst vor Zuhause hatte? Oder war es eine andere Perspektive, die sie einnehmen müsste? War Fiefie derjenige, der aus ihrem Leben verschwinden würde, während Isa noch Jahre mit ihr befreundet sein würde? Viola entschied sich für den Park.

Der Ainolapark befand sich im Stadtzentrum und war Bestandteil der biologischen Fakultät der Stadt Oulu. Er war weitläufiger, als Viola vermutet hatte, mit vielen schönen Wanderwegen und riesigen Rasenflächen, die Familien zum Picknicken, Studierende zum Lernen und Pärchen in diversen Zusammensetzungen für innige Zweisamkeit und in einem Fall für Dreisamkeit nutzten. Natürlich wirkende Flüsse und in Steinen eingebettete Kanäle durchzogen die Landschaft. Obwohl die zahlreichen Pflanzen und Blumen nahelegten, dass der Park gepflegt wurde, sah er doch sehr naturbelassen aus und wirkte nicht wie ein Park, sondern eher wie ein Stück Natur mitten in der Stadt.

Joris und Fabio ergänzten die Paare, indem sie sich ein Plätzchen unter einer Birke suchten, mit Blick auf die faszinierenden Wasserspiele in dem künstlich angelegten See.

»Lassen wir die Zwei unter sich sein«, sagte Fiefie und nahm Violas Hand in seine.

»Das ist sooo großzügig von dir«, spottete Viola grinsend.

»Willst du andeuten, ich hätte meine eigene Zeit mit dir vor Augen?«, fragte Fiefie und hielt sich die Hand in einer gespielten Dramatik vor den Mund.

Viola lachte.

Sie folgten einem verschlungenen Weg, weg vom Zentrum des Parks, wo sich die meisten Menschen tummelten, und fanden schnell die Einsamkeit. Stumm, durch ihre Hände miteinander verbunden, liefen sie an einem schmalen Rinnsal entlang durch das herbstliche, rotgoldene Laub, und Viola genoss die zarten Sonnenstrahlen auf ihrer Haut.

»Was machst du als Erstes, wenn du zu Hause bist?«, fragte Fiefie.

»Meine Mama umarmen«, antwortete Viola und stellte bei allem Bedauern über das Ende der Reise fest, wie riesig die Freude auf daheim war. Sie vermisste ihre Familie wahnsinnig.

Fiefie schmunzelte. »Genau dasselbe werde ich auch tun.«

Viola stellte sich die Wiedersehensfreude innerhalb ihrer Familie vor. Ihr wurde warm ums Herz, und sie wusste tief in ihrem Inneren, dass sie die letzten Kilometer der Reise mit Tränen in den Augen verbringen würde. Und diese Tränen würden Ausdruck von purer Freude sein und nichts mit Fernweh oder Trauer zu tun haben.

»Ich meine eher, was hast du langfristig vor?«

»Ich werde mir einen Job suchen«, sagte Viola. »Und eine Wohnung. Entweder direkt bei meinen Eltern oder, wenn ich das Gestarre der Leute nicht aushalte, in einer größeren Stadt in der Nähe.«

»In Frankfurt? Mainz?«, vermutete Fiefie.

Viola nickte. Den Preis, den sie dafür zahlen würde, war die Tatsache, dass sie mehr als eine Stunde benötigte, um ihre Eltern zu besuchen. Andererseits war sie in einer größeren Stadt eher von aufgeschlossenen, offenen Menschen umgeben und konnte sich in eine Anonymität begeben, die ihr im Dorf ihrer Eltern nicht vergönnt war.

»Ich könnte niemals in so einer riesigen Stadt leben«, murmelte Fiefie.

Viola senkte den Blick. Sie hatte eine Ahnung, wohin ihr Gespräch sie führte, und sie hatte Angst davor.

»Zu wenig Natur, zu wenig Ruhe.« Fiefie schüttelte den Kopf.

»Allerdings mehr Menschen, die nicht der gesellschaftlichen Norm entsprechen«, betonte Viola und stieß den Ellenbogen gegen Fiefies Seite. Fiefie zwinkerte ihr zu, doch sein Lächeln blieb belegt. Schließlich blieb er ruckartig stehen und nickte zu einer Bank neben einer weiß gestrichenen Brücke, die in der herbstlichen Farbenpracht hervorstach. Sie führte über einen Fluss, in dem große Felsbrocken lagen, die kleine Wasserfälle erzeugten. Die Bank stand unter einem Baum.

»Wir haben unsere eigene Birke gefunden«, flüsterte Viola.

Sie setzten sich und schwiegen einen Moment. Fiefie nahm ihre Finger und küsste sie, jeden Einzelnen, mit größter Sorgfalt. Schließlich sagte er: »Zwischen Frankfurt und dem Wohnort meiner Eltern liegen nicht mehr als 200 Kilometer.«

Viola hob die Schultern. Sie hatte längst die Entfernung überprüft, wollte das allerdings nicht zugeben. Es gab eine Chance, dass sie sich in der Mitte treffen konnten.

»Leider führe ich kein Leben, das mit deinem kompatibel ist«, betonte Fiefie.

Viola sah ihn an. »Warum?«, fragte sie.

»Ich reise während der Erntezeit mit Hannah, Charlie und Fabio durch ganz Deutschland und wohne in der Nähe der landwirtschaftlichen Höfe, und im Spätsommer bin ich in Skandinavien. Das ist einer der Gründe, warum ich nicht bei meinen Eltern ausgezogen bin. Eine Wohnung lohnt sich nicht, wenn ich so selten zu Hause bin.« Fiefie berührte ihre Schulter.

Viola starrte auf das braune Laub vor ihr und presste ihre Lippen aufeinander.

»Ich wünschte, es wäre weniger kompliziert«, flüsterte Fiefie. »Ob du jemanden wie mich in geordnete Verhältnisse bekommst? Fraglich, selbst wenn ich wollte, oder? Wer will denn schon einen unausgebildeten Streuner einstellen?«

Das Brennen in ihren Augen verriet ihr, dass sie gleich weinen würde, doch sie kämpfte dagegen an.

»Allerdings muss ich mir für mein Leben etwas überlegen. Charlie verdient mit ihren Büchern hoffentlich schon bald genug, um zu überleben. Zumindest, wenn sie sich mit dem niedrigen Lebensstandard zufriedengibt.

Und das tut sie. Wenn Fabio und Joris wieder zusammenkommen, wird Fabio nicht ständig von Joris getrennt sein wollen. Und Hannah? Hannah wird sich von uns trennen, das spüre ich. Ich war darüber nicht glücklich und bin es immer noch nicht, aber ...« Fiefie verstummte und runzelte die Stirn.

»Was?«, fragte Viola.

»Es eröffnet mir vielleicht die Chance, meinen Lebensstil zu überdenken und mich neu zu orientieren. Ich könnte mir gemeinsam mit Fabio einen Bauernhof suchen, der groß genug ist, um uns während der kompletten Erntezeit zu beschäftigen, aber klein genug, um noch familiär geführt zu werden «
Fiefie hob die Schultern und sah ratlos aus.

»Also ...«

Fiefie unterbrach sie. »Lass uns einfach nichts überstürzen und gleichzeitig zuversichtlich bleiben«, bat er. Er wartete keine Antwort ab, sondern nahm sie in den Arm und presste seine Lippen gegen ihre Schläfe. Er umarmte sie so fest, dass sich Viola warm und behaglich fühlte. Er war so groß, seine Arme so lang, sie ging total unter in dieser Umarmung, und sie mochte das Gefühl, ganz darin versinken zu können.

*

Koli stellte sich als ein schnuckliges Dorf heraus, das an einem See lag, der so groß war, dass sich Viola wie am Meer fühlte. Sie konnte die gegenüberliegende Seite kaum erkennen. Das Dorf selbst bestand aus den für Skandinavien so typischen roten Holzhäusern und eher untypischen dünnen Birkenansammlungen. Sie kamen in der Abenddämmerung an, die zu der Jahreszeit so weit im Norden bereits am Nachmittag begann. Der Himmel war in eine faszinierende Mischung aus Lila, Rosa und Rot getaucht und konkurrierte mit den warmen Herbstfarben des Waldes.

»Atemberaubend«, sagte Viola, als sie ausstieg und einen Moment in der Tür stehen blieb.

»Wirklich. Einfach wow«, sagte Isa leise. Wehmut schwang in ihrer Stimme mit.

Sie waren vor den anderen hier und von dem Naturschauspiel so abgelenkt, dass sie zunächst vergaßen, der zweiten Gruppe per Handy Details zu dem Platz zu schicken, den sie auserkoren hatten.

Spontan beugte Viola sich vor und legte den Arm um Isas Schultern. Sie sagte nichts. Was sollte sie auch sagen? Sie spürte, dass ihre Freundin zunehmend mit der Enttäuschung rang, dass sie bald wieder zu Hause sein würden. Keine Worte konnten ihr den Schmerz nehmen.

Nur schwer konnten sie sich von dem Anblick losreißen, aber schließlich begann Fiefie damit, ihre Rucksäcke und Zelte auszuräumen, und Charlie zog ihr Handy aus der Hosentasche, um sich bei Hannah zu melden. Ein Ruck ging durch Isas Körper, und sie tätschelte Violas Hand. »Wir müssen unsere Zelte aufbauen, bevor es zu dunkel ist.«

»Ja.« Viola nickte.

*

Am Abend saßen sie am Lagerfeuer, und noch nie während der Reise hatte sich die Gruppe vollständiger und friedlicher angefühlt als an diesem Abend. Fabio spielte Gitarre, Charlie summte eine Melodie dazu, Joris saß mit ausgestrecktem Bein zwischen ihnen und wirkte zufrieden, und sogar Hannah war gut drauf. Sie teilte sich mit Steffi einen Joint. Pete und Isa wiederum versuchten, Fabios Gitarrenspiel mit Getrommel im gleichen Takt zu begleiten.

Fiefie saß auf einem Baumstumpf und direkt vor ihm zwischen seinen Beinen saß Viola auf dem Boden und lächelte. Sie lehnte ihren Kopf seitlich gegen Fiefies Oberschenkel und wünschte sich, sie könnte den Augenblick wie den visuellen Eindruck einer schönen Landschaft mit der Handykamera für die Ewigkeit abspeichern, aber ein Foto hätte nur einen Bruchteil ihrer Sinneswahrnehmungen erfasst. Die Instrumente und Charlies falsche Töne, kombiniert mit dem knisternden Feuer und dem Geruch, der von Fiefie ausging und sich mit dem Duft nach Holz und Rauch vereinte, gehörten zu diesem schönen Augenblick, und die Technik, die das einfangen und konservieren konnte, gab es nicht.

Sie schloss die Augen und versuchte, sich jedes Detail einzuprägen. Als Fiefie seine kühlen Finger an ihren Nacken drückte und ihn sanft massierte, war es um sie geschehen. Ihre Augen wurden feucht, und sie spürte eine unbändige Dankbarkeit für den intensiven, einmaligen Moment. Wenn die Reise morgen zu Ende gehen würde, dann wäre das hier der perfekte Abschied. Doch ihnen blieben ein paar Tage bis dahin.

Als Charlie verstummte und sich räusperte und Fabio die Gitarre hinter sich legte, richtete Viola sich auf. »Ich bin so wahnsinnig glücklich darüber, dass Isa und ich euch getroffen haben«, sagte sie. »Ich denke, wenn es nach mir gegangen wäre, hätten wir uns nicht auf euch eingelassen, aber Isa hat euch von Anfang an sehr gerne gehabt.« Sie sah Isa an und lächelte.

Ihre Freundin trommelte ein paar Sekunden weiter, ohne das Lächeln zu erwidern. Schließlich legte sie beide Hände ab und sah Viola an. »Ich bin froh, dass wir unsere Reise angetreten haben. Ohne dich hätte ich das nie gewagt.«

»Und ich ohne dich auch nicht«, erwiderte Viola. Auf einmal erinnerte sie sich an den Moment, als sie Isa wiedergetroffen hatte und wie versteinert sie gewesen war. Sie hatte den Umstand gehasst, dass eine ehemalige Klassenkameradin an der gleichen Uni studierte wie sie. Sie hatte sich extra eine Uni gesucht, die weiter weg war als die restlichen Unis in dem Bundesland. Aber Isa hatte vor ihr gestanden. Und sie war danach keinen Schritt mehr von ihrer Seite gewichen.

Offenbar hatte Isa denselben Gedankengang. »Als Viola und ich zusammen in die Schule gegangen sind, mochten wir uns nicht sonderlich«, erwähnte Isa.

Aufmerksam hoben Hannah und Charlie die Köpfe, und Joris, Steffi und Pete, die in ein Gespräch vertieft waren, wurden still und richteten ihre Aufmerksamkeit auf sie. »Ja, das stimmt«, sagte Viola lachte. »Ich fand sie viel zu nerdig, mit ihrem Tick, ständig Brettspiele in den Unterricht mitzubringen. Auf der Klassenfahrt hattest du nichts anderes im Kopf, als zu spielen. Obwohl alle nur an Jungs und Mädchen gedacht haben, wolltest du uns ständig dazu überreden, mit dir zu spielen.«

Isa lachte. »Ich konnte mit dir auch nicht viel anfangen«, meinte sie.

Viola erinnerte sich an die Person, die sie damals gewesen war. Äußerlich ein junger Mann, mitten in der Pubertät, innerlich zerrissen, überfordert und verwirrt. Verzweifelt und verunsichert. Sie war mit sich genug beschäftigt gewesen, mit ihrem sich viel zu rasch veränderten Körper, ihren Gefühlen für

Jungs und der dringenden Sehnsucht danach, einfach ein Kind bleiben zu können.

»Ja, verständlich«, sagte sie schmunzelnd.

»Und danach?«, fragte Charlie. »Habt ihr euch besser kennengelernt und mochtet euch?«

»Wir haben uns aus den Augen verloren«, berichtete Isa. »Ich bin in das technische Gymnasium gegangen, Viola ins allgemeine Gymnasium im Nachbarort. Ja, manchmal hat man sich gesehen, wir hatten jedoch sonst keinen Kontakt. Und schließlich …« Sie zögerte.

Viola schüttelte den Kopf.

»Schon okay«, sagte Isa, die verstanden hatte, was Viola meinte. Es war Isas Entscheidung, und vielleicht tat es ihr ja gut, darüber zu reden. »Wir wurden erwachsen. Ich ging studieren, etwa zwei Stunden entfernt von meinen Eltern. Ich war gerade im ersten Semester, aufgeregt über das neue Unileben, gewillt, so viel wie möglich mitzunehmen, was sich mir in der riesigen, fremden Stadt bot. Kein Wunder, dass ich mich meinen Kommilitonen anschloss, als sie sich entschieden, zu einer Party zu gehen, die in einer heruntergekommenen Diskothek stattfand. Mir kam es sehr dubios vor, aber ich redete mir ein, dass es schon in Ordnung war. Erst als ich auf der Toilette war, wurde ich eines Besseren gelehrt. Drei Typen sind mir gefolgt und wollten … mir etwas antun. Es war grauenhaft. Der kurze Moment des Kontrollverlusts.«

»Oh, nein.« Charlies Stimme klang schrill.

»Bitte nicht …«, fügte Steffi hinzu.

Fiefies Finger an Violas Nacken zuckten.

»Nein.« Isa schüttelte den Kopf. »Es ist nichts passiert. Obwohl ich einen Moment lang glaubte, ich hätte verloren. Ich habe mich gewehrt, doch gegen drei gleichzeitig konnte ich nichts ausrichten. Und plötzlich stand sie da.« Sie zeigte auf Viola.

Viola nickte. »Viola, die ich als meinen verunsicherten und in sich gekehrten Klassenkameraden kennengelernt hatte. In der Frauentoilette. Mit toller Frisur und in einem wirklich hübschen Kleid. Voller Energie und sprudelnd vor Motivation, mir zu helfen«, fügte Isa hinzu.

»Konntest du sie retten?«, fragte Hannah nervös.

Viola schüttelte den Kopf. »Nein, nicht alleine. Ich konnte sie aber ablenken, und Isa hat sie von sich weggeschupst. Mit vereinten Kräften konnten wir sie in die Flucht schlagen.« Viola hörte auf zu erzählen, weil sie fand, dass das Isas Geschichte war.

»Genau«, nahm Isa den Faden erneut auf. »Danach standen wir uns gegenüber. In dieser abscheulich dreckigen Toilette, schwer atmend und voller Erstaunen darüber, so weit weg von zu Hause ein bekanntes Gesicht zu sehen.«

»Ich fand es schrecklich«, fügte Viola hinzu. Fiefies Griff an ihrer Schulter verstärkte sich und gab ihr Halt. »Ich wollte meine Transition unbemerkt von all den alten Bekannten machen. Ein kleiner Teil meiner Verwandten wusste Bescheid, und nur meine Eltern und mein Bruder haben mich besucht, und gelegentlich hatte ich Kontakt mit meinem Exfreund. Alle anderen Bindungen zu unserem Dorf habe ich gekappt. Ich wollte die Verbindungen loswerden, die mich als Mann kannten. Naja, da stand Isa also vor mir, und sie hat keine einzige dumme Bemerkung gemacht, hat mich nicht gefragt, was ich auf der Frauentoilette wollte, sondern sich einfach bedankt.«

»Was hätte ich sonst tun sollen? Du hast mir schließlich geholfen«, erwiderte Isa.

»Es hat mir geholfen, dass du dein Erstaunen nicht laut geäußert hast.« Viola nickte ihr zu.

Isa winkte ab. Danach sah sie den Rest der Gruppe an. »Anschließend waren wir ständig zusammen, haben uns beim Lernen geholfen, sind gemeinsam feiern gegangen. Und natürlich sind wir nicht mehr ohne die jeweils andere auf die Toilette gegangen.«

»Und die Diskothek haben wir natürlich von da an gemieden«, ergänzte Viola.

»Habt ihr sie angezeigt?«, fragte Steffi.

Isa nickte. »Ja«, sagte sie und sah Steffi ernst an. Ihre Stirn war gerunzelt. »Es hat mich Überwindung gekostet, aber ich war froh, als die Polizei sie endlich fassen konnte. Der Gedanke, was passiert wäre, wenn Viola nicht zufällig da gewesen wäre, bringt mich bis heute um den Schlaf, diese grauenhafte Brutalität, mit der sie nach mir grabschten, quält mich. Ohne Viola wäre ich am Arsch gewesen. Für ihre Hilfe werde ich immer dankbar sein.«

»Ich finde es gut, dass du zur Polizei gegangen bist«, sagte Pete ernst.

»Ja.« Isa nickte erneut. Langsam stand sie auf und hielt Viola die Hand hin. Viola ließ sich erstaunt von ihr hochziehen. Als Isa sie umarmte, drückte sie sie so fest an sich, dass Viola die Tränen vor Rührung über die Wange liefen.

»Ich bin froh, dass es dich gibt«, flüsterte sie in Isas Ohr, unhörbar für die anderen.

»Danke für dieses grandiose Jahr«, erwiderte Isa. Sie drückte Viola von sich weg und sah ihr direkt in die Augen. Ihre Augen waren genauso feucht und glänzten.

»Das ist so schön«, sagte Charlie leise. Die Gruppe begann zu applaudieren, was Viola trotz aller Seltsamkeit weiter zum Weinen brachte. Sie lehnte sich gegen Isa, die über das ganze Gesicht strahlte.

*

Viola mochte die Natur um Koli. Sie ähnelte der Landschaft in Südschweden, war aber weniger bewohnt. Finnland war eine deutlich einsamere Gegend als der Süden von Skandinavien. Das Dorf, in dessen Nähe sie ihr Camp aufgestellt hatten, war am Fuße eines Berges, der zusammen mit der Umgebung den Nationalpark bildete. Auch wenn die Bergspitze eine bescheidene Höhe aufwies, wirkte sie majestätisch und bildete den visuellen Mittelpunkt im Nationalpark.

Zunächst bemerkte Viola nicht, dass jemand hinter ihr stand. Sie wurde sich dessen erst bewusst, als Fabio sagte: »Die beiden Gipfel sind nach dem Gott Ukko und seiner Gemahlin Akka benannt.«

Viola zuckte zusammen.

»Ich wollte dich nicht erschrecken.« Fabio trat neben sie und starrte auf die großen baumlosen Felsflächen. Er zog an seiner Zigarette und behielt den Rauch einige Sekunden lang in seiner Lunge, bevor er ihn kraftlos ausstieß. »Dem Volksglauben nach wohnen auf dem Berg mächtige Geister.«

Schmunzelnd wandte Viola sich wieder dem Berg zu. Es war so kalt, dass ihr Atem wie Fabios Rauch aussah, wenn er auf die kühle Luft traf. Schweigend blieben sie nebeneinanderstehen und ließen die Aussicht auf sich wirken. Obwohl Fabio sich nun vor mehr als einer Woche der Gruppe angeschlossen hatte, kannte Viola ihn nicht wirklich. Sie wusste nicht, was sie sagen sollte. Seit sie gemeinsam dem Sturm am Golfplatz ausgesetzt gewesen waren, hatten sie nicht mehr viel gemeinsam unternommen. Fabio war viel mit Joris zusammen, hatte Gespräche mit Charlie, Pete, Hannah oder Fiefie geführt oder die Einsamkeit gesucht. Da Viola niemand war, die gerne auf andere Menschen zuging und häufig vor dem Zelt saß, um ihre Umgebung zu beobachten, hatten sie nur wenig Schnittmenge.

Fabio zog erneut an seiner Zigarette, dann drückte er den Stummel auf dem Boden aus und packte den Rest sorgfältig in ein Taschentuch, das er in seine Hosentasche stopfte. »Ich habe das vermisst«, sagte Fabio und nickte zu dem Gipfel. »Die Natur, dieses menschenleere Stück Erde gibt mir jedes Mal ein Gefühl der Zufriedenheit. Mir war nicht bewusst, wie sehr ich das Reisen mit meinen Leuten vermisst habe.«

Viola nickte. »Ich werde es ebenfalls vermissen.« Sie dachte an Isa. An die Monate, als sie lediglich die jeweils andere hatten. Eine Zeit, die sie nur für sich genutzt hatte und in der Isa ihre einzige Vertrauensperson gewesen war. »Als ich mich entschied, mein Leben doch noch in die Hand zu nehmen und dem Chaos nicht zu verfallen, wusste ich, welches Opfer ich bringen musste. Es ist nicht die erste Therapie, die ich begonnen habe. Ich kannte mich aus mit den Nebenwirkungen einiger Medikamente, den aufwändigen Gesprächstherapien, ohne die du die Pillen nicht bekommst, und die scheinbar nicht enden wollenden Tage in der Psychiatrie, wo du umgeben bist von Leid und dem Wunsch, schnell wieder rauszukommen.«

»Du hast es trotzdem durchgezogen«, erwiderte Viola und lächelte Fabio an. Sie war verwundert über das direkte Ansprechen eines sensiblen Themas, aber eigentlich sollte sie nicht so irritiert sein. Das wenige, was sie von Fabio bisher kennengelernt hatte, war die Tatsache, dass er selten über banale Dinge sprach, sondern es eher bevorzugte, zu schweigen, wenn er nichts von Belang zu sagen hatte.

»Ja.« Fabio nickte. »Und mich bringen die Nebenwirkungen weiterhin fast um den Verstand. Ich wünschte, ich müsste mich nicht ständig hinlegen. Ich wünschte, ich hätte das Zittern in meinen Händen nicht.« Er streckte seine Finger aus. Viola konnte kein Zittern erkennen. Sie sah Fabio fragend an.

»Es ist gerade minimal, kaum bemerkbar. Es erschwert mir manchmal das Musizieren, was schon vor der Therapie eine prima Methode war, um runterzukommen«, erläuterte Fabio. »Und das Schnitzen funktioniert auch nicht so gut. Das Herumwerkeln war eine Beschäftigungstherapie in der Psychiatrie. Es hat mich am Leben gehalten, die Möglichkeit zu haben, mich kreativ zu beschäftigen.«

Ja, jetzt verstand Viola. Oft genug hatte Fabio vor seinem Zelt gehockt und an Figuren geschnitzt. Dafür benötigte man natürlich eine ganz bestimmte Feinmotorik.

»Und dann war da Joris«, fügte Fabio hinzu. »Ich habe gespürt, wie es ihn runtergezogen hat. Er hat vorgegeben, es würde ihm nichts ausmachen, er hat versprochen, mich zu unterstützen, ich habe jedoch gemerkt, dass er schlaflos neben mir lag und dass es ihn Überwindung kostete, mich während meiner Therapie in der Psychiatrie zu besuchen. Als er anbot, wegen mir auf die Reise hier zu verzichten, wusste ich, dass ich mich trennen musste.«

Viola biss sich auf die Lippen. Sie schmunzelte.

»Was ist?«, fragte Fabio.

»Ach.« Viola winkte ab. »Es erinnert mich an die Bemühungen meines Expartners und dass ich mich endgültig von ihm getrennt habe, obwohl es mich in eine dunkle Phase der Einsamkeit gestürzt hat. Ich hatte außer ihm nicht viele Bezugspersonen.«

Neugierig sah Fabio sie an. »Hast du dich von ihm getrennt, weil du es nicht mehr ertragen konntest, dass er untergehen könnte, weil nur noch du Mittelpunkt der Beziehung bist?«

Viola nickte und runzelte düster die Stirn. »Ja, so wie du es sagst. Es war mir unerträglich. Ich war so mit mir beschäftigt und hatte keinerlei Kraft mehr, mich mit seinen Problemen zu beschäftigen. Erstens ging mir die Transition nicht schnell genug, ich war aufgeregt, freudig, als es endlich losging, zweitens war ich überwältigt von den Veränderungen, den anfänglichen Nebenwirkungen und regelmäßig durch Rückschritte abgelenkt.« Viola erinnerte sich an Farids enttäuschtes Gesicht, als sie mit ihm Schluss gemacht hatte.

»War es ein Fehler?«, fragte Fabio.

Viola dachte an die Dunkelheit nach der Trennung, an den quälenden Schmerz, die Einsamkeit, die alles verschluckte, sowie an das Gefühl, schuldig an Farids Trauer zu sein. Sie erinnerte sich jedoch auch daran, dass sie sich während dieser aufregenden Phase ihres Lebens ganz auf sich hatte konzentrieren können, an die Reise, die sie mit Isa unternommen hatte, weil sie beide frei und ungebunden waren. »Nein«, sagte sie nach kurzem Zögern. »Es wäre sicherlich dennoch auch in Ordnung gekommen, wenn ich mit ihm zusammengeblieben wäre. Dann wäre ich jetzt vielleicht mit ihm hier und nicht mit Isa, und ich hätte Fiefie nicht auf die Art kennengelernt wie jetzt.« Sie musste grinsen.

»Erzähl schon«, forderte Fabio sie auf. Er sah sie dabei aufmerksam an.

»Ach, ich stelle mir gerade vor, wie Fiefie auf ihn reagiert hätte.«

Fabio grinste ebenfalls. »Es gibt irgendwo eine Parallelwelt, in der du jetzt in dem Moment mit Farid an dieser Stelle stehst und Fiefie eifersüchtig um euch herumschleicht.«

»Eine Parallelwelt?«, fragte Viola.

»Klar.« Fabio nickte. »Die Mehrweltentheorie gibt uns die Möglichkeit, fest daran zu glauben, dass es egal ist, wie wir uns entscheiden. Es gibt eine Vielzahl an verschiedenen Fabios, die ganz unterschiedliche Leben führen. In einem der Leben bin ich Anwalt, verheiratet und habe vier Kinder.«

Viola runzelte die Stirn. »Echt?«

»Natürlich.« Fabio nickte. »Ich finde es großartig, dass ich es geschafft habe, Jura zu studieren. Sie waren alle überzeugt, ich sei ein Verlierer, würde nichts in der Schule reißen, aber hey, immerhin habe ich es in einer der anderen Welten geschafft.« Er hob die Schultern.

»Naja, das weißt du ja nicht.« Viola wusste nicht, ob sie Fabios Interpretation der hypothetischen Parallelwelt amüsant oder rührend finden sollte.

Fabio sah sie an, und sie spürte, dass er es vollkommen ernst meinte. »Doch, natürlich weiß ich es. Wenn es eine unendliche Anzahl an Parallelwelten gibt, bin ich natürlich in einer davon ein erfolgreicher Anwalt.«

»Vielleicht bist du in einer der Welten auch Chefarzt geworden«, betonte Viola.

Fabio grinste. »Siehst du? Und dann soll mir nochmal jemand sagen, aus mir wäre nichts geworden.«

Viola nickte. Sie verstand den Trost, den Fabio in dieser Theorie fand. Sie betrachtete ihn. Fabio strich sich über die kurzen Haare. Sie betrachtete die

Tätowierung an seinem Hals, die gleich war wie die von Hannah. »Wie geht es deiner Schwester?«, fragte sie leise.

Fabio seufzte. »Ich würde es unerträglich finden, wenn sie wegen mir auf ihren Traum verzichtet.«

»Hast du es ihr gesagt?« Viola drehte sich um und sah zum Wohnmobil, wo sie Hannah vermutete.

»Ja, schon oft.« Fabio klang erschöpft.

»Ich rede mal mit ihr«, versprach Viola. »Ich glaube, wir haben einen guten Draht zueinander.«

»Danke.« Fabio klopfte ihr auf die Schulter, dann ging er weg, ohne sich zu verabschieden. Viola sah ihm nach und musste lächeln, als sie sah, wie Fabio in die Hosentasche griff und sein Taschenmesser hervorholte. Er bückte sich, nahm ein Stück Holz und setzte sich auf einen querliegenden Baumstamm. Er begann zu schnitzen. Seine Miene sah konzentriert aus.

*

Sie fand Hannah da, wo sie meist zu finden war. Wenn sie nicht vor dem Wohnmobil saß oder mit jemandem in einem Gespräch vertieft war, befand sie sich meist im Wohnmobil. Entweder, um dort zu reden oder selbstgepflückte Beeren, Pilze oder Kräuter durch Einkochen, Einlegen oder Fermentierung haltbar zu machen.

Hannah war zwar häufig für sich, blieb aber meist in der Nähe und war vielleicht aus dem Grund so eine Art Anlaufstelle für jeden, der einen Gesprächspartner suchte. Zu Beginn ihrer gemeinsamen Reise war Hannah noch oft unterwegs gewesen, um Pilze oder wildes Obst zu sammeln, jetzt, wo der Herbst kurz davor war, sich den ersten Anzeichen des Winters geschlagen zu geben, gab es für sie keinen Grund mehr.

»Hast du was auf dem Herzen?«, fragte Hannah, als Viola sich setzte. Sie drehte sich herum und ging zum Tisch. Sie setzte sich ebenfalls.

Viola schmunzelte und fragte sich, wie es Hannah ständig schaffte, einem das Gefühl zu geben, bei ihr in guten Händen zu sein.

»Probier mal. Das sind die Apfelchips.« Hannah schob ihr einen Teller über den Tisch.

Während der letzten Wochen hatte Hannah die dünnen Apfelscheiben auf großen Blechen vor das Fenster gelegt. Sie hatte sorgsam darauf geachtet, dass die Fensterseite nicht im Schatten von Bäumen stand und so die Sonnenstrahlen direkt auf das Obst gerichtet waren. Viola nahm sich einige Chips und nickte anerkennend, als sie den für Äpfel so typischen süßsauren Geschmack erkannte, allerdings in abgemilderter Form, als es bei frischen Äpfeln kennzeichnend war.

»Schmeckt super«, sagte Viola anerkennend.

»Also.« Hannah legte ihre Arme auf den Tisch. »Alles okay?«

Erneut musste Viola schmunzeln. Wieso ging Hannah davon aus, dass etwas nicht in Ordnung war, wenn jemand zu ihr ins Wohnmobil kam? Sie räusperte sich. »Ich habe mich eher gefragt, wie es dir geht?«

Hannah runzelte die Stirn. »Mir?«, fragte sie langgezogen, so als wolle sie Zeit schinden. Sie hob die Schultern. Sie seufzte.

»Fabio geht es ganz gut, oder? Und dein Traum vom eigenen Haus an der Nordsee ist zum Greifen nah.«

»Es geht ihm viel besser, als ich befürchtet habe«, gab Hannah ihr recht.

Viola lehnte sich vor. »Hannah, du bleibst seine ältere Schwester, und du wirst weiterhin einen wichtigen Teil in seinem Leben spielen, trotzdem musst jetzt mal an dich denken. Du bist nicht seine Mutter, und auch wenn du es wärst, wäre es eine gute Gelegenheit für dich, loszulassen. Er ist erwachsen.«

Hannah rieb mit den Fingern über die Tasse. »Ich weiß nicht. Vielleicht war es voreilig, das Geld meiner Tante für ein Haus einzuplanen. Es geht ja nicht nur um Fabio. Sondern … Schau sie dir mal an. Charlie. Fiefie. Joris.«

Viola seufzte. Ihr wurde bewusst, dass sie in einen Gewissenskonflikt geraten war. Fiefie hatte Andeutungen gemacht, dass es für sie beide eine Zukunft geben konnte, dass er sesshaft werden könnte, wenn Hannah sich von der Gruppe trennte. Sie war sich sicher, dass es für die Geschwister besser war, wenn sich ihre Wege trennten, sowohl Hannah als auch Fabio würden davon profitieren. Allerdings würde sie ebenfalls profitieren, wenn Fiefie Hannahs Absprung benötigte, um selbstständiger zu werden. War sie aus dem Grund eventuell nicht die Richtige, die Hannah davon überzeugte, an ihren Träumen festzuhalten? Fiefie könnte ihr Egoismus vorwerfen …

»Um Pete und Steffi mache ich mir keinerlei Sorgen«, stellte Hannah klar.

»Warum um den Rest?«, fragte Viola.

Hannah sah sie an. »Ich glaube, dass Pete und Steffi das Reisen nicht so brauchen wie der andere Teil der Gruppe. Sie haben ihre Projekte, haben einen riesigen Bekanntenkreis aufgebaut, haben einander und führen eine unspektakuläre, stabile Partnerschaft. Das kann ich nun mal nicht von Fabio und Joris behaupten. Ich habe keine Ahnung, wie die beiden miteinander verblieben sind. Und Charlie?« Hannah rieb sich die Haare aus dem Gesicht.

»Sie hat ihre Bücher. Und bei ihrer Schwester einen Ort, an den sie regelmäßig wieder zurückkehren kann«, erinnerte Viola sie.

»Ja. Das stimmt.« Hannah nickte. Sie sah Viola nachdenklich an. Plötzlich ging ein Ruck durch ihren Körper. »Ich sehne mich danach, für mich zu sein, mir ein stabiles Leben aufzubauen, so wie es sich meine Tante für mich gewünscht hat. Ein paar Tiere zu halten, einen Garten zu bewirtschaften und einen festen Job zu haben, mit dem ich etwas dazu verdienen könnte. Gleichzeitig habe ich das hier genossen. Das Gefühl, gebraucht zu werden, war mir wichtig und hat mir geholfen, einen Sinn in meinem Leben zu finden.«

Viola lehnte sich nach hinten und betrachtete Hannah gedankenverloren. Jemand wie Hannah war prädestiniert dafür, einen Haufen Kinder in die Welt zu setzen. Sie war die geborene Mutter. Dafür standen Hannah allerdings einige Dinge im Weg. Ihr Elternhaus hatte ihr nie den Rücken gestärkt, sondern mit zahlreichen Narben aus der Jugend entlassen. Warum sollte sie es wagen, Kinder zu bekommen, ständig mit der Angst im Nacken, die gleichen Fehler zu machen? Oder könnte genau das ein Antrieb sein und die Basis für eine besonders sorgfältige Elternschaft? Außerdem hatte Hannah kein Interesse an Partnerschaften, hatte nie aktiv nach einem Mann gesucht, war glücklich und zufrieden mit sich und brauchte niemanden, der ihr Geborgenheit vermittelte. Sie war sich selbst genug. Wie lange wollte Hannah sich für Menschen aufreiben, die eigentlich erwachsen waren und sich lediglich davor scheuten, Verantwortung für ihr Leben zu übernehmen? Wobei Viola sich fragte, ob es wirklich so war. Fabio war auf einem guten Weg, und Fiefie hatte in den Raum gestellt, sesshaft werden zu können. Blieb noch Charlie … Doch die konnte sich auch irgendwie durchschlagen, davon war Viola überzeugt.

Kinder zu erziehen, sie zu unterrichten und ihnen Liebe zu schenken war nicht damit gleichzusetzen. Kinder wurden größer, selbstbewusster und entwickelten eine eigene Persönlichkeit. Für die möglicherweise unschönen Momente innerhalb der Erziehung wurden Erwachsene von Erfolgen belohrt. Das begann mit dem ersten Schritt eines Babys und endete praktisch nie, denn im besten Fall blieben Eltern Zeugen eines erfüllten Lebens des eigenen Sprösslings.

»Hast du je darüber nachgedacht, Mutter zu werden?«, fragte Viola leise. Das Thema hatte sie begleitet, seit sie ihrer Transidentität bewusst geworden war. Sie hatte sich mit Beginn der Therapie dagegen entschieden, Samen zu spenden und einzufrieren, trotz des schmerzhaften Bewusstseins, dass sie niemals Mutter werden konnte. Wer sollte die Samen empfangen, wenn sie auf Männer stand? Aus dem Grund hatte sie sich mit der Kinderlosigkeit arrangiert und gelernt, damit zu leben. Das Einfrieren von Samen wäre in ihrem Fall reine Symbolik gewesen, die es verhindert hätte, damit abzuschließen.

»Ja, ich denke, jede Frau denkt irgendwann mal darüber nach.« Hannah nickte. »Für mich war früh klar, dass das für mich keine Option ist. Ich bin asexuell und vollkommen zufrieden damit. Mein Kinderwunsch war nie stark genug, um gegen meinen Willen Sex zu haben oder an eine künstliche Befruchtung zu denken. Das wäre möglicherweise anders, wenn ich in einem liebevollen Elternhaus aufgewachsen wäre. Auch mein zweiter Bruder ist kinderlos.«

Viola stutzte. »Und was ist mit Fabio?«

Hannah grinste. »Fabio ist ein spezieller Fall. Er ist kein richtiger Vater, dafür biologischer Erzeuger mehrere Kinder. Er hat Samen gespendet, um den Camper zu finanzieren.«

Viola hob die Augenbrauen und sah zum Fenster hinaus, um sich die Kiste anzusehen, mit der sie die meiste Zeit durch Finnland mitgefahren war. »Echt?«, fragte sie.

»Ja, mit einigen hat er losen Kontakt. Es sind dänische Eltern. Eltern, denen es nicht möglich war, Kinder zu bekommen. Lesbische Frauen. Alleinstehende Frauen.« Hannah nickte.

Viola biss sich auf die Lippen. Sie hatte nie überlegt, Samen zu spenden, sondern stattdessen über das Einfrieren für den eigenen Gebrauch nachgedacht. Vermutlich, weil ihr nie bewusst gewesen war, wie sehr manche Menschen darum kämpften, Kinder zu bekommen. Doch sie wollte nicht schon wieder mit Hannah über Fabio sprechen.

»Ich wusste, dass dir Partnerschaft nicht so viel bedeutet wie vielen Menschen, doch das erstaunt mich. Ich dachte, Fiefie und du ...« Das Gerücht ging im Camp herum, auch wenn Viola weder Hannah noch Fiefie darauf angesprochen hatte. Sie wusste, die beiden waren enge Freunde, aber ob da wirklich mal mehr gelaufen war, bezweifelte sie.

Hannah verdrehte die Augen. »Ich frag mich, warum sich das immer noch hält. Als wenn ein Mann und eine Frau nicht einfach befreundet sein könnten, ohne irgendwann mal in der Kiste zu landen. Traurig, dass selbst Leute wie wir an solchen albernen Klischees festhalten.«

Viola nickte. »Ja, das stimmt.«

»Das stand uns aber nie im Sinn, auch nicht als wir zu zweit unterwegs waren«, betonte Hannah. »Ich habe schlicht kein Interesse daran, sehe nicht, was es mir bringen könnte. Und ich glaube, selbst wenn, würde ich das Risiko nicht eingehen, einen guten Freund zu verlieren, wenn das Drama um verletzte Gefühle losgeht.«

Mal wieder dachte Viola an Max. Und an Farid. Und sie nickte mit gerunzelter Stirn. Sie hatte zwei der sympathischsten Männer bei genau solch einer Trennung verloren, obwohl es Phasen in ihrem Leben gegeben hatte, in denen sie Freunde mehr als Partner gebraucht hatte. Sie lächelte. »Du hast absolut recht.«

»In einer überaus sexualisierten Welt, in der Sexszenen die Quoten von TV-Serien in die Höhe treiben, sexualisierte Werbung erfolgreicher zu sein scheint und Sex in meinen Augen vollkommen überbewertet wird, ist es manchmal nicht ganz einfach. Ich verstehe nicht, warum ich ein Parfüm kaufen soll, nur weil eine Frau nackt auf einer Litfaßsäule abgedruckt ist und mich lasziv anlächelt. Das ist für mich alles unverständlich. Ich versuche, es zu kapieren. Es gelingt mir schlicht nicht.«

Viola hob die Schulter. »Vieles daran kann ich ebenfalls nicht nachvollziehen. Ich empfinde diese Art von Werbung eher als frauenfeindlich, weil sie uns als Objekte, nicht als Subjekte darstellt. Es gibt Männern das Gefühl, sich nehmen zu können, wonach ihnen der Sinn steht. Und dann kommen solche Übergriffe, wie Isa sie erlebt hat. Was soll ich dazu sagen? Früher war es ein

Zeichen von Freiheit, sich ausziehen zu dürfen, aber das ist meiner Meinung nach vorbei. Wir befinden uns schon seit längerem in einer entgegengesetzten Befangenheit.«

Hannah nickte. »Schön sein, anderen zu gefallen, sich mit seinem Körper und seiner Sexualität zu definieren. Einer der Gründe, warum ich an die Nordsee will. Dorthin, wo es sich für die Firmen nicht lohnt, Litfaßsäulen aufzustellen.«

Viola grinste. »Also zieh es durch.«

Hannah umfasste mit den Händen ihre Tasse und trank einen Schluck. Sie sah nachdenklich nach draußen. Einen Moment später stellte sie die Tasse ab. »Und diese Art von Gesprächen? Sie werden mir sehr fehlen.«

Viola hob die Schulter. Das war der Nachteil des Lebens, für das sich Hannah entschied. Sie würde viel alleine sein, allerdings würde sie neue Freunde finden, mit neuen aufregenden Menschen Gespräche führen. Außerdem …

Ruckartig lehnte Viola sich vor und schob den Teller mit den Apfelchips zur Seite. »Du bist nicht aus der Welt. Wir werden dich besuchen. Denkst du echt, jemand von uns könnte sich ein Häuschen an der Nordsee kaufen und glauben, es würde nicht ständig ein Zelt im Garten stehen?«

Hannah lachte leise. »Ich werde es mir überlegen«, versprach sie.

Viola nickte. Das war nicht unbedingt das Ergebnis des Gesprächs, das sie sich erhofft hatte, aber es war Hannahs gutes Recht, und wenn sie sich doch dagegen entschied, müsste Fabio das akzeptieren.

*

Die Tage vergingen wie im Flug. Es wurde kälter, und immer häufiger kroch Viola am Abend zu Fiefie ins Zelt, um ihre kalten Füße zwischen seine Oberschenkel zu schieben. Er protestierte zwar leise, nahm sie aber in den Arm und hielt sie warm, bis sie einschlief. Wie ein unausgesprochenes Versprechen schwebte die Wanderung zum Gipfel des Ukko-Koli als großer Höhepunkt über ihnen. Jeder wusste, dass sie sich diesen Ausflug bis zum Schluss aufhoben, und allen war klar, dass Joris dabei sein musste. Ihm ging es von Tag zu

Tag besser, und als er eines Abends am Lagerfeuer verkündete, fit genug zu sein, wussten sie, dass sie nichts mehr aufhalten konnte.

Die Finnen waren stolz auf die außergewöhnliche Aussicht auf den See Pielinen, zahlreiche Künstlerinnen hatten sich davon inspirieren lassen, und bei den Touristen galt das als eine der bekanntesten Natur-Sehenswürdigkeiten Finnlands.

Die Wanderung war mit knapp 6 km nicht besonders lang, doch sie entschieden sich aus Rücksicht auf Joris dafür, die zahlreichen Umwege durch die Wälder zu ignorieren und die Touristen-Route zu nehmen, wie Pete sie spöttisch nannte. Zwar bot Joris an, unten auf einer Bank zu bleiben, aber niemand dachte auch nur im Entferntesten daran, ihn zurückzulassen.

Die Sicht war tatsächlich so genial, wie Viola es sich ausgemalt hatte, obwohl die vielen Besucher ein wenig störten. Selbst zu der Jahreszeit, wo Finnland kaum Urlauber beherbergte und die Wege vom vielen Regen matschig waren, war der Ort überlaufen. Fiefie, Hannah und Charlie wollten sich etwas entfernt ein ruhiges Plätzchen suchen, Joris und Fabio besetzten eine Bank, wo Joris sich ausruhen und sein Bein schonen konnte. Übrig blieben Pete, Steffi, Isa und Viola. Sie wollten nicht darauf verzichten, Selfies zu machen und posierten gemeinsam vor der grandiosen Aussicht. Leider gab die Sonne gegen die Wolkenwand auf, die von Osten heraufzog, und es wurde schnell düster und grau. Die meisten Wanderer veranlasste das, den Rücktritt anzutreten. Viola fand, dass das bedrohliche Bild mit dem See, seinen steinigen Inseln und den vielen Nadelbäumen umso faszinierender wurde, desto mehr sich der Himmel zuzog. Viola fand es beeindruckender, und sie fand es praktisch, dass sie nun nur noch zu viert da waren. Bevor das Wetter sich verschlechterte, brachen sie auf, um den wunderschönen und abwechslungsreichen Wanderweg zurückzuwandern.

Sie kamen auf dem Rückweg niedrigeren Gipfel Akka-Koli vorbei und genossen die Aussicht. Hier waren sie unter sich, das raue Wetter war den meisten Gästen zu viel.

Einen Moment lang blieben sie zu neunt beieinanderstehen, und Viola spürte das feste Band, das die Gruppe schon seit Jahren verband. Trotz der Unstimmigkeiten, Streitereien und Meinungsverschiedenheiten verweilte die Clique in absoluter Einigkeit aneinander gepresst auf dem Gipfel. Dass sie

Viola und Isa so willkommen und offen in ihrer Mitte empfangen hatten, war etwas Besonderes. Es wurde Viola nicht das erste Mal, aber dieses Mal mit aller Heftigkeit bewusst.

»Ich habe euch so lieb«, sagte Hannah leise.

»Wir dich auch«, erwiderte Charlie lauter und drückte ihre Freundin eng an sich. Die zwei Frauen so vertraut zusammen zu sehen, rührte Viola. Dass sich Hannah und Charlie in den letzten Tagen aus dem Weg gegangen waren, hatte die Gruppendynamik gestört. Viola streckte den Arm aus und zog Isa zu sich heran. Sie küsste sie auf die Stirn und fand, dass kein Mensch in dem Augenblick besser in ihren Arm passte als Isa.

Wenn die Zeit nicht gedrängt hätte, hätten sie sicherlich länger verweilt, doch es wurde früh dunkel, und sie wollten vor Anbruch der Dunkelheit in ihren Zelten sein. Sie liefen über Hügelkämme, Richtung Süden, den Pielinen-See ständig zu ihrer Seite.

»Und, fühlst du dich bereit für die Rückfahrt?«, fragte Pete und holte Viola ein, die zuvor mit Charlie und Joris in ein Gespräch vertieft gewesen war.

Viola seufzte. »Bist du es?«

Pete schob seine Hände in die Hosentasche. »Ich bin immer voller Wehmut, wenn eine Reise vorbeigeht, bisher hatte ich jedoch auch die Gewissheit, dass es im nächsten Jahr aufs Neue in den wunderbaren Norden mit den noch wunderbareren Menschen geht.« Pete drehte sich um und zeigte auf die Gruppe hinter sich, die langsamer als sie war.

»Meinst du, ihr fahrt nächstes Jahr?«, fragte Viola.

»Bestimmt.« Pete nickte und lächelte.

Viola konnte ihre Zweifel nicht verbergen. »Bist du dir sicher? Ich meine, Hannah …«

»Es hat immer mal Unstimmigkeiten gegeben. Manche sind nie wieder mitgefahren, ein paar haben sich nach einigen Jahren erneut angeschlossen. Ich habe genauso schon darüber nachgedacht, mal auszusetzen. Nichtsdestotrotz ging es im Jahr darauf wieder Richtung Norden.«

Viola betrachtete ihn. Sie hatte mit Pete nicht besonders viel zu tun gehabt, von allen vielleicht am wenigsten. Ständig war er mit Steffi unterwegs, und wenn er das nicht war, verbrachte er seine Zeit am liebsten mit Joris. Oder Charlie. Und seit Fabio da war, hatte Pete noch weniger Raum für den Rest der

Gruppe. »Ich bin gespannt, welche Art von Reisenden Isa und du werdet«, fügte Pete hinzu.

Viola sah ihn neugierig an.

»Die Art, für die das Reisen mit uns eine einmalige Erfahrung bleiben wird. Oder die Art, die in ein oder zwei Jahren nicht mehr wegzudenken sind.« Pete half ihr über einen hohen Felsen.

Viola schwieg. Sie wusste die Antwort darauf nicht. Nach einem Moment sagte sie: »Ich bin ebenfalls gespannt.«

»Du schließt es zumindest nicht aus. Das ist gut.« Pete nickte zufrieden.

Viola lächelte ihn an. Kurz drauf fiel ihr etwas ein. »Wir sind jetzt mit neun Reisenden recht viele. Was macht ihr, wenn noch mehr Leute mitkommen wollen?«

Pete lachte leise. »In dem Fall kaufen wir uns einen weiteren Camper. Oder leihen uns ein Wohnmobil aus. Wer mitwill, der darf mit. Wir lassen niemanden zurück.«

»Also …« Viola atmete tief ein und sah Pete erwartungsvoll an. »Also wären Isa und ich willkommen?«

Pete blieb abrupt stehen. Er legte ihr beide Hände auf die Oberarme. »Natürlich!«

Bisher war Viola überzeugt davon gewesen, dass sie sich nicht vorstellen konnte, im nächsten Jahr mitzureisen. Doch sie musste zugeben, dass es ihr leichter fiel, nach Hause zu fahren, mit dem Versprechen an sich selbst, es zumindest nicht auszuschließen. Auch wenn sie keine Ahnung hatte, ob das ihr fester Arbeitsplatz zuließ, den sie bis dahin hoffentlich haben würde. »Na, dann werden wir uns das überlegen.« Viola grinste und stieß mit der Faust sanft gegen Petes Schulter.

»Super.« Pete lächelte siegesgewiss, als wäre er sich absolut sicher, dass sie sich nächstes Jahr wieder treffen würden, um gemeinsam Skandinavien zu erkunden.

Sie verließen den weißen Quarzit, der sie vom Gipfel durchgängig begleitet hatte, liefen durch einen zauberhaften finnischen Birkenwald, anschließend führte ihr Weg durch ein Moor, über das lange Holzbrücken führten.

Viola hatte sich die idyllische Kulisse des Koli-Nationalparks nicht so beeindruckend vorgestellt. Der märchenhafte Wald, die Hügellandschaften und der Weg entlang des klaren, tiefblauen Sees gehörten zu den atemberaubendsten visuellen Erlebnissen der gesamten Europareise.

Als Viola an diesem Abend zu Fiefie ins Zelt kroch, war ihr Kopf voller Eindrücke, und ihre Beine fühlten sich müde und erschöpft an. Sie schloss die Augen, als Fiefie ihr Gesicht und ihren Hals mit Küssen bedeckte, und sie lächelte, als er sich vorbeugte und mit dem kleinen Finger ihre Nase anstupste. »Du siehst zufrieden aus.«

»Das bin ich«, murmelte Viola und rollte sich in seine Arme, um ihren Körper fest an seinen zu drücken.

*

Den ersten Halt ihrer Heimreise machten sie in Helsinki, der Hauptstadt von Finnland, die innerhalb einer engen Einmündung lag, wo sich die Ostsee in das Festland gefressen hatte. Es war Steffi gewesen, die in einem Buch von dieser schönen Stadt gelesen hatte, und Viola musste zugeben, dass Steffi mit ihrer Empfehlung recht behalten hatte. Sie parkten ihre Fahrzeuge außerhalb der Innenstadt auf dem Parkplatz eines Restaurants, das zu der Jahreszeit nicht geöffnet hatte. Sie hatten nach wenigen Metern bereits einen offenen Blick zur Burg Suomenlinna, die majestätisch auf mehreren verbundenen Inseln stand und die Bevölkerung seit Jahrhunderten während Kriegszeiten beschützt hatte.

Viola schloss sich denen an, die über eine lange Brücke zur Burg liefen und zwischen den alten Burgmauern entlangschlenderten. Lediglich Hannah, Fabio und Joris hatten kein Interesse. Viola vermutete, dass Joris sein Bein nach der Wanderung zum Gipfel des Koli schonen wollte und Hannah das Gespräch mit ihrem Bruder suchte und deswegen dankbar war, dass sie sich alle auf den Weg machten.

Besonders Pete und Isa schienen angetan zu sein und lasen sich sogar die Texte auf den Informationstafeln durch, als Charlie ihr Notizbuch herausholte und sich auf die kalten Steine eines schmalen Mauervorsprungs setzte. Sie begann zu schreiben, und Viola wusste, wenn Charlie so fieberhaft und eifrig schrieb, war sie für die Außenwelt nicht erreichbar.

Nach der Besichtigung der Burg liefen sie die Brücke weiter zur nächsten Insel und schließlich zurück aufs Festland, wo sich der Kern der Altstadt befand. Viola war sich nicht sicher, etwas erinnerte sie an Stockholm. Vielleicht die vielen Flüsse und Kanäle sowie die engen, schärenähnlichen Einbuchtungen mit Felsen im Wasser, eventuell auch die Bauweise der Häuser. Es kam Viola so vor, als würde die Stadt die Eigenschaften sämtlicher nördlicher Einflüsse in sich vereinen.

Weil Fiefie Hunger hatte, gingen sie in ein Bistro, und Viola bestellte für sich Karjalanpiirakka, finnische, gefüllte Teigtaschen, und sah skeptisch auf Isas Teller, die Hernekeitto bestellt hatte, eine eher unappetitlich aussehende Suppe aus Erbsen. Das hatte Viola vermisst. Seit sie sich den anderen angeschlossen hatten, waren sie nie Essen gegangen. Mit Isa war sie in jedem Land mindestens einmal in ein Restaurant gegangen, um die landestypische Küche kennenzulernen. Sie war froh, dass sie nun Finnland auf die Art kennenlernten.

Sie hatte nicht damit gerechnet, dass sie so weit kommen würden, doch sie hatten tatsächlich fast komplett Europa bereist, einen faszinierenden Kontinent mit so vielen unterschiedlichen Kulturen.

Für den Nachtisch empfahl ihnen ein Gast des Nachbartisches Riispuuro, finnischen Reispudding. Voll gegessen verzichtete Viola auf den Nachtisch und hoffte, dass sie gut schlafen konnte. Weil es viel Arbeit gewesen wäre, die Zelte für eine Nacht aufzubauen, schlief ein Teil von ihnen in den Fahrzeugen. Pete, Steffi und Hannah bauten ihre Zelte auf, der Rest verteilte sich in die Fahrzeuge.

Viola hatte viele Nächte eng an Isa gedrückt in ihrem alten Schrotthaufen verbracht und sich an Fiefies Anwesenheit bei den gemeinsamen Übernachtungen in Fiefies Zelt gewöhnt, zwischen beiden eingekeilt zu sein, war allerdings doch etwas unangenehm. Fiefies Kopf lag dicht an ihrem Kopf, und sein warmer Atem erzeugte einen Dauerzug auf ihrem Gesicht, gleichzeitig drückte Isas Knie ihr in den Po. Nach einer halben Stunde gab Viola auf und krabbelte raus. Sie war nicht verwundert, als sie Charlie im Schein einer Taschenlampe auf einem Stuhl sitzen sah, erneut Bleistift und Notizbuch in der Hand.

»Du schreibst schon wieder?«, fragte Viola erstaunt.

Charlie schrieb hastig weiter, setzte nach wenigen Sekunden ruckartig den Bleistift ab. Sie sah auf. »Was?«

»Du schreibst in letzter Zeit sehr viel«, meinte Viola.

Charlie hob die Schultern. »Das ist häufig so bei mir. Am Anfang der Reise fehlt mir jegliche Muse, und ich bin ausgelaugt. Während der Wochen sammele ich so viele Erfahrungen, die ich in meinen Büchern niederschreibe. Auf dem Heimweg bin ich randvoll mit neuen Ideen und hoppelnden Plotbunnys, die mich so lange nerven, bis ich wieder anfange zu schreiben. Und meist kann ich danach gar nicht mehr aufhören.«

»Plotbunny?«, fragte Viola.

»Eine zündende Idee, die nicht verschwindet, bis sie endlich auf Papier ist«, übersetzte Charlie.

Viola nickte. »Das klingt spannend. Also wirst du bald ein weiteres Buch veröffentlichen?«

Charlie sah auf ihr Notizbuch und seufzte. »Ich habe momentan Ideen für mehrere Bücher. Ich muss mich erst einmal Sortieren und Nachdenken. Dafür brauche ich die Einsamkeit der Wintermonate ohne euch. Um klarzukommen. Im Frühling kann ich dir sagen, wie viele Bücher es werden. Oder ob es überhaupt eines wird.«

»Du bist im Winter bei deiner Schwester, oder?«

Charlie nickte. »Die Wintermonate gehören nur meinen Nichten und meinen Büchern.«

Viola fröstelte und zog die Beine nach oben auf die Sitzfläche, um dem kalten Boden zu entfliehen. Sie hoffte, eines Tages Tante zu werden. Sie wusste nicht, ob ihr Bruder mit seiner Freundin plante, Kinder zu bekommen. Sie hatte nie gefragt, wusste allerdings, dass ihre Eltern sich das ebenfalls sehr wünschten. Obwohl ihre Mutter sie stets unterstützt hatte, hatte sie die Unfruchtbarkeit ihrer Tochter, die mit der Transition einherging, nie ganz überwunden.

»Und du?«, fragte Charlie. »Warum schläfst du nicht?«

»Schlaf du mal eingekeilt zwischen deiner besten Freundin und deinem frisch zugelegten Partner in einem engen Camper«, meinte Viola.

»Schlaf du mal mit deinen beiden ehemaligen Geliebten, die jetzt eine Beziehung miteinander führen, in einem Wohnmobil«, erwiderte Charlie grinsend.

Viola lachte leise. »Okay, du hast gewonnen.«

Charlie schmunzelte.

Gemeinsam starrten sie in den Sternenhimmel, und Charlie erzählte Viola von ihren Ideen, die sie in dem Notizbuch gesammelt hatte und die sie dann am Computer ihrer Schwester abtippen wollte, sobald sie zu Hause war. Als Viola zurück in den Camper ging, war sie entspannt genug, dass Fiefie und Isa sie nicht mehr störten. Sie kuschelte sich in deren Mitte, und ihr fielen fast unmittelbar die Augen zu.

*

Von Helsinki aus fuhren sie am nächsten Vormittag mit der Fähre nach Tallinn, hielten sich in der estländischen Stadt jedoch nur kurz auf und setzten ihre Reise fort. Südlich eines Vororts fanden sie einen Parkplatz, wo sie ihr Lager aufschlugen.

Obwohl ein Besuch in Tallinn sicherlich sehr lohnend gewesen wäre, hatte keiner von ihnen Motivation, länger als nötig zu verweilen. Viola spürte, dass sie die vielen Menschen nach der langen Zeit der Einsamkeit nicht mehr gewohnt war. Den anderen ging es ähnlich.

Trotzdem machte Viola bei der Durchfahrt einige Bilder und schickte sie ihrer Familie. Ihr war auch aufgefallen, dass sie das Handy häufiger bei sich trug, nachdem sie es fast drei Monate ausschließlich in ihrem Zelt oder im Rucksack liegen gehabt hatte. Sie begann, sich schon an den normalen Alltag zu gewöhnen. Ihre Mutter schrieb ihr zurück, dass sie sich auf Violas Rückkehr freue. Viola lächelte und schob das Gerät in die hintere Gesäßtasche. Ihre Mutter freute sich, und in Violas Innerem herrschte so viel Chaos, und es wurde schlimmer, je näher sie dem Ort ihrer Kindheit kam. Sie runzelte die Stirn.

»Was ist los?«, fragte Steffi und sah sie aufmerksam an. Sie war die Einzige, die nach dem gemeinsamen Mittagessen in dem viel zu engen Wohnmobil geblieben war. Die restlichen nutzten die Gelegenheit, die Umgebung bei Tageslicht zu erkunden.

»Meine Mutter hat geschrieben, dass sie sich freut, wenn ich heimkomme«, murmelte Viola und kratzte sich am Kopf.

»Wäre ja traurig, wenn das nicht der Fall wäre«, bemerkte Steffi.

Viola sah sie nachdenklich an und hob langsam die Schultern. »Ich …
weiß nicht. Ich freue mich auch, aber …«

»Aber?«, fragte Steffi, als Viola verstummt war.

»Ich war sechs Jahren nicht mehr da, kannst du dir das vorstellen? Was
werden die Leute sagen?« Viola seufzte und richtete sich auf. Ihr tat der
Rücken weh von der letzten Nacht. Der Boden des Campers war verdammt
hart. »Ich war mir sicher, ich wäre dem Ganzen gewachsen, und immerhin
habe ich meine engere Familie, die zu mir steht, doch je schneller der Tag
kommt, desto weniger kann ich mich freuen.«

»Deine Eltern und dein Bruder haben dich zwischendurch mal gesehen,
oder?«, fragte Steffi.

Viola nickte. »Ja, klar. Sie haben mich besucht. Aber ich war nie bei ihnen,
nie in meinem Elternhaus.«

»Hast du es dir damit nicht schwerer gemacht?« Steffi sah sie ernst an.

Viola hob die Schultern. Steffi hatte vermutlich keine Ahnung, wie es war,
am Anfang zu stehen, ohne Hormone und ohne offizielle Anerkennung des
eigentlichen, empfundenen Geschlechts, von den Therapeuten dazu motiviert,
zu dem zu stehen, was man war. Innerhalb dieser Phase hätte sie in das Dorf
ihrer Eltern reisen sollen, wo die Älteren in der Nachbarschaft sie noch als kleinen Jungen kannten?

»Wissen die Nachbarn, wer die schöne Frau ist, die in ein paar Tagen nach
Hause kommt?«, hakte Steffi nach.

»Meine Mutter hat die Nachbarschaft stets korrigiert, wenn sie gefragt
wurde, wie es ihren beiden Söhnen ging«, erzählte Viola. »Und natürlich
machte es die Runde, als es bekannt wurde. In unserem Dorf bleibt niemand
anonym, jeder kennt jeden, und jeder redet über jeden.«

»Wie reagieren die Leute, wenn deine Mutter richtigstellt, dass sie eine
Tochter hat?« Steffi trank ihren Tee leer und drehte sie in ihrer Hand. Dann
richtete sie ihre Aufmerksamkeit wieder auf Viola. Sie hob die Augenbrauen,
als Viola die Schultern erneut hob. »Du weißt es nicht?«, fragte sie überrascht.

»Ich habe meine Mutter nie gefragt.«

Ratlos sah Steffi sie an.

Viola lächelte. »Du meinst, ich sollte sie mal fragen?«

»Natürlich!« Steffi grinste. »Das wäre meine erste Maßnahme, wenn ich mir unsicher wäre, was mich erwartet. Oder redest du mit deinen Eltern nicht gerne über das Thema?«

Vehement schüttelte Viola den Kopf. »Nein«, stellte sie klar. »Meine Eltern haben immer hinter mir gestanden, haben mich unterstützt, mir Mut gemacht, mich so akzeptiert, wie ich mich selbst identifiziert habe. Und meine Transition war nie ein Tabuthema zwischen uns. Sie sind damit offen umgegangen, ohne mich zu sehr zu bedrängen.«

»Das ist toll.« Steffi nickte zufrieden. »Nicht jede Person hat solche Eltern.«

Viola dachte an die katastrophalen Umstände, in denen Fabio und Hannah aufgewachsen waren, an das traurige Schicksal von Charlies Mutter und daran, dass Joris' Mutter abgehauen war, als er noch ein Baby gewesen war. »Ich nehme es manchmal zu selbstverständlich«, bestätigte sie.

»Naja, es sollte selbstverständlich sein, solche Eltern zu haben. Leider ist es das nicht«, erwiderte Steffi. Sie strich mit den Fingern über ihre Haare und band sie lose mit einem Band zusammen. Sie musterte Viola. »Ich habe Glück gehabt, und wenn ich hier mit den Leuten zusammen bin, wird es mir regelmäßig wieder bewusst. Wir, die wir Glück hatten, sollten unsere Mamas häufiger in den Arm nehmen, einfach nur, um unsere Dankbarkeit zu zeigen.«

Viola lächelte. »Ja, das wird das Erste sein, was ich mache. Sie umarmen und ganz lang nicht mehr loslassen«, versicherte sie leise.

»Ich …« Steffi brach ab, als ihr Telefon klingelte. Sie trug ihr Smartphone normalerweise ebenfalls nicht bei sich. »Hey, Luca«, grüßte sie und sah Viola entschuldigend an. »Ja, danke für deinen Rückruf. Ich wollte fragen, ob du uns am Bahnhof abholen kannst?«

Viola beobachtete Steffi, die aufgestanden war und nickte, obwohl der Mensch namens Luca das nicht sehen konnte. Es schien, als würden sie alle langsam ihr Ankommen vorbereiten. Es wurde Zeit, dass Viola das genauso machte.

»Ja. Ja. Richtig. Ich denke, in zwei Wochen oder so. Ja. Klar. Ne, macht mir nichts aus. Ich habe kein Problem mit Flo und Jona. Von mir aus kann Hani mitkommen. Du, warte mal kurz.« Steffi senkte das Smartphone, kniete sich auf das Polster der Bank und sah Viola an. »Ich glaube, das dauert etwas länger. Die organisieren eine Willkommensparty für Pete und mich. Wir können gerne später nochmal sprechen. Mein Ratschlag: Rede mit deiner Mama und sag ihr, was dich beunruhigt.«

»Mach ich.« Viola lächelte.

Steffi lehnte sich vor und sah sie ernst an. »Heimkommen ist für uns alle nicht leicht. Du bist nicht alleine, und ich kann dir versichern, dass es hilft, Dinge, die einen beunruhigen, anzusprechen. Ich bin überzeugt, wenn du keine Vorbereitungen triffst und dir Verbündete holst, könntest du verletzt werden. Und das will ich nicht. Weil eine gute Heimkehr zu einer guten Reise gehört.«

Viola erwiderte den Blick, sie nickte, weil sie den Eindruck hatte, dass Steffi Luca ansonsten ewig warten lassen würde. »Ich ruf sie sofort an«, versprach sie.

»Super.« Steffi berührte ihre Hand. Sie sah sie erneut ernst an, schließlich nahm sie das Smartphone wieder an ihr Ohr und verließ das Wohnmobil.

Nun war Viola für sich in dem Fahrzeug, eine absolute Seltenheit. Das Wohnmobil fungierte als eine Art Gemeinschaftsraum und war immer mehr zum Mittelpunkt geworden, je schlechter das Wetter im Norden und je früher es am Abend dunkel geworden war. Nachdenklich trank Viola ihren Tee aus, dann zog sie das Smartphone aus der Hosentasche. Sie wusste, dass Steffi recht hatte, und sie fragte sich, warum sie nicht selbst auf die Idee gekommen war. Sie suchte die Nummer ihrer Eltern und rief zu Hause an.

*

Bereits am nächsten Tag verließen sie ihren Rastplatz und übernachteten eine weitere Nacht in Estland, direkt an einem Feldweg, der zu einem See führte, welcher mitten in einem Wald lag. Nach all den größeren Städten, die sie während ihrer Heimreise durchquert hatten, kam es Viola wie eine sehnsüchtig erhoffte, fast nicht mehr erwartete Zugabe der Lieblingsband vor. Sie verbrachte den Nachmittag zunächst mit Fiefie am Ufer, um ihm Gesellschaft zu leisten, als er darauf wartete, dass ein Fisch anbiss. Als er begann, die Fische für den Grill zuzubereiten, verließ sie die Szenerie. Wenn sie zu genau dabei zusah, würde sie am Abend keinen Bissen herunterbekommen. Vielleicht sollte sie es so wie Pete und Steffi machen, die nie tierische Lebensmittel aßen und auch bei Fiefies Fisch konsequent blieben. Als Viola zurück zu den anderen kam, fragte Isa sie, ob sie Luft auf ein Spiel hätte. Viola setzte sich zu ihrer Freundin und nickte. Sie nahm die Ewige Liste für das Würfelspiel und musterte die miserablen Ergebnisse, die jedoch nicht schlechter waren als die auf den anderen Listen, die sie im Laufe des letzten Jahres errungen hatte. Sie musste schmunzeln, als sie die beiden Comiczeichnungen oberhalb der Punktzahlen in den Spalten sah. Isa hatte sich selbst mit halblangen Locken gemalt, Viola hatte sie zwei lange, geflochtenen Zöpfe verpasst. Sie hielten sich an den Händen.

Natürlich gewann Isa, doch Viola hätte sie sowieso unmöglich einholen können. Als Isa unter den erzielten Punkten einen Strich machte, um die Summen zu addieren, war Viola etwas traurig. Ein weiteres Kapitel, das heute geschlossen wurde.

Inzwischen war Fiefie zurück und half Hannah dabei, den Grill vorzubereiten.

Viola sah sich um und genoss den Anblick. Charlie saß vor ihrem Zelt und schrieb, Fabio hockte ganz in ihrer Nähe und spielte auf seiner Gitarre, und Isa hatte sich einer Solorunde ihres Würfelspiels zugewandt. Steffi und Pete schnitten Gemüse und steckten die Würfel auf Spieße, nachdem sie sie mit einer Knoblauchsoße mariniert hatten, und Fiefie und Hannah stritten leise am Grill über die Menge an Kohle, die zu verwenden war. So schön, dass sie sich inzwischen wieder über solche Banalitäten streiten konnten. Es war wie an einem der zahlreichen Abende ihrer Reise.

Nur Joris fehlte. Viola beugte sich vor und sah, dass aus Joris' Zelt ein Fuß herausschaute. Sie stand auf, ging hinüber und ging in die Hocke. »Was liest du?«, fragte sie, als sie in das Zelt schaute.

Joris richtete sich auf und legte seinen E-Book-Reader zur Seite. »*Tagelange Nächte*, ein Roman über eine Gruppe, die unterwegs ist«, antwortete er.

»Also ein Buch über uns?«, fragte Viola grinsend.

Joris lachte. »Naja, es spielt nach dem Ausbruch eines Supervulkans. Ich mag die Dynamik innerhalb der Gruppe. Sie ist unserer nicht unähnlich und die Figuren sind spannend beschrieben.« Er rutschte zum Eingang und musterte Hannah und Fiefie. »Was haben sie denn?«

»Fiefie will mehr Kohle verwenden, und Hannah sagt, er muss lernen, geduldig zu sein«, fasste Viola zusammen.

»Wo sie recht hat, hat sie recht.«

Viola schmunzelte. »Absolut.«

Schweigend saßen sie nebeneinander, versunken in ihre Gedanken. Viola versuchte, den Augenblick in sich aufzusaugen. Schließlich wandte sie sich wieder Joris zu: »Wie geht es deinem Bein?«

»Besser.« Joris zog das Hosenbein nach oben. Eine lange Narbe erinnerte an den Vorfall, aber er trug keinen Verband mehr.

»Und hier?« Viola zeigte mit der flachen Hand auf ihre Brust und formte dann mit beiden Zeigefingern und Daumen ein Herz.

Joris‘ Augen richteten sich auf Fabio. Er lächelte. »Ebenso besser.« Er lauschte einige Sekunden lang den Gitarrenklängen seines Freundes, dann sah er Viola an. »Und bei dir?« Er machte die gleiche Geste.

Viola hob die Schultern. »Wir werden sehen. Wir müssen … abwarten.« Sie sah zu Fiefie, der es aufgegeben hatte, Hannah überzeugen zu wollen und stattdessen argwöhnisch die Arme vor der Brust verschränkte, während Hannah mit einem Holzstab in der heißen Kohle herumstocherte.

»Ich würde mich freuen, wenn das mit euch klappt. Für dich natürlich. Und für ihn«, murmelte Joris.

Viola kratzte sich am Kopf. »Es ist nicht ganz leicht. Wir … kommen aus unterschiedlichen Welten.«

»Und ich würde mich freuen, wenn du uns erhalten bleibst«, fügte Joris hinzu. Er legte ihr seine Hand auf die Schulter und zog an ihr, bis Viola sich umdrehte und ihn ansah. »Wir alle würden uns freuen«, fügte er hinzu.

Viola nickte. »Ich mich auch«, erwiderte sie leise. Sie starrte Joris in die Augen und musste daran denken, dass er der erste Mensch war, den sie von der Gruppe richtig kennengelernt und fast auf Anhieb sympathisch gefunden hatte. Er hatte ihr geholfen, das Zelt aufzubauen. Hatte ihr zugehört und ihr nie das Gefühl gegeben, sie wäre eine Außenseiterin. Joris zog die Hand heran. Er nickte ihr zu. Viola sah wieder zu den anderen und lächelte. »Ich glaube, unsere Wege werden sich auf jeden Fall wieder kreuzen. Ich weiß nicht, ob ich nächstes Jahr drei Monate dabei sein werde, in irgendeiner Form werde ich schon dazustoßen.«

Joris erwiderte das Lächeln, sagte aber nichts dazu, als hätte er das bereits gewusst.

*

Obwohl es ein Umweg war, fuhren sie an die Ostsee, sobald sie Lettland erreichten, und entschieden einstimmig, ein paar Tage südlich von Riga direkt am Meer zu verweilen. Dadurch, dass sie in den letzten Tagen so konsequent einen längeren Aufenthalt vermieden hatten, hatten sie sowohl Zeit als auch Geld gespart. Sie lebten auf Kosten von Fabio, doch der war der Meinung, mit niemandem auf der Welt sein Erbe lieber teilen zu wollen. Viola wusste, was zu den ersten Dingen zählte, die sie tun würde, sobald sie zu Hause war: Sie würde ihre Eltern ein letztes Mal um einen Zuschuss bitten und Fabio ihren Anteil der Heimreise übergeben, sobald sie ihn traf.

Nach der traumhaften Ruhe, die sie an dem kleinen See in Estland genießen konnten, waren sie neugierig genug, um sich nach Riga zu trauen. Gemeinsam mit Isa, Pete, Steffi und Charlie fuhr Viola im Camper nach Riga und war erstaunt, wie vielfältig und wunderschön die Altstadt war. Die Hauptstadt zählte wohl zu den unterschätzten großen Städten innerhalb der EU – und Viola konnte das nach ihrer Europareise beurteilen.

Das historische Zentrum bestand einerseits aus mittelalterlichen Gebäuden, Holzhäusern aus dem 19. Jahrhundert sowie einer konkurrenzlosen Jugendstilarchitektur und wurde kombiniert mit einer modernen, freundlichen und weltoffenen Bevölkerung, die es geschafft hatte, dennoch das Flair einer längst vergangenen Epoche zu bewahren.

»Kannst du dich an Wien erinnern?«

Viola zuckte zusammen. Sie saß alleine auf einer Bank mit Blick zum Marktplatz, während sich der Rest über eine Stadtkarte beugte, um einen kurzen Weg zum Wöhrmannschen Garten zu finden. Die Devise war auch heute, dass es einen Stadtbesuch nicht ohne die Besichtigung einer Parkanlage geben konnte.

»Natürlich«, sagte Viola und hob die Augenbraue.

Isa fröstelte, zog ihre Jacke fester um ihren Körper und setzte sich dicht neben Viola, als ob sie die Wärme in der Körpernähe suchen würde. »Wunderschön. Damals hatten wir alles vor uns.«

Viola nickte. Sie sah zu dem Treiben vor einem roten Haus. Obwohl es kalt war, war die Innenstadt von Riga belebt. Ein Fahrradfahrer fuhr an ihnen vorbei und hob zum Dank die Hand, als Steffi ihm dafür Platz machte, ein älteres Paar hielt sich an den Händen, und eine junge Frau schimpfte ihren Hund aus, der sein Geschäft mitten auf den Pflastersteinen erledigt hatte und sie nun mit hängenden Ohren ansah. »Ich erinnere mich und werde es nie vergessen«, erwiderte Viola.

»Ich bin traurig.« Isas Stimme war schwer und dunkel, und ihre Augen funkelten.

»Ach, Süße.« Viola nahm sie in den Arm und rieb ihr Kinn über die Schläfe ihrer Freundin. »Uns erwartet zu Hause die Zukunft.«

Isa seufzte. »Ich wollte nicht, dass es so schnell vorbei geht.«

Viola strich ihrer Freundin über den Arm und wiegte sie sanft. »Und wenn wir bald wieder zusammen Urlaub machen?«

»Das ist nicht dasselbe.« Isa schüttelte den Kopf. »Das wird es nie mehr sein. Unsere Jugend ist endgültig vorbei. Das nächste Mal, wenn wir solch eine Freiheit haben, dass wir ein Jahr lang ohne Verpflichtungen reisen können, wird unser Rentenalter sein. Und ob wir in dem Alter noch reisen können …«

Viola musterte ihre Freundin und dachte an den Kompromiss, den die anderen eingegangen waren, um die Freiheit der Jugend weiterhin spüren zu können. Als Erntehelfer zu leben war anstrengend, der Lohn niedrig. Es war so mühsam, dass Hannah sich wünschte, aussteigen zu können, sesshaft zu werden, einen festen Job anzunehmen. »Es ist nicht wichtig, wo wir sind, sondern dass wir die bleiben, die wir sind, oder?«, fragte Viola leise.

Isa sah sie fragend an. »Wir haben uns gefunden. Wir wissen, wer wir sind. Jetzt ist es an der Zeit, heimzugehen und nicht mehr weiter zu fliehen«, betonte Viola. »Wir sind zwei starke Frauen.«

»Ich weiß.« Isa löste sich von ihr und zog die Beine auf die Sitzfläche. Sie nickte zur Bekräftigung. »Ich weiß das doch, Viola. Sag aber nicht, dass es eine Flucht war. Es war viel mehr als das.«

»Wirklich?« Viola hob die Schultern.

Isas Stimme klang sanft. »Wir haben uns lediglich das erlaubt, was sich viele Menschen nicht trauen.«

Viola musterte ihre Freundin, langsam nickte sie. »Vermutlich hast du recht.«

Zufrieden sah sich Isa um. »Kannst du dich an Budapest erinnern?«

»Oh ja.« Viola schmunzelte. Sie erinnerte sich an die Fahrradtour, die sie mit zwei weiteren Frauen an der Donau entlang gemacht hatten. Und an die schicke Therme, die sie nur besucht hatten, weil die Dusche in ihrem Wohnmobil mal wieder kaputt gegangen war.

»Und an Alhambra?«

Viola nickte. Die Stadtburg im Süden Spaniens war der südlichste Punkt ihrer Reise und war alleine deswegen genauso bedeutend wie Oulu in Finnland. Es war damals so heiß gewesen, dass sie am Abend mit Kopfschmerzen zu kämpfen gehabt hatten. Isa und sie waren so erschöpft und verschwitzt gewesen, dass sie sich an einen Teich setzen mussten, wo ein Fisch Isas Fußzeh mit einem Snack verwechselt und reingebissen hatte. Nun saßen sie hier, dicht aneinandergeschmiegt, weil ihnen so kalt war. »Ich kann mich an alles erinnern«, bestätigte Viola. »Und ich werde nichts davon jemals vergessen«, versprach sie lächelnd.

Isa grinste. Sie legte ihre Stirn gegen Violas Schulter. »Wir werden sehen, was du noch weißt, wenn wir als Rentnerinnen unsere zweite Rundreise in Angriff nehmen.«

*

Nach drei Übernachtungen in Lettland fuhren sie weiter bis zu einem See in Litauen, den Hannah sich anhand der Karten herausgesucht hatte. Viola begann, die Heimreise als anstrengend zu empfinden. Jeden Tag an einem anderen Ort aufzuwachen, die Sachen ständig ein- und wieder auszupacken, die Tatsache, dass das Aufstellen des Zeltes sich nicht lohnte und sie die ganzen Nächte zwischen Fiefie und Isa eingepfercht schlief – das alles war nervig. Und so stellte Viola fest, dass sie sich darauf freute, bald anzukommen, während Charlie den Camper zum verabredeten Treffpunkt an dem Dusia-See steuerte und an einer herrlichen Stelle parkte. Der Strand bestand zwar nicht aus Sand, sondern aus Gras, war aber mit den vielen Nadelbäumen, die fast zum Ufer reichten, einem Grillplatz und einem runden Holztisch mit Bänken nahezu ideal für sie.

Als Viola ausstieg und zum Ufer lief, relativierte sie den genervten Gedanken, sie möge so schnell wie möglich zu Hause ankommen. Hier könnte sie es einige Tage aushalten. Es war sogar schöner als ihr Campinglager in Lettland. Doch sie hatten durch die Übernachtungen in Lettland zu viel Zeit verloren und konnten es sich nicht erlauben, zu lange zu bleiben.

Pete war in vier Tagen in Berlin verabredet, Joris' Chef erwartete ihn in fünf Tagen in der Nähe von Frankfurt, und Charlies Schwester rechnete fest mit Charlies Ankunft in Freiburg in sechs Tagen. Fiefies Eltern waren über die baldige Rückkehr ihres Sohnes informiert, der Bruder von Hannah und Fabio hatte die Betten im Gästezimmer bezogen, und Steffis Kumpel organisierte eine Willkommensparty für sie und Pete. Und auch Isas und ihre eigenen Eltern konnten es nun kaum noch erwarten und sendeten täglich Nachrichten und bekundeten ihre Freude über die Ankunft ihrer Töchter.

Die Tage waren gezählt – da würde ein wunderschöner Grillplatz direkt am See irgendwo mitten in Litauen nichts daran ändern.

»Vielleicht sollten wir nächstes Jahr nach Osteuropa«, murmelte Fabio und stellte sich neben sie. Er warf sein Messer in die Luft und fing es am Griff auf.

Der erste Impuls Violas war, das zu bestätigen, doch sie zwang sich dazu, zu schweigen. Sie sollte den anderen nicht allzu große Hoffnungen machen. Ob sie im nächsten Jahr dabei sein würde, war fraglich. Wenn sie dabei war, dann so wie Fabio, der lediglich einen Teil der Reise mit unternommen hatte.

»Oder was denkst du?«, fragte Fabio und sah sie mit hochgezogenen Augenbrauen an.

»Ja«, antwortete Viola grinsend. »Das können wir machen. Du Fiesling«, fügte sie lachend hinzu, als Fabio ihr zuzwinkerte und ihr damit signalisierte, dass er es darauf angelegt hatte, dass sie ihm indirekt bestätige, dass sie sich im nächsten Jahr wieder sahen.

»Sehr gut.« Erneut warf Fabio das Taschenmesser in die Höhe.

Viola wich aus Sicherheitsgründen zur Seite weg. Die Geste, die cool wirken sollte, machte einen unbeholfenen Eindruck, weil Fabio es diesmal nicht schaffte, das Messer am Griff zu fangen. Sie beobachtete einen weiteren

Versuch, bei dem er das Messer auf die Erde fallen ließ, weil er sich ansonsten geschnitten hätte.

»Wie geht es dir?«, fragte sie leise.

»Das ist kein selbstverletzendes Verhalten«, betonte Fabio. »Es ist nur Blödsinn.«

Viola sah sich um. Hannah stand am Feuer, welches Pete und Charlie verzweifelt probierten, gegen den Wind zu schützen und am Leben zu erhalten. »Deine Schwester sieht ziemlich skeptisch aus.«

Fabio seufzte und steckte das Messer in seine Tasche. Stattdessen warf er seine halbfertig geschnitzte Figur in die Höhe und fing sie mit beiden Händen. Er grinste sie an und hob die Schultern. »Wenn ich viel schlafe, wenig Gesellschaft um mich herum mag und in mich gekehrt bin, heißt es, ich nehme zu viele Medikamente und wurde von Ärzten ruhiggestellt, weil ich mit Druck an die Gesellschaft angepasst werde. Wenn ich zu Scherzen aufgelegt bin und Blödsinn mache, bekommt jeder Angst, dass ich die Medikamente abgesetzt habe und Gefahr laufe, stattdessen so viel kiffe wie ein Kamin am Nordpol.«

Viola lachte. »Ein Kamin kifft nicht. Er qualmt.«

Fabio sah sie amüsiert an, doch er wurde schnell wieder ernst. »Ich habe sie nicht abgesetzt.« Er griff in die Hosentasche und zeigte ihr eine kleine Metalldose. Er öffnete sie, darin waren drei voneinander abgetrennte Fächer, mit hellen Pillen befüllt. »Morgens, abends und für den Notfall«, sagte Fabio, während er auf die Fächer deutete, die mit einem Symbol einer Sonne, eines Mondes und eines Ausrufezeichens gekennzeichnet waren.

»Ich finde es toll, dass du es so ernst nimmst.«

»Ich bin vermutlich der unvernünftigste, chaotischste Mensch, der auf diesem Planeten wandelt – und das liegt nicht nur an der Krankheit. Und dennoch habe ich einen festen Plan für die Medikamente, hab mir Alarme auf dem Handy eingestellt und schleppe eine Pillendose mit mir herum wie ein kranker Opa mit hohem Blutdruck und Sackflöhen. Das passt gar nicht zu mir, aber hey, ich ziehe es durch, weil ich fest davon überzeugt bin, dass es sonst nicht weitergegangen wäre. Und trotzdem sind sie skeptisch.«

Viola versuchte, sich von der Vorstellung der Sackflöhe zu erholen und schüttelte den Kopf. »Fabio«, sagte sie eindringlich. »Lass sie reden. Geh deinen Weg. Ich finde es gut, dass du so sorgsam damit umgehst.«

»Einerseits ist da Hannah, die vor Sorgen fast durchdreht, wenn ich meine Lippen zu einem Lächeln bewege, andererseits ist da Fiefie, der seine Augentropfen erst nimmt, wenn seine Augen wie die eines Albinos aussehen.« Fabio schüttelte erbost den Kopf. »Aber ich soll derjenige sein, der in die Therapie gehört.«

Viola lachte. Mit seinen Übertreibungen machte Fabio das ernste Gespräch zu einem Genuss. »Lass sie einfach reden«, empfahl sie erneut. Sie fragte sich, ob das ein Hauch von dem Fabio war, den Fiefie so schmerzlich vermisst hatte, und ob Fabio nach der Eingewöhnung seiner Pillen langsam zu sich selbst fand. Sie würde es ihm von Herzen wünschen, wenn er weiterhin regelmäßig seine Medikamente nehmen und trotzdem seine Leichtigkeit behalten konnte.

»Nimmst du auch regelmäßig was ein?«, fragte Fabio.

Viola nickte und sah zu dem Rucksack, der gemeinsam mit dem restlichen Gepäck, das noch verladen werden musste, auf der Holzbank stand. »Ja, am Anfang habe ich Spritzen bekommen. Grausig. Hatte fiese Nebenwirkungen, und ich musste alle drei Monate zu meiner behandelnden Ärztin, um Nachschub zu bekommen. Ständig musste Blut abgenommen werden, um die Werte zu beobachten. Ich war überzeugt, dass das mein Alltag wird. Irgendwann hat mir meine Endokrinologin die Hormonpflaster vorgestellt, als ich sie vorsichtig vorwarnte, was ich mit Isa vorhabe.« Viola schob ihren Hosenbund etwas nach unten und zeigte auf den Rand ihres Pflasters. »Damit kann ich reisen und mir eine gewisse Freiheit sichern.«

Fabio starrte auf das Pflaster, dann hob er seinen Kopf. »Nervig, oder?«

»Naja, es ist … meine einzige Möglichkeit. Und deine ja offensichtlich auch. Ich bin froh, dass es das gibt, ansonsten wäre das eine Katastrophe«, betonte Viola. »Deswegen bin ich dankbar. Und versuche, mich daran zu erinnern, wenn ich alles nervig finde.«

»Kannst du bei den Pflastern bleiben?«, fragte Fabio.

»Ich habe in zwei Wochen einen Termin bei meiner Endokrinologin. Drück mir die Daumen, dass die Blutwerte gut sind. Ansonsten wird vermutlich erst mal weiter gespritzt.« Viola hob die Schultern.

Fabio nickte ernst. »Ich drück dir beide Daumen und sämtliche Finger und Zehen.«

Viola schmunzelte. »Du bist heute so gut gelaunt.«

»Ach, naja. Dass wir ein paar Tage in Lettland geblieben sind, fand ich schön. Mit Joris läuft es super. Ich bin stolz auf mich, dass ich es gewagt habe, herzukommen. Mir geht es besser als vor einem Jahr.« Fabio zwinkerte ihr zu. Erneut warf er die Holzfigur in die Luft und fing sie auf. »Als ich mich selbst eingewiesen habe, war ich überzeugt, mein Leben ist vorbei. Ich war skeptisch, doch dort haben sie sich sehr um mich bemüht und versucht, mir zu helfen und mir meine Lebensqualität wiederzugeben. Die Erfahrung zu machen, dass manche Dinge sich als weniger schlimm entpuppen, als man sie zu Beginn befürchtet, ist neu für mich. Und verdammt lehrreich.«

»Ja. Die Erfahrung habe ich auch gemacht. Als ich mich entschied, endlich zu mir zu stehen und den langwierigen Prozess trotz der Ängste anzugehen, dachte ich, ich würde nie Fortschritte machen, aber die Hormone wirkten, das Warten auf die Personenstandsänderung war gar nicht so ewig, und die OPs kamen viel schneller, als ich als ungeduldiger Mensch erwartet hätte. Es war rückblickend gesehen eine schöne, einzigartige Erfahrung und hatte nichts mit dem Horror zu tun, den ich mir vorher ausgemalt habe.« Viola lächelte, als Fabio nickte. »Ich kann jedem empfehlen, zu sich zu stehen und Dinge nicht aufzuschieben, sondern mutig den ersten Schritt zu tun. Und danach Schritt für Schritt weiterzugehen. Ich kann das übergreifend empfehlen, allen Menschen«, betonte Viola.

»Das unterschreib ich.« Fabio nickte erneut. Er streckte den Arm aus und zeigte ihr die Figur. »Ich bin noch nicht ganz fertig, aber schau mal, die habe ich für dich geschnitzt.« Er schob die Pillendose in die Hosentasche.

Viola starrte irritiert zuerst zu der Figur, dann zu Fabio. »Für mich?«

»Ja, ich erinnerte mich an den Sturm und wie wir ihn gemeinsam überlebt haben, und irgendwann spürte ich, das wäre vielleicht was, das ich dir auf den Weg geben möchte.« Fabio hob die Schultern.

Viola griff nach der Figur und berührte die feinen Konturen des Elchgeweihs. Die Beine waren ein bisschen zu lang und der Bauch zu dick, aber der Rest war erstaunlich gut herausgearbeitet, und sie erkannte die Elchkuh, die sie an diesem Tag beobachtet hatte. Verblüfft sah sie ihn erneut an. »Ich … Ich bin echt überwältigt.«

»Ich schnitze gern.« Fabio lächelte. »Es ist neben dem Gitarre spielen wie Therapie für mich. Und die Begegnung mit dir und dem imposanten Tier hat mir damals sehr viel bedeutet. Ich war an diesem ersten Tag sehr überfordert.«

Viola nickte. »Ich konnte die Elchkuh nicht fotografieren. Sie war zu schnell weg, und ich habe sie danach nicht mehr gesehen. Ich freue mich, dass ich eine Erinnerung an sie habe.«

Fabio grinste zufrieden.

»Danke.« Viola strich über das Holz. Sie war fasziniert, was Fabio mit einem Taschenmesser erschaffen konnte und wie viel Fabio diese erste Begegnung bedeutet hatte.

»Aber ich nehme sie dir nochmal weg.« Fabio griff nach der Figur und holte gleichzeitig mit der anderen Hand das Messer aus seiner Tasche. »Ich bin noch nicht fertig«, fügte er erklärend hinzu.

»Okay.« Viola nickte. Sie ließ die Figur los. »Wann wirst du die Arbeit beendet haben?«

»Nicht so bald. Weil ich hoffe, damit erzwingen zu können, dass du nächstes Jahr wieder mitfährst. Und bring Isa auch mit!« Er sah sie streng an.

Viola runzelte die Stirn.

Fabio lachte herzhaft. »Nur Spaß. Heute Abend. Sei nicht so ungeduldig.« Erneut zwinkerte er ihr zu. Dann suchte er sich wie so oft einen Baum, ließ sich auf die kalte Erde davor nieder, natürlich mit Blick zum See, und begann zu schnitzen.

Viola beobachtete ihn einen Moment lang, dann lächelte sie und ging zu Fiefie, um ihm davon zu erzählen.

*

Weil die Zeit langsam drängte, beschlossen sie, Polen möglichst an einem Tag komplett zu durchqueren. Weder der Camper noch das Wohnmobil überlebten dauerhaft eine hohe Geschwindigkeit, deswegen würde es ein kleines Wunder sein, wenn sie die knapp 700 km bewältigten. Die Zeit war nicht der einzige Grund, warum sie möglichst schnell durch Polen gelangen wollten. Die sogenannten LGBT-freien Zonen, die sich über ein Drittel Polens erstreckten, befanden sich ausgerechnet im Süden, und niemand von ihnen konnte die Vorstellung ertragen, dass sie in einem solchen Gebiet übernachteten. Also fuhren sie weiter, bis sie in der Nähe von Wroclaw waren, eine größere Stadt südlich der Zone.

Viola hatte sich bis jetzt nicht mit dem Umbau Polens zu einem konservativen, erzkatholischen Staat beschäftigt, bekam aber einen Schauer, als Joris ihr einige Dinge erzählte, die in diesem Land in den letzten Jahren passiert waren. Viola konnte nachvollziehen, dass Leute skeptisch waren, ältere Menschen nicht wussten, wie sie sie ansprechen sollten, und Personen aus Gewohnheit ihren alten Namen verwendeten, ohne sich bewusst zu machen, wie verletzend das sein konnte. Sie glaubte sogar, dass die Gesellschaft einzelne Transphobe und Homohasser vertragen konnte und sie damit umgehen konnte, solange ihr der Rücken von ihrer Familie und Freunden gestärkt wurde. Der Gedanke jedoch, dass ganze Flächen, ein Drittel eines gesamten Landes, zu LGBT-freien Zonen erklärt wurde, machte ihr Angst. Sie war nicht erwünscht. Fabio und Joris waren nicht erwünscht. Hannah war nicht erwünscht. Vermutlich war der Rest ebenfalls nicht erwünscht. Isa und sie hatten fast den kompletten europäischen Kontinent bereist, und sie war regelmäßig mit viel Freundlichkeit empfangen worden, in jedem Land hatte sie nette Menschen getroffen, Menschen, mit denen die Kommunikation vielleicht aufgrund der Sprachbarriere schwierig war, die jedoch von Grund auf nett waren. Kein anderes Land hatte ihr so deutlich gezeigt, dass sie nicht erwünscht war, ohne sie überhaupt kennenzulernen. Polen war es egal, ob sie eine freundliche Frau war, hilfsbereit und ruhig, nicht auffallend oder aufdringlich. Nur der persönliche Hintergrund, dass sie mit dem bei der Geburt zugewiesenen Geschlecht nicht leben konnte und wollte, reichte aus, um sie kategorisch auszuschließen.

Es hatte Momente gegeben, in denen Viola verzweifelt gewesen war, aber nie war sie sich diskriminierter vorgekommen, unerwünscht und pauschal abgelehnt, ohne Grund, ohne plausible Begründung.

Fabio, der sich selbst als pansexuell definierte und für den das so normal war, dass es nicht mal einer Rede wert war, ging anders damit um. Während Viola stiller wurde und nur raus aus diesem hasserfüllten Land wollte, ließ Fabio sich nichts vorschreiben. Er provozierte die Leute damit, dass er Joris' Hand hielt, als er an der Schlange zur Toilette wartete.

»Glaubst du, du hilfst damit jemandem?«, zischte Joris, als sie zurückkamen. »Du hilfst gar keinem. Eventuell saß da gerade ein kleiner Junge oder ein kleines Mädchen, die nicht heterosexuell sind und sich nun denken, so wie dieser verrückte, übertriebene Typ, den ich in meiner Kindheit gesehen habe, will ich nicht werden.«

»Nenn mich nicht verrückt«, sage Fabio leise und sah Joris streng an. Dann ging er um den Camper herum und stieg auf der gegenüberliegenden Seite ein.

Joris warf die Hände in die Luft. »Es tut mir leid.« Er biss sich auf die Lippen und schüttelte den Kopf. Man sah ihm an, dass es ihm wirklich leidtat, Fabio verrückt genannt zu haben. Die Nerven lagen blank, die Fahrt war anstrengend, und sie wollten nach Hause.

»Ich will nach Hause«, murmelte Viola und senkte ihren Blick.

»Joris!«, schrie Isa. »Komm jetzt und steig ein!«, befahl sie laut.

Fiefie, der auf dem Beifahrersitz neben Isa saß, die den nächsten Abschnitt fahren wollte, drehte sich um und legte eine Hand auf Violas Knie, aber Viola schüttelte den Kopf und zog ihr Bein von ihm weg. Sie wollte nachdenken und kapieren, warum Menschen auf die Idee kamen, ihnen unbekannte Menschen wegen banaler Dinge von der Gesellschaft auszuschließen und so ein menschenfeindliches Abkommen unterschrieben. Die Fahrt wurde noch unerträglicher. Joris und Fabio redeten nicht mehr miteinander, Viola saß wie ein lebendiger Rammbock zwischen ihnen und versuchte, ihre Gedanken zu sortieren.

Auch als sie nach langen 10 Stunden endlich einen Platz außerhalb der Zone erreichten, konnte Violas Laune sich nicht heben. Sie aß etwas, aber verneinte jegliches Gesprächsangebot. Ihre Freunde waren ihr eine wunderbare Unterstützung. Sie boten ihr an, zu reden, Steffi berührte ihre Schulter, und Pete sagte ernst, dass sie hier bei ihnen sicher war. Doch keiner von ihnen außer Isa verstand, dass Viola nicht darüber reden, sondern abgelenkt werden wollte. Sie wollte vergessen.

Zumindest versöhnten sich Joris und Fabio recht schnell wieder – vermutlich das einzige Gute, das an diesem Tag passiere. Viola glaubte nicht, dass sie überhaupt schlafen konnte, und freute sich auf den Moment, wenn sie die Grenze überquerten und es nach Tschechien geschafft hatten.

»Hey.« Fiefie lehnte sich gegen die Tür des Campers und sah zu Viola, die im Schneidersitz auf der Ladefläche saß.

»Hey«, erwiderte Viola leise. »Ich will nicht drüber reden«, fügte sie eilig hinzu.

»Ich weiß. Das habe ich mitbekommen. Ich würde dich trotzdem gerne überraschen.«

Viola hob die Augenbraue.

»Komm schon.« Fiefie lächelte mild. Er streckte den Arm aus, und Viola nahm seine Hand und ließ sich von ihm zum Wohnmobil führen. Als er sie bat, die Leiter nach oben zum Dach zu klettern, war sie erstaunt. Es war bereits spät, längst dunkel und viel zu kalt. Als sie nach oben geklettert war, wurde ihr klar, warum Fiefie sie hierhergeführt hatte. Er hatte oben sämtliche Decken und unbenutzte Schlafsäcke hingelegt, zwei große Kerzen in Windlichtern aufgestellt, und leise Musik drang aus einem kleinen Lautsprecher.

»Warum?«, fragte Viola gerührt. Sie wollte nicht, dass Fiefie das lediglich aufgebaut hatte, weil er Mitleid mit ihr hatte und sie aufheitern wollte.

»Weil du die Frau bist, mit der ich einen der letzten Abende gemeinsam verbringen will«, antwortete Fiefie und hielt ihre Hand, als Viola sich in dem Nest aus Stoff niederließ. Er hängte ihr eine Decke über die Schultern und griff nach hinten zu einem Korb, in dem zwei Tassen, eine Flasche mit Apfelschorle und Schokolade waren.

Er setzte sich neben sie und schenkte ihnen ein. »Ich verstehe immer noch nicht …«, sagte Viola verwirrt. »Das muss doch einen besonderen Anlass haben. Willst du mich trösten?«

»Ich habe das vorher geplant. Was meinst du, wo die Schokolade herkommt? Die habe ich schon in Helsinki gekauft. Tut mir leid, dass du heute so einen Scheißtag hattest. Ich wünschte mir, ich könnte dir was Tröstliches sagen, aber es gibt für die Situation kaum Trost. Das Einzige, was ich tun kann, ist, dir zu zeigen, dass ich dich unterstützen will.«

Viola sah ihn an, schließlich nahm sie lächelnd die Tasse, die Fiefie ihr hinhielt. »Es hat mich schockiert. Ich muss zugeben, ich habe mich zuvor nicht damit beschäftigt, aus diesem Grund hat es mich echt getroffen. Polen ist unser Nachbarland. Wenn ich ein paar Kilometer entfernt geboren worden wäre, was wäre aus mir geworden?«

Fiefie lehnte sich vor und strich mit dem Finger über ihre Wange. Er sagte nichts.

»Die Tatsache, dass es so viele Menschen gibt, die mich pauschal abwerten wegen etwas, das sie gar nichts angeht und ihnen ja auch in keiner Weise schadet, ist für mich unerträglich.« Viola griff nach der Schokolade, und auch Fiefie nahm sich ein Stück.

»Sehe ich genauso«, erwiderte Fiefie leise und senkte seinen Blick.

Viola sah ihn an. Sie schüttelte den Kopf. Sie wollte den grandiosen Moment nicht aufgrund der Menschenfeinde in der polnischen Regierung verstreichen lassen. Das wäre wie eine Kapitulation, wie das Eingeständnis, dass ihre Liebe in diesem Land keine Daseinsberechtigung hätte. Sie stützte sich auf den Händen ab und küsste Fiefie.

Er hob den Blick erneut. »Ich bin für dich da. Wir können reden.«

»Die Zeit zum Reden wird noch kommen. Jetzt … sind nur wir zwei wichtig«, erwiderte Viola. Mit dem Zeigefinger berührte sie Fiefies Haare, anschließend fuhr sie langsam über seine Nase, seine Lippen und sein Kinn. Als sie den Finger über seinen Hals führte, hob er den Kopf und stöhnte leise, als sie damit fortfuhr, den Finger über Brust und Bauch zu streicheln. Als sie mit ihrem Finger die harte Ausbeulung seiner Hose berührte, schloss er die Augen. Viola zog die Hand weg. »Ich ertrag den Gedanken nicht, dass wir in wenigen Tagen getrennt sein werden.«

Fiefie öffnete seine Augen und sah sie an. »Wir werden uns sehen. Ich kann es mir nicht vorstellen, dich nicht mehr in meinem Leben zu haben.«

»Wir leben so weit entfernt voneinander«, murmelte Viola.

»Ich komme jedes Wochenende«, versprach Fiefie. »Ich muss bis Frühling nicht arbeiten. Ich kann hin und her pendeln. Ich … Ich will dich nicht verlieren.«

Viola glaubte ihm. Sie vertraute ihm. Doch, was war, wenn der Frühling kam?

Lächelnd stützte Fiefie sich auf seiner Hand ab und strich mit dem Zeigefinger über ihr Gesicht, genauso wie sie es bei ihm getan hatte. Zuerst über die Stirn, über die Nase, danach über die Lippen und schließlich über den Hals. »Du bist so schön«, sagte er leise. Er führte seinen Finger durch das Tal zwischen ihren Brüsten, über den Bauch und verweilte am Bauchnabel. »Darf ich?«, fragte er leise.

Kurz dachte Viola nach. Fiefie und sie hatten darüber gesprochen und somit wusste Fiefie über alles Bescheid. Sie sehnte sich nach seiner Berührung, und Fiefie schien gewillt, mit ihr den nächsten Schritt zu gehen. »Ja«, hauchte sie und drückte sich mit dem Unterkörper gegen seine Hand. Vorsichtig schlüpfte seine Hand in ihre Hose, und er berührte die empfindliche Stelle zwischen ihren Beinen. Er sah sie dabei an. Während die Finger seiner linken Hand sie verwöhnten, berührte er mit seiner rechten Hand ihr Gesicht.

»Alles okay?«, fragte er und suchte den Augenkontakt.

»Ja.« Es war ein Wispern.

Fiefie lächelte, dann beugte er sich vor und küsste sie, parallel dazu verstärkte er den Druck seiner Finger. Es war herrlich unkompliziert mit ihm. Im Vorfeld hatte er ihr kaum Fragen gestellt und nun war er zuvorkommend, aufmerksam, gab ihr das Gefühl, dass er in erster Linie wollte, dass sie sich wohl dabei fühlte. Für ihn schien es selbstverständlich zu sein, sie so zu nehmen, wie sie war, sich dabei unaufgeregt zu verhalten und seine eigenen Bedürfnisse hintenanzustellen.

Es fiel Viola leicht, alle Sorgen von sich zu schieben, sich fallen zu lassen. Während er sie mit kreisender Bewegung an den sensiblen Stellen streichelte, entspannte Viola sich immer mehr. Sie sah zum Sternenhimmel. Als das Gefühl der Intensität sich immer weiter steigerte, betrachtete sie sein Gesicht, während sie mit ihren Fingern seine Wange streichelte. Als sie kam, küsste er ihre Lippen.

»Woher kannst du das so gut?«, fragte Viola und zog ihn erneut in einen Kuss. Er schmeckte nach Schokolade, und die Sterne über ihnen waren ihre Zeugen, bei dem wortlosen Versprechen, alles dafür zu tun, um zusammenzubleiben.

»Ehrliche Antwort oder die romantische Version?«, hakte Fiefie nach. Er schmunzelte.

»Beides natürlich.« Viola erwiderte sein Grinsen.

»Ich konnte all deine Sehnsüchte an den Augen ablesen«, behauptete Fiefie und sah sie dabei ernst an.

»Ah. Okay.« Viola lachte leise. »Und jetzt die ehrliche?«

»Jahrelanges Training«, erwiderte Fiefie leise und lachte ebenfalls.

»War es für dich … anders?«, fragte Viola neugierig und verschränkte die Arme hinter dem Kopf.

Fiefie berührte ihre Brust, strich über die Taille und ließ seine Hand schließlich auf ihrem Dekolletee liegen. »Jede Frau ist anders«, erwiderte er.

Viola sah ihn an, strich die Haare aus seiner Stirn und fühlte die Liebe für ihn in sich überquellen. »Ich …« Sie seufzte und lächelte.

»Ja, ich dich auch«, sagte Fiefie ernst. Sie küssten sich unter dem Sternenhimmel, voller Liebe zueinander. Die Tatsache, dass sie es in einem Land taten, das für ihre Liebe nur Abscheu empfand, hatten sie zu dem Moment längst vergessen.

*

Für ihre letzte gemeinsame Übernachtung nahmen sie sich Zeit, um zu entscheiden, wo sie ihr Lager aufbauen wollten. Hannah hatte auf der Karte südlich von Pilsen den Quellfluss der Berounka in Tschechien gefunden, und weil das ihrer Meinung nach die schönste Stelle auf dem Weg zu der Gabelung war, an der sie sich für dieses Jahr trennen würden, versuchten sie es dort.

In der Tat führte Hannahs Einschätzung erneut zu einem Erfolg. Sie fuhren eine Weile durch das Dorf direkt am Fluss, fanden jedoch keine geeignete Stelle. Erst am anderen Ufer, wo es einen einsamen Parkplatz inmitten von Feldern gab, wurden sie fündig. Auf dem Weg zum Wasser, den sie zusammen sofort nahmen, passierten sie einen Feldweg, auf dessen Seite Jugendliche in einem Skatepark trainierten. Sie blieben einen Moment lang stehen und bewunderten die gewagten Sprünge, danach liefen sie weiter zum Ufer des Flusses der an der Stelle wie ein riesiger See wirkte. Die Natur um sie herum war karg, der Herbst war weit vorangeschritten, und die Bäume trugen kaum Laub. Die Luft war kalt und kündigte bereits einen Hauch von Winter an. Von der Pflanzenwelt her erinnerte Viola alles an Deutschland, was verständlich war. Sie würden in wenigen Kilometern die Grenze überfahren. Fast unbemerkt waren die skandinavische Wildheit und die Einsamkeit von der mitteleuropäischen Betriebsamkeit und den stetig dichter bevölkerten Gebieten abgelöst worden.

Obwohl es kalt war, setzte Hannah sich auf einen Baumstamm, der dort den Weg vom naturbelassenen Raum am Ufer abschirmte, und sah zum Wasser. »Ich muss euch jetzt was sagen«, meinte sie leise.

Niemand erwiderte etwas darauf, jeder sah sie aufmerksam an, Pete und Fabio setzten sich zu ihr und flankierten sie, während Fiefie sich umdrehte und kurz die Hände an sein Gesicht drückte. Als er sich umdrehte, räusperte Hannah sich.

»Ihr wisst es ja im Prinzip schon. Ich liebe euch. Ich liebe euch, als wärt ihr meine Familie, aber ich bin Ende 30, und ich spüre jetzt mehr als jemals zuvor in mir den Wunsch, ein festes Zuhause zu haben. Das viele Reisen im Herbst, die körperlich harte Arbeit im Frühling und der ereignislose, einsame Winter strengen mich mittlerweile ziemlich an. Als ich das Geld von meiner Tante geerbt habe, war mein erster Impuls, es euch zu geben, um komfortabler zu reisen, doch plötzlich hielt ich inne. Das ist die erste echte Chance, die sich mir bietet, und ich … will sie nicht verstreichen lassen.«

»Du hast dich also entschieden«, sagte Charlie leise.

Hannah nickte. »Es tut mir leid. Ich werde nächstes Jahr nicht mit euch mitreisen. Ich werde im nächsten Frühling nicht mit als Erntehelferin von Hof zu Hof ziehen. Und ich werde die Zeit im Winter dafür nutzen, um mir ein Leben aufzubauen.«

Fabio drückte seine Schwester an sich und küsste ihre Schläfe. »Ich bin stolz auf dich.«

Hannah umschlang mit ihren Fingern sein Handgelenk. Sie lächelte. »Danke«, erwiderte sie. Noch nie zuvor hatte Viola die beiden Geschwister inniger zusammen erlebt. Dass sie mit derselben Tätowierung in Form von drei kleinen Sternen am Hals ihre Einigkeit präsentierten, ergab nun Sinn. Wer weiß, wenn ihre Eltern so gescheitert wären wie die Eltern von Fabio, Hannah und ihrem älteren Bruder, wären ihr eigener Bruder und sie eventuell ebenso solch eine tiefe, vertraute Einheit. »Ich habe ein Haus in Nordfriesland gefunden, mit einem riesigen Garten für Tiere und Gemüse, das zwar stark renovierungsbedürftig ist, das ich jedoch finanzieren kann. In der Nähe gibt es ein paar Dörfer, und ich hoffe darauf, dass ich da irgendwo einen Job als Kassiererin oder in der Tourismusbranche finden kann. Ich möchte Haustiere halten, mein eigenes Gemüse pflanzen und ernten und nicht mehr das fremder Menschen«, fuhr Hannah fort.

»Das hört sich toll an«, sagte Viola, obwohl es wie eine leere Hülse klang. Sie wollte Hannah Mut zusprechen, weil sie sah, wie sehr Hannah zögerte.

»Ich habe Angst, dass ich euch vermisse, dass ich die enge Verbindung zu euch verliere, dass ihr es mir übelnehmt. Ich habe Angst, dass ich einsam sein werde, dass mein Bruder nicht klarkommt, dass ihr nicht klarkommt, aber . . das ist nun mal meine Chance.« Hannah sah zum Boden. Ihre Schultern waren angespannt.

»Du musst dir um Fabio nicht so viele Sorgen machen«, betonte Joris. »Er hat im letzten Jahr erstaunlich viel Eigenständigkeit bewiesen. Er hat sich selbst eingewiesen und ist stabil. Und ... er hat mich an seiner Seite. Außerdem bist du nicht aus der Welt, Hannah. Sollte es ihm mal schlechter gehen, kann ich dich und euren Bruder sofort anrufen.« Joris ging vor Hannah in die Hocke und zischte, als er sein gerade geheiltes Bein belastete. Er nahm Hannahs Hände. »Mach dir um uns keine Sorgen.«

Hannah lächelte mild. »Danke«, flüsterte sie. Sie berührte Joris' Haaransatz. »Du tust meinem Bruder gut. Es läuft besser zwischen euch, als ich es jemals für möglich gehalten habe.«

»Ich finde, du brauchst dir keinerlei Sorgen machen, dass wir den Kontakt zueinander verlieren könnten«, betonte Charlie. »Nordfriesland liegt auf dem Weg nach Dänemark. Mir macht es nichts aus, wenn wir uns in Zukunft bei dir treffen, statt erst in Dänemark.«

»Und du hast gesagt, du wirst einen riesigen Garten haben«, fügte Steffi hinzu. »Ein riesiger Garten bedeutet, dass du genug Platz für Zelte haben wirst.«

»Also werden wir die nächste Reise mit einer Woche in Nordfriesland beginnen«, entschied Isa.

Viola sah ihre Freundin verwundert an. Ihr war nicht bewusst gewesen, dass diese darin bestrebt war, wieder mitzureisen.

Isa sah ihren skeptischen Blick und hob die Schultern. »Ich wollte schon immer Wattwanderungen unternehmen. Das kann man da doch machen, oder?«

»Ja«, sagte Viola leise und legte einen Arm um die Schultern ihrer Freundin. »Ja, das können wir dort machen.«

Hannah sah beunruhigt zu Fiefie, der mit verschränkten Armen etwas entfernt stand. »Fiefie«, hauchte Hannah. »Bitte mach es mir nicht so schwer.«

Fiefie ließ seine Arme fallen und schüttelte den Kopf. »Ich liebe dich doch, und wenn es dich glücklich macht, dann … Ich steh dir natürlich nicht im Weg. Aber … du wirst mir so unglaublich fehlen. Du bist meine allerbeste Freundin, die Schwester, die ich nie hatte. Und ich …« Er brach ab und schüttelte den Kopf.

Hannah stand auf und eilte zu ihm. Sie zog ihn in ihre Armen und schmiegte ihre Wange gegen seine Brust. »Was wir haben, wird durch eine räumliche Distanz nicht zerstört, nur verändert«, versprach sie.

Fiefie antwortete nicht, sondern berührte mit der Hand ihren Kopf und drückte die kleine Frau an seinen langen Körper. Viola wandte sich Isa zu, um den beiden Freunden den Moment der Zweisamkeit zu geben. »Also …«, begann sie.

»… also haben wir nächstes Jahr eine Verabredung in Nordfriesland«, beendete Isa den Satz.

Viola nickte und hatte Tränen in den Augen, als Pete jeweils eine Hand von ihnen in ihre Finger nahm. »Dann sag ich mal ganz offiziell: Herzlich willkommen.« Als Charlie sich räusperte, drehte Pete sich um. »Was?«, fragte er verwundert. »Jemand muss Hannah als Anführerin beerben, oder?«

Charlie hob die Augenbrauen. »Und das bist du?«, fragte sie mit einem Schmunzeln ihrer Lippen.

Pete hob die Schultern. »Willst du es sein? Ich möchte nicht wissen, in welchem Zickzack wir in dem Fall Skandinavien bereisen.«

Charlie schüttelte den Kopf und gab ihm einen leichten Klaps gegen den Hinterkopf. »Darüber reden wir noch«, knurrte sie.

Pete lachte, als er sich an den Hinterkopf fasste.

*

Am nächsten Tag verabschiedeten sie sich von Steffi, Pete und Charlie, die mit dem Zug weiterreisten. Pete und Steffi nach Stuttgart, Charlie in den Süden zu ihrer Schwester. Der Abschied fiel ihnen schwer. Erstaunt war Viola über Isas Verzweiflung. Zwar hatte sie mitbekommen, dass ihre Freundin und Charlie eine besondere Beziehung zueinander hatten, aber sie hatte Isa nur selten so emotional erlebt. Sie weinte, als sie Charlie umarmte, und ließ sie minutenlang nicht los. Als Charlie sie in Violas Arme überreichte, um sich von anderen zu verabschieden, zitterte Isas Oberkörper und ihre Lippen bebten.

Auch für Viola war es schwer. Steffi sah sie ernst an und nahm eine Hand in ihre. »Ich wünsche dir, dass es in ein paar Tagen für dich perfekt ist, wenn du heimkommst. Sollte es nicht so gut laufen, wie du dir erhoffst, gib nicht auf und such dir Verbündete. Verbündete im Leben sind wichtig. Halt dich an die richtigen Leute. Und ruf mich ab und zu mal an.«

Viola hatte Tränen in den Augen, als Steffi sie umständlich umarmte, während Viola Isa wie ein verzweifeltes Bündel im Arm hielt. Pete machte es sich leichter, er umarmte sie beide gleichzeitig und sagte nichts Bedeutendes, sondern lächelte sie abwechselnd an, danach umarmte er sie erneut.

»Wenn ihr im nächsten Jahr berufstätig seid und nicht mitkommen könnt, lasst euch wenigstens am Anfang oder am Schluss mal blicken«, bat Charlie leise.

»Dir alles Gute für dein neues Buch«, flüsterte Viola. »Ich werde es mir kaufen, sobald es veröffentlicht wurde.«

»Brauchst du nicht.« Charlie lächelte. »Ich schick euch einen Probedruck, sobald ich die Vorabexemplare habe. Und wer weiß, vielleicht wird es ja so ein großer Hit, dass sie mich auf Lesereise schicken, und in dem Fall komme ich auch in euer Dorf zum Vorlesen.«

Viola wischte sich die Tränen aus den Augen. »Das wäre schön«, murmelte sie.

Danach setzten sie ihre Reise in einer dezimierten Besetzung fort. Der Camper würde den Winter über beim älteren Bruder von Hannah und Fabio verbringen, das Wohnmobil bei Fiefies Eltern. Somit waren sie zwar nur noch zu sechst, mussten sich jedoch trotzdem mit zwei Fahrzeugen rumschlagen.

Viola wollte Isa nicht alleine lassen und schloss sich Fiefie an, der das Wohnmobil fuhr. Hannah, Joris und Fabio stiegen in den Camper, was sich für Viola wie eine erneute Trennung anfühlte.

»Ich finde Abschiede scheiße«, brummte Isa, als sie sich beruhigt hatte, und sah grimmig nach draußen auf die vorbeiziehenden Autos.

Viola erwiderte nichts, stattdessen richtete sie ihren Blick ebenfalls nach draußen. Es schien, als wäre schlagartig alles anders, seit sie über die deutsche Grenze gekommen waren. Es gab zu viele Autos, die von wütenden, gestressten und sich beeilenden Fahrern gesteuert wurden. Die Autobahnen wurden breiter, während sie ins Zentrum von Deutschland fuhren. Als Fiefie endlich in die Straße einbog, wo seine Eltern wohnten, strich er sich über die Stirn und wirkte verausgabt, obwohl er sonst mehrere Stunden in der Eintönigkeit der Straßen in Skandinavien gefahren war, ohne Ermüdungserscheinungen zu zeigen.

Fiefies Eltern waren zutiefst herzliche Menschen, die nicht nur Fiefie mit Tränen in den Augen begrüßten, sondern die gesamt Gruppe hereinbat. Jeder von ihnen wurde nacheinander in den Arm genommen, wobei Viola klar wurde, dass ihre Hygiene in den letzten Tagen gelitten hatte. Sie hatten eine Dusche im Wohnmobil, sie hatten sich jedoch beeilen müssen, damit die ganze Gruppe drankam und genug Wasser für den letzten übrig blieb, sodass sich Viola die Haare über eine Woche nicht gewaschen hatte.

»Ich habe euch Matratzen auf den Boden von Fiefies Wohnung gelegt, und Elke hat sie bezogen«, meinte Fiefies Vater und führte sie in das Untergeschoss, wo Fiefie seit seiner Jugend in einer kleinen Kellerwohnung lebte.

Fiefies Wohnung glich der ordentlichen Wohnung seiner Eltern in keiner Weise, sie war chaotisch und unaufgeräumt, und die Einrichtung passte nicht zu den altbackenen Blümchen auf der Bettwäsche. Viola erkannte erstaunt, dass es lediglich vier Matratzen waren, die Fiefies Eltern vorbereitet hatten.

Als Fiefies Vater seinen Sohn fragte, wer die Dame sei, die bei ihm nächtigen wollte, wurde ihr klar, dass Fiefie zuvor seinen Eltern erzählt haben musste, dass Viola bei ihm im Bett schlief. Sie wurde rot, als Fiefie auf sie deutete und Fiefies Vater ihr zuzwinkerte. Es schien, als wäre das der natürliche, nächste Schritt. Sie hatten sich ein Zelt geteilt, nun teilten sie sich ein Bett, und doch war sich Viola der Bedeutsamkeit der Symbolik bewusst. Fiefie sah sie als seine Partnerin an und bevorzugte sie in diesem Bereich vor seinen langjährigen Freunden. Das rührte Viola, machte ihr allerdings Angst vor dem Abschied von Fiefie, der ihr bevorstand.

Sie duschten und durften nicht nur Fiefies Dusche nutzen, sondern auch die seiner Eltern, damit sie schneller zu zivilisierten Wesen wurden, die sich an den Tisch setzen durften. Fiefies Mutter legte ihnen allen ein weiches, riesiges Handtuch in den Arm.

Viola duschte lange und schloss die Augen, während das heiße Wasser auf ihre Schultern prasselte. Die Dusche im Wohnmobil war klein, und oft genug hatten sie nur lauwarmes Wasser gehabt, weil die Mischbatterie ausgefallen war. Nun stand sie unter einer funktionierenden Dusche in einem wunderschönen Bad und konnte nicht aufhören, die Regenwaldfunktion zu genießen.

Als sie in frischen Klamotten und mit nassen Haaren ins Wohnzimmer von Fiefies Eltern kam, nahm Fiefie sie in den Arm. »Wow, du bist weißer, als ich dachte, jetzt, wo der Schmutz ab ist.«

Viola grinste. »Und du stinkst gar nicht mehr so wie vorher«, erwiderte sie. Isa schien die Dusche ebenso gutgetan zu haben, denn sie lächelte, als sie den Raum betrat. Ihr Gesicht war von dem heißen Duschwasser gerötet.

Sie aßen, sobald die anderen fertig waren, und es offenbarte sich, wie gut Fiefies Eltern die Gruppe kannten. Sie interessierten sich für Fabios Therapie und Hannahs Zukunftspläne, reagierten voller Mitgefühl, als Joris ihnen seine riesige Narbe am Bein präsentierte, und waren gespannt darauf, Viola und Isa näher kennenzulernen. Nach dem Essen machte Fiefies Vater den Kamin an, und sie zogen auf die Couch um, tranken Tee und aßen etwas verfrüht Weihnachtsplätzchen, was Viola bewusst werden ließ, dass das Jahr unbemerkt vorangeschritten war und Isa und sie schon den Jahrestag ihrer Abreise in eine aufregende Reise verpasst hatten.

Als sie schließlich zusammen mit Fiefie in dem riesigen Doppelbett lag, umgeben von vielen Kissen und einer kuschligen Decke, schlief sie fast sofort ein, als Fiefie sie am gesamten Körper streichelte. Sie kämpfte dagegen an, wollte den Moment genießen und jede Sekunde mit Fiefie auskosten, doch ihre Augen fielen einfach zu.

*

Als Viola am nächsten Morgen erwachte, war das Bett neben ihr leer, und die restlichen Vier schliefen tief und fest. Erstaunt ging Viola nach oben in die Wohnung von Fiefies Eltern, in der Erwartung, Fiefie dort zu finden, doch seine Mutter erklärte ihr, dass er weggefahren war, um was zu erledigen.

Viola war enttäuscht, dass Fiefie sie nicht geweckt und sich verabschiedet hatte, aber als sie den reichlich gedeckten Frühstückstisch sah, überwand sie das Störgefühl und freute sich auf ein leckeres Essen. Sie hatte Hunger, obwohl sie am Abend zuvor so viele Plätzchen gegessen hatte.

»Mein Sohn ist nicht leicht im Umgang, ich würde mir trotzdem wünschen, dass das mit euch klappt. Ich ...« Fiefies Mutter, Elke, setzte sich und schenkte Viola Kaffee ein. »Es ist das erste Mal, dass er uns eine Partnerin vorstellt.«

Viola zögerte, vorsichtig trank sie einen Schluck. Sie stellte die Tasse ab und räusperte sich. Sie fühlte sich wohl genug und mit Elke vertraut, dass sie antwortete: »Ich weiß nicht, wie es weiter gehen soll. Er verspricht mir, den Winter über hin und her zu pendeln, allerdings wohne ich fast zweihundert Kilometer entfernt. Und sobald der Frühling da ist, wird er zusammen mit dem Rest herumreisen.«

Elke sah sie ernst an. Sie berührte Violas Hand. »Ich weiß, dass es nicht leicht wird. Und wenn es nicht klappt, ist ein Ende besser, als an einer Beziehung festzuhalten, von der man sich nichts mehr verspricht. Ich bin erleichtert, dass du es zumindest versuchen wirst.«

Viola nickte. Sie verkniff sich, darauf hinzuweisen, dass Fiefie ohne ein Wort weggefahren war, ohne sich zumindest zu verabschieden.

Die restlichen vier frühstückten, danach vertrieben sie sich die Zeit in Fiefies Wohnung vor dem Fernseher. Irgendwann bereitete Elke das Abendessen vor. Während Fiefies Vater Ludwig mit Fabios Unterstützung die Tür zur Abstellkammer reparierte, saß Viola mit Isa, Joris und Hannah im Wohnzimmer und aß weitere Plätzchen. Hannah wirkte sichtlich nervös. Sie hatte Fiefies Mutter mehrmals angeboten, zu helfen, war aber dazu verdonnert worden, sich zu entspannen.

Fiefie kam endlich heim, als die Plätzchendose fast leer war. Viola war unruhig und verärgert, weil Fiefie so lange weggeblieben war. Dem Rest schien es egal zu sein, als wäre es normal, dass man seine Freunde bei den Eltern einquartierte und selbst verschwand.

Doch der Ärger wurde von Neugier überdeckt, als sie erkannte, dass Fiefie nicht alleine war, sondern einen jungen Mann in den Raum führte, der umgehend von Hannah und Joris begrüßt wurde. Sogar Fabio unterbrach seine

Arbeit, obwohl er die Zeit mit Fiefies Vater und die Tatsache, gebraucht zu werden, sehr genoss, und eilte zu ihnen.

»Ich glaube, das ist dieser Alex, der im letzten Jahr mit ihnen zusammen gereist ist«, flüsterte Isa ihr zu, und Viola nickte. Sie hatte die gleiche Vermutung, die sich auch sofort bestätigte.

»Das ist die Überraschung, von der ich dir erzählt habe, Alex«, sagte Fiefie.

»Hallo«, rief Fabio und umarmte Alex überschwänglich, welcher sichtlich überrascht zusammenzuckte.

»Fabio?«, fragte er erstaunt und berührte Fabios Haare. »Scheiße, was ist mit deinen Haaren passiert?«

Fabio lachte. Er ließ Alex los und strich sich über seine kurzen Haare »Keine Sorge, die wachsen wieder.«

»Und das sind Isa und Viola«, sagte Fiefie und berührte Alex' Ellenbogen. Als Viola ihm entgegen ging, bemerkte sie, wie angestrengt Alex versuchte, seinen Blick auf sie zu fokussieren, es dann aber aufgab und stattdessen nach ihrer Schulter tastete. Er fuhr mit seiner Hand den Arm hinab und berührte ihre Hand.

»Hallo«, sagte er. »Isa oder Viola?«

Viola nannte ihren Namen und schüttelte Alex' Hand.

Während sich Alex und Isa vorstellten, bemerkte Viola immer noch verärgert, dass Fiefie sie nicht beachtete, sondern Alex hier bei ihnen stehen ließ und zu seiner Mutter abhaute, als wären weder Viola noch einer seiner anderen Gäste wichtig.

Sie schüttelte den Kopf und setzte sich aufs Sofa. Hannah half Alex, sich zu orientieren, und Alex setzte sich, nachdem er die Sitzfläche berührt hatte, neben Viola. Fabio quetschte sich auf Violas andere Seite. Es war nur ein Zweisitzer, das schien ihm jedoch egal zu sein. Viola fühlte sich eingeklemmt und ärgerte sich immer noch über Fiefie, aber die Unterhaltungen zwischen den Freunden und Alex waren so interessant, dass sie ihre Aufmerksamkeit auf das Gespräch richtete, statt immer wieder zur Küche zu sehen, wo Fiefie mit seiner Mutter redete.

*

Sie aßen gemeinsam, und während Viola ständig verunsichert zu Fiefie sah, der ihre Blicke schuldbewusst und hektisch erwiderte, hörte sie nur mit halbem Ohr zu, was Alex erzählte. Zunächst war er zurückhaltend, doch genauso, wie es bei Viola gewesen war, schien die Gemeinschaft es zu schaffen, ihm das Gefühl zu geben, hier sicher zu sein. Er berichtete von seiner Verzweiflung, die er verspürt hatte, als es dunkler um ihn geworden war, dass er oft verzweifelt war, sich nun an einem Punkt befand, an dem es nicht schlimmer wurde. Das Augenlicht innerhalb eines Jahres zu verlieren, stellte Viola sich sehr schlimm vor, und sie verstand, warum Alex froh war, dass es nun so eingetreten war, auch wenn er große Probleme hatte, seinen Alltag zu bewältigen.

Da Fiefie wohl klar war, dass er nicht einfach hätte abhauen sollen, stand er nach dem Essen auf und beugte sich zu Viola. »Tut mir leid«, flüsterte er. »Ich muss ein zweites Mal weg.«

Viola runzelte die Stirn.

»Ich weiß, dass ich dir eine Erklärung schulde, ich muss kurz alleine sein«, erwiderte Fiefie lauter. Alle blickten auf und sahen sich ratlos an, während Alex unfokussiert die Stirn runzelte. »Ja, geh halt. Wir reden später«, erwiderte sie sauer. Wie konnte er sie so behandeln und vor ihren Freunden und seinen Eltern dermaßen beschämen?

Sie aß ihren Teller leer, weil sie zu pflichtbewusst war, um Lebensmittel zu vergeuden, und stand kurz drauf ebenfalls auf. Sie ertrug die Blicke der restlichen nicht, die besorgt, aber auch neugierig waren.

Als sie die Terrassentür öffnete und in den herbstlichen Garten hinausging, blinzelte Viola. Als wäre es ein Zeichen für ihre Augen, die Dämme brechen zu lassen, begann sie zu weinen. Sie hatte es geahnt, tapfer gehofft, es hinauszögern zu können. Fiefie war ein Mensch, der nie eine Beziehung geführt hatte, der die Freiheit gewohnt war und Verbindlichkeiten scheute. Das hatte sie alles gewusst. Trotzdem hatte sie ihm geglaubt, als er ihr versprochen hatte, es mit ihr zu versuchen. Aber wenn es schon so begann, würde es schneller enden, als er glaubte.

»Stören wir?«

Viola drehte sich um.

Alex tastete die Terrassentür ab, bis er den Griff fand, und öffnete die Tür weiter. »Ist da eine Stufe?«, fragte er Joris, der hinter ihm stand.

»Nein, aber die Zarge«, antwortete Joris.

Viola sah fasziniert, wie schnell sich Alex orientierte und den Gartenstuhl fand, auf den er sich setzte, obwohl es viel zu kalt war. Joris schloss die Tür wieder und humpelte zu einem der Stühle an Alex' Seite.

»Viola?«, fragte Alex.

Viola schüttelte den Kopf. Ihr wurde bewusst, dass er sie was gefragt hatte. »Nein, natürlich nicht«, sagte sie.

»Ah.« Alex grinste. »Ich dachte für einen kurzen Moment, Joris hätte mich verarscht, als er sagte, du wärst hier.«

»Ich heiße nicht Fabio oder Fiefie«, betonte Joris ebenfalls grinsend.

»Alles okay?«, fragte Alex. »Du hörst dich traurig an.«

»Nein, alles okay«, teilte Joris mit.

Alex runzelte die Stirn. »Viola?«

Viola seufzte, dann schüttelte sie den Kopf. Sie setzte sich ebenfalls. Das Material war viel kälter, als sie erwartet hatte. Selbst die Lehne fühlte sich kalt an, als sie ihre Hände darum schloss. »Ach, wegen Fiefie … Es ist kompliziert.«

Alex nickte und sah düster aus. »Mit kompliziert kenne ich mich aus. Und mit Fiefie stelle ich es mir sehr kompliziert vor.«

Sie schwiegen, und Viola rieb ihre Hände aneinander.

»Gib ihm ein bisschen Zeit. Ich meine, so sehr von der Sache mit Fabio hat es sich nicht unterschieden. Wenn man ewig alleine war, verlernt man einige Dinge und kann sich zu Beginn nicht an den Gedanken gewöhnen, seine Freiheit zu verlieren. Das geht nicht von heute auf morgen«, riet Joris ihr.

»Stimmt.« Alex nickte. »Bei den zweien hat es funktioniert, besser, als jeder geglaubt hat. Es kann also klappen.«

Viola nickte und räusperte sich. »Ja, vielleicht.«

»Ich erinnere mich, wie bitter es war, als ich nach unserer letzten Reise heimwärts geflogen bin«, erzählte Alex. »Voller positiver Eindrücke und dem Gefühl, neue Freunde gefunden zu haben, parallel dazu hatte ich so wahnsinnig Angst vor der Zukunft. Und die war einerseits schlimmer, als ich befürchtet hatte, andererseits ist mir manches besser gelungen als gehofft. Ich kann mich an die Nordlichter erinnern. Ich frage mich manchmal, ob ich sie nicht hätte besser genießen und die Angst vor dem, was kommt, verdrängen sollen.« Alex sah ratlos aus.

Viola sah ihn einen Moment an. Ihr traten erneut die Tränen in die Augen. »Wir haben keine Nordlichter gesehen.« Sie hatte das dumpfe Empfinden, das Highlight verpasst zu haben.

Alex lächelte. »Du hast Zeit«, erinnerte er sie. »Nächstes Jahr. Oder übernächstes Jahr. Irgendwann.«

Viola wollte ihm was Nettes antworten, doch sie kannte ihn nicht genug, um die passenden Worte zu finden. »Und du solltest nächstes Jahr mitkommen«, sagte sie.

Alex zuckte zusammen. »Mal schauen«, sagte er leise.

Joris beugte sich vor. »Ja«, erwiderte er und nahm Alex' Hand. Danach griff er zur anderen Seite. »Ihr solltet beide nächstes Jahr mitkommen. Als ich vor zwei Jahren losgeflogen bin, war ich auch verwirrt und überfordert, aber ich wollte unbedingt im Jahr darauf mitkommen. Weil das, was wir hier haben, etwas Besonderes ist.« Er sah Viola ernst an und drückte Alex' Hand. Mit einem zufriedenen Lächeln ließ er sie beide los.

»Ist das Besondere nur in Skandinavien erlebbar?«, fragte Alex.

Viola nickte. »Er spricht mir aus der Seele. Die Fixierung auf Skandinavien verstehe ich nicht. Wir sind jetzt in Deutschland und führen so eine tolle Unterhaltung.«

Joris zögerte. »Ja, okay«, sagte er. »Wenn man gemeinsam reist, ist nun mal vieles besser. Also außer der Behelfsdusche am Wohnmobil.«

»Und dem harten Zeltboden«, fügte Viola hinzu.

»Ihr habt die Kälte vergessen. Und die Tatsache, dass es früh dunkel wird. Das allerdings ist ja ausschließlich euer Problem«, warf Alex ein und lachte leise.

Viola schmunzelte, und Joris kicherte.

*

Erst spät am Abend kam Fiefie zurück und nahm Viola an der Hand, um sie zu seinem Schlafzimmer zu führen. Sie entzog ihm diese und verschränkte die Arme vor der Brust. Sie schloss die Tür, um sicher vor neugierigen Blicken und Ohren zu sein, und lehnte sich gegen die Wand. Sie betrachtete Fiefie, der unruhig im Zimmer hin und her lief. »So klappt das nicht«, sagte Viola. »Du kannst mich nicht einfach ignorieren. Warum redest du nicht mit mir?«

»Ich musste nachdenken«, erwiderte Fiefie ernst. »Und dafür musste ich alleine sein.«

Viola runzelte die Stirn. Sie erinnerte sich daran, dass sie ähnliche Worte verwendet hatte, als sie Max und Farid gestanden hatte, dass sie Zeit für sich brauchte und sie nicht mehr die Rollen in ihrem Leben spielen konnten, die sie zuvor gespielt hatten. Machte Fiefie gerade mit ihr Schluss?

»Und?«, fragte sie nervös.

»Es tut mir leid, dass ich heute Morgen so früh abgehauen bin. Das mit Alex war mir wichtig. Bevor ich nach Skandinavien gereist bin, habe ich ihn in der Klinik besucht, und es ging ihm schlecht. Ich konnte damit nicht umgehen und hatte mich danach nicht mehr bei ihm gemeldet. Ich wollte das bereinigen, weil er letztes Jahr ein echter Freund wurde. Und dann ...« Fiefie seufzte und lief ans andere Ende des Zimmers. »Ich habe mit ihm auf einem Rastplatz gesprochen und mir angehört, welche Probleme er hat, und auf einmal ... war es ganz klar vor meinem inneren Auge. Ich wollte sichergehen, bevor ich mit dir darüber rede. Wollte mit meiner Mutter sprechen, wollte intensiv darüber nachdenken. Weil ich dich nicht enttäuschen will.«

Viola sah keinen Grund, sich zu entspannen, obwohl das definitiv nicht dieselben Worte waren, die sie vor der Trennung von ihren Exfreunden verwendet hatte. Irritiert sah sie Fiefie an.

»Weißt du, Alex ist nicht sicher genug, um alleine zu leben. Er will jedoch nicht in irgendeine Einrichtung oder einen Zivi um sich haben. Er will ein selbstständiges Leben führen, und ... er wohnt lediglich eine Fahrstunde von deinen Eltern entfernt.« Fiefie machte eine ausschweifende Bewegung mit den Armen.

Viola verstand immer noch nicht. Was wollte Fiefie ihr sagen? »Machst du gerade auf eine seltsame Art mit mir Schluss und empfiehlst mir, stattdessen mit Alex zusammenzuziehen?«, versuchte sie, ihre verwirrten Gedanken zu sortieren.

Fiefie blieb stehen und ließ seine Hände fallen. Das erste Mal während des Gesprächs war er bewegungslos. Er sah sie erstaunt an. »Häh?«, fragte er.

Viola hob die Schultern.

»Was redest du da? Nein, ich will in eure Nähe ziehen. Mit ihm eine WG gründen, er bekäme Unterstützung, und wir wären nicht so weit voneinander entfernt. Viola, wir wären endlich nah beieinander, ohne dass ich dir Freiraum nehmen würde, und zusätzlich hätte ich den Winter über eine Aufgabe und Alex könnte meine Hilfe echt gebrauchen.«

Viola seufzte erleichtert. »Du machst nicht mit mir Schluss?«

Fiefie schüttelte den Kopf. »Warum sollte ich? Es läuft doch zwischen uns. Oder?«, hakte er verunsichert nach.

Viola nickte. »Ja«, antwortete sie leise. »Ja, dafür, dass wir beide nicht ohne Ballast sind, läuft es ganz okay.«

»Ganz okay?« Fiefie baute sich vor ihr auf. »Ich meine, siehst du nicht, dass ich alles tue, um …«

Viola packte ihn am Hals und zog ihn zu sich heran. Sie küssten einander. »Ich sehe es«, sagte Viola und küsste ihn erneut.

*

Sie blieben bis zum nächsten Vormittag bei Fiefies Eltern, nach dem Mittagessen war es Zeit für den nächsten großen Abschied. Hannah, Fabio und Joris würden im Camper Richtung Westen fahren, und Fiefie im Auto seiner Mutter Alex, Isa und Viola nacheinander nach Hause bringen. Das Wohnmobil wurde in den Carport gefahren und würde da verweilen, bis es wieder gebraucht wurde. Bislang hatten die beiden Fahrzeuge die Einfahrt von Fiefies Eltern blockiert, während deren Autos auf der Straße stehen mussten.

Der Anblick von Fiefie, der mit Fabios Unterstützung das Wohnmobil rückwärts in den Carport fuhr, hatte was Endgültiges, und es erinnerte Viola daran, dass das Ende der Reise längst erreicht war, obwohl sie noch nicht daheim war. Leider fuhr Fiefie gegen den Nachbarzaun, weil Fabio links und rechts verwechselte, und Fiefies Vater übernahm irgendwann das Steuer und Hannah das Einwinken. Das zeigte Viola, dass es doch nicht vorbei war. Von diesen Momenten hatte es so viele gegeben, wenn es darum ging, die Fahrzeuge in enge Lücken oder um scharfe Kurven zu bewegen. In Skandinavien hatte es jedoch keinen herbeieilenden Vater gegeben, der ihnen aus dem Schlamassel half.

»Und ihr wollt nächstes Jahr ohne mich klarkommen?«, schimpfte Hannah, als das Wohnmobil endlich sicher an seinem Platz stand.

»Offenbar müssen wir als Ersatz Fiefies Papa mitnehmen«, erwiderte Fabio und kassierte von seiner älteren Schwester einen leichten Schlag auf den Hinterkopf.

Der Abschied von Hannah, Fabio und Joris fiel ihnen unglaublich schwer. Erneut war Isa untröstlich. Gerade mit Hannah und Joris hatte Viola sich von Anfang an gut verstanden. Auch sie musste weinen, als Hannah sie umarmte und ihr das Versprechen abnahm, sie im Norden zu besuchen, sobald sie sich dort eingerichtet hatte.

»Schön, dass du dabei bist«, sagte Hannah, als sie Alex in den Arm nahm. »Ich habe das Gefühl, erst jetzt komplett zu sein.«

»Also abgesehen von Pete, Steffi und Charlie«, ergänzte Fabio grinsend. Er duckte sich rechtzeitig, bevor Hannah ihn erwischen konnte.

Und auf einmal waren sie nur zu viert. Sie winkten, bis sie den Camper um die Kurve biegen sahen, und liefen zum Auto von Fiefies Mutter. »Es wird Zeit«, sagte Viola leise zu Isa, deren Tränen die Wangen feucht gemacht hatten. Sie strich mit beiden Händen über Isas Gesicht. »Wir sehen sie bald«, versprach Viola ihrer Freundin, auch wenn sie nicht wusste, wie schnell sie das Versprechen einlösen konnte.

»Ich glaube, das hat einer von euch vergessen«, meinte Fiefies Mutter und brachte ein riesiges Kissen nach draußen, das Viola sofort erkannte.

»Das ist von Joris«, sagte Fiefie. »Ich bring es ihm bei Gelegenheit vorbei. Ich weiß nicht, warum er das hässliche Ding ständig mit sich herumschleppt.«

Fiefie brachte zunächst Alex nach Hause, und Viola betrachtete die Zwei, als Fiefie Alex bis zur Haustür führte und bei ihm blieb, als dieser den Schlüssel ins Schlüsselloch führte. Die zwei Männer umarmten sich lang und fest.

»Ein weiterer Abschied«, kommentierte Isa. »Und es schmerzt mich, obwohl ich ihn nicht mal gut kenne.«

»Ich find es bewundernswert, wie gut er mit der Situation klarkommt«, murmelte Viola. Sie fragte sich, ob Alex sich traute, irgendwann erneut mit der Gruppe zu verreisen, oder ob es ihm leichter fiel, endgültig damit abzuschließen, so wie es Hannah getan hatte. Ob sie Alex im nächsten Jahr besser kennenlernen würde, wenn sie beide in Skandinavien umherreisten? Sie wusste, bis dahin verging noch viel Zeit und sie alle würden ihr Leben ordnen müssen, besonders Alex. Eine Geschichte jedoch, die nicht heute erzählt werden würde.

Fiefie und Alex hatten sich losgelassen, redeten aber noch miteinander. Alex lachte und stieß sachte mit dem eingeklappten Blindenstock gegen Fiefies Oberschenkel, woraufhin auch Fiefie lachte. Die beiden Männer verstanden sich gut, stellte Viola zufrieden fest. Bei der Annäherung hatte sie nachgeholfen. Ein gutes Gefühl.

»Komm, ich will dir noch was zeigen«, sagte sie zu Isa.

Isa nickte. Sie stieg ins Auto.

Viola ging auf die gegenüberliegende Seite des Autos. Zwar war der Beifahrersitz nun frei, aber sie wollte bei Isa sein. »Der nächste Abschied ist der Abschied von dir«, erinnerte sie ihre Freundin.

Isa verdrehte die Augen. »Als wüsste ich das nicht.«

»Das wollte ich dir noch geben.« Viola griff in ihre Umhängetasche und zog die Wichtelfigur hervor, die sie für Isa gekauft hatte, nachdem sie sich von ihrer Mutter hatte Geld schicken lassen. Es waren zwei hässliche alte Wichtelfrauen, die sich im Arm hielten und lachten.

»Viola!« Isa sah sie mit glänzenden Augen an. »Du hast mir ein Souvenir gekauft.«

Viola hob die Schulter. »Du hast von allen Ländern ein Souvenir gekauft, und ich wollte, dass du auch eines von Finnland hast. Außerdem fandest du diese grausigen Figuren so schön. Warum auch immer.«

Fasziniert strich Isa über die Zöpfe der Wichtelfrauen und über die überdimensionalen Schuhe, die für einen sicheren Stand sorgten. Sie freute sich, das sah Viola ihr an. Und als Isa sich vorbeugte und sie umarmte, spürte sie ihre Dankbarkeit.

Wenige Minuten später stieg Fiefie ebenfalls ein und startete das Auto. »Alex ist so ein starker Mann. Er ist sich nicht mal bewusst, wie stark er ist. Denkt, er sei vollkommen orientierungslos, obwohl er es so klasse hinbekommt. Ich hoffe, ich kann ihm helfen, sein Selbstwertgefühl zu stärken.«

Viola berührte seine Schulter. Sie konnte ihre Freude darüber, dass Fiefie so viel dafür tat, um das zwischen ihnen möglich zu machen, nicht in Worte fassen. Sie war sich sicher, dass Fiefie sie verstand, als er seine Hand auf ihre Finger legte und einen Moment innehielt.

Obwohl Isa prophezeite, dass ihr der Abschied von Viola am schwersten fallen würde, kam es anders, als sie ihre Eltern sah. Sie stürzte unter Tränen auf ihre Mutter zu, umarmte sie und sah ständig lächelnd zu ihrem Vater. Viola betrachtete das und lächelte. Es fühlte sich gut an, Isa mit ihrer Familie vereint zu sehen.

»Ich muss euch so viel erzählen«, sagte Isa, während ihr Vater das Gepäck aus dem Auto holte. »Ich habe so viel erlebt. Wir haben so viele Orte gesehen. Ich werde den ganzen Winter damit verbringen, ein Fotoalbum zu erstellen.«

»Hey.« Viola zog sie am Arm zu sich. »Genieße die Zeit mit deinen Eltern, aber melde dich heute Abend kurz. Es ist die erste Nacht seit Ewigkeiten, die wir getrennt verbringen.«

»Ach, Viola.« Isa schmiegte sich an sie und drückte sie fest an sich. »So toll, dass ich dich als Freundin habe.«

Viola verneigte sich leicht. »Ebenfalls«, sagte sie feierlich.

Isa lachte leise.

Viola beobachtete, wie Isa die Katze ihrer Eltern auf den Arm nehmen wollte, die sie aber anfauchte und davonrannte. Vermutlich kannte sie sie nicht mehr.

»Lass uns fahren«, sagte sie leise und lehnte ihren Kopf an Fiefies Seite, der ihr den Arm um die Taille legte.

Sie fuhren die Hauptstraße entlang und bogen schließlich nach rechts ab, wo sie an der Schule vorbeifuhren, in der Viola so viele Stunden ihres Lebens verbracht hatte. Sie hatte die Gegend seit Jahren nicht mehr gesehen. Eine Straße weiter kam das Haus von Max' Eltern, und Viola erinnerte sich daran, wie sie dort ein- und ausgegangen war und das Gestarre der Nachbarschaft ertragen hatte, weil die dachten, sie wäre schwul. Gerade als Fiefie erneut abbog, öffnete sich die Tür und Max' Mutter kam heraus. Ihre Blicke trafen sich kurz, Viola glaubte allerdings nicht, dass die Frau sie erkannt hatte.

»Jetzt nach links«, sagte Viola und presste ihre Stirn an das Glas. Ihr Herz klopfte ihr bis zum Hals. Ihr kamen die Straßen, die Häuser so bekannt vor, und gleichzeitig war alles so fremd. Die Bäckerei, wohin sie als Kind sonntags immer zum Brötchen holen geschickt worden war, die Bushaltestelle, an der sie mit Freunden heimlich geraucht hatte, und da an der Straßenecke die Laterne, gegen die sie beim Einparken gefahren war, zwei Wochen nach bestandener Führerscheinprüfung. »Und dann nochmal links«, fügte Viola hinzu.

Ihre Nachbarschaft und dort am Ende der Straße, endlich das Haus ihrer Eltern. Sie zeigte Fiefie, wo er parken konnte und hielt inne. Sie hatte die Nachbarin am Fenster gesehen. Nun bewegte sich der Vorhang. Sie drehte ihren Kopf und stellte fassungslos fest, dass die Nachbarn in ihrem Garten äußerst beschäftigt taten, allerdings ständig Blicke zu Fiefies Auto warfen.

»Ach du scheiße, ich werde erwartet«, sagte Viola düster.

»Ja. Voll nett von deiner Familie.« Fiefie deutete auf das Willkommensschild an der Haustür ihrer Eltern.

»Nein, ich meine unsere Nachbarn.« Viola sah zu den Nachbarn auf der anderen Seite ihres Elternhauses, die das Haus verließen, weil sie zufällig genau in diesem Moment die Mülltonnen an den Straßenrand stellen mussten.

»Lass sie gaffen«, meinte Fiefie und schnallte sich ab. Er stieg aus und legte seine Unterarme auf das Autodach. Er starrte zu dem Fenster, wo sich der Vorhang bewegte. Er grinste süffisant in die Richtung und grüßte mit einer Geste, indem er zwei Finger an seine Stirn führte. Sofort erfolgte eine hektische Bewegung, und das Licht ging aus.

Viola musste lachen. Besonders als Fiefie ums Auto herumging, die Tür öffnete und ihr die Hand hinhielt. »Ich helfe dir«, sagte er.

Viola ergriff seine Hand und ließ sich nach oben ziehen. Sie ging den kleinen Weg vom Gartentürchen zum Haus und ließ seine Hand nicht los, auch als sie die Treppenstufen nach oben gingen. Die Nachbarn starrten sie an, sie konnte die Blicke im Rücken spüren.

»Haben die noch nie eine schöne Frau an der Seite eines Schwarzen gesehen?«, fragte Fiefie mit hochgezogenen Augenbrauen, jedoch leise genug, dass nur Viola es hören konnte.

Sie lächelte und küsste seine Wange. Dann wurde die Tür aufgerissen, und ihr Bruder nahm sie in den Arm. Fiefie und sie wurden von ihren Eltern nach drinnen gezogen, und die Tür wurde verschlossen.

Viola war zu Hause angekommen.

Nachwort

Das Buch habe ich bereits vor drei Jahren geschrieben, und seit dem gibt es viele traurige Entwicklungen, doch auch ein paar erfreuliche Dinge, die ich Euch nicht vorenthalten möchte.

In Deutschland wurde das sogenannte Transsexuellengesetz vom Selbstbestimmungsgesetz abgelöst, was Menschen wie Viola sehr hilft. Es wird von betroffenen Personen immer noch als nicht ausreichend empfunden, doch es ist ein großer Schritt in die richtige Richtung.

Die LGBT-freien Zonen in Polen sind durch lokalen Aktivismus und internationalen Druck aus der EU deutlich weniger geworden. Dies und auch die Abwahl der rechtspopulistischen PiS-Partei sind bedeutende Hoffnungsschimmer, die zeigen, dass sich Aktivismus lohnt.

Im Gegensatz zu vielen anderen Ländern in Europa, in denen in den letzten Jahren ein Rechtsruck verzeichnet werden musste, scheint der Trend in den skandinavischen Ländern gestoppt bzw. sogar rückläufig zu sein. Bei der Europawahl schnitten Rechtspopulisten im Norden schlechter ab als zuvor befürchtet.

Meine Entscheidung mit Viola eine trans Frau auf Reisen zu schicken ist eng verknüpft mit den fortwährenden transphoben Angriffen seitens J.K. Rowling, die einst zu einer meiner Lieblingsautorinnen gehörte. Ich wollte ein Zeichen setzen und deutlich zeigen: trans Frauen sind Frauen, die in meinen Büchern natürlich repräsentiert werden, denn sie existieren und das ist auch gut so.

Selbstpublizierende Autorinnen haben es schwer, in den Onlineshops Sichtbarkeit zu erlangen, von dem stationären Buchhandel ganz zu schweigen. Aus diesem Grund freue ich mich sehr über jede einzelne Rezension von Euch. Wenn Euch das Buch gefallen hat, lasst es mich und andere potenzielle Lesenden gerne wissen. Besucht mich gerne auf Instagram, wo ich zurzeit sehr aktiv bin und mich über den Austausch sehr freue.

Bis bald, Eure *Sonja*.

Ich danke ...

Michaela ... meiner Coverdesignerin: Die Cover der Umwege-Trilogie wurden von Band zu Band besser, und auch wenn ich die der Vorgängerbände auch sehr mochte: Das von *Umwege mit Viola* ist mein persönliches Highlight.

Melanie ... meiner Lektorin: Das ist das siebte Buch, an dem wir gemeinsam gearbeitet haben und wir werden von Manuskript zu Manuskript immer vertrauter und sind inzwischen ein eingespieltes Team. Ich danke dir für alles, was du für meine Camping-Chaoten getan hast, selbst für Charlie ;)

Markus ... der Testleser, der vor allen anderen Testlesenden liest und immer für mich da ist: DANKE!

den Bloggenden, Testlesenden, Unterstützenden, die mir geholfen haben: Euer Einsatz ist so wertvoll und ich schätze die Arbeit mit Euch sehr. Danke von ganzem Herzen!

meiner Schreibgruppe: Ihr habt mich unterstützt, als die Arbeit mit Viola zäh wurde und wir haben eine so respektvolle, vertrauensvolle Zusammenarbeit, die ich wirklich schätzen gelernt habe. Ich freue mich auf viele weitere gemeinsame Schreib-Sessions.

Euch, den Lesenden: vielen Dank für Eure Begeisterung, die Ihr meinen Protagonist*innen entgegen bringt. Es war mir ein Vergnügen mit Euch den Norden zu bereisen.

Euch allen:
Takk! Tack! Tak! Kiitos!

Weitere Bücher der Autorin

Wie bereits angedeutet, bin ich der Meinung, dass die Geschichte um Alex noch nicht auserzählt ist, und deswegen werden die Figuren in einer *Alex-Dilo-gie* (Zweiteiler) erneut auftauchen. Die Dilogie spielt parallel dazu und weist Überschneidungen auf. Die Veröffentlichung ist Ende 2025 / Anfang 2025 geplant.

Auch an der Figur Hannah habe ich mich noch nicht abgearbeitet, und ich habe viele andere Figuren liebgewonnen wie natürlich Viola, Fiefie, Fabio ... Außerdem glaube ich, dass Isa mehr Tiefe verdient hätte. Wir werden sehen, auf welche Umwege es mich noch führen wird.

Bis dahin könnt ihr folgende Romane lesen:

Ihr wollt mehr über Joris und Alex erfahren? Lest *Umwege mit Joris* und *Umwege mit Alex*.

Ihr wollt mehr über Steffi erfahren? In *Schrankgeflüster* erfahrt ihr die Vorgeschichte von Steffi und den Grund, warum sie sich der Gruppe angeschlossen hat.

Ihr wollt erfahren, was Joris mit Zita (aus *Umdrehungen*) verbindet? Anfang 2025 ist die Neuveröffentlichung der *Umdrehungen-Trilogie* geplant, inkl. einer Joris-Zentrierten Kurzgeschichte.

Ein Überblick über alle bisher erschienen Romane findet Ihr auf den folgenden Seiten.

Das Bild zeigt mich in meinem Garten im Sommer 2024 mit meiner aktuell neusten Veröffentlichung *Umwege mit Alex*.

Umwege mit Joris

Eine Reise ins Ungewisse: Wird Joris zu sich selbst finden?

Nach dem Tod seines Vaters bricht Joris mit dem Rucksack nach Norwegen auf. Er benötigt dringend Antworten, damit er sein altes Leben wieder aufnehmen kann. Bereits in Kiel trifft er auf Charlie, Fabio und Pete, die mit ihrem verrosteten Camper unterwegs sind. Sie wollen den Sommer in Skandinavien verbringen.

Um Zeit und Geld zu sparen, willigt Joris ein, sich ihnen anzuschließen. Schon bald wird ihm klar, dass er mehr als ein paar Antworten braucht. Joris stellt sein bisheriges Leben in Frage. Können ihm die anderen dabei helfen, wieder zu sich selbst zu finden?

Ein emotionaler Roadtrip zwischen Wasserfällen und Fjorden durch die raue Landschaft Norwegens.

Eine Leseprobe könnt ihr Euch hier herunterladen:
https://buchshop.bod.de/umwege-mit-joris-sonja-bethke-jehle-9783741239847

ISBN: 978-3741239847 / ePub: 9783757836559 / mobi: B0C37L2VBS

Umwege mit Alex

Was bleibt dir, wenn die Welt um dich herum langsam dunkler wird?

Alex hat ein klares Ziel: Er will die Magie der Nordlichter mit eigenen Augen sehen. Mit nur einem Rucksack und einer unbestimmten Sehnsucht im Herzen macht er sich per Anhalter auf den Weg in den hohen Norden. Als ein altes Wohnmobil hält, zögert er nur kurz – ohne zu ahnen, dass diese Fahrt sein Leben verändern wird.

Fiefie, Fabio und Joris nehmen ihn in ihre bunt zusammengewürfelte Gemeinschaft auf. Doch je weiter sie gen Norden reisen, desto deutlicher spürt Alex, dass jeder von ihnen sein eigenes Gepäck mit sich trägt.

Während die Tage kürzer und die Nächte dunkler werden, muss sich Alex seinen eigenen Ängsten stellen.

Ein emotionaler Roadtrip durch die raue, dunkle Wildnis des Nordens.

Eine Leseprobe könnt ihr Euch hier herunterladen:
https://buchshop.bod.de/umwege-mit-alex-sonja-bethke-jehle-9783759723185

ISBN: 978-3759723185 7 / ePub: 9783759798206 / mobi: B0DDLGSJGV

Schrankgeflüster

Jona lebt ein unauffälliges Leben im Kreise seiner Familie, als er sich verliebt - in einen Mann. Sofort weiß er, dass er es nicht wagen kann, seinen Gefühlen für Flo freien Lauf zu lassen.

Als seine Schwester beginnt, gegen ihr Elternhaus zu rebellieren, denkt auch Jona darüber nach, sich stärker werdende Emotionen zu erlauben.

Immer im Hinterkopf bleibt sein jüngerer Bruder - denn der ist seinen Eltern loyal ergeben und würde jede Gelegenheit nutzen, um Jona vor ihnen schlecht dastehen zu lassen.

Doch je mehr er sich zu Flo hingezogen fühlt, desto unvorsichtiger wird Jona.

Eine Leseprobe könnt ihr Euch hier herunterladen:

https://buchshop.bod.de/schrankgefluester-sonja-bethke-jehle-9783753408545

ISBN: 978-3753408545 / ePub: 9783753412535 / mobi: B08XJGGHH8

Träume in Rot

Im Jahr 1969 kartografiert Eva den Mars. Als ihr Mann in den Vietnamkrieg eingezogen wird, muss sie eine Entscheidung treffen, die auch ihre Arbeit beeinflusst.

Im Jahr 2011 landet der Rover Curiosity auf dem Mars. Nina hat die Mission jahrelang geplant und mit Herzblut daran gearbeitet. Nun muss sie aber feststellen, dass sie während ihrer Arbeit ihre Ehe mit ihrer Ehefrau aufs Spiel gesetzt hat.

Im Jahr 2033 befindet sich Lea auf dem Weg zum Mars. Als ihr heftige Zweifel kommen, weiß sie nicht mehr, wie sie die lange Mission überstehen soll. Erst als sie einen Bericht von Nina über Evas Arbeit liest, kann sie neuen Mut schöpfen.

Die drei Frauen sind durch die Zeit getrennt, doch verbindet sie die gemeinsame Leidenschaft für den Mars.

Eine Leseprobe könnt ihr Euch hier herunterladen:

https://buchshop.bod.de/traeume-in-rot-sonja-bethke-jehle-9783755799399

ISBN: 978-3744890779 / ePub: 9783756298990 / mobi: B09WBKLVDY

Tango in der Dunkelheit

Ein herzergreifender Liebesroman über die Kraft des Vertrauens.

Felix hat zwei linke Füße und er ist blind. Für die Hochzeit seiner Schwester will er jedoch das Unmögliche möglich machen: Er möchte tanzen lernen. Aber das ist nicht sein einziges Problem. Seine Tanzlehrerin ist ausgerechnet Fiona, die beste Freundin seiner Schwester, mit der er sich noch nie gut verstanden hat. Beide geraten immer wieder aneinander, doch während die Tanzstunden voranschreiten, entwickelt sich zwischen ihnen etwas Unerwartetes: Vertrauen, Freundschaft – und vielleicht sogar Liebe.

Eine besondere Liebesgeschichte: „Tango in der Dunkelheit" erzählt davon, wie zwei Menschen durch das Tanzen nicht nur zu einem neuen Lebensgefühl, sondern auch zueinander finden. Trotz oder gerade wegen ihrer Unterschiede.

Auszeichnung: Aus über 200 Büchern wurde »Tango in der Dunkelheit« auf die Midlist der Skoutz-Awards 2019 in der Kategorie »Contemporary« gewählt

Eine Leseprobe könnt ihr Euch hier herunterladen:

https://buchshop.bod.de/tango-in-der-dunkelheit-sonja-bethke-jehle-9783749451029

ISBN: 978-3749451029 / ePub: 9783749463107 / mobi: B07X3XW73F

Neubeginn

Kurzgeschichten-Anthologie über das Aufstehen nach dem Fallen

Nika erinnert sich an seine Kindheit und an **Tom**, der ihm damals geholfen hat. **Bobby** trifft in einer verhängnisvollen Nacht auf **Lena**. **Danie**l ist tief gefallen, aber sein Bruder **Nils** will ihm helfen. **Anna** besucht **Ben** in der Rehaklinik, doch der hat sich verändert, seit er auf den Rollstuhl angewiesen ist. **Vince** ist blind, **Paula** ist taub, das hält sie nicht davon ab, miteinander zu reden. **Jamie** erhält von **Matheo** einen geheimnisvollen Brief. Die Schwestern **Emma** und **Babsel** sind sich fremd geworden, finden sie trotzdem wieder zueinander? **Signe** hat ein Geheimnis, und das hat was mit **Bastian** zu tun. **Oliver** und **Martin** haben sich nichts mehr zu sagen - oder doch? **Thorsten** und **Bea** glauben, ihre Beziehung sei zu Ende.
Lukas trauert um seinen Bruder, vielleicht kann **Flo** ihm helfen, darüber hinwegzukommen? **Manuel**a und **Marco** machen sich Sorgen um ihre Pflegetochter **Samia**.

In der Neuauflage hinzugekommen: **Carla** hat eine Verabredung mit **Len**, aber wird er auch kommen? **Miro** lebt ein zurückgezogenes Leben als Künstler in einer Glasbläserei, kann **Kira** ihn vom Brennerofen weglocken? Kurzgeschichten über das Aufstehen nach dem Fallen.

Eine Leseprobe könnt ihr Euch hier herunterladen:

https://buchshop.bod.de/neubeginn-sonja-bethke-jehle-9783759722706

ISBN: 978-3759722706 / ePub: 9783769333831 / mobi: B0DR2W3JN3

Kontaktaufnahme

Sechs Personen. Vier Kontinente. Eine Verbindung. Kontaktaufnahme.

Eine Astrobiologin in den USA entdeckt einen vielversprechenden Planeten, auf dem Wasser und möglicherweise auch außerirdisches Leben existieren könnten. Ein katholischer Pfarrer auf einer Nordseeinsel fühlt sich von einer Buddhistin angezogen, zögert jedoch, seine Gefühle zuzulassen. Eine Ärztin in Nigeria wird trotz Unfruchtbarkeit unverhofft schwanger. Ein schwuler Soldat beginnt während eines Auslandseinsatzes in Afghanistan eine Affäre mit einem Einheimischen, obwohl Homosexualität dort unter Strafe steht. Ein ehemaliger Maurer hadert mit seiner Berufsunfähigkeit, seit er im Rollstuhl sitzt. Ein Gefängnisinsasse hat Angst, nach der Entlassung wieder in sein Heimatdorf zurückzukehren, wo jeder ihn und seine Tat kennt.

Diese sechs Personen kommen sich immer näher, obwohl sie scheinbar nichts verbindet. Doch vielleicht können sie etwas voneinander lernen?

Eine Leseprobe könnt ihr Euch hier herunterladen:

https://buchshop.bod.de/kontaktaufnahme-sonja-bethke-jehle-9783744890779

ISBN: 978-3744890779 / ePub: 9783746054223 / mobi: B079DW3YWP

Wichtiger Hinweis:

Alle vorgestellten Bücher sind überall im Handel erhältlich. Als E-Book im ePub-Format in allen gängigen Online-Shops für Bücher, als mobi-Format im Amazon-Shop und als Taschenbuch überall, wo es Bücher gibt - aber vor allem auch ganz sicher in der örtlichen Buchhandlung in Deiner Stadt - frag einfach dort mal nach.

Alle Hintergrundinfos, Links zu Rezensionen, Leseproben und Shops findet ihr auf der Homepage: www.sonja-bethke-jehle.de Oder auf dem Instagram-Kanal der Autorin.

Bildbeschreibungen

Das Buchcover zu *Umwege mit Joris* zeigt einen Mann mit einem großen Rucksack auf dem Rücken. Er steht am Ufer eines Sees und blickt in die Ferne. Im Hintergrund sind hohe, schneebedeckte Berge zu sehen. Der Himmel ist blau und es gibt einige Wolken. Der Titel steht in großen, verspielten Buchstaben oben auf dem Cover. Der Name der Autorin ist darunter kleiner gedruckt.

Das Cover zu *Umwege mit Alex* zeigt eine winterliche Landschaft. Ein Mann in einer warmen Jacke und einer Mütze steht mit Blickrichtung auf schneebedeckte Berge. Der Himmel ist dunkelblau und wird von einem grünlich-rosa Nordlicht durchzogen, das sich wellenförmig über den gesamten Himmel erstreckt. Titel und Name der Autorin sind in das Bild integriert.

Das Cover zu *Schrankgeflüster* zeigt zwei Männer, die sich an den Händen halten und von hinten zu sehen sind, während sie eine grüne Wiese entlanggehen. Im Hintergrund ragt eine weiße Klippe in den blauen Himmel, auf dem eine große, gezeichnete Wolkenlinie in Form eines Herzens den oberen Bereich des Covers dominiert. Innerhalb des Herzens steht der Titel „Schrankgeflüster" in blauer, geschwungener Handschrift.

Das Cover zu *Träume in Rot* zeigt im Hintergrund den Mars, sowie das All mit einem kleinen Raumschiff. Die Farbe Rot dominiert das Bild. Im Vordergrund sind drei Frauen unterschiedlichen Alters, die selbstbewusst in die Kamera, bzw. zu den Lesenden schauen.

Das Cover zu *Tango in der Dunkelheit* zeigt ein Paar, das gemeinsam tanzt. Eine Frau trägt ein weißes Kleid und eine Hochsteckfrisur, ihr Tanzpartner ein Hemd. Eine Lichtquelle erhellt die Szene, insgesamt ist sie jedoch im Dunklen gehalten. Die Frau wendet sich leicht ab, ist tief versunken im Tanz, er sucht ihre Nähe. Der Titel und der Name der Autorin sind im Bild integriert.

Das Cover zu *Neubeginn* zeigt eine Hand, die einen Schmetterling mit schimmernden, bläulich-lila Flügeln sanft auf dem Zeigefinger balanciert. Die Farbgebung des Covers ist in verschiedenen Nuancen von Blau, Lila und Pink gehalten, was eine träumerische und hoffnungsvolle Atmosphäre schafft. Im Hintergrund sind zarte, federartige Muster angedeutet, die den Eindruck von Leichtigkeit und Bewegung verstärken. Die Schrift ist elegant und verspielt, wobei der Titel „Neubeginn" in einer geschwungenen Schriftart zentral platziert ist. Insgesamt vermittelt das Cover eine Mischung aus Zerbrechlichkeit, Neuanfang und der Schönheit, die in Veränderung liegt.

Das Cover zu *Kontaktaufnahme* zeigt sechs stilisierte Silhouetten von Menschen, die Hand in Hand in einer Reihe stehen, wobei eine Person im Rollstuhl sitzt. Der Hintergrund ist in einem sanften Verlauf von Weiß und Blau gehalten, wobei nach oben hin ein strahlend blauer Nachthimmel mit feinen, lichtähnlichen Linien sichtbar wird, die an ein Netz oder ein Energiefeld erinnern. Die Schrift des Titels „Kontaktaufnahme" ist teilweise geschwungen und elegant, teilweise in einer klareren, modernen Schriftart. Die Farbgebung und die Gestaltung erzeugen eine ruhige, hoffnungsvolle und leicht mystische Stimmung, die an Verbindung und Gemeinschaft erinnert. Das Gesamtbild strahlt Zusammenhalt, Offenheit und die Bereitschaft zur Begegnung aus.